# THE OUTSIDER

## 아웃사이더 2

# THE OUTSIDER

# 아웃사이더 2

**스티븐 킹** 장편소설 | 이은선 옮김

# STEPHEN KING

황금가지

# 목차

7월 22일 ~ 7월 24일

# 홀리

# 1

그녀는 사무실 전화기(피트가 아무리 놀려도 항상 집으로 들고 왔다.)를 집 전화기 옆 스탠드에 내려놓고, 한 30초 정도 컴퓨터 앞에 가만히 앉아 있었다. 그런 다음 핏비트 버튼을 눌러 맥박을 체크했다. 75회, 평소보다 8에서 10회 더 빨랐다. 그럴 만도 했다. 이제는 고인이 된 (흉악범) 브래디 하츠필드를 처치한 이래, 펠리에게 전해들은 메이틀랜드 사건처럼 그녀를 흥분시키고 호기심을 자극한 사건은 없었다.

사실 그건 아니었다. 그녀는 빌이 죽은 이래 뭐에든 제대로 흥분한 적이 없었다. 피트 헌틀리도 나쁘지 않았지만, 정적으로 휩싸인 이 근사한 아파트로 돌아오면 인정할 수 있다시피 조금 황소 같은 스타일이었다. 자취를 감춘 채무자, 보석금을 내고 도망친 범죄자, 도난당한 차량, 잃어버린 반려동물, 양육비를 주지 않는 아빠들을 찾는 데 만족했다. 그리고 홀리는 알렉 펠리에게 오로지 진실만을 밝혔지만(그녀는 실제로 폭력을 혐오했다. 영화가 아닌 이상 폭력을 접하면 배가 아팠다.) 하츠필드를 추적하는 동안 그 어떤 걸로도 느낀 적 없었던 생동감을 느꼈다. 자기가 좋아하던 작가를 살해한 모리스 벨러미라는 미친 문학 애호가의 경우에도 마찬가지였다.

데이턴에서 브래디 하츠필드나 모리스 벨러미가 그녀를 기다릴 리는 없으니 다행이었다. 피트는 미네소타로 휴가를 갔고, 젊은 친구 제롬은 가족과 함께 아일랜드로 휴가를 떠났다.

"그대를 대신해서 내가 블라니 스톤*에 입을 맞추고 오겠소."

제롬은 공항에서 「에이머스와 앤디」의 억양만큼이나 형편없는 아일랜드 사투리를 써 가며 그렇게 얘기했다. 그는 지금도 가끔 그녀를 약 올리고 싶으면 「에이머스와 앤디」** 억양을 썼다.

"아서라. 거기 얼마나 세균이 많을지 생각해 봐. 으웩."

알렉 펠리는 희한한 사건이라 내가 망설일지 모른다고 생각했지. 그녀는 생각하며 살짝 미소를 지었다. 내가 "그럴 리 없잖아요. 사람이 어떻게 동시에 두 공간에 등장하고, 파일로 저장된 뉴스 영상에서 사라져요? 장난 아니면 거짓말이겠죠."라고 할 줄 알았겠지. 나도 밝힐 생각은 없지만, 알렉 펠리가 모르는 게 있다면, 사람이 동시에 두 공간에 등장할 수 있다는 거야. 브래디 하츠필드가 그랬고, 그러다 죽었을 때는 다른 사람의 몸속으로 들어갔잖아.

---

* 아일랜드의 블라니 성 안에 있는 돌로, 입을 맞추면 달변 능력이 생긴다고 한다.
** Amos'n Andy, 흑인들이 진행했던 1950년대 미국의 코미디 연속극이다.

"뭐든 가능해." 홀리는 아무도 없는 거실에 대고 말했다. "뭐든. 이 세상은 희한한 일들로 가득하거든."

그녀는 파이어폭스를 띄우고 토미와 터펜스 펍의 주소를 검색했다. 거기서 가장 가까운 숙소가 노스우즈 블러바드에 있는 페어뷰 호텔이었다. 메이틀랜드 가족도 이 호텔에 묵었을까? 알렉 펠리에게 이메일로 물어보겠지만 큰딸이 한 애기를 고려하면 그랬을 가능성이 컸다. 트리바고에서 검색해 보니 1박에 92달러면 그럭저럭 쓸 만한 방을 예약할 수 있었다. 그녀는 조그만 스위트룸으로 업그레이드할까 고민했다가 금세 마음을 접었다. 그러면 경비가 추가될 테고, 그건 부당한 업무 관행이자 파멸에 이르는 지름길이었다.

페어뷰 호텔에 연락해(합당한 지출이니 사무실 전화를 썼다.) 내일부터 3박을 예약하고, 컴퓨터에 깔린 매스 크런처를 열었다. 홀리가 생각하기에 일상의 고민을 해결하는 데 이보다 더 좋은 프로그램이 없었다. 호텔 체크인 시각은 3시였고 그녀의 프리우스가 고속도로에서 가장 효율적인 연비로 달릴 수 있는 속력은 시속 101킬로미터였다. 중간에 한 번 멈춰서 기름을 넣고 도로변 음식점에서 수준 이하일 게 뻔한 점심을 먹을 테고…… 도로 공사 때문에 속도를 늦출 수밖에 없을 테니 여기에 45분을 더하면…….

"10시에 출발해야겠다. 아니, 혹시 모르니까 9시 50분이 낫겠네."

그리고 더욱 만전을 기하는 차원에서, 필요한 경우에 대비해 웨이즈 앱에서 우회로를 숙지했다.

그녀는 (아침에 할 필요가 없도록) 샤워를 하고 잠옷으로 갈아입고 나서 이를 닦고 치실을 한 후(최근의 연구 결과에 따르면 치실을 써도 충치

예방에는 도움이 안 된다지만 그건 홀리의 일상 규칙이었고, 그녀는 죽을 때까지 계속 치실을 쓸 용의가 있었다.) 헤어클립을 꺼내 일렬로 늘어놓은 다음 맨발로 터벅터벅 손님방으로 들어갔다.

그곳은 영화 도서관이었다. 선반마다 홀리가 집에서 최신 프로그램으로 구운 DVD가 일렬로 꽂혀 있었다. 더러 알록달록한 케이스에 보관된 DVD가 수천 개였지만(현재 4375개였다.), 알파벳 순서로 정리되어 있어서 원하는 작품을 쉽게 찾을 수 있었다. 그녀는 그 DVD를 꺼내 내일 아침에 짐을 쌀 때 볼 수 있도록 침실 스탠드 위에 올려놓았다.

그것까지 챙긴 다음 무릎을 꿇고 앉아서 눈을 감고 손깍지를 꼈다. 아침, 저녁으로 기도를 하는 건 정신 분석가의 제안이었다. 홀리가 신을 믿지 않는다고 반항하자, 분석가는 그녀의 걱정과 계획을 가상의 신적인 존재에게 말로 표현하면 종교가 없더라도 도움이 될 거라고 했다. 해 보니 그 말이 맞는 듯했다.

"다시 홀리 기브니고, 저는 최선을 다하려고 계속 노력하는 중이에요. 만약 제 기도를 듣고 계시다면 고기를 잡으러 간 피트를 축복해 주세요. 수영도 할 줄 모르면서 배를 타고 나가는 건 바보나 저지르는 짓이니까요. 아일랜드에 간 로빈슨 가족도 축복해 주시고, 제롬이 정말로 블라니 스톤에 입을 맞추려고 하고 있다면 생각을 바꾸도록 설득해 주세요. 스톤필드 선생님이 저더러 너무 말랐다고 해서 부스트를 마시며 살을 찌우려고 하고 있어요. 맛은 없지만 라벨에 따르면 캔 하나가 240칼로리래요. 항우울제를 먹고 있고 담배를 끊었어요. 내일은 데이턴에 가요. 모든 교통 법규를 지키며 안전하게 차를 몰고 갈 수 있게, 입수한 정보를 가지고 최상의 결과를 만들 수 있게 도와주세요. 입수한 정보들이 흥미진진해요." 그녀는 잠깐 고민했다. "여전히 빌이 보고 싶어요. 오늘 밤 기도는 여기까지 할게요."

그녀는 침대에 누웠고 5분 뒤에 잠이 들었다.


## 2


홀리가 페어뷰 호텔에 도착한 시각은 오후 3시 17분이었다. 최적의 결과는 아니었지만 그만하면 괜찮았다. 3시 12분에 도착할 수도 있었는데, 고속도로에서 빠져나온 뒤로 신호등마다 걸리는 바람에 그렇게 됐다. 객실은 좋았다. 샤워부스 문에 수건이 살짝 삐딱하게 걸려 있긴 했지만, 볼일을 보고 손과 얼굴을 씻으며 제대로 바로잡았다. 텔레비전에 DVD 플레이어가 연결되어 있지 않았지만, 1박에 92달러짜리 객실이었으니 기대하지는 않았다. 들고 온 영화를 보고 싶으면 노트북으로 충분했다. 저예산으로 어쩌면 길어야 열흘 만에 촬영한 거라 고해상과 돌비 사운드가 필요 없는 작품이었다.

토미와 터펜스 펍은 호텔에서 거리가 한 블록도 되지 않았다. 호텔의 차양에서 나서자마자 간판이 보였다. 걸어가서 창문에 걸린 메뉴를 살폈다. 왼쪽 위편 구석에 김이 모락모락 나는 파이가 그려져 있었다. 그 아래에 스테이크 앤드 키드니 파이를 잘하는 집이라고 적혀 있었다.

　다시 한 블록 걸어가자 4분의 3정도 찬 주차장이 나왔다. 전면에 **시립 주차장** 팻말이 걸려 있었다. **최대 6시간 주차 가능**이었다. 홀리는 안으로 들어가 앞 유리창에 딱지가 꽂혀 있거나 교통순경이 타이어에 분필로 표시한 차가 있는지 살폈다. 그런 차가 없는 걸 보면 여섯 시간 규정을 단속하는 사람이 없다는 뜻이었다. 철저한 자율 시행 제도였다. 뉴욕 같았으면 어림도 없었겠지만 오하이오에서는 가능할지 몰랐다. 단속반이 없으니 멀린 캐시디가 여기에 밴을 버린 뒤로 얼마나 오랫동안 방치돼 있었을지 알 길이 없었지만, 문이 잠기지 않았고 열쇠가 유혹하듯 대롱대롱 매달려 있었으니 아마 오래 걸리지 않았을 것이다.

　그녀는 다시 펍으로 돌아가, 지난봄에 이 근처에 머물렀던 남자가 연루된 사건을 수사하는 중이라고 직원에게 자기소개를 했다. 알고 보니 그녀는 공동 사장이었고, 저녁 피크타임까지 한 시간 정도 남았기에 기꺼이 대화에 응할 용의가 있었다. 홀리는 이 일대에 메뉴 전단을 돌린 게 언제였는지 기억하느냐고 물었다.

　"그 남자가 무슨 짓을 저질렀는데요?"

　사장이 물었다. 그녀의 이름은 터펜스가 아니라 메리였고, 뉴캐슬이 아니라 뉴저지 억양을 썼다.

　"그건 밝힐 수 없어요. 법적으로 얽힌 문제라서요. 이해하시죠?"

　"기억해요. 기억 못 하면 말도 안 되죠."

　"어째서요?"

　"2년 전에 처음 문을 열었을 때는 여기 상호가 '프레도스 플레이스(Fredo's Place)'였어요. 「대부」에 나오는 그 인물 말이에요."

"네. 사실 프레도는 특히 「대부2」에서 동생 마이클이 그에게 입을 맞추며 '형이 그랬다는 거 알아. 실망이야.'라고 말하는 장면으로 가장 유명하긴 하지만요."

"그건 모르겠지만 데이턴에 이탈리아 음식점이 200개쯤 되다 보니 우리가 고사당할 위기였다는 건 알아요. 그래서 영국 음식을 시도해 보기로 했어요. 생선튀김과 감자튀김, 소시지와 으깬 감자, 베이크드 빈을 얹은 토스트, 이런 걸 대단한 요리라고 할 수는 없지만요. 아무튼 애거서 크리스티의 작품에서 차용해 상호를 '토미와 터펜스'로 바꿨어요. 그 시점에서는 밑져야 본전이었거든요. 그런데 놀랍게도 효과가 있더라고요. 충격적이었어요, 좋은 쪽으로. 점심시간에는 만석이고 저녁시간에도 거의 그래요." 메리가 앞으로 몸을 기울이자 홀리는 그녀의 입에서 나는 진 냄새를 또렷하고 선명하게 맡을 수 있었다. "비밀 하나 알려 줄까요?"

"저 비밀 좋아해요." 홀리는 솔직하게 말했다.

"스테이크 앤드 키드니 파이는 퍼래머스의 어느 회사에서 만드는 냉동 제품이에요. 그걸 그냥 오븐에 데워서 내요. 그런데 그거 알아요? 《데이턴 데일리 뉴스》의 음식점 평론가가 그걸 그렇게 좋아한답니다. 우리 가게에 별 다섯 개를 줬어요! 진짜예요!" 메리는 몸을 좀 더 숙이고 나지막이 속삭였다. "누구한테라도 폭로하면 내가 당신을 죽여야 해요."

홀리는 엄지손가락으로 얇은 입술에 지퍼를 채우고 보이지 않는 열쇠를 돌렸다. 빌 호지스가 숱하게 반복한 동작이었다.

"그러니까 이름과 메뉴를 바꾸고 새로 오픈했을 때…… 아니면 그 직전에……."

"내 남편 조니는 일주일 전에 이 일대에 전단지를 돌리자고 했지만 내가 그러면 소용없다고, 사람들이 잊어버릴 거라고 해서 그 전날 돌렸어요. 아르바이트생을 동원해 이 주변의 아홉 개 블록에 뿌릴 수 있을 만큼 넉넉히 메뉴를 출력했어요."

"조금 더 가면 나오는 주차장에까지 말이죠."

"맞아요. 중요한 문제인가요?"

"그게 언제였는지 달력을 확인해 주실 수 있을까요?"

"그럴 필요 없어요. 내 기억 속에 새겨져 있거든요." 그녀는 이마를 톡톡 두드렸다. "4월 19일이에요. 목요일. 우리가 금요일에 오픈을, 아니, 재오픈을 했거든요."

홀리는 메리의 문법을 바로잡아 주고 싶은 걸 참으며 고맙다고 인사하고 몸을 돌렸다.

"그 남자가 무슨 짓을 저질렀는지 진짜 얘기 안 해 줄 거예요?"

"죄송해요. 하지만 그랬다가는 일자리에서 잘려요."

"뭐, 그럼 여기 있는 동안 저녁 먹으러 와요."

"그럴게요."

홀리는 그렇게 말했지만 그럴 일은 없었다. 또 어떤 메뉴가 패러머스에서 냉동 상태로 실려 오는지 아무도 모를 일이었다.

다음으로 해야 할 일은 하이스먼 기억 병동으로 찾아가, 컨디션이 괜찮다면(요즘도 컨디션이 괜찮은 날이 있을지 모르겠지만) 테리 메이틀랜드의 아버지를 면회하는 것이었다. 설령 그가 구름 속을 헤매더라도 병원 직원들과 얘기를 나눌 수 있을지 몰랐다. 그때까지 제법 훌륭한 호텔 객실에 있을 수 있었다. 그녀는 노트북을 켜고 알렉 펠리에게 기브니 보고서#1이라는 제목의 이메일을 보냈다.

'토미와 터펜스'의 메뉴가 일대 아홉 개 블록에 배포된 날짜는 4월 19일, 목요일. 공동 사장 메리 홀리스터를 면담한 결과, 정확한 날짜라고 확신함. 따라서 그날 멀린 캐시디가 인근 주차장에 밴을 버렸다고 할 수 있음. 메이틀랜드 가족은 4월 21일 토요일 정오 무렵 데이턴에 도착. 그때쯤 밴은 이미 사라졌을 게 거의 분명하다고 봄. 내일 경찰서에 확인해 또 하나의 가능성을 차단한 뒤 하인스먼 기억 병동을 방문할 예정. 궁금한 점이 있으면 이메일이나 휴대전화로 연락 바람.

홀리 기브니
파인더스 키퍼스

홀리는 이 문제를 처리하고 호텔 식당으로 내려가 간단한 식사를 주문했다.(말도 안 되게 비싼 룸서비스는 단 한 번도 고려한 적이 없었다.) 객실에서 볼 수 있는 영화 목록에 보지 않은 멜 깁슨의 작품이 있기에 주문했다. 여기에 쓰인 9달러 99센트는 지출결의서를 작성할 때 뺄 것이다. 영화는 그냥 그랬지만 깁슨은 주어진 한계 안에서 최선을 다했다. 영화 일지에 제목과 상영 시간을 기록하고(지금까지 쓴 영화 일지가 20권이 넘었다.) 별점은 세 개를 주었다. 이 문제를 처리하고 객실의 잠금장치 두 개를 모두 제대로 잠갔는지 확인한 다음 기도를 하고(늘 그렇듯 빌이 보고 싶다는 말로 마무리를 맺었다.) 자리에 누웠다. 꿈도 꾸지 않고 여덟 시간을 잤다. 적어도 기억나는 꿈은 없었다.

4

홀리는 다음 날 아침에 커피를 마시고 속보로 5킬로미터를 걷고 근처 카페에서 아침을 먹은 다음 뜨거운 물로 샤워를 하고 데이턴 경찰서에 전화해 교통과로 연결을 부탁했다. 신선하리만치 짧은 기다림 이후에 린던 경관이 전화를 받아서 "어떻게 도와 드릴까요?" 하고 물었다. 홀리로서는 반가운 일이었다. 깍듯한 경찰관을 만나면 기분 좋게 하루를 시작할 수 있었다.

그녀는 신원을 밝히고 4월에 노스우즈 블러바드의 공영 주차장에 방치됐던 흰색 이코노라인 밴에 관심이 있다며 데이턴 경찰서에서 무료 주차장을 주기적으로 체크하느냐고 물었다.

"물론이죠." 린던 경관이 말했다. "하지만 여섯 시간 단속을 하지는 않습니다. 주차 단속반이 아니라 경찰이니까요."

"이해해요. 그래도 유기 가능성이 있는 차량은 주시해야 하지 않을까요?"

그러자 린던이 웃었다.

"그 회사에서 할부금 연체 차량과 도난 차량 회수를 많이 하시는 모양이네요."

"보석금을 내고 도망친 범죄자들과 더불어 저희 회사의 밥줄이에요."

"그럼 어떤 식인지 아실 텐데요. 저희는 시내와 공항 장기 주차장에 방치된 고급 차량에 중점적으로 관심을 기울이죠. 디날리, 에스컬레이드, 재규어, BMW, 이런 종류요. 말씀하신 그 밴에는 뉴욕 번호판이 달려 있었다고요?"

"맞아요."

"웬일인가 싶긴 하지만 뉴욕 사람들도 데이턴에 올 때가 있으니 첫날에는 그런 밴이 보이더라도 별로 주목을 받지 않겠지만 둘째 날에도 거기 있다? 가능성이 크죠."

그렇더라도 메이틀랜드 가족이 도착하기 꼬박 하루 전의 얘기였다.

"고맙습니다, 경관님."

"원하시면 견인 차량 보관소에 조회해 드릴 수 있어요."

"그럴 필요는 없을 것 같아요. 그 밴이 다음에 등장한 곳이 여기서 남쪽으로 1600킬로미터 떨어진 도시였거든요."

"뭣 때문에 그 차에 관심을 보이시는지 물어봐도 될까요?"

"그럼요." 홀리는 말했다. 상대는 경찰이었다. "어린아이를 유괴하고 살해하는 데 쓰였기 때문이에요."

# 5

이제 홀리는 테리 메이틀랜드가 아내와 두 딸과 함께 4월 21일에 데이턴에 도착하기 전에 밴이 사라졌다고 99퍼센트 확신한 상태에서 프리우스를 몰고 하이스먼 기억 병동으로 향했다. 아무리 못해도 1만 6000제곱미터는 됨직한 잘 관리된 부지 한가운데 자리 잡은 길고 야트막한 사암 건물이었다. 거길 소유하고 운영하며 상당한 이윤을 챙기고 있을 킨드러드 병원과 작은 숲으로 분리가 됐다. 분명 저렴해 보이지 않는 시설이었다. *피터 메이틀랜드가 비상금이 많았든지 보험을 잘 들어 두었든지 아니면 둘 다였겠군.* 홀리는 흡족스러워하며 생각했다. 아침 이른 시각이라 방문객용 주차장에 빈자리가 많았지만 홀리는 저쪽 끝자리를 선택했다. 핏비트 설정 목표가 하루에 1만 2000보라 티끌 모아 태산이었다.

그녀는 잠깐 걸음을 멈추고, 세 명의 입소자를 산책시키는 세 명의 잡역부를 구경하다가(입소자 한 명은 여기가 어딘지 아는 것도 같은 눈치였다.) 안으로 들어갔다. 로비는 천장이 높고 쾌적했지만 그 아래로 바닥 왁스와 가구 광택제 냄새가 풍겼고, 건물 안 깊숙한 곳에서 흘러나오는 희미한 지린내를 감지할 수 있었다. 그리고 다른 냄새, 그보다 묵직한 냄새도 느껴졌다. 잃어버린 희망의 냄새라고 하면 한심하고 멜로드라마 같겠지만 홀리가 느끼기에는 그랬다. *어쩌면 내가 어렸을 때 도넛이 아니라 구멍을 쳐다보며 보낸 시간이 너무 많아서 그럴 수도 있어.*

메인 데스크에 '모든 방문객은 수속을 밟아 주시기 바랍니다.'라고 적힌 푯말이 놓여 있었다. 데스크 뒤편을 지키는 여자(그 위에 놓인 조그만 명패에 따르면 켈리 부인이었다.)가 환영의 미소를 지어 보였다.

"안녕하세요. 어떻게 오셨나요?"

지금까지는 모든 게 평범하고 특별할 게 없었다. 그런데 홀리가 피터 메이틀랜드를 만나고 싶다고 한 순간, 상황이 정상 궤도에서 일탈하기 시작했다. 켈리 부인이 지은 미소가 입가에는 남았지만 눈빛에서는 사라졌다.

"가족이신가요?"

"아뇨. 가족의 친구예요."

거짓말은 아니라고, 홀리는 속으로 중얼거렸다. 그녀는 작고한 남편의 누명을 벗기기 위해 메이틀랜드 부인의 변호사에게 고용됐고 변호사는 메이틀랜드 부인에게 고용됐으니, 그것도 일종의 친구 사이라고 볼 수 있지 않을까?

"그럼 안 되겠는데요." 이제는 남은 미소가 순전히 형식적이었다. "가족이 아니라면 나가 주셨으면 합니다. 어차피 메이틀랜드 씨는 손님을 알아보지도 못할 거예요. 올여름에 상태가 악화됐거든요."

"올여름에요, 아니면 테리가 봄에 그분을 만나러 온 이후에요?"

이제는 미소가 완전히 사라졌다.

"기자세요? 기자라면 법적으로 고지의 의무가 있고 구내에서 당장 나가 달라고 요청할 거예요. 거부하면 경비를 불러서 밖으로 안내할 테고요. 저희는 손님 같은 부류를 워낙 많이 겪었거든요."

흥미로웠다. 그녀가 수사하는 사건과 연관이 없을 수도 있지만 연관이 있을 수도 있었다. 여자는 홀리가 피터 메이틀랜드의 이름을 언급하자 진상으로 돌변했다.

"기자 아니에요."

"그 말 믿을게요. 하지만 친척이 아니라고 하셨으니 그래도 나가 주셨으면 합니다."

"알았어요." 홀리는 한두 걸음 내디뎠다가 다시 몸을 돌렸다. "만약 메이틀랜드 씨의 아드님인 테리가 전화해서 제 신원을 보증한다면요? 그러면 도움이 될까요?"

"아마도요." 켈리 부인이 마지못한 듯 말했다. "그래도 손님의 동료가 메이틀랜드 씨인 척하는 건 아닌지 확인하는 차원에서 몇 가지 질문에 대답을 해 주셔야 할 거예요. 기브니 씨 입장에서는 약간 피해망상 환자처럼 느껴질지 몰라도 여기서 벌어지는 사건이 워낙 많거든요. 그리고 저는 제가 맡은 책임을 허투루 간주하지 않고요."

"이해해요."

"이해하실 수도 있고 이해하지 못하실 수도 있겠지만, 피터하고 만나 봐야 아무 소용 없을 거예요. 경찰도 그랬어요. 그분은 알츠하이머 말기거든요. 아드님한테 물어보면 알려 줄 거예요."

*아드님은 저한테 아무 얘기도 할 수 없답니다, 켈리 부인. 일주일 전에 죽었거든요. 하지만 부인은 그런 줄 모르죠?*

"경찰에서 피터 메이틀랜드와 마지막으로 대화를 시도한 게 언제였는데요? 가족의 친구로서 묻는 거예요."

켈리 부인은 잠깐 고민하다가 대답했다.

"손님 못 믿겠어요. 대답하지 않을게요."

빌이라면 지금쯤 훈훈하고 허물없는 사이로 발전했을 테고 이메일 주소를 교환하며 켈리 부인에게 페이스북으로 연락하겠다는 약속을 받아 냈을지 모르지만, 홀리는 추론 능력은 뛰어날지 몰라도 정신 분석가가 '사람을 대하는 기술'이라고 지칭하는 분야에서는 계속 노력하는 중이었다. 그녀는 풀이 죽기는 했지만 단념하지는 않았다.

일이 점점 재미있어지고 있었다.


## 6


그 맑고 화창한 화요일 오전 11시에 홀리는 앤드루 딘 공원의 그늘진 벤치에 앉아, 근처 스타벅스에서 산 라테를 홀짝이며 켈리 부인과 나눈 기묘한 대화에 대해 생각했다.

그 여자는 테리가 죽었다는 걸 몰랐고 어쩌면 하이스먼의 직원들 모두 그럴 수 있었는데, 별로 놀라운 일은 아니었다. 프랭크 피터슨과 테리 메이틀랜드 살인 사건은 여기서 천 몇 킬로미터 멀리 떨어진 조그만 도시에서 벌어졌다. 그게 지난 일주일 동안 전국적인 뉴스로 다루어졌다 한들, ISIL* 동조자가 테네시 주 쇼핑몰에서 총격으로 여덟 명의 사상자를 낸 사건과 토네이도가 인디애나 주의 조그만 마을을 초토화시킨 뉴스에 가려서 《허핑턴 포스트》 저

---

* 2014년부터 2017년까지 이라크 북부와 시리아 동부를 점령했던 수니파 이슬람 원리주의 무장단체.

밑바닥에 잠깐 등장했다가 사라졌을 것이다. 그리고 마시 메이틀랜드가 시아버지에게 연락해 슬픈 소식을 전할 리도 없었다. 그의 상태를 감안하면 그럴 이유가 없었다.

*기자세요?* 켈리 부인은 그렇게 물었다. *저희는 손님 같은 부류를 워낙 많이 겪었거든요.*

좋다, 기자들은 물론이고 경찰까지 찾아와 켈리 부인이 하이스먼 기억 병동의 제1선을 책임지는 사람으로서 그들을 상대한 모양이었다. 하지만 그들이 테리 메이틀랜드에 대해 물었다면 그녀는 그가 죽었다는 사실을 알았을 것이다. 그렇다면 뭣 때문에 난리법석이 벌어졌던 걸까?

홀리는 커피를 내려놓고 숄더백에서 아이패드를 꺼내 전원을 켜고 안테나가 다섯 칸 뜨는지 확인했다. 덕분에 스타벅스로 다시 찾아가는 수고를 덜 수 있었다. 소정의 금액을 내고(지출결의서에 정당하게 기입했다.) 지역 일간지 자료 보관실에 접속해 멀린 캐시디가 밴을 버린 4월 19일을 검색하기 시작했다. 누군가가 밴을 다시 훔쳐간 날일 가능성도 농후했다. 지역 뉴스를 꼼꼼히 훑었지만 기억 병동과 관련 있는 기사는 없었다. 이후 5일 동안도 마찬가지였고 다른 뉴스들만 많았다. 교통사고, 주택 강도 두 건, 나이트클럽 화재, 주유소 폭발, 학교 직원이 연루된 횡령 스캔들, 인근 트로트우드에서 실종된 두 자매(백인) 수색 작전, 비무장 10대(흑인)에게 총격을 가한 죄로 기소된 경찰관, 나치의 상징으로 도배가 된 유대교 예배당.

그리고 4월 25일자 1면 헤드라인에 트로트우드에서 실종된 두 소녀, 앰버 하워드와 졸린 하워드가 집 근처 계곡에서 훼손된 시신으로 발견됐다는 뉴스가 대문짝만 하게 실렸다. 익명의 경찰 관계자는 "두 아이가 믿기지 않을 만큼 잔인한 범행의 대상이 되었다."고 했다. 그리고 두 아이 모두 성폭행을 당했다.

테리 메이틀랜드는 4월 25일에 데이턴에 있었다. 물론 가족들과 함께 있었지만…….

테리 메이틀랜드가 마지막으로 아버지를 만나러 간 4월 26일에는 새로운 소식이 없었고, 메이틀랜드 가족이 플린트 시티의 집으로 돌아간 27일에도 마찬가지였다. 그러다 토요일인 28일에 경찰이 '유력한 용의자'를 신문 중이라고 발표했다. 그로부터 이틀 뒤에 유력한 용의자가 체포됐다. 그의 이름은 히스 홈즈였다. 서른네 살이었고 하이스먼 기억 병동에서 잡역부로 근무하는 데이턴 주민이었다.

홀리는 라테를 집어서 절반을 벌컥벌컥 마시고 휘둥그레 뜬 눈으로 그늘이 진 공원의 깊숙한 곳을 응시했다. 핏비트를 체크했다. 맥박이 분당 110회로 질주하는데, 단순히 카페인 때문만은 아니었다.

그녀는 다시 《데일리 뉴스》 자료 보관실로 돌아가 5월에서 6월까지 사건의 추이를 파악했다. 테리 메이틀랜드와 다르게 히스 홈즈는 기소인부절차 때 목숨을 부지했지만, 테리와 아주 비슷하게 (지넷 앤더슨이라면 합일점이라고 표현했을 것이다) 앰버 하워드와 졸린 하워드 살인 사건의 재판정에 서지 않았다. 6월 7일에 몽고메리 카운티 구치소에서 스스로 목숨을 끊었다.

핏비트를 다시 체크해 보니 이제는 맥박이 120까지 뛰었다. 그래도 그녀는 남은 라테를 단숨에 들이켰다. 박진감 있게 사는 거다.

*빌, 당신이랑 같이 이 사건을 수사하면 좋겠어요. 그러고 싶은 마음이 정말이지 굴뚝같아요. 그리고 제롬도. 우리 셋이 고삐를 틀어쥐고 이 망아지 위에 올라타 달리기를 멈추게 할 수 있을 텐데.*

하지만 빌은 죽었고, 제롬은 아일랜드에 있었고, 그녀는 이 수수께끼의 해결을 향해 한 발짝도 다가가지 못할 것이다. 혼자서는 그랬다. 하지만 그렇다고 데이턴에서 볼일이 다 끝난 건 아니었다. 그건 아니었다.

그녀는 호텔로 돌아가 룸서비스로 샌드위치를 주문하고(비용은 될 대로 되라지.) 노트북을 열었다. 알렉 펠리와 통화한 이후부터 작성 중인 메모에 새롭게 알게 된 사실을 추가했다. 화면을 멍하니 쳐다보며 스크롤을 올렸다 내렸다 하는데, 어머니가 입버릇처럼 했던 말이 문득 떠올랐다. *메이시스가 짐벌스한테 얘기할 리 있겠니?*[*] 데이턴 경찰은 프랭크 피터슨 살인 사건에 대해서 몰랐고, 플린트 시티 경찰은 하워드 자매 살인 사건에 대해서 몰랐다. 무슨 수로 알 수 있었겠는가? 두 사건은 몇 개월의 간격을 두고 서로 다른 지역에서 벌어졌다. 테리 메이틀랜드가 양쪽 도시에 있었다는 것과, 그와 하이스먼 기억 병동의 관계를 아무도 몰랐다. 모든 사건에는 그걸 관통하는 정보의 고속도로가 있는데, 이 고속도로는 최소두 군데에서 끊겼다.

"하지만 나는 알아. 적어도 일부분은. 알아. 다만……."

---

* 메이시스와 짐벌스는 뉴욕에서 서로 경쟁 관계였던 대형 백화점이다.

문을 두드리는 소리에 그녀는 펄쩍 뛰었다. 룸서비스 웨이터를 안으로 들여 영수증에 서명하고 10퍼센트의 팁을 추가한 다음(서비스 이용료가 최종 금액에 포함되지 않았는지 먼저 확인했다.) 얼른 내보냈다. 그러고는 무슨 맛인지도 모르겠는 BLT 샌드위치를 우적우적 씹으며 방 안을 왔다 갔다 걸었다.

알 수 있었는데 모르고 지나간 게 있었다. 그게 뭘까? 그녀가 맞추려고 하는 퍼즐에 빠진 조각들이 있다는 사실 때문에 신경이 쓰이는 수준을 넘어 괴로울 지경이었다. 알렉 펠리가 일부러 뭘 감추었다는 얘기가 아니라 대수롭지 않은 걸로 간주한 정보, 그것도 중요한 정보가 있을지 몰랐다.

메이틀랜드 부인에게 물어볼 수도 있겠지만 그녀가 눈물을 흘리며 슬퍼하면 달랠 방법이 없었다. 홀리는 그런 걸 해 본 적이 없었다. 얼마 전에 제롬 로빈슨의 여동생이 힘든 시기를 견딜 수 있도록 도운 적이 있긴 하지만 원래는 그런 데 젬병이었다. 게다가 그 딱한 여자는 상심으로 이성이 흐려져 그림을 완성하는 데 필요한 사소하지만 중요한 사실들을 도외시할 수 있었다. 직소 퍼즐의 경우에도 서너 조각이 바닥으로 떨어지면 그걸 찾아야 전체적인 그림을 완성할 수 있는데, 그런 역할을 하는 사실들을 도외시할 수 없었다.

중요한 부분은 물론이고 사소한 부분들까지 모든 사항을 가장 잘 아는 사람은, 대부분의 목격자를 면담하고 메이틀랜드를 체포했던 형사일 가능성이 컸다. 홀리는 빌 호지스와 일을 한 뒤로 형사들을 신뢰하게 됐다. 그들 모두가 훌륭한 건 아니었다. 빌이 은퇴한 뒤에 피트 헌틀리의 파트너가 된 이사벨 제인스는 존경할 만한 구석이 없었고, 이 랠프 앤더슨이라는 형사도 메이틀랜드를 공개적으로 체포하는 끔찍한 실수를 저질렀다. 하지만 끔찍한 선택을 했다고 끔찍한 형사가 되는 건 아니었고, 펠리의 설명에 따르면 결정적인 정상 참작 사유가 있었다. 테리 메이틀랜드는 앤더슨의 아들과 가까운 사이였다. 앤더슨의 목격자 신문은 빈틈없어 보였다. 그가 빠진 조각을 쥐고 있을 가능성이 가장 컸다.

생각해 보아야 할 대목이었다. 그에 대해 생각하는 동안 하이스먼 기억 병동을 다시 찾아가야 했다.

## 7

그녀는 2시 30분에 도착했고, 이번에는 **직원용 주차장**과 **구급차 외주차 금지**라고 되어 있는 건물 왼편으로 돌아갔다. 저쪽 끝을 선택해 건물을 지켜볼 수 있도록 차를 뒤로 댔다. 2시 45분이 되자 3시부터 11시까지 근무하는 직원들이 출근하기 시작했다. 3시 무렵이되자 데이타임 근무 직원(대부분 잡역부였고 간호사 몇 명, 의사인가 싶은 양복쟁이 두 명이었다.)들이 퇴근하기 시작했다. 양복쟁이 한 명은 캐딜락을, 다른 한 명은 포르셰를 몰고 떠났다. 과연 의사가 맞았다. 그녀는 다른 직원들을 유심히 검토한 끝에 표적을 정했다. 춤추는 곰 인형으로 뒤덮인 길고 헐렁한 블라우스를 입은 중년의 간호사였다. 그녀의 차는 옆면에 녹이 슬었고 금이 간 미등은 테이프로 붙였고 범퍼에는 빛바래 가는 **힐러리를 지지합니다** 스티커를 붙인 고

물 혼다 시빅이었다. 게다가 차에 오르기 전에 담배에 불을 붙였다. 오래된 차에 비싼 담배. 금상첨화였다.

홀리는 그녀를 따라 주차장을 빠져나갔다. 서쪽으로 5킬로미터를 달리자 풍경이 도시에서 쾌적한 근교로, 그다음에는 별로 쾌적하지 않은 근교로 바뀌었다. 여기서 그 여자는 성냥갑 같은 주택의 진입로로 방향을 틀었다. 똑같이 생긴 집들이 다닥다닥 붙어 있었고, 거의 모든 집마다 얼마 안 되는 앞마당에 싸구려 플라스틱 장난감들이 나뒹굴었다. 홀리는 길가에 주차하고, 힘과 인내와 용기를 달라고 잠깐 기도를 한 다음 차에서 내렸다.

"여사님? 간호사님? 저기요."

여자가 고개를 돌렸다. 쭈글쭈글한 얼굴과 골초답게 벌써부터 희끗희끗한 머리 때문에 나이를 짐작하기가 쉽지 않았다. 마흔다섯 아니면 쉰 살쯤 됐을까. 결혼반지는 없었다.

"저 부르셨어요?"

"네, 도움을 좀 받고 싶어서요. 사례는 할게요. 히스 홈즈와, 그와 피터 메이틀랜드의 관계에 대해 알려 주시면 100달러를 현금으로 드릴게요."

"요양원에서부터 나를 쫓아온 거예요?"

"네, 맞아요."

여자는 눈썹을 찡그렸다.

"기자예요? 켈리 부인이 기자가 찾아왔더라며 누구든 말을 섞으면 자르겠다고 그랬거든요."

"그분이 저를 얘기하는 건 맞지만 기자가 아니라 수사관이에요.

그리고 켈리 부인은 당신이 나랑 얘기했다는 걸 알 일이 없어요."

"신분증 좀 보여 줘요."

홀리는 면허증과 파인더스 키퍼스 명함을 건넸다. 여자는 그 둘을 유심히 살피고 돌려줬다.

"난 캔디 윌슨이에요."

"만나서 반갑습니다."

"흐음, 그러게요. 하지만 내 일자리를 걸고 만나는 건데 200달러는 받아야겠는데요?" 윌슨은 말을 멈추었다가 덧붙였다. "거기에 50달러 더."

"좋아요."

200달러나 150달러로 깎을 수도 있었겠지만 홀리는 흥정(그녀의 어머니는 그걸 밀당이라고 했다.)에 약했다. 게다가 이 여자는 그 돈이 필요해 보였다.

"들어와요. 이 동네 사람들은 호기심이 하늘을 찌르거든요."


# 8


그 집에서는 담배 냄새가 지독하게 풍겼다. 홀리는 오랜만에 처음으로 담배를 간절하게 피우고 싶어졌다. 윌슨은 자동차 미등처럼 테이프로 붙인 안락의자에 털썩 주저앉았다. 그 옆에는 할아버지가 (폐기종으로) 돌아가신 이래 홀리가 본 적 없는 스탠딩 재떨이가 있었다. 윌슨이 나일론 바지에서 담배를 꺼내 라이터로 불을 붙

였다. 홀리에게 권하지는 않았다. 요즘 담뱃값을 생각하면 이해가
되는 처사였고 홀리로서는 다행스러웠다. 그녀가 권했다면 한 대
집었을 수도 있었다.

"돈부터 주시죠." 캔디 윌슨이 말했다.

홀리는 기억 병동을 다시 찾아가는 길에 잊지 않고 현금 인출기
에 들렀기에 핸드백에서 지갑을 꺼내 액수만큼 셌다. 윌슨은 돈을
다시 세고 담배와 함께 주머니에 넣었다.

"아무한테도 얘기하지 않겠다는 약속 지켜 줘요, 홀리. 남편 새
끼가 떠나면서 통장을 탈탈 털어 가는 바람에 이 돈이 필요하게 됐
지만, 켈리 부인은 장난이 아니거든요. 그「왕좌의 게임」에 나오는
용이랑 비슷하다고 보면 돼요."

홀리는 다시 한 번 엄지손톱으로 입에 지퍼를 채우고 보이지 않
는 열쇠를 돌렸다. 캔디 윌슨은 미소를 지으며 긴장을 푸는 기미를
보였다. 작고 어두컴컴하며 벼룩시장에서 장만한 가구들이 놓인
거실을 두리번거렸다.

"여기 참 우라지게 허름하죠? 원래는 서쪽의 괜찮은 집에서 살
았어요. 대저택은 아니었지만 이런 거지소굴보다는 훨씬 나은 곳
에서. 남편 새끼가 나 모르게 그걸 팔고 토꼈어요. 보지 않으려는
사람보다 더 눈이 먼 사람은 없다고 그러잖아요. 애라도 있었으면
아빠를 증오하게 만드는 식으로 복수라도 했을 텐데 아쉬울 지경
이에요."

빌이라면 뭐라고 대꾸하면 좋을지 알았겠지만 홀리는 몰랐기에
수첩을 꺼내서 당면한 문제로 돌입했다.

"히스 홈즈는 하이스먼에서 잡역부로 일했죠."

"맞아요. 우리끼리는 '훈남 히스'라고 불렀어요. 농담이기도 했고 아니기도 했죠. 크리스 파인이나 톰 히들스턴은 아니지만 보고 있기 힘든 얼굴도 아니었거든요. 그리고 착하기도 했고요. 모두 그렇게 생각했어요. 사람 속은 아무도 알 수 없다는 증거죠. 내 남편 새끼를 봐도 알 수 있지만 적어도 그 인간은 여자애들을 성폭행하고 시신을 훼손하지는 않았어요. 신문에 실린 애들 사진 봤어요?"

홀리는 고개를 끄덕였다. 똑같이 깜찍한 미소를 짓고 있는 금발의 귀염둥이였다. 열두 살과 열 살로, 테리 메이틀랜드의 딸들과 동갑이었다. 이것도 일종의 연결 고리처럼 느껴졌다. 아닐 수도 있었지만 두 사건이 사실은 하나라는 속삭임이 홀리의 머릿속에서 점점 크게 들리기 시작했다. 알맞은 정보만 몇 개 더 추가되면 고함으로 발전할 것이었다.

"누가 그런 짓을 하겠어요?" 윌슨은 물었지만 형식적인 질문이었다. "괴물이죠."

"히스 홈즈와 함께 일한 지는 얼마나 되셨어요, 윌슨 부인?"

"그냥 캔디라고 불러요. 다음 달 공과금을 내주는 사람들한테는 이름으로 부르게 하니까. 그와 7년을 같이 근무했지만 그런 사람인 줄 전혀 몰랐어요."

"신문에 따르면 아이들이 살해됐을 때 홈즈는 휴가 중이었다고 하던데요."

"맞아요, 여기서 북쪽으로 50킬로미터쯤 가면 나오는 리지스로 갔어요. 경찰한테 계속 거기 있었다고 했대요."

윌슨은 눈을 부라렸다.

"신문에 따르면 전과가 있었다고도 했어요."

"음, 맞아요. 하지만 심각한 건 아니었어요. 열일곱 살 때 훔친 차를 몰고 난폭 운전을 했대요." 윌슨은 담배를 보며 미간을 찌푸렸다. "사실 신문에 보도되면 안 되는 거였죠, 미성년 범죄라 기록이 봉인됐을 테니까. 그렇지 않았다면 아무리 군 출신인 데다 월터 리드 육군 병원에서 5년 동안 근무한 경력이 있더라도 하이스먼 병동에 취직할 수 없었을 거예요. 아마도요."

"그를 아주 잘 아는 분처럼 말씀하시네요."

"변호하려는 건 아니에요, 오해 마요. 물론 술을 몇 번 같이 마신 적은 있지만 데이트나 뭐 그런 건 아니었어요. 가끔 퇴근 후에 몇 명이 샘록이란 가게에 가고 그랬거든요. 돈이 있어서 내 차례가 되면 술을 한 잔씩 살 수 있었던 시절에요. 그런 시절은 이제 끝났지만. 아무튼 우리는 자칭 깜빡깜빡 5인방이었는데, 어디에서 따온 별명이었는가 하면……."

"알 것 같아요."

"왜 아니겠어요. 우리는 알츠하이머를 둘러싼 우스갯소리를 전부 알았어요. 대부분 저질스러운 내용이었고, 우리 입소자들은 대개 상당히 착했지만 우리는 그들을…… 뭐랄까……."

"아무것도 모르는 무지렁이 취급했어요?"

"맞아요, 바로 그거예요. 맥주 한잔할래요, 홀리?"

"좋아요. 고마워요."

홀리는 맥주를 마시고 싶은 생각이 별로 없었고 항우울제를 먹고 있을 때 추천할 만한 행동이 아니기도 했지만 대화를 매끄럽게 이어 나가고 싶었다.

윌슨이 버드 라이트 두 개를 들고 왔다. 그녀는 담배만 권하지 않는 게 아니라 잔도 주지 않았다.

"네, 나는 그 난폭 운전에 대해 알고 있었어요." 윌슨이 테이프로 붙인 안락의자에 다시 앉으며 말했다. 의자가 지친 듯 푸우 하는 소리를 냈다. "다들 알고 있었어요. 몇 잔 걸치면 사람들이 어떤 식으로 수다스러워지는지 알잖아요. 하지만 그가 4월에 저지른 그 짓하고는 차원이 달랐죠. 나는 지금도 믿기지가 않아요. 작년 크리스마스 파티 때는 겨우살이 아래에서 그에게 입을 맞추었는데."

그녀는 몸서리를 치거나, 아니면 치는 척했다.

"그러니까 홈즈는 4월 23일이 있던 주에 휴가 중이었고……."

"날짜는 정확히 몰라요. 봄이었다는 것만 알지, 알레르기 때문에." 윌슨이 그렇게 말하며 새 담배에 불을 붙였다. "리지스에 갈 거라고, 엄마하고 같이 1년 전에 돌아가신 아빠를 위해 예배를 드릴 거라고 했어요. 그의 말로는 '추모 예배'라고요. 실제로 갔을지 모르지만 돌아와서 트로트우드에 사는 이 아이들을 죽였단 말이죠. 의심의 여지가 없어요. 그를 봤다는 사람들이 있고, 그가 주유소에서 기름을 넣는 광경이 보안 카메라에 찍혔거든요."

"어떤 차에 기름을 넣었는데요? 밴이었나요?"

유도신문이었고 빌이 옆에 있었다면 못마땅하게 여겼겠지만 어쩔 도리가 없었다.

"모르겠어요. 신문에서 뭐라고 했는지도 잘 모르겠고. 아마 그의 트럭이었을 거예요. 근사하게 꾸민 타호가 있었거든요. 주문 제작한 타이어를 달고, 여기저기 크롬으로 도배하고. 캠핑용 지붕을 씌우고. 아이들을 거기에 태웠을지 몰라요. 약을 먹이고 기다렸겠죠…… 학대할 수 있을 때까지."

"으웩."

어쩔 도리가 없었다.

캔디 윌슨은 고개를 끄덕였다.

"맞아요. 상상하기 싫지만 자꾸 상상이 되는 그런 일이죠. 적어도 내 경우에는 그래요. 경찰 측에서 그의 DNA도 확보했어요. 신문에 기사가 실렸으니 당신도 알고 있겠지만."

"맞아요."

"그런데 내가 그 주에 그를 봤어요, 하루 출근을 했거든요. '여기서 벗어나질 못하겠어요?' 그렇게 물었더니 아무 말 없이 섬뜩한 미소만 짓고서 계속 B동 쪽으로 걸어가더라고요. 그런 식으로 웃는 건 그때까지 본 적이 없었어요, 한 번도. 그의 손톱에 아이들의 피가 그때까지 묻어 있었을 거예요. 어쩌면 거시기와 불알에도. 젠장, 생각만 해도 오싹하네."

홀리도 오싹했지만 아무 말 없이 맥주만 한 모금 마시고 그게 무슨 요일이었느냐고 물었다.

"얼른 생각이 나지 않지만 그 아이들이 실종된 다음이었어요. 아, 맞다. 정확한 날짜를 알려 드릴 수 있겠어요, 그날 퇴근하고 미용실에 예약을 했거든요. 염색하려고. 보면 알겠지만 그 뒤로 미용실에 간 적이 없거든요. 잠시만요."

윌슨은 거실 한쪽 구석에 있는 조그만 책상에서 수첩을 들고 와 페이지를 넘겼다.

"여기 있다, 데비스 헤어포트. 4월 26일이네요."

홀리는 받아 적고 느낌표를 덧붙였다. 테리가 마지막으로 아버지를 만나러 온 날이었다. 그와 그의 가족은 다음 날 집으로 돌아갔다.

"피터 메이틀랜드는 홈즈 씨를 알았나요?"

윌슨은 웃음을 터뜨렸다.

"피터 메이틀랜드는 어느 누구도 알지 못해요. 작년에는 정신이 맑은 날이 좀 있었고 올해 초만 해도 혼자 구내식당에 가서 초콜릿을 달라고 할 정도로 기억이 남아 있었어요. 대부분 정말 좋아했던 걸 가장 마지막까지 기억하거든요. 하지만 이제는 가만히 앉아서 멍하니 앞을 쳐다보기만 해요. 나는 그 지경이 되면 약을 한 움큼 먹고 죽어 버리겠어요, 그게 어떤 약인지 기억할 수 있을 만큼 뇌세포가 남아 있을 때. 하지만 히스가 메이틀랜드를 알았느냐고 하면 대답은 '그렇다'예요. 담당이 바뀌는 잡역부도 있지만 히스는 B동의 홀수 호실을 전담하다시피 했거든요. 그가 말하길 입소자들이 대부분 뇌가 맛이 갔더라도 어느 한구석에서는 자길 안다고 했어요. 그리고 메이틀랜드는 B-5호실 입소자고요."

"당신과 만날 날에 그가 메이틀랜드의 방에 갔을까요?"

"분명 갔어요. 내가 신문에 실리지 않은 정보를 하나 아는데, 만약 히스의 재판이 열렸다면 엄청난 역할을 했을 거예요."

"뭔데요, 캔디? 뭔데요, 네?"

"그가 살인을 저지른 이후에 기억 병동에 왔다는 걸 알았을 때 경찰에서 B동을 샅샅이 수색했거든요. 히스가 거기서 나오는 걸 캠 멜린스키가 목격했다고 해서 특히 메이틀랜드의 병실을 중점적으로요. 캠 멜린스키는 청소부예요. 그가 복도 바닥을 닦고 있었을 때 히스가 미끄러져서 엉덩방아를 찧었기 때문에 히스를 못 볼 수가 없었죠."

"확실해요, 캔디?"

"그럼요. 그리고 이게 대박이에요. 간호사 중에 페니 프러드홈이라고 나랑 제일 친한 친구가 있는데, 한 경찰이 B-5호실을 수색한 뒤에 전화로 하는 얘기를 들었대요. 그 병실에서 머리카락을 발견했는데, 금발이었다고. 그게 뭐겠어요?"

"DNA 검사로 하워드 자매의 머리카락인지 알아봤겠죠?"

"물론이죠. 「CSI」잖아요."

"그 결과는 공개되지 않았고요. 그렇죠?"

"맞아요. 하지만 경찰들이 홈즈 부인의 집 지하실에서 뭘 발견했는지 알죠?"

홀리는 고개를 끄덕였다. 그 부분은 언론에 공개가 되었는데, 그걸 읽은 아이들 부모의 가슴에는 대못이 박혔을 것이다. 누군가가 홀린 얘기를 신문사에서 기사화했다. 아마 텔레비전에도 나왔을 것이다.

"섹스 킬러들은 전리품을 챙기는 경우가 많아요." 캔디가 권위자처럼 말했다. "「과학수사파일」이랑 「데이트라인」에서 봤어요. 이 정신병자들에게서 흔히 볼 수 있는 행동이죠."

"하지만 히스 홈즈는 정신병자처럼 보인 적이 없잖아요."

"그런 인간들은 자기 정체를 숨기니까요."

캔디 윌슨은 으스스한 목소리로 말했다.

"하지만 이 사건에서는 그가 뭘 숨기려고 노력한 적이 별로 없지 않나요? 얼굴을 보이고 다니고 심지어 그 보안 카메라에까지 찍히고 말이죠."

"그래서 뭐요? 돌아 버렸잖아요. 돌아 버린 인간이 뭔들 안중에 있었겠어요."

*앤더슨 형사와 플린트 카운티 지방검사도 테리 메이틀랜드를 두고 똑같은 얘길 했겠지. 오랫동안 덜미를 잡히지 않은 연쇄 살인범(캔디의 표현을 빌자면 '섹스 킬러')들도 많은데. 테드 번디도 있고, 존 웨인 게이시도 있고.*

홀리는 일어났다.

"시간 내주셔서 정말 감사해요."

"내가 당신이랑 만났다는 사실을 켈리 부인이 모르게 하는 걸로 보답하세요."

"그럴게요."

밖으로 나서는 홀리를 향해 캔디가 물었다.

"그의 어머니 소식은 알죠? 히스가 감옥에서 자살한 다음 어떻게 됐는지."

홀리는 열쇠를 손에 든 채 걸음을 멈추었다.

"아뇨."

"한 달 뒤였어요. 당신이 그때까지 조사하지는 않았을 것 같아서요. 목매달아 죽었어요. 아들처럼. 어머니는 감옥이 아니라 지하실에서 그랬지만."

"맙소사! 유서 남겼대요?"

"그건 모르겠어요. 하지만 지하실에서 경찰들이 피 묻은 속옷을 발견했어요. 위니, 티거, 루가 그려진 팬티를. 외아들이 그런 짓을 저질렀다는데 어느 누가 유서를 남길 필요 있겠어요?"


## 9

홀리는 이제 뭘 어쩌면 좋을지 알 수 없을 때마다 거의 항상 인터 내셔널 하우스 오브 팬케이크나 데니스를 찾았다. 두 가게 모두 하루 종일 조식을 제공하기 때문에 와인 리스트나 강압적인 웨이터들에게 신경 쓸 필요 없이 천천히 간단한 음식을 먹을 수 있었다. 그녀의 호텔 근처에 인터내셔널 하우스 오브 팬케이크가 있었다.

한쪽 구석의 2인용 테이블에 자리를 잡고 앉아서 팬케이크(스몰로), 싱글 스크램블드에그, 해시브라운(여기 해시브라운은 언제 먹어도 맛있었다.)을 주문했다. 음식이 나오길 기다리는 동안 노트북을 켜고 랠프 앤더슨의 연락처를 검색했다. 찾지 못했지만 뜻밖은 아니었다. 경찰들은 대개 연락처를 등록하지 않았다. 하지만 빌에게 온갖 노하우를 전수받았으니 찾을 수 있을 테고, 그녀는 그와 통화하고 싶었다. 서로 상대방에게 없는 퍼즐 조각을 가지고 있을 게 분명하기 때문이었다.

"그가 메이시스고 내가 짐벌스인 셈이지." 그녀는 중얼거렸다.

"네, 손님?" 그녀의 저녁을 들고 온 웨이트리스가 물었다.

"배고파 죽겠다고요."

"그러신가 봐요. 이렇게 많이 주문하신 걸 보니." 웨이트리스는 접시를 내려놓았다. "그래도 이런 말씀드려도 될지 모르겠지만 좀 드셔야겠어요. 너무 마르셨네요."

"예전에 걸핏하면 그렇게 얘기한 친구가 있었는데."

홀리는 그 말을 하고 났더니 갑자기 울고 싶어졌다. 친구가 있었는데. 그 부분 때문이었다. 시간이 지났고 시간이 지나면 모든 상처가 아물지 몰라도, 맙소사, 아무는 속도가 너무 더딘 상처도 있었다. 그리고 있다와 있었다는 얼마나 큰 차이인가.

그녀는 팬케이크 시럽을 듬뿍 뿌려서 천천히 먹었다. 진짜배기 메이플 시럽은 아니었지만 그래도 맛있었고, 자리에 앉아서 느긋하게 식사를 할 수 있어서 좋았다.

식사를 마쳤을 때 그녀는 어쩔 수 없는 결론에 도달했다. 펠리를 건너뛰고 앤더슨 형사에게 연락했다가는 사건을 추적하고 싶을 때 (빌이 쓰던 표현이었다.) 잘릴 수 있었다. 그보다 더 중요하게는 비도덕적인 처사였다.

웨이트리스가 다시 와서 커피를 더 마시겠느냐고 묻자 홀리는 좋다고 했다. 스타벅스에는 무료 리필 서비스가 없었다. 그리고 여기 커피가 고급은 아닐지 몰라도 충분히 맛있었다. 시럽처럼. 그리고 나처럼. 심리 치료사가 말하길 이런 식의 자기 확증의 순간이 아주 중요하다고 했다. 내가 셜록 홈즈는 아닐지 몰라도, 토미와 터펜스 콤비도 아닐지 몰라도, 이 정도면 충분히 훌륭하고 뭘 어쩌면 되는지는 내가 잘 알아. 펠리 씨가 딴죽을 걸지 모르고 나는 싸우는 걸 싫어하지만, 어쩔 수 없는 상황이라면 맞받아칠 거야. 내 안의 빌 호지스를 발휘할 거야.

홀리는 그렇게 마음을 다잡으며 전화를 걸었다. 펠리가 전화를 받자 그녀는 말했다.

"테리 메이틀랜드는 피터슨이라는 아이를 죽이지 않았어요."

"뭐라고요? 내가 지금 제대로 들은 거⋯⋯."

"네. 제가 여기 데이턴에서 아주 흥미로운 사실을 알아냈거든요, 펠리 씨. 하지만 보고서를 작성하기 전에 앤더슨 형사님과 통화를 해야겠는데요. 이의 있으신가요?"

펠리는 그녀의 불길한 예상과 달리 딴죽을 걸지 않았다.

"하위 골드하고 얘기해 봐야 하고, 또 그가 마시한테 허락을 받아야 해요. 하지만 두 사람 다 괜찮다고 할 거예요."

홀리는 긴장을 풀고 커피를 한 모금 마셨다.

"다행이네요. 두 분과 최대한 빨리 얘기 마치고 그분 연락처를 알려 주세요. 오늘 중으로 통화하고 싶어요."

"하지만 왜요? 뭘 발견했는데요?"

"제가 뭐 하나 물어볼게요. 테리 메이틀랜드가 마지막으로 아버지를 보러 간 날, 하이스먼 기억 병동에서 아무 일도 없었나요?"

"예를 들면 어떤 거요?"

홀리가 이번에는 유도신문을 하지 않았다.

"뭐든요. 펠리 씨가 모를 수도 있지만 알 수도 있겠다 싶어서요. 예를 들면 메이틀랜드가 호텔로 돌아가서 부인한테 한 얘기가 있다든지. 없을까요?"

"없어요⋯⋯. 메이틀랜드가 나오는 길에 잡역부랑 부딪친 거 말
고는. 바닥이 젖어서 잡역부가 넘어졌다는데 어쩌다 생긴 일이었
어요. 둘 다 다치거나 그러지는 않았고요."

홀리는 손마디가 삐걱거릴 정도로 세게 전화기를 움켜쥐었다.

"전에는 그런 얘기 없었잖아요."

"중요한 사안이라고 생각하지 않았거든요."

"그래서 앤더슨 형사님이랑 통화를 해야겠다는 거예요. 없어진
조각들이 있어서. 방금 전에 펠리 씨가 조각을 하나 줬어요. 그 형
사님이 좀 더 가지고 있을지 몰라요. 그리고 제가 찾지 못하는 걸
그분은 찾을 수 있을지 모르고요."

"메이틀랜드가 나오는 길에 누구랑 부딪친 게 이 사건이랑 연관
이 있다는 말이에요? 어떤 식으로요?"

"먼저 앤더슨 형사님이랑 통화하게 해 주세요. *제발요.*"

한참 정적이 이어진 끝에 펠리가 말했다.

"하는 데까지 해 볼게요."

홀리가 주머니에 전화기를 넣자 웨이트리스가 계산서를 들고
왔다.

"심각한 통화하시는 것 같길래요."

홀리는 그녀를 향해 미소를 지었다.

"세심한 서비스 고마워요."

웨이트리스가 계산서를 두고 떠났다. 18달러 20센트였다. 홀리
는 접시 밑에 팁으로 5달러를 두었다. 권장 금액보다 훨씬 많은 액

수였지만 그녀는 흥분한 상태였다.


**10**

객실에 이제 막 도착했을 때 휴대전화 벨이 울렸다. 화면에는 **발신자 표시 제한**이라고 떴다.

"여보세요? 홀리 기브니입니다, 누구신가요?"

"랠프 앤더슨입니다. 알렉 펠리한테 기브니 씨의 전화번호를 받았고 거기서 뭘 하는지도 확인했어요. 내가 첫 번째로 묻고 싶은 건 뭘 알고서 그러고 있느냐는 거예요."

"네."

홀리는 걱정이 많았고 그 오랜 세월 동안 심리 치료를 받았음에도 여전히 의구심이 하늘을 찔렀지만 이것만큼은 분명했다.

"흠, 흠, 글쎄요, 알 수도 있고 모를 수도 있겠죠. 나야 판단할 방법이 없지 않겠어요?"

"그렇죠." 홀리는 맞장구쳤다. "현재로서는요."

"알렉한테 들었어요, 테리 메이틀랜드가 프랭크 피터슨을 죽이지 않았다고 했다고. 아주 확신하는 것 같다고 하던데요. 당신은 데이턴에 있고 피터슨 살인 사건은 여기 이 플린트 시티에서 벌어졌는데, 어떻게 그렇게 단언할 수 있는지 궁금합니다만."

"왜냐하면 메이틀랜드가 왔을 때 여기에서 그 비슷한 사건이 벌어졌거든요. 남자아이가 아니라 여자아이 둘이 살해됐어요. 기본 수법은 같아요. 성폭행과 시신 훼손. 경찰에 체포된 남자는 어머니와 함께 50킬로미터 멀리 있는 도시에 있었다고 했고 어머니도 그 주장을 뒷받침했지만, 아이들이 납치된 트로트우드라는 근교에서 그를 본 사람들이 있어요. 보안 카메라에도 찍혔고요. 어디서 많이 들어 본 얘기 같지 않아요?"

"어디서 많이 들어 본 얘기지만 놀랍지는 않네요. 살인범들은 체포되면 대부분 알리바이를 제시하거든요. 당신 회사가 주로 무슨 일을 하는지 알렉한테 들었어요. 기브니 씨는 보석금을 내고 도망친 사람들을 잡는 일을 해서 잘 모를지 모르겠지만, 텔레비전을 보면 알 텐데요."

"이 남자는 하이스먼 기억 병동의 잡역부였고, 휴가 중이었는데도 불구하고 메이틀랜드 씨가 아버지를 만나러 간 주에 최소 한 번 이상 그 병동을 찾았어요. 메이틀랜드 씨가 마지막으로 간 날, 그러니까 4월 26일에는 이 두 살인 용의자가 사실상 서로 부딪쳤어요. 문자 그대로요."

"설마, 농담이죠?" 앤더슨은 고함을 지르다시피 했다.

"아뇨. 파인더스 키퍼스의 예전 파트너 같았으면 '노빵 시추에이션'이라고 했을 거예요. 귀가 쫑긋하시죠?"

"잡역부가 넘어지면서 메이틀랜드한테 상처를 입혔는데, 펠리한테 들었어요? 손을 뻗어서 그를 잡으려다 팔을 긁었다고?"

홀리는 아무 대꾸도 하지 않았다. 조그만 여행가방에 챙긴 영화를 생각했다. 그녀는 걸핏하면 자축하는 성격이라기보다 그 반대였지만, 이제 보니 천부적인 직관을 발휘한 것처럼 느껴졌다. 메이틀랜드 사건에 평범하지 않은 구석이 있다는 사실을 한 번이라도 의심한 적이 있었는가 하면 아니었다. 소름 끼치는 브래디 윌슨 하츠필드와의 조우 덕분이었다. 그런 일을 겪다 보면 시야가 상당히 넓어진다.

"상처는 그거 하나뿐만이 아니었는데." 랠프는 혼잣말처럼 중얼거렸다. "하나 더 있었어요. 하지만 여기서 생긴 거예요. 프랭크 피터슨이 살해된 이후에."

없어진 조각이 다시 하나 등장했다.

"뭔데요, 형사님? 뭔데요, 뭔데요, 뭔데요?"

"이건…… 전화로 할 얘기가 아니에요. 여기로 와 줄 수 있겠습니까? 만나서 얘기해야겠는데. 당신이랑 나, 알렉 펠리, 하위 골드, 그리고 나와 같이 이 사건을 수사하고 있었던 주 경찰청 형사. 그리고 어쩌면 마시도요."

"좋은 생각인 것 같지만 저한테 일을 의뢰한 펠리 씨하고 상의해 보아야 해요."

"펠리 말고 하위 골드하고 얘기해요. 내가 연락처 줄게요."

"예의상……."

"알렉한테 일을 맡긴 사람이 하위니까 의례는 신경 쓸 필요 없어요."

홀리는 곰곰이 생각해 보았다.

"혹시 데이턴 경찰서하고 몽고메리 카운티 지방검사한테 연락하실 수 있나요? 저는 하워드 자매 살인 사건과 히스 홈즈, 그 잡역부의 이름인데, 그 사람에 대해서 궁금한 게 있어도 전부 알아낼 수 없지만 형사님은 가능할 것 같아서요."

"그 남자가 아직 재판을 받지 않았나요? 그렇다면 정보를 많이 주지는 않을……."

"죽었어요." 홀리는 말을 멈추었다가 다시 이었다. "테리 메이틀랜드처럼."

"맙소사." 랠프가 중얼거렸다. "얼마나 더 섬뜩해지려고 이럴까요?"

"아직 멀었어요."

이것 역시 단언할 수 있는 부분이었다.

"아직 멀었다." 랠프는 홀리가 한 말을 따라했다. "캔털루프 멜론 속의 구더기네요."

"네?"

"아무것도 아니에요. 골드 씨한테 연락해요, 알았죠?"

"그래도 펠리 씨한테 먼저 연락하는 게 낫다고 봐요. 만일의 경우에 대비해서."

"그럼 그렇게 해요. 그리고 기브니 씨는…… 뭘 잘 알고서 일을 하는 분 같군요."

그 말에 그녀는 웃음이 나왔다.


11


펠리에게서 승인이 떨어지자 홀리는 불안을 달래느라 호텔의 싸구려 카펫 위를 왔다 갔다 걷고 핏비트를 강박적으로 눌러 맥박을

확인해 가며 당장 하위 골드에게 연락했다. 골드는 그렇다고, 그녀
가 온다는 데 찬성한다고, 아니라고, 일반석을 탈 필요는 없다고
했다.

"비즈니스로 예약해요. 편하게 다리 뻗을 수 있게."

"알았어요." 홀리는 아찔했다. "그럴게요."

"정말로 테리가 피터슨을 죽이지 않았다고 믿는단 말이죠?"

"히스 홈즈가 두 아이를 죽이지 않았다고 생각하는 것만큼 믿어
요. 다른 자의 소행이에요. '이방인(outsider)'이요."

7월 25일

# 그의 방문

# 1

플린트 시티 경찰서 소속 잭 호스킨스 형사는 수요일인 그날 새벽 2시에 눈을 떴을 때 삼중고에 시달렸다. 숙취와 일광화상에 시달렸고 똥이 마려웠다. 로스 트레스 몰리노스에서 밥을 먹은 대가야. 그는 생각했지만…… 거기서 밥을 먹은 게 맞나? 돼지고기와 매콤한 치즈를 넣은 엔칠라다를 먹은 게 분명한데, 장담할 수 없었다. 하시엔다였을 수도 있었다. 어제 저녁의 기억이 흐릿했다.

*보드카를 줄여야 해. 휴가도 끝났는데.*

그렇다, 그것도 일찍 끝났다. 그 개떡 같은 분과에 근무 가능한 형사가 한 명뿐이라. 가끔 사는 게 지랄 맞을 때가 있다. 심지어 가끔이 아니라 종종 그럴 때도 있다.

그는 침대에서 일어났고, 발이 바닥에 닿는 순간 머릿속이 쿵 하고 한 번 울리자 얼굴을 찡그리며 일광화상을 입은 뒷덜미를 문질렀다. 반바지를 벗고 침대 옆 탁자에 둔 신문을 집고 볼일을 해결하러 터벅터벅 화장실로 향했다. 변기에 자리를 잡고 멕시코 음식을 먹으면 항상 약 여섯 시간 뒤에 찾아오는 반액체성 배설물이 쏟아지길 기다리며(왜 번번이 같은 실수를 반복할까?) 《플린티 시티 콜》을 펼쳐 들고 부스럭부스럭 만화 코너로 넘겼다. 지방 일간지에서 볼거리라고는 그것뿐이었다.

잭이 실눈을 뜨고 「겟 퍼지」의 말풍선 속에 깨알같이 적힌 대사를 읽고 있었을 때 샤워 커튼이 부스럭거리는 소리가 들렸다. 고개를 들어 보니 데이지 무늬 뒤로 그림자가 보였다. 심장이 목젖을 때리며 벌렁거렸다. 누군가가 욕조에 서 있었다. 약에 취해서 화장실 창문을 넘어왔다가 불이 켜지는 걸 보고 유일한 공간으로 피신한 절도범은 아니었다. 절대 아니었다. 캐닝 타운십의 그 빌어먹을 헛간에서 그의 뒤에 서 있던 그자였다. 그렇다는 걸 그의 이름만큼이나 분명하게 알 수 있었다. 그 만남(그것도 만남이라고 할 수 있을지 모르겠지만)은 그의 기억 속에서 지워지길 거부했고 그는 이자의…… 귀환을 예상하고 있었던 듯한 심정이었다.

*헛소리라는 걸 알면서 그래. 헛간에서 어떤 남자가 보인 줄 알았지만 불을 비춰 보니까 그냥 동강 난 농기구였잖아. 지금도 욕조에 남자가 서 있는 게 아니라 머리인 줄 알았던 건 샤워기 헤드고, 팔인 줄 알았던 건 벽 손잡이에 걸어 놓은 길쭉한 샤워 타월이겠지. 부스럭거리는 소리는 바람 소리였거나 네가 잘못 들었거나 둘 중 하나고.*

그는 눈을 감았다가 다시 떠 한심한 꽃무늬 비닐 샤워 커튼을 응시했다. 헤어진 마누라나 좋아했음직한 커튼이었다. 이제 잠에서 완전히 깨고 보니 현실 감각이 다시금 돌아왔다. 그냥 샤워기 헤드였고, 그냥 벽 손잡이에 걸어 놓은 샤워 타월이었다. 그는 바보였다. 숙취에 시달리는 바보였으니 그중에서도 최악이었다. 그는…….

샤워 커튼이 다시 부스럭거렸다. 그게 부스럭거린 이유는 그가 샤워 타월이라고 믿고 싶었던 게 어둑어둑한 손가락으로 자라나 비닐을 건드렸기 때문이었다. 샤워기 헤드가 고개를 돌리고 반투명한 커튼 사이로 그를 쳐다보는 듯했다. 힘이 빠진 호스킨스의 손에서 빠져나온 신문이 털썩 하는 소리와 함께 타일 바닥으로 떨어졌다. 머리가 지끈거리고 또 지끈거렸다. 뒷덜미가 화끈거리고 또 화끈거렸다. 창자에서 힘이 풀렸고, 문득 가장 최근에 먹은 음식인 게 분명하다는 확신이 드는 것의 냄새로 조그만 화장실이 가득 찼다. 그 손이 커튼 가장자리를 향해 움직였다. 1초, 아무리 길어도 2초 뒤면 커튼이 젖히고 그는 가장 무서운 악몽조차 달콤한 백일몽처럼 느껴질 만큼 끔찍한 무언가를 맞닥뜨리게 될 것이었다.

"안 돼." 그는 속삭였다. "안 돼." 일어나려고 했지만 다리가 버텨주지 못하는 바람에 넓디넓은 엉덩이로 다시 주저앉았다. "제발, 안 돼. 그러지 마."

커튼 가장자리를 따라 손이 움직였지만 그걸 젖히지는 않고 손가락으로 쥐고만 있었다. 손가락 위에 한 단어가 문신으로 새겨져 있었다. **안 돼(CANT)**.

"잭."

그는 대답할 수가 없었다. 남은 똥을 변기 안으로 풍덩풍덩 떨구어 가며 알몸으로 앉아 있는 지금, 그의 심장은 폭주 기관차와 같았다. 조만간 심장이 몸을 뚫고 타일 바닥으로 떨어져 발목과 《플린트 시티 콜》 만화 코너 위로 핏방울을 튀겨 가며 마지막으로 팔딱이는 게 그가 지상에서 볼 수 있는 마지막 광경일 듯했다.

"그거 일광화상 아니다, 잭."

그는 기절하고 싶었다. 변기 밖으로 그냥 쓰러지고 싶었다. 그러다 타일 바닥에 부딪쳐 뇌진탕을 일으킨다 한들, 심지어 두개골에 금이 간다 한들 그게 대수일까. 적어도 여기에서는 벗어날 수 있지 않은가. 하지만 의식이 고집스럽게 제자리를 지켰다. 욕조 안의 그림자도 제자리를 지켰다. 커튼을 잡은 손가락도 제자리를 지켰다. **안 돼.** 희미해져 가는 파란 글씨.

"뒷덜미를 만져 봐, 잭. 내가 이 커튼을 젖히고 내 모습을 너한테 보이기 전에 얼른."

호스킨스는 한 손을 들어 뒷덜미에 대고 눌렀다. 몸에서 당장 반응이 왔다. 번쩍하는 엄청난 고통이 위로는 관자놀이, 아래로는 어깨까지 그를 관통했다. 손을 쳐다보니 피가 묻어 있었다.

"너는 암에 걸렸다." 커튼 뒤의 그자가 말했다. "네 임파선, 목, 부비강. 눈도 마찬가지야, 잭. 암세포가 네 눈을 갉아먹고 있어. 조만간 조그만 회색 덩어리처럼 생긴 악성 종양세포가 눈앞에서 헤엄칠 거야. 네가 언제 암에 걸렸는지 알아?"

당연히 알았다. 이것이 캐닝 타운십에서 그를 건드렸을 때였다. 그를 어루만졌을 때였다.

"내가 선물한 거지만 거두어 갈 수 있어. 내가 거두어 가길 바라나?"

"네." 잭은 속삭였다. 울음을 터뜨렸다. "거두어 가세요. 제발 거두어 가세요."

"그럼 내가 시키는 대로 할 테냐?"

"네."

"망설임 없이?"

"네!"

"너를 믿겠다. 너를 믿으면 안 되는 이유를 제공하지는 않겠지?"

"그럼요! 그럼요!"

"좋아. 이제 닦아라. 냄새난다."

**안 돼**라고 적힌 손은 뒤로 물러났지만 그 형체는 샤워 커튼 뒤에서 여전히 그를 응시하고 있었다. 인간이 아니었다. 이 세상에 존재했던 가장 끔찍한 인간보다 훨씬 끔찍한 무언가였다. 호스킨스는 화장지를 향해 손을 뻗었고, 그와 동시에 몸이 옆으로 기울며 세상이 희미해지는 동시에 작아지는 걸 느꼈다. 그는 쓰러졌지만 아무 고통이 없었다. 바닥에 부딪치기도 전에 의식을 잃었다.

2

지닛 앤더슨은 그날 새벽 4시에 늘 그렇듯 요의를 느끼고 눈을 떴다. 평소에는 안방 화장실에 갔지만 테리 메이틀랜드가 총을 맞은 이래 잠을 설치던 랠프가 오늘따라 유난히 뒤척였다. 그녀는 침대에서 일어나 데릭의 방문 앞을 지나면 나오는 복도 저쪽 끝의 화장실로 갔다. 볼일을 보고 물을 내릴까 하다가 그 소리에 그가 깰 수도 있겠다고 결론을 내렸다. 아침까지 두어도 될 것이었다.

*두 시간만 더요, 주님.* 그녀는 화장실을 나서며 생각했다. *두 시간만 더 푹 자면 바랄 게……*.

복도 중간에서 걸음을 멈추었다. 방에서 나왔을 때 1층이 어두컴컴하지 않았나? 비몽사몽이긴 했지만 불이 켜져 있었다면 몰랐을 리 없었다.

*장담할 수 있어?*

100퍼센트 장담할 수는 없었지만 지금은 분명 1층에 불이 켜져 있었다. 하얗고. 희미했다. 레인지 후드 조명이었다.

지넷은 계단 쪽으로 다가가 꼭대기에 서서 미간을 찡그리고 그 불빛을 바라보며 골똘히 생각했다. 잠자리에 들기 전에 도난 경보기를 작동시켰던가? 그랬다. 취침 전 도난 경보기 작동은 이 집의 원칙이었다. 그녀가 설정한 걸 랠프가 다시 한 번 확인한 뒤에 2층으로 올라왔다. 전부터 둘 중 한 명이 경보를 설정했지만, 다시 한 번 확인하는 일은 랠프가 잠을 설치는 것과 더불어 테리 메이틀랜드가 죽은 이후에서야 시작된 습관이었다.

그녀는 랠프를 깨울까 고민하다가 그러지 않기로 했다. 그는 수면 부족이었다. 벽장 꼭대기 선반의 상자에 있는 랠프의 권총을 꺼낼까도 싶었지만 벽장문을 여는 소리가 나면 깨어날 게 분명했다. 게다가 그 정도면 피해망상 아닌가? 화장실에 갈 때 불이 켜져 있었는데 그녀가 알아차리지 못했을 것이다. 아니면 고장 나서 불이 저절로 켜졌을 것이다. 그녀는 살금살금 계단을 내려갔다. 삐걱거리는 소리가 나지 않게 무의식적으로 세 번째 단에서는 왼쪽으로 움직이고 아홉 번째 단에서는 오른쪽으로 움직였다.

부엌 문 앞으로 다가가 고개를 빼고 안을 들여다보았다. 바보가 된 기분이 드는 동시에 또 전혀 아니었다. 한숨을 쉬자 앞머리가 날렸다. 부엌에 아무도 없었다. 그녀는 레인지 등을 끄려고 부엌을 가로지르다 말고 걸음을 멈추었다. 원래 식탁에 의자가 네 개라야 했다. 가족용 세 개와 손님용이라고 불리는 한 개. 그런데 이제 보니 세 개뿐이었다.

"움직이지 마." 누군가가 말했다. "움직이면 내 손에 죽는다. 소리 질러도 마찬가지고."

그녀는 걸음을 멈추었다. 심장이 쿵쾅거리고 뒷덜미 털이 곤두섰다. 내려오기 전에 볼일을 해결하지 않았다면 오줌이 다리를 타고 흘러내려 바닥에 고였을 것이다. 그 남자, 즉 침입자는 거실에서 손님용 의자에 앉아 있었는데, 입구에서 어느 정도 떨어져 있기 때문에 무릎 아래 말고는 보이지 않았다. 빛바랜 청바지를 입고 맨발에 모카신을 신고 있었다. 건선인지, 발목이 벌겋게 얼룩덜룩했다. 상체는 희미한 실루엣에 불과했다. 알 수 있는 거라고는 어깨가 넓고 살짝 구부정하다는 사실뿐이었다. 피곤해서 구부정한 게 아니라 근육이 너무 많아서 제대로 펼 수 없는 듯이 그랬다. 지금 같은 순간에 그런 게 눈에 들어오다니 희한했다. 공포로 선별력이 마비되는 바람에 모든 정보가 편견 없이 쏟아져 들어왔다. 이자가 프랭크 피터슨을 살해한 범인이었다. 짐승처럼 아이를 물어뜯고 나뭇가지로 욕보인 범인이었다. 그런 남자가 집에 들어왔는데, 그녀는 젖꼭지가 전조등처럼 도드라져 보일 게 분명한 짧은 잠옷 바람으로 이렇게 서 있었다.

"내 말 잘 들어. 듣고 있나?"

"네."

지넷은 그렇게 속삭였지만 몸이 흔들리기 시작했다. 남자가 하는 말을 듣지도 못하고 기절하는 게 아닌지 겁이 났다. 그런 사태가 발생한다면 그의 손에 죽을 것이다. 그 이후에 그는 떠날 수도 있지만 2층으로 올라가 랠프를 죽일 수도 있었다. 랠프는 정신을 차리고 무슨 일인지 파악하지도 못한 채 당할 것이다.

*그러면 데릭은 캠프에서 집으로 돌아왔을 때 고아가 되어 있겠지.*

*안 돼. 안 돼. 안 돼.*

"워……원하는 게 뭐예요?"

"남편한테 여기 플린트 시티에서는 끝났다고 말해. 멈추어야 한다고. 멈추면 모든 게 정상으로 돌아갈 거라고. 멈추지 않으면 내가 그를 죽일 거라고. 그들 모두를 죽일 거라고."

남자의 손이 거실을 덮은 어둠에서 벗어나 한 줄짜리 형광등이 비추는 희미한 불빛 안으로 이동했다. 큼지막했다. 그가 그 손으로 주먹을 쥐었다.

"내 손가락 위에 뭐라고 적혀 있지? 읽어 봐."

그녀는 희미해진 파란색 글씨를 쳐다보았다. 뭐라고 말을 하고 싶었지만 할 수가 없었다. 혀가 입천장에 들러붙은 살점이나 다를 바 없었다.

그가 몸을 앞으로 숙였다. 넓고 반듯한 이마 아래로 눈이 보였다.

까만 머리는 위로 솟을 만큼 짧았다. 까만 눈은 그녀가 아니라 그녀의 안을 들여다보며 생각과 감정을 훑었다.

"**해야 해(MUST)**라고 적혀 있잖아. 보이지, 응?"

"보-보-보……."

"그리고 네가 해야 하는 게 뭔가 하면, 남편한테 그만하라고 얘기하는 거야." 빨간 입술이 까만 염소수염 안에서 움직였다. "그나 다른 사람이 나를 찾으려고 하면 내가 죽여서 내장을 콘도르 밥으로 사막에 던져 버릴 거라고 얘기하는 거야. 알겠어?"

네. 그녀는 그렇게 대답하려고 했지만 혀가 움직일 줄 몰랐다. 무릎이 꺾여서 충격을 막으려고 팔을 내밀었지만, 바닥에 부딪히기 전에 사방이 암흑으로 덮였기에 어떻게 되었는지 알 수 없었다.


## 3

잭이 7시에 눈을 떠 보니 화창한 여름 햇살이 창문을 뚫고 침대를 비추고 있었다. 창밖에서 새들이 지저귀는 소리가 들렸다. 그는 벌떡 일어나 좌우를 미친 듯이 두리번거렸다. 간밤에 마신 보드카 때문에 지끈거리는 머리는 거의 안중에도 없었다.

잽싸게 침대에서 빠져나와 침대 옆 테이블 서랍을 열고 방범용으로 넣어 둔 38구경 패스파인더를 꺼냈다. 오른쪽 뺨 옆으로 총을 들어 천장을 겨누고, 무릎을 높이 들어 가며 방을 가로질렀다. 사각 팬티를 발로 차서 옆으로 치웠고, 열린 문 앞에 다다르자 벽을 등지고 그 옆에서 걸음을 멈추었다. 희미하지만 익숙한 냄새가 흘러나왔다. 어제 저녁에 엔칠라다 모험을 벌인 후폭풍이었다. 그 흔적을 버리느라 일어났었다. 적어도 거기까지는 꿈이 아니었다.

"그 안에 누구 있나? 있으면 대답해라. 안 그러면 이 총으로 쏘겠다."

아무 소리도 들리지 않았다. 잭은 심호흡을 하고 허리를 숙인 채 문틀 너머로 뱅그르르 몸을 돌려 38구경으로 좌우를 겨누었다. 뚜껑은 열려 있고 변좌는 내려진 변기가 보였다. 만화 코너가 펼쳐진 채 바닥에 놓인 신문도 보였다. 꽃무늬 반투명 커튼이 쳐진 욕조도 보였다. 그 뒤로 뭔가가 보였지만 샤워기 헤드와 손잡이와 샤워 타월이었다.

*확실해?*

그는 겁이 나기 전에 한 발짝 앞으로 내디뎠다가 매트를 밟고 미끄러지자, 엉덩방아를 찧지 않게 커튼을 붙잡았다. 커튼이 고리에서 떨어져 얼굴을 덮었다. 그는 비명을 지르며 커튼을 와락 치우고 38구경으로 욕조를 겨누었다. 아무도 없었다. 귀신은 없었다. 그는 욕조 바닥을 자세히 들여다보았다. 열심히 청소를 하는 편이 아니라, 누가 거기 서 있었다면 발자국이 남았을 것이다. 하지만 말라붙은 비누와 샴푸 거품에 아무 흔적도 없었다. 전부 꿈이었다. 유난히 생생한 악몽이었다.

그래도 화장실 창문과 외부로 연결되는 세 군데 문을 모두 체크했다. 전부 단단히 잠겨 있었다.

좋다. 그렇다면 이제 긴장을 풀어도 되겠다. 거의. 다시 한 번 화

장실로 가서 이번에는 수건 넣는 수납장을 확인하고(아무것도 없었
다.) 넌더리를 내며 떨어진 샤워 커튼을 발끝으로 밀었다. 그 쓰레
기를 바꿀 때도 됐다. 오늘 홈디포에 들러야겠다.

그는 멍하니 뒷덜미를 긁으려고 했다가 손끝이 닿자마자 아파서
비명을 질렀다. 세면대 앞으로 가서 고개를 돌렸지만 어깨 너머로
뒤통수를 보려고 하는 건 전혀 소용없는 짓이었다. 세면대 아래 맨
위 서랍을 열어 보니 면도용품, 빗, 헝클어진 에이스 붕대, 전 세계
를 통틀어 가장 오래된 질염 치료제가 있었다. 그것 역시 그레타의
시대가 남긴 유물이었다. 바보 같은 샤워 커튼처럼.

맨 아래 서랍에 찾던 게 있었다. 손잡이가 부러진 거울이었다. 거
울 표면의 먼지를 닦고 엉덩이가 세면대에 닿을 때까지 뒤로 물러
나 거울을 들었다. 뒷덜미가 시뻘겠고 조그만 진주알만 한 수포가
생겼다. 선크림으로 떡칠을 했고 다른 데는 화상을 입은 곳이 없는
데 어떻게 그럴 수 있을까?

*그거 일광화상 아니다, 잭.*

호스키스는 나지막이 낑낑대는 소리를 냈다. 오늘 새벽에 욕조
에는 분명 아무도 없었고 손가락에 **안 돼**라는 문신을 새긴 섬뜩한
별종은 **분명** 없었지만 한 가지 사실만큼은 분명했다. 피부암은 그
의 집안 유전이었다. 어머니와 삼촌 하나가 그걸로 죽었다. *빨간 머
리하고 한 세트야.* 아버지는 운전할 때 햇빛이 닿는 쪽 팔에서 쥐젖
을, 종아리에서 전암성 사마귀를, 뒷덜미에서 기저 세포암을 제거
한 뒤에 말했다.

잭은 짐 삼촌의 뺨에 큼지막하게 났던 시커먼 사마귀를 기억했

다. 어머니의 흉골에 박혀 왼쪽 팔을 잠식했던 종기를 기억했다. 피부가 몸에서 가장 큰 기관인데, 그게 잘못되면 예후가 별로 좋지 않았다.

*내가 거두어 가길 바라나?* 커튼 뒤의 남자는 물었다.

"그건 꿈이었어. 캐닝에서 식겁하고 저녁에 지저분한 멕시코 음식을 잔뜩 먹는 바람에 악몽을 꾼 거야. 그거야, 이상 끝."

그래도 겨드랑이와 턱의 각이 진 부분과 콧구멍 안에 혹이 생겼는지 만져 보게 되는 건 어쩔 수 없었다. 아무것도 없었다. 뒷덜미만 조금 심하게 탔을 뿐이다. 다만 다른 데는 탄 곳이 없었다. 거기만 채찍에 맞은 듯 욱신거렸다. 피가 나지는 않았다는 건 새벽녘의 만남이 악몽에 불과했다는 증거였지만, 벌써 수포가 생겼다. 병원에 가 봐야겠지만······ 저절로 낫는지 며칠 두고 본 다음의 얘기였다.

*내가 시키는 대로 할 테냐? 망설임 없이?*

*누구라도 그러겠지.* 잭은 거울 속에 비친 뒷덜미를 바라보며 생각했다. 밖에서부터 산 채로 잡아먹히느냐 마느냐의 기로에 놓인다면 누구라도 그럴 것이었다.


4


지넷은 잠에서 깨어나 침실 천장을 올려다보았다. 처음에는 입에서 왜 공포의 쇠맛이 느껴지는지, 왜 막으려는 듯 손바닥을 벌리고 만세를 부르고 있는지 알 수가 없었다. 그러다 비어 있는 침대 옆자리를 보고 랠프가 샤워하는 소리를 들으며 생각했다. *꿈이었어. 더 이상 생생할 수 없긴 했지만 악몽이었어, 그뿐이야.*

하지만 믿을 수가 없었기에 일말의 안도감도 느껴지지 않았다. 아주 끔찍한 악몽이라도 깨어나면 희미해지기 마련인데 이 꿈은 그렇지가 않았다. 1층에서 불빛을 본 순간부터 거실 입구 너머에 손님용 의자를 놓고 앉아 있었던 남자에 이르기까지 모든 게 기억이 났다. 어두침침한 불빛 속으로 손이 들어와 손마디 사이에 새겨진 희미해진 문신이 보이도록 주먹을 쥐던 것도 기억이 났다. **해야 해.**

*네가 해야 하는 게 뭔가 하면, 남편한테 그만하라고 얘기하는 거야.*

그녀는 이불을 젖히고 밖으로 나갔지만 달리지는 않았다. 부엌에 들어가 보니 레인지 등은 커져 있고 그들이 대부분의 끼니를 해결하는 식탁의 예의 그 자리에 의자 네 개가 놓여 있었다. 그걸 보면 기분이 달라졌어야 하는 거였다.

그런데 아니었다.


5


랠프가 한 손으로는 셔츠를 청바지 안에 집어넣고 다른 손으로는 운동화를 들고 1층으로 내려가 보니 아내가 식탁 앞에 앉아 있었다. 그녀 앞에 모닝커피도 주스도 시리얼도 없었다. 그는 어디 아프냐고 물었다.

"아니. 어젯밤에 어떤 남자가 여기 왔었어."

그는 셔츠 한쪽은 단정하게 넣고 다른 쪽은 허리띠 위로 늘어뜨린 채 그 자리에서 멈추었다. 운동화를 떨어뜨렸다.

"뭐라고?"

"어떤 남자가 왔었다고. 프랭크 피터슨을 죽인 범인이."

그는 화들짝 놀라서 좌우를 두리번거렸다.

"언제? 지금 무슨 소리하는 거야?"

"어젯밤에. 지금은 갔지만 당신한테 메시지를 남겼어. 앉아 봐, 랠프."

랠프가 자리에 앉자 지넷은 무슨 일이 있었는지 얘기했다. 그는 그녀의 눈을 쳐다보며 아무 말도 하지 않고 들었다. 얘기가 끝나자 자리에서 일어나 뒷문 옆에 달린 도난 경보기를 체크했다.

"켜져 있어, 지니. 그리고 문도 잠겼고. 적어도 뒷문은."

"나도 알아. 그리고 문도 다 잠겨 있어. 내가 체크했어. 창문도 그렇고."

"그럼 무슨 수로……."

"모르겠어. 하지만 여기 있었어."

"바로 저기 앉아 있었단 말이지."

그는 거실 입구를 가리켰다.

"응. 불빛하고 너무 가까이 있기 싫은 것처럼."

"그리고 덩치가 컸다고?"

"응. 앉아 있어서 키는 잘 모르겠는데 당신만큼은 아닐지 몰라도 어깨가 넓었고 근육질이었어. 매일 세 시간씩 헬스클럽에서 운동하는 남자처럼. 아니면 교도소 마당에서 바벨을 드는 죄수처럼."

랠프는 자리에서 일어나 부엌의 나무 바닥과 거실 카펫이 만나는 곳에 무릎을 꿇고 앉았다. 지넷은 남편이 뭘 찾는지 알았고 찾을 수 없으리라는 것도 알았다. 그녀도 똑같은 걸 체크했지만 그럼에도 생각이 달라지지 않았다. 정신병자가 아닌 이상, 현실이 아무리 정상의 범주를 훌쩍 벗어난다 하더라도 꿈과 현실의 차이를 모를 수가 없었다. 예전에는 그녀가 의구심을 품었을지 몰라도(그녀도 알다시피 랠프는 의구심을 품고 있었다.) 이제는 아니었다. 이제는 그렇게 어리석지 않았다.

그는 일어났다.

"저거 새 카펫이잖아, 여보. 그자가 저기에 아주 잠깐이라도 앉아 있었다면 카펫에 의자 자국이 남았을 거야. 그런데 없잖아."

그녀는 고개를 끄덕였다.

"나도 알아. 하지만 그 남자는 저기 있었어."

"지금 무슨 소리 하는 거야? 그자가 유령이라는 거야?"

"정체가 뭔지 몰라도 그 남자가 한 얘기가 맞는다는 건 알아. 당신, 멈춰야 해. 그러지 않으면 나쁜 일이 벌어질 거야." 그녀는 랠프에게 다가가 고개를 들고 그의 얼굴을 똑바로 쳐다보았다. "끔찍한 일이 벌어질 거야."

랠프는 그녀의 손을 잡았다.

"그동안 힘들었지, 지니. 나뿐 아니라 당신한테도……."

그녀는 손을 뺐다.

"가지 마, 랠프. 가지 마. 그 남자가 여기 왔었다니까."

"백번 양보해서 왔었다고 치자. 하지만 나는 전에도 협박당한 적 있잖아. 밥값 하는 형사라면 누구든 협박당한 전적이 있어."

"당신 혼자 협박을 당하는 게 아니잖아!" 그녀는 고함을 지르지 않으려 애를 쓰고 있었다. 마치 여자 주인공이 제이슨이나 프레디나 마이클 마이어스가 다시 찾아올 거라고 아무리 얘기해도 아무도 믿지 않는, 말도 안 되는 공포 영화 속에 갇힌 느낌이었다. "그 남자가 우리 집에 왔었다니까!"

그는 다시 한 번 반복할까 고민했다. 잠긴 문, 잠긴 창문, 울리지 않은 도난 경보. 오늘 아침에 그녀의 침대에서 아무 일 없이 일어나지 않았느냐고 짚고 넘어갈까 고민했다. 하지만 그녀의 얼굴을 보면 그 어떤 것도 소용없겠다는 걸 알 수 있었다. 아내가 지금 같은 상태일 때 옥신각신하는 건 제일 하기 싫은 일이었다.

"화상 흉터가 있었어, 지니? 내가 법원 앞에서 본 남자처럼?"

그녀는 고개를 저었다.

"확실해? 그 남자가 어두운 데 앉아 있었다며."

"중간에 몸을 앞으로 기울였을 때 살짝 봤어. 그걸로 충분해." 그녀는 몸서리를 쳤다. "널찍한 이마가 눈 위로 완만하게 경사를 이루고 있었어. 눈 색깔은 짙었는데, 검은색이었는지 갈색이었는지 짙은 파란색이었는지 잘 모르겠고. 머리는 짧고 뻣뻣하게 곤두섰어. 흰머리도 있었지만 대부분 검은색이었어. 염소수염을 길렀어. 입술은 아주 빨갰고."

설명을 들었을 때 머릿속에서 종이 울렸지만 랠프는 감을 믿지 않았다. 그녀의 격렬한 반응에서 기인한 오판이었다. 그도 그녀의 말을 믿고 싶은 마음이 굴뚝같았다. 실질적인 증거가 하나만이라도 있었던들…….

"잠깐만, 그 발! 맨발에 모카신을 신고 있었는데 발목이 온통 울긋불긋하더라고. 건선인 줄 알았는데 화상이었을 수도 있겠어."

랠프는 커피메이커 전원을 켰다.

"뭐라고 하면 좋을지 모르겠네, 지니. 당신은 멀쩡히 침대에서 눈을 떴고 누가 들어왔던 흔적도 전혀 없으니……."

"예전에 당신이 캔털루프 멜론을 갈랐더니 구더기들이 우글거렸다며. 그런 일도 벌어진다는 건 알잖아. 그런데 이건 왜 못 믿어?"

"믿는다고 하더라도 수사를 중단할 수는 없어. 모르겠어?"

"내가 아는 건, 우리 집 거실에 앉아 있었던 남자가 한 말 중에 하나는 맞는다는 거야. *이제는 끝났다는 거*. 프랭크 피터슨은 죽었어. 테리도 죽었고. 당신은 복직할 테고 그러면 우리는…… 우리는……."

그녀는 말끝을 흐렸다. 랠프의 표정을 보고 부질없는 짓이라는 걸 알아차렸기 때문이었다. 못 믿는 표정이 아니었다. 그가 그냥 넘길 수 있다고 생각한다는 데 실망한 표정이었다. 테리 메이틀랜드를 에스텔 바거 구장에서 체포한 것이 첫 번째 도미노였고, 거기에서부터 폭력과 비극의 연쇄 반응이 벌어졌다. 그리고 이제 그들 부부는 있지도 않은 남자를 놓고 옥신각신하고 있었다. 모두 자신의 불찰이라고, 랠프는 그렇게 생각하고 있었다.

"그만두지 않을 생각이면, 총을 다시 들고 다녀. 나는 당신이 3년 전에 준 그 조그만 22구경을 들고 다닐 거야. 그때는 진짜 한심한 선물이라고 생각했는데 당신 판단이 옳았던 것 같아. 아니, 선견지명이 있었던 것 같아."

"지니……."

"달걀 먹을래?"

"응, 좋아."

배가 고프지는 않았지만 오늘 아침에 해 줄 수 있는 게 그녀가 만든 음식을 먹어 주는 것밖에 없었기 때문에 그렇게 하기로 했다.

그녀는 냉장고에서 달걀을 꺼냈고 고개를 돌리지 않은 채로 말했다.

"야간에 경찰에 보호 요청을 했으면 좋겠어. 해가 떨어지고 동이 틀 때까지 계속 지킬 필요는 없지만 주기적으로 순찰을 돌아 주었으면 하는데. 당신이 그렇게 손써 줄 수 있어?"

*귀신을 상대로 경찰에 보호 요청을 해 봐야 별 소용 없을 텐데.* 그는 생각했지만…… 그 생각을 입 밖으로 표현하기에는 그녀와 함께 산 세월이 워낙 길었다.

"할 수 있을 거야."

"하위 골드하고 다른 사람들한테도 얘기해야 해. 정신 나간 소리처럼 들리겠지만."

"여보……."

하지만 그녀가 이겼다.

"그 남자는 당신이랑 나머지 모두라고 했어. 당신들 내장을 콘도르 밥으로 사막에 던져 버릴 거라고 했어."

랠프는 하늘을 날아가는 콘도르가 가끔 보이기는 해도(특히 쓰레기 수거하는 날), 플린트 시티 주변에 사막이랄 건 없지 않으냐고 짚고 넘어갈까 고민했다. 그것 하나만 보더라도 꿈인 게 분명하다고 말이다. 하지만 그는 이번에도 잠자코 있었다. 긴장이 점점 해소되려는 찰나에 다시 들쑤실 필요는 없었다.

"알았어." 그는 이 약속을 지킬 생각이었다. 그들은 아는 걸 모두 테이블 위로 꺼내야 했다. 정신 나가 보이는 것까지 모조리. "하위 골드의 사무실에서 회의가 있는 거 알지? 테리가 데이턴에서 보낸 일정을 조사하느라 알렉 펠리가 고용한 여자까지 참석하는."

"테리가 범인이 아니라고 딱 잘라서 얘기했다는 여자 말이지?"

이번에 랠프가 생각만 하고 입 밖으로 꺼내지 않은 말은 다음과 같았다.(오랜 부부간에는 하지 않은 말들이 산처럼 쌓이는 듯했다.) *유리 겔러도 집중하면 숟가락을 구부릴 수 있다고 딱 잘라서 얘기했지.*

"응. 그 여자가 오기로 했어. 헛소리만 늘어놓을 수도 있지만, 훈장을 받은 전직 경찰이랑 일을 같이 했다고 하고 수사 방식이 괜찮은 것 같았거든. 그러니까 데이턴에서 진짜 뭔가를 발견했을 수도 있어. 얼마나 자신만만했는지 몰라."

지넷은 달걀을 깨기 시작했다.

"당신은 내가 1층으로 내려왔을 때 도난 경보기는 연결이 끊겼고 뒷문이 활짝 열려 있고 타일 바닥에 그 남자의 발자국이 남아 있었다고 하더라도 포기하지 않을 거지? 그래도 포기하지 않을 거지?"

"응."

그녀는 가감 없는 진실을 알 자격이 있었다.

지넷이 무기처럼 주걱을 높이 들고 그에게로 몸을 돌렸다.

"당신 좀 바보 같다고 얘기해도 돼?"

"무슨 말이든 마음대로 해도 좋지만 두 가지를 명심해야 해. 테리가 범인이든 아니든 암살을 당하는 데 내가 일조했다는 거."

"당신은……."

"쉿." 그는 그녀를 손가락으로 가리키며 말했다. "내가 얘기하고 있잖아. 그리고 당신은 이해해야 하고."

그녀는 입을 다물었다.

"그리고 테리가 만약 범인이 아니라면 아동 살해범이 제멋대로 돌아다니고 있다는 뜻이 돼."

"나도 그건 알지만 당신이 당신 능력으로는 이해할 수 있는 한도를 넘어선 문제의 뚜껑을 열려고 하는 것일 수도 있어. 내 능력을 넘어선 문제이기도 하고."

"초자연적인 현상? 그 얘기 하려는 거야? 왜냐하면 나는 그걸 못 믿겠거든. 앞으로도 절대 못 믿을 거야."

"당신 맘대로 생각해." 그녀는 다시 레인지 쪽으로 몸을 돌렸다. "하지만 그 남자는 분명히 여기 왔었어. 나는 그의 얼굴을 봤고 손가락에 새겨진 단어도 봤어. **해야 해.** 그는…… 섬뜩했어. 생각나는 단어가 그거 하나뿐이야. 당신이 나를 못 믿겠다니 울고 싶지만, 아니면 달걀이 든 이 프라이팬을 당신 머리 위로 내동댕이치고 싶지만…… 글쎄."

랠프는 다가가 그녀의 손목을 감쌌다.

"당신은 그걸 믿는다는 걸 믿어. 거기까지는 사실이야. 그리고

약속할게. 오늘 저녁 회의 시간에 아무 소득이 없으면 그만 포기하
자는 발상을 좀 더 긍정적으로 고민해 보겠다고. 한계가 있다는 걸
나도 아니까. 그러면 되겠어?"

"지금 당장은 그 정도로 만족해야겠지. 나도 당신이 야구장에서
실수했다는 거 알아. 그걸 만회하려고 노력하는 중이라는 것도 알
고. 하지만 계속 밀어붙이는 게 더 큰 실수라면 어쩔래?"

"피기스 공원에서 당한 애가 데릭이었다면?" 그는 맞받아쳤다.
"그래도 그냥 잊어버리라고 할 거야?"

지넷은 그 말에 발끈했고 비열한 공격이라고 생각했지만 할 말
이 없었다. 그 아이가 데릭이었다면 랠프가 범인을, 아니면 그것을
지구 끝까지 추적해 주길 바랐을 것이다. 그리고 그녀가 그의 바로
옆을 지켰을 것이다.

"알았어. 당신이 이겼어. 하지만 하나 더, 그리고 이건 협상이 불
가능한 항목이야."

"뭔데?"

"오늘 저녁 회의에 나도 참석하겠다는 거. 그리고 경찰 업무니
어쩌니 하면서 헛소리 늘어놓을 생각하지 마, 그게 아니라는 거 우
리 둘 다 아니까. 이제 달걀 먹어."


# 6


지넷은 랠프에게 사야 하는 물건의 목록을 쥐여 주고 크로거 마

트로 보냈다. 인간이건 유령이건 유난히 생생한 꿈속의 등장인물이건, 간밤에 누가 그 집에 침입했건 간에 앤더슨 부부는 먹고살아야 했다. 슈퍼마켓까지 반쯤 갔을 때 랠프의 머릿속에서 퍼즐이 완성됐다. 드라마틱한 순간이라고 할 수도 없는 것이, 가장 중요한 사실들이 처음부터 말 그대로 그의 면전에, 경찰서 취조실에 있었다. 그가 프랭크 피터슨의 진범을 목격자로 소환해 신문하고, 협조해 줘서 고맙다고 인사하고, 그냥 풀어 줬을 수도 있을까? 테리를 범인으로 지목한 수많은 증거를 감안하면 불가능한 일이었지만…….

그는 차를 세우고 유넬 사블로에게 전화했다.

"오늘 저녁에 참석할 테니까 걱정 마요." 유넬이 말했다. "이 대참사의 오하이오 버전을 놓칠 수 없죠. 그리고 히스 홈즈 조사에도 이미 착수했어요. 아직은 별게 없지만 다 같이 만날 때쯤이면 입수한 자료가 상당할 거예요."

"잘됐네요. 하지만 그것 때문에 전화한 게 아니에요. 클로드 볼턴의 전과 기록 조회해 줄 수 있어요? 젠틀맨 플리즈의 경비예요. 찾아보면 불시 단속 때 판매 목적의 약물 불법 소지로 한두 번 체포됐다가 감형된 걸로 나올 거예요."

"보안 요원이라고 불러 달라고 한 사람 말이죠?"

"맞아요. 그 녀석이 클로드예요."

"그자가 왜요?"

"뭐 나오면 오늘 저녁에 얘기할게요. 지금 당장 얘기할 수 있는 건 홈즈에서 메이틀랜드를 거쳐 볼턴으로 연결되는 일련의 사건이 있는 것 같다는 정도예요. 내 짐작이 틀렸을 수도 있지만 맞으리라고 봐요."

"궁금해 죽겠잖아요, 랠프. 얘기해 줘요!"

"아직은 안 돼요. 장담할 수 있을 때까지는. 그리고 필요한 게 또 하나 있어요. 볼턴은 걸어다니는 문신 광고판이나 다름없는데, 손가락에도 분명 문신을 새겼거든요. 내가 그 부분에도 신경 썼어야 하는데, 특히 상대가 전과가 있는 녀석이면 신문할 때 어떤 식이 되는지 알잖아요."

"얼굴을 계속 쳐다보게 되죠."

"맞아요. 항상 얼굴을 쳐다보게 되죠. 볼턴 같은 녀석이 거짓말을 하기 시작하면 차라리 **나 지금 뻥이에요**라고 적힌 피켓을 들고 있는 편이 나으니까요."

"볼턴이 전화를 쓰러 들어온 메이틀랜드를 봤다고 한 게 거짓말이었다고 생각해요? 택시기사가 그 친구 증언을 뒷받침한 거나 다름없는데."

"당시에는 그렇게 생각하지 않았지만 지금은 아는 게 좀 더 많아졌거든요. 녀석의 손가락에 무슨 문신이 새겨져 있는지 알아봐 줘요. 가능할지 모르겠지만."

"어떤 문신이 있을 거라고 생각하는데요?"

"공개하고 싶지 않지만 내 짐작이 맞는다면 녀석의 전과 기록에 있을 거예요. 그리고 또 하나. 사진 찍어서 나한테 이메일로 보내 줄 수 있어요?"

"여부가 있겠습니까. 몇 분만 기다려요."

"고마워요, 유넬."

"볼턴 씨하고 접촉할 생각이에요?"

"아직은 아니에요. 내가 녀석한테 관심이 있다는 걸 들키고 싶지 않거든요."

"오늘 저녁에 진짜로 전부 설명할 거죠?"

"아는 데까지는요."

"그러면 도움이 될까요?"

"솔직한 대답을 원해요? 나도 잘 모르겠어요. 그 헛간에서 발견된 옷이랑 건초에 묻은 게 뭔지 분석 결과 나왔어요?"

"아직 안 나왔어요. 볼턴에 대해서 찾아볼게요."

"고마워요."

"지금은 뭐할 거예요?"

"장 보러 가는 길이에요."

"쿠폰 잘 챙겨요."

랠프는 고무줄로 묶어서 조수석에 놓은 쿠폰 묶음을 보며 미소를 지었다.

"우리 집사람이 깜빡하게 내버려 두겠어요?"


7


그는 봉지 세 개에 담긴 식료품을 들고 크로거 마트를 나서 봉지를 트렁크에 넣고 휴대전화를 확인했다. 유넬 사블로에게서 메시지가 두 개 와 있었다. 사진이 첨부된 메시지를 먼저 열었다. 범인

식별용 사진 속의 클로드 볼턴은 랠프가 메이틀랜드를 체포하기에 앞서 신문했던 그 남자보다 훨씬 어려 보였다. 뿐만 아니라 약에 취해서 정신이 없었다. 눈빛은 전쟁의 트라우마를 겪은 병사처럼 멍했고, 뺨에는 긁힌 자국이 있었고, 달걀인지 토사물인지 모를 게 턱에 묻어 있었다. 랠프는 볼턴이 요즘 약물중독자 치유 모임에 참석하고 오륙 년 동안 깨끗하게 지내 왔다고 했던 걸 기억했다. 사실일 수도 있고 아닐 수도 있었다.

유넬이 두 번째 이메일에 첨부한 파일은 체포 기록이었다. 대부분 경범죄로 체포된 전적이 아주 많았고 외관상의 특징도 한두 개가 아니었다. 등과 갈비뼈 왼쪽 아래와 오른쪽 관자놀이에 흉터가 있었고 문신이 스물 몇 개였다. 독수리, 끝에 피가 묻은 칼, 인어, 눈구멍에 양초가 꽂힌 해골, 기타 등등은 랠프의 안중에 없었다. 그의 관심사는 손가락에 적힌 단어였다. 오른손에는 **안 돼**, 왼손에는 **해야 해**였다.

법원 앞에 서 있었던 화상 환자도 손가락에 문신이 있었지만 **안 돼**와 **해야 해**였을까? 랠프는 눈을 감고 열심히 기억을 되짚었지만 아무것도 떠오르지 않았다. 복역한 전과범들 사이에서 손가락 문신은 드물지 않다는 걸 그도 경험상 알고 있었다. 영화에서 보았을 것이다. **사랑**과 **증오**가 가장 흔했다. **선**과 **악**도 마찬가지였다. 잭 호스킨스가 쥐새끼처럼 생긴 도둑놈이 손가락에 **벌려줘**하고 **빨아줘** 라고 새겼더라며 여자친구를 사귀는 데 도움이 되지는 않을 것 같다고 했던 적도 있었다.

랠프가 분명하게 기억하는 게 있다면, 화상 환자의 팔에는 문신이 전혀 없었다는 것이었다. 클로드 볼턴의 팔에는 문신이 많았고, 그 환자의 얼굴을 삼킨 화마에 문신이 지워졌을 수도 있었다. 하지 만……

"하지만 법원 앞에 있었던 그 남자가 볼턴이었을 리는 없어." 랠 프는 눈을 뜨고 슈퍼마켓을 드나드는 사람들을 쳐다보며 말했다. "그건 불가능해. 볼턴은 화상을 입지 않았으니까."

*얼마나 더 섬뜩해지려고 이럴까요?* 그는 간밤에 기브니라는 여 자와 통화를 했을 때 물었다. *아직 멀었어요.* 그녀는 그렇게 대답했 다. 이 얼마나 정확한 진단이었던가.

## 8

랠프와 지넷은 식료품을 함께 정리했다. 정리가 끝나자 그는 지 넷에게 휴대전화로 보여 줄 게 있다고 말했다.

"뭔데?"

"아무 소리 말고 봐 봐. 그리고 사진 속 인물이 지금은 훨씬 더 나 이를 먹었다는 걸 감안하길 바라."

그는 전화기를 건넸다. 지넷은 범인 식별용 사진을 10초 동안 쳐 다보다가 돌려주었다. 얼굴에 핏기가 하나도 없었다.

"그 남자야. 지금은 머리가 더 짧고 어설픈 콧수염 대신 염소수 염을 제대로 길렀지만 간밤에 우리 집에 쳐들어온 그 남자야. 멈추 지 않으면 당신을 죽이겠다고 했던. 이 사람 이름이 뭐야?"

"클로드 볼턴."

"체포할 거야?"

"아직은 아니야. 체포하고 싶어도 아마 못 할 거야, 내가 휴직 상태고 그렇다 보니."

"그럼 어쩔 건데?"

"지금? 소재를 파악해야지."

처음에는 유넬에게 다시 전화할까 생각했지만 유넬은 지금 데이턴의 살인범 홈즈를 뒷조사하는 중이었다. 2안으로 생각했다가 얼른 폐기한 카드는 잭 호스킨스였다. 그는 알코올중독자에 촉새였다. 하지만 3안이 있었다.

병원으로 전화해 보니 벳시 리긴스가 복덩이와 함께 퇴원했다기에 집으로 연락했다. 아이는 건강하냐고 묻고(이후에 모유 수유에서부터 비싼 기저귀 값에 이르기까지 온갖 것들을 주제로 10분 동안 폭풍 설명을 들었다.) 공권력을 동원해 한두 군데 전화를 걸어 줄 수 있겠느냐고 물었다. 원하는 게 뭔지 밝혔다.

"메이틀랜드랑 연관 있는 거예요?"

"벳시, 내 현재 상황을 보면 그건 묻지도 말고 공개하지도 않는 게 상책인데."

"그렇다면 선배가 난처해질 수 있잖아요. 선배를 도와줬다고 제가 난처해질 수도 있고요."

"서장님 때문에 그러는 거면, 내 쪽에서 서장님한테 얘기할 일은 없어."

한참 동안 정적이 흘렀다. 그는 기다렸다. 마침내 그녀가 말했다.

"저는 메이틀랜드 부인을 생각하면 마음이 안 좋아요. 정말 안 좋아요. 보고 있으면 자살 폭탄 테러 이후에 머리에 피를 묻히고 무슨 일인지 영문도 모르는 채 걸어 다니는 생존자들이 생각나요. 뉴스에도 나오는 사람들 말이에요. 이 일이 부인한테도 도움이 될까요?"

"그럴 수 있어. 더 자세하게 밝히지는 못하겠지만."

"도울 방법이 있는지 알아볼게요. 존 젤먼이 완전 개차반은 아니고, 시 경계선에 있는 스트립 바의 영업을 계속하려면 해마다 허가증을 갱신해야 하니까요. 그걸 따져보면 그 친구가 협조적으로 나올 수도 있어요. 삼진 당하면 연락할게요. 제 생각대로 일이 풀리면 그 친구가 전화할 거고요."

"고마워, 벳시."

"이건 우리 둘만 아는 얘기예요, 선배. 출산 휴가 끝났을 때 제 자리가 남아 있길 바라니까요. 알아들었죠?"

"똑똑히 알아들었어."


## 9


젠틀맨 플리즈의 사장 존 젤먼이 15분 뒤에 랠프에게 전화했다. 짜증이 났다기보다 궁금해하는 말투였고 기꺼이 협조할 뜻이 있었다. 그는 그 가엾은 아이가 끌려가서 살해됐을 때 클로드 볼턴이 확실히 클럽에 있었다고 했다.

"그렇게 확신하시는 이유가 뭔가요, 젤먼 씨? 그의 출근 시간은 오후 4시였던 걸로 아는데요."

"맞아요, 하지만 그날은 일찍 출근했어요. 2시쯤에. 휴가를 내서 스트리퍼 한 명이랑 대도시에 가고 싶어 했거든요. 그 스트리퍼한 테 개인적인 문제가 있다고요." 젤먼은 코웃음을 쳤다. "개인적인 문제가 있는 사람은 자기면서. 아랫도리 문제 말이에요."

"칼라 젭슨이라는 아가씨요?" 랠프는 아이패드에 띄운 볼턴의 진술서를 스크롤하며 물었다. "픽시 드림보트라고도 불리는?"

"맞아요." 젤먼은 말하고 웃음을 터뜨렸다. "가슴이 납작한 게 장 땡이라면 이 업계에서 장수할 텐데. 그런데 그런 걸 좋아하는 남자 들도 있단 말이죠, 이유는 나도 모르겠지만. 클로드하고 서로 눈이 맞았지만 오래가지는 못할 거예요. 남편이 아마도 부도 수표 때문 에 매컬레스터에서 복역 중인데 크리스마스면 출소하거든요. 내가 클로드한테도 얘기했지만 사람들이 뭐라는지 아시잖아요. 거시기 는 넣을 수만 있으면 장땡이다."

"그날 그 친구가 일찍 출근한 게 분명하단 말씀이죠. 7월 10일."

"맞아요. 휴가가, 그것도 유급 휴가가 2주도 안 남았는데 캡 시티 에 이틀 동안 다녀오겠다니 월급에서 제하려고 적어 놨거든요."

"황당하네요. 그래서 자르려고 하셨나요?"

"아뇨. 적어도 솔직하게 얘기했잖아요. 그리고 클로드는 괜찮은 직원 축에 들거든요. 그런 직원이 암탉 이빨보다 더 보기 힘든데 말 이죠. 보안 요원들은 대부분 겉보기에는 우락부락하지만 무대 바 로 앞에서 싸움이 벌어져도 샌님처럼 손 하나 까딱하려 들지 않거나 손님이 조금만 건방진 소리를 해도 헐크로 둔갑하거든요. 클로드는 어쩔 수 없을 때는 어느 누구보다 솜씨 좋게 손님을 내쫓을 수 있지만 그런 경우가 별로 없어요. 손님들을 진정시키는 재주가 있거든요. 노하우가 있어요. 참석하는 그 모임 덕분인가 봐요."

"약물중독자 치유 모임 말이죠. 그 친구한테 들었어요."

"네, 전혀 거리낌 없이 그 얘길 해요. 사실 자랑스러워하는데, 그럴 만도 하다고 봐요. 그 원숭이 같은 중독이란 놈이 등에 올라타면 떼어 내기가 쉽지 않은데. 워낙 끈질기거든요. 발톱도 길고."

"깨끗하게 지냈다 이거죠?"

"그렇지 않았다면 내가 눈치 챘을 거예요. 내가 약쟁이들은 딱 보면 알거든요, 앤더슨 형사님. 믿으셔도 돼요. 젠틀맨 플리즈는 깨끗한 업소예요."

랠프는 믿기지 않았지만 왈가왈부하지 않기로 했다.

"실수한 적도 없고요?"

젤먼이 웃음을 터뜨렸다.

"다들 처음에는 실수를 하죠. 하지만 내 밑에서 일한 다음부터는 그런 적 없어요. 그 녀석은 술도 안 마셔요. 예전에 왜 안 마시느냐고 물어본 적이 있거든요, 약물이 문제였지 않으냐고. 그랬더니 그 둘이 같은 거라고 하더라고요. 도수가 거의 없는 오둘스 맥주라도 마셨다가는 코카인이나 그보다 더 센 걸 찾게 될 거라고." 젤먼은 말을 멈추었다가 다시 이었다. "약을 했을 때는 진상이었을지 몰라도 지금은 아니에요. 마가리타를 마시면서 아래를 민 여자들을 구경하는 업계에서는 희귀종이죠."

"그렇군요. 볼턴이 지금은 휴가 중인가요?"

"네. 일요일부터 열흘 동안요."

"이른바 스테이케이션*일까요?"

"여기 이 플린트 시티에 있느냐고요? 아뇨. 텍사스 주의 오스틴 근처에 있어요. 거기 출신이거든요. 잠시만요, 전화드리기 전에 그 친구 서류를 꺼내 놨는데." 종이를 부스럭거리는 소리에 이어 젤먼이 다시 전화를 받았다. "메리스빌이네요. 그 친구 설명을 들어 보면 그냥 조그만 마을인 것 같던데. 2주마다 월급의 일부를 거기로 송금하기 때문에 내가 주소를 받아 놨어요. 어머니한테 입금이 돼요. 어머니가 나이가 많고 몸이 약하시대요. 폐기종도 있고. 클로드가 요양원으로 모시겠다며 내려갔는데 별로 기대는 하지 않는다고 하더라고요. 어머니가 황소고집이라며. 여기서 버는 돈으로 그 비용을 어떻게 감당하려는 건지도 모르겠어요. 노인 부양 문제에서 클로드 같은 모범 시민은 정부의 지원을 받아야 하는 거 아닙니까? 그런데 지원은요, 개뿔."

도널드 트럼프를 찍었음직한 사람이 그런 소릴 하다니.

"음, 감사합니다, 젤먼 씨."

"그 친구를 찾으시는 이유를 물어봐도 될까요?"

"추가적으로 묻고 싶은 게 두어 개 있어서요. 중요한 건 아니고."

"이른바 만전을 기하기 위해서요?"

"그렇죠. 주소 가지고 계신가요?"

---

* staycation, 먼 곳으로 떠나지 않고 집이나 집 근처에서 휴가를 즐기는 일.

"그럼요. 송금해야 하니까요. 연필 있으세요?"

그에게 있는 건 믿음직한 아이패드였기에 퀵노트 앱을 켰다.

"말씀하세요."

"텍사스 주 메리스빌 루럴 스타 루트2 397번지."

"어머니 성함은요?"

젤먼은 유쾌하게 웃음을 터뜨렸다.

"러비요. 훌륭하지 않습니까? 러비 앤 볼턴."

랠프는 고맙다고 인사하고 전화를 끊었다.

"뭐래?" 지넷이 물었다.

"잠깐 기다려. 내가 지금 곰곰이 생각하는 표정을 짓고 있잖아."

"아, 그러네. 생각하는 동안 아이스티 마실래?"

그녀는 웃고 있었다. 그 미소가 보기 좋았다. 올바른 방향으로 한 발짝 내디딘 느낌이었다.

"좋지."

다시 아이패드로 시선을 돌려서 확인해 보니(이 망할 게 없던 시절에는 어떻게 지냈을까 싶었다.) 메리스빌은 오스틴에서 서쪽으로 약 110킬로미터였다. 지도상의 한 점에 불과했고 유명한 곳이라고는 메리스빌 홀이라고 불리는 딱 한 군데뿐이었다.

랠프는 아이스티를 마시며 다음 행보를 고민하다 텍사스 고속도로 순찰대의 호러스 키니에게 연락했다. 키니는 이제 경감이라 대개 책상을 지켰지만, 주 경찰관으로 텍사스 북부와 서부를 1년에 15만 킬로미터씩 누비던 시절에 랠프와 함께 몇 번 공조 수사를 벌인 적이 있었다.

"호러스." 인사가 끝났을 때 랠프가 말했다. "부탁 하나 할 게 있는데."

"큰 거야, 작은 거야?"

"중간. 그리고 세심한 접근이 조금 필요해."

키니는 웃음을 터뜨렸다.

"이 친구야, 세심한 접근은 뉴욕이나 코네티컷에서 찾아야지. 여긴 텍사스라고. 어떤 게 필요한데?"

랠프는 필요한 것을 말했다. 키니는 적임자를 아는데, 마침 가까이에 있다고 했다.


## 10


그날 오후 3시쯤에 플린트 시티 경찰서의 배차 담당 샌디 맥길이 고개를 들어 보니 잭 호스킨스가 그녀를 등지고 책상 앞에 서 있었다.

"잭 형사님? 뭐 필요한 거 있어요?"

"내 뒷덜미가 어떻게 됐는지 보고 얘기해 줘."

그녀는 어리둥절했지만 냉큼 자리에서 일어나 들여다보았다.

"불빛 쪽으로 조금만 고개를 돌려 보세요." 그는 그쪽으로 고개를 돌렸다. "윽, 심하게 탔는데요? 약국에서 알로에 베라 크림을 사다가 바르셔야겠어요."

"그러면 가라앉을까?"

"시간이 지나야 해결될 문제지만 따끔거리는 건 좀 괜찮아질 거예요."

"하지만 단순한 일광화상이란 말이지?"

그녀는 얼굴을 찡그렸다.

"네. 하지만 군데군데 수포가 생겼을 만큼 심해요. 낚시하러 나가면서 선크림도 안 바르셨어요? 피부암 걸리고 싶으세요?"

그녀가 큰 소리로 외치는 그 단어를 듣기만 해도 뒷덜미가 더 뜨거워지는 느낌이었다.

"깜빡했나 봐."

"팔은 어때요?"

"별로 심하지 않아."

사실 팔은 전혀 타지 않았다. 뒷덜미만 그랬다. 방치된 헛간에서 누군가가 건드린 곳만. 손끝으로 어루만진 곳만.

"고마워, 샌디."

"금발이랑 빨간 머리가 제일 심하게 반응한다잖아요. 계속 그러면 병원에 가 보세요."

잭은 꿈속에 등장한 남자를 떠올리며 아무 대꾸 없이 자리를 옮겼다. 샤워 커튼 뒤에 숨어 있었던 남자.

*내가 선물한 거지만 거두어 갈 수 있어. 내가 거두어 가길 바라나?*

그는 생각했다. *놔두면 없어지겠지, 일광화상이 원래 그렇잖아.*

그럴 수도 있지만 아닐 수도 있었고, 사실 통증이 더 심해졌다. 건드릴 수가 없을 정도였고 어머니의 살을 갉아먹었던 종기들이 계속 생각났다. 처음에 암은 기어가는 속도로 진행되었지만 일단

대세를 장악한 뒤에는 전속력으로 질주했다. 막판에는 암세포가 어머니의 목과 성대를 잠식해 비명을 으르렁거림으로 바꾸어 놓았지만, 그래도 열한 살의 잭 호스킨스는 닫힌 병실 문 너머에서 어머니가 아버지에게 하는 얘기를 들을 수 있었다. 고통을 끝내 달라는 하소연을 들을 수 있었다. *집에서 기르는 개였어도 해 주지 않았겠어? 어머니는 껵껵거렸다. 그런데 나는 왜 안 된다는 거야?*

"그냥 일광화상이야." 그는 차의 시동을 걸며 말했다. "그뿐이야. 빌어먹을 일광화상이라고."

술이 필요했다.


## 11


그날 오후 5시에 루럴 스타 루트2를 달리던 텍사스 고속도로 순찰차가 397번지의 진입로로 방향을 틀었다. 러비 볼턴은 담배를 손에 들고, 고무 바퀴가 달린 캐리어에 얹은 산소통을 흔들의자 옆에 두고 현관에 앉아 있었다.

"클로드!" 그녀가 쉰 목소리로 외쳤다. "손님 왔다! 주 순찰대야! 와서 무슨 일인지 알아봐!"

클로드는 조그맣고 앞뒤로 길쭉한 집의 잡초로 뒤덮인 뒷마당에서 걷은 빨래를 깔끔하게 접어 버드나무 광주리에 넣고 있었다. 세탁기는 아무 문제 없었지만 그가 내려오기 직전에 건조기가 갑자기 맛이 갔고, 엄마는 요즘 너무 숨이 차서 빨래를 널지 못했다. 그는 건조기를 사 놓고 떠날 작정이었지만 계속 미루고 있었다. 그런데 이제 텍사스 고속도로 순찰대의 등장이라니. 엄마의 착각은 아닐 것이었다. 말썽을 일으킨 곳이 한두 군데가 아니었지만 눈은 멀쩡했다.

집 앞으로 돌아서 가 보니, 키 큰 순경이 흰색과 검은색으로 된 SUV에서 내리고 있었다. 운전석 쪽 옆문에 그려진 금색 텍사스 로고를 본 순간, 클로드의 뱃속이 조여졌다. 몇 년 동안 체포될 만한 짓을 저지른 적이 없었지만 조건반사였다. 클로드는 주머니에 손을 넣어서 6년째를 상징하는 약물중독자 치유 모임 메달을 움켜쥐었다. 스트레스를 느낄 때 자신도 모르게 종종 하는 행동이었다.

주 경찰관이 선글라스를 가슴 주머니에 넣자 클로드의 엄마가 흔들의자에서 일어나려고 했다.

"아니에요, 어머님. 그냥 앉아 계세요. 저 따위가 왔다고 일어나실 필요 없어요."

그녀는 허스키하게 킬킬거리며 다시 앉았다.

"물건이시구만. 이름이 어떻게 되시나, 경관님?"

"사이프입니다, 어머님. 오언 사이프 순경입니다. 만나 뵈어서 반갑습니다."

그는 노부인의 통통 부은 관절을 조심해 가며 담배를 들지 않은 쪽 손을 잡았다.

"이하동문이에요, 경관님. 이쪽은 내 아들 클로드. 이 어미를 도우러 플린트 시티에서 왔어요."

사이프가 클로드 쪽으로 고개를 돌리자 그는 메달을 놓고 손을 내밀었다.

"만나서 반갑습니다, 볼턴 씨." 그는 클로드의 손을 잡고 빤히 들여다보았다. "이제 보니 손가락에 문신을 새기셨네요."

"무슨 뜻인지 파악하려면 두 개를 한꺼번에 봐야 해요. 감옥에서 제가 직접 새긴 거예요. 저를 만나러 오신 길이라면 이미 알고 계실지 모르겠지만."

"**안 돼**하고 **해야 해**네요." 사이프 경관은 그의 말을 못 들은 척했다. "손가락에 새긴 문신은 전에도 본 적 있지만 이런 문구는 처음이에요."

"숨겨진 사연이 있어요. 그리고 기회가 될 때마다 그걸 전파하려고 하고요. 그런 식으로 보상을 하는 거죠. 요즘은 깨끗하게 지내지만 힘든 싸움이었거든요. 감옥에 갇혔을 때 알코올중독자 치유 모임과 약물중독자 치유 모임을 숱하게 참석했어요. 처음에는 단순히 크리스피크림 도넛을 먹으러 갔는데, 나중에는 사람들이 하는 얘기가 가슴에 남더라고요. 제가 터득한 바에 따르면, 모든 중독자들은 두 가지 사실을 알고 있어요. 그걸 하면 안 된다는 것과 해야만 한다는 걸. 그게 머릿속에 박힌 매듭이에요. 그 매듭은 자를 수도 없고 풀 수도 없기 때문에 그걸 뛰어넘는 법을 터득해야 해요. 뛰어넘을 수는 있지만 기본 전제를 기억해야 하죠. 해야만 하지만 하면 안 된다는 걸."

"흠. 일종의 우화네요?"

"요즘은 얘가 술도 안 마시고 약도 안 해요." 러비가 흔들의자에서 말했다. "심지어 이것도 안 해요." 그녀는 담배꽁초를 땅바닥에 버리며 말했다. "착한 아이예요."

"아드님이 못된 짓을 저질렀다고 생각하는 사람이 있어서 찾아온 게 아닙니다." 사이프가 부드러운 목소리로 얘기하자 클로드는 긴장을 풀었다. 살짝. 주 순찰대가 갑자기 찾아왔는데 긴장을 너무 풀면 안 될 일이었다. "플린트 시티에서 연락이 왔어요. 수사를 종료하려는 게 아닌가 싶은데, 테리 메이틀랜드라는 남자와 관련해서 선생님에게 확인을 받아야 할 게 있다더라고요."

사이프는 휴대전화를 꺼내 만지작거리더니 클로드에게 사진을 보여 주었다.

"선생님이 목격한 날 밤에 메이틀랜드라는 친구가 이 벨트 버클을 하고 있었나요? 무슨 소리냐고 묻지는 마세요, 나도 모르니까. 그냥 선생님을 찾아가서 물어봐 달라기에 온 거예요."

사이프가 여길 찾아온 이유는 그게 아니었지만, 랠프가 호러스 키니 경감을 거쳐 사이프에게 전한 메시지는 전혀 의심을 살 일이 없도록 우호적인 분위기를 유지하라는 거였다.

클로드는 전화기를 열심히 들여다보고는 돌려주었다.

"조금 된 일이라 확실하지는 않지만 그런 것 같아요."

"아, 감사합니다. 두 분 다 감사합니다."

사이프는 휴대전화를 주머니에 넣고 몸을 돌렸다.

"그걸로 끝이에요? 그거 하나 물어보려고 여기까지 찾아온 거예요?"

"요약하자면요. 정말로 궁금해하는 분이 있나 봐요. 시간 내주셔서 감사합니다. 답변은 제가 오스틴으로 돌아가는 길에 전달할게요."

"먼 길 가셔야겠구먼." 러비가 말했다. "들어가서 달달한 차 한잔 해요. 인스턴트지만 맛이 괜찮아요."

"들어가서 앉을 수는 없겠어요, 어두워지기 전에 집에 들어가고 싶어서요. 하지만 괜찮으시다면 여기서 맛을 좀 보겠습니다."

"괜찮고말고요. 클로드, 이분께 차 한잔 갖다 드려라."

"작은 잔으로 주세요." 사이프는 말하며 엄지손가락과 집게손가락 사이를 살짝 벌렸다. "두 모금이면 돼요."

클로드는 안으로 들어갔다. 사이프는 현관 옆면에 어깨를 기대고, 사람 좋게 생긴 얼굴에 자글자글하게 주름이 잡힌 러비 볼턴을 쳐다보았다.

"아드님이 어머니를 살뜰하게 챙기네요?"

"쟤가 없으면 나는 막막했을 거유." 러비는 딱 잘라 말했다. "2주마다 월급을 조금씩 떼어서 보내고 여건이 허락할 때마다 내려와요. 나를 오스틴에 있는 요양원에 넣고 싶어 하는데, 저 녀석이 비용을 부담할 수 있으면 몰라도 지금은 안 되거든. 저런 아들이 없어요, 사이프 경관님. 어렸을 때는 말썽을 그렇게 부리더니 나이 들면서 정신을 차렸어요."

"그렇다고 들었습니다. 아드님이 여기서 조금만 가면 나오는 빅 7에 어머님을 모시고 가던가요? 거기 조식이 끝내주는데."

"나는 길거리 식당을 못 믿어요." 그녀는 홈드레스 주머니에서 담배를 꺼내 틀니 사이에 끼우며 말했다. "1974년에 애빌린의 어느 식당에 갔다가 식중독에 걸려서 죽을 뻔했거든. 여기 와 있는 동안에는 우리 아들이 요리 담당이라오. 일류 요리사는 못 되지만 솜씨가 괜찮아요. 프라이팬 다룰 줄을 알아. 베이컨을 태우지는 않거든."

그녀가 담배에 불을 붙이며 윙크를 하자 사이프는 미소를 지었다. 두 사람이 같이 골로 가는 일이 없게 산소통이 제대로 잠겨 있기만을 바랐다.

"오늘 아침도 아드님이 차렸겠네요."

"그럼요. 커피, 건포도 토스트, 내가 좋아하는 식으로 버터를 듬뿍 넣은 스크램블드에그."

"아침에 일찍 일어나는 편이세요, 어머님? 왜냐하면 산소통이랑……."

"우리 둘 다 그래요. 해가 뜨면 곧바로 일어나요."

클로드가 아이스티 세 잔을 쟁반에 들고 왔다. 두 개는 큰 잔, 한 개는 작은 잔이었다. 오언 사이프는 두 모금 만에 잔을 비우고 입맛을 다시고는 이제 그만 가야겠다고 했다. 볼턴 모자는 떠나는 그의 뒷모습을 바라보았다. 러비는 흔들의자에 앉아서, 클로드는 계단에 앉아서 미간을 찌푸리고, 흙먼지를 일으키며 큰길로 접어드는 경찰차를 쳐다보았다.

"죄를 짓지 않으면 경찰들이 얼마나 친절하게 대하는지 알겠지?"

"그러게요."

"무슨 벨트 버클에 대해서 묻겠다고 여기까지 찾아오다니. 맙소사!"

"그것 때문에 온 거 아니에요, 엄마."

"그래? 그럼 뭔데?"

"모르겠지만 아무튼 그것 때문에 온 건 아니에요."

클로드는 계단 위에 잔을 내려놓고 자기 손가락을 쳐다보았다. **안 돼**와 **해야 해**를, 그가 마침내 뛰어넘은 매듭을 쳐다보았다.

"빨래 마저 걷는 게 좋겠어요. 그런 다음 호르헤네 집에 가서 내일 도울 일이 있나 물어볼게요. 지붕을 씌운다고 하거든요."

"우리 아들 착하기도 하지."

그는 어머니의 눈에 고인 눈물을 보고 가슴이 뭉클해졌다.

"와서 엄마 한 번 끌어안아 주겠니?"

"네, 엄마."

클로드는 대답하고 나서 그렇게 했다.


## 12


랠프와 지넷 앤더슨이 하위 골드의 사무실에서 열리는 회의에 참석하려고 준비를 하고 있었을 때 랠프의 휴대전화 벨이 울렸다. 호러스 키니였다. 랠프가 통화하는 동안 지넷은 귀걸이를 끼고 구두를 신었다.

"고마워, 호러스. 내가 이번에 신세를 졌네."

랠프는 전화를 끊었다.

지넷이 기대하는 눈빛으로 그를 쳐다보고 있었다.

"뭐래?"

"텍사스 고속순찰대 소속 경관을 메리스빌에 있는 볼턴네 집으로 보냈대. 그럴듯한 핑계를 댔지만 진짜 목적은……."

"진짜 목적이 뭐였는지는 나도 알아."

"음. 볼턴 부인에 따르면 클로드가 오늘 아침 6시에 아침을 차려 줬다는군. 당신이 4시에 1층에서 볼턴을 보았다면…….”

"오줌이 마려워서 일어났을 때 시계를 봤거든. 4시 6분이었어."

"맵퀘스트에 따르면 플린트 시티에서 메리스빌까지는 490킬로미터야. 여기 있다가 거기로 가서 6시에 아침을 차릴 도리가 없어."

"어머니가 거짓말을 했을 수도 있잖아."

그녀는 자신 없는 말투로 그렇게 얘기했다.

"호러스가 보낸 사이프 경관 말로는 레이더에 감지되지 않았대. 거짓말이었다면 알아차렸을 거라며."

"그럼 또다시 테리 사태네. 한 사람이 동시에 두 공간에 등장한 거야. 왜냐하면 그 남자는 여기 왔었거든, 랠프. *진짜야.*"

그가 뭐라고 대답하기 전에 초인종이 울렸다. 랠프는 스포츠재킷을 걸쳐 허리춤에 찬 글록을 덮고 1층으로 내려갔다. 지방검사 빌 새뮤얼스가 현관문 앞에 서 있었다. 청바지에 파란색 민무늬 티셔츠를 입어서 묘하게 낯설어 보였다.

"하워드한테 전화 받았어요. 오늘 저녁에 자기 사무실에서 회의가 열리는데 오겠느냐고. '메이틀랜드를 주제로 비공식적인 모임이 있다.'고 표현하더군요. 같이 갈까 하는데요, 그래도 된다면.”

"괜찮을 거예요. 하지만 빌, 또 누구한테 얘기했어요? 겔러 서장? 둘린 보안관?"

"아무한테도 얘기 안 했어요. 내가 천재는 아닐지언정 바보 나무에 머리를 부딪히지도 않았다고요."

지넷이 핸드백을 체크하며 랠프가 있는 문 앞으로 나왔다.

"안녕하세요, 검사님. 오실 줄 몰랐어요."

새뮤얼스의 미소는 삭막했다.

"솔직히 저도 놀랐어요. 이 사건은 자꾸만 고개를 드는 좀비 같네요."

"아이들 엄마는 이 사건에 대해서 어떻게 생각해요?" 랠프는 물었고 지넷이 그를 보며 얼굴을 찡그리자 다시 덧붙였다. "내가 선을 넘었으면 얘기해 주세요."

"아, 둘이서 같이 얘기했어요. 사실 그건 정확한 표현이 아니지만. 얘기한 사람은 애들 엄마였고 나는 듣기만 했거든요. 애들 엄마는 내가 메이틀랜드 암살에 일조했다고 생각하는데, 100퍼센트 착각이라고 볼 수는 없죠." 새뮤얼스는 애써 미소를 지으려고 했지만 실패했다. "하지만 우리가 무슨 수로 알 수 있었겠어요, 랠프? 얘기해 봐요. 성공이 확실한 작전이었잖아요. 돌이켜 보면…… 우리가 어떻게 했는지 전부 아는 지금…… 그때로 돌아가면 다른 길을 선택했을 거라고, 솔직히 그렇게 얘기할 수 있어요?"

"있어요. 그를 온 동네 사람들 앞에서 체포하지도 않았을 테고 뒷문으로 법원에 출두시켰을 거예요. 자, 갑시다. 이러다 늦겠어요."

# 메이시스가
# 김벌스에게 얘기하다

# 1

홀리는 10시 15분에 출발하는 델타 항공편을 선택했더라면 비즈
니스석을 타고 12시 30분에 캡 시티에 도착할 수 있었겠지만 그러
지 않았다. 오하이오에서 좀 더 있다가 가고 싶었기 때문에 불안한
7월의 대기 속에서 사정없이 흔들리지 않을까 싶은 경비행기 두 번
갈아타기라는 고생길을 자처했다. 좁았고 아주 쾌적하지는 않았지
만 견딜 만했다. 그보다 견딜 수 없었던 건 그녀의 계획이 완벽하게
맞아떨어지더라도 오후 6시는 되어야 플린트 시티에 도착할 수 있
다는 사실이었다. 골드 변호사의 사무실에서 7시에 만나기로 되어
있었는데, 홀리가 그 무엇보다 싫어하는 게 있다면 약속에 늦는 것
이었다. 늦으면 첫 단추를 제대로 뀈 수 없었다.

그녀는 몇 개 안 되는 소지품을 챙겨서 체크아웃하고, 50킬로미
터 거리의 리지스까지 차를 몰고 갔다. 먼저 히스 홈즈가 휴가 동안

어머니와 함께 있었다고 한 집부터 들렀다. 문이 잠기고 창문마다 널빤지가 덧대어진 이유는 기물 훼손범들의 사격 연습장으로 쓰였기 때문일 것이다. 잔디가 심하게 웃자란 앞마당에는 **매물: 퍼스트 내셔널 은행 데이턴 지점으로 연락 바람**이라고 적힌 팻말이 있었다.

홀리는 동네 아이들 사이에서 금세 유령이 출몰한다는 소문이 날 게 뻔한(이미 났을지도 모를 일이었다.) 그 집을 바라보며 비극의 본질에 대해 묵상했다. 홍역, 볼거리, 풍진처럼 비극에도 전염성이 있었다. 그 병들과 다른 점이 있다면 백신이 없다는 것이었다. 플린트 시티에서는 프랭크 피터슨의 죽음이 그의 가족을 전염시키고 온 마을로 번졌다. 오래전부터 알고 지낸 사람들의 숫자가 적은 이 근교에서도 그랬을지 의문스러웠지만 홈즈 가족은 완전히 사라졌다. 남은 건 이 빈집뿐이었다.

그녀는 **매물** 팻말을 전경으로 창문마다 널빤지가 덧대어진 집을 사진으로 찍을까 고민하다가(슬픔과 상실의 사진이 될 터였다.) 그러지 않기로 했다. 앞으로 만나게 될 사람들 중에 이해하고, 이런 감정을 느낄 사람도 있을지 모르지만 대다수는 그렇지 않을 것이었다. 그들에게 이건 사진에 불과할 것이었다.

홈즈의 집에서 마을 외곽에 있는 피스풀 레스트 공동묘지로 향했다. 알고 보니 온 가족이 여기서 다시 만났다. 아버지, 어머니, 외아들. 꽃은 없었고 히스 홈즈의 안식처를 표시한 묘비가 쓰러뜨려져 있었다. 테리 메이틀랜드의 묘비도 비슷한 운명일지 모른다는 생각이 들었다. 슬픔은 전염성이 강했다. 분노도 마찬가지였다. 그의 묘비는 이름과 날짜만 적혀 있었고, 던진 달걀의 흔적일지 모를 거품이 묻어 있었고, 조그마했다. 홀리는 조금 끙끙대며 묘비를 일으켜 세웠다. 그 상태를 유지할 거라는 환상은 없었지만 인간으로 태어난 이상, 할 도리는 해야 하는 법이었다.

"아무도 죽이지 않았잖아요. 그렇죠, 홈즈 씨? 때와 장소를 잘못 만났을 뿐."

근처 무덤 위에 꽃다발이 놓여 있기에 몇 송이를 빌려 히스의 무덤 위에 뿌렸다. 꺾은 꽃이라니 한심한 추모의 방식이었지만(죽은 꽃이지 않은가.) 아무것도 없는 것보다는 나았다.

"하지만 그 안에 갇혀 버렸죠. 여기 사람들은 아무도 진실을 믿으려고 하지 않을 거예요. 오늘 저녁에 내가 만나는 사람들도 믿지 않을 것 같아요."

그래도 설득하려고 노력은 해 볼 것이었다. 묘비를 바로 세우는 게 됐건, 아무거나 믿지 않는 이성적인 사고방식을 최고의 장점으로 여기는 21세기의 인간들에게 세상에 괴물이 있다고 설득하는 게 됐건, 인간으로 태어난 이상 할 도리는 해야 하는 법이었다.

주위를 둘러보니 바로 옆 야트막한 언덕(오하이오 주의 이 일대는 언덕들이 모두 야트막했다.)에 지하 납골당이 있었다. 그녀는 다가가 상인방의 화강암에 새겨진 명칭을 물끄러미 쳐다보다가(마침 알맞게 묘소라고 새겨져 있었다.) 돌계단 세 개를 내려갔다. 안을 슬쩍 들여다보니 앉아서 여기에 안치된 왕년의 묘소를 묵상할 수 있는 석조 벤치가 여러 개 있었다. 그 이방인은 추잡한 범행을 저지르고 여기에 숨었을까? 그랬을 것 같지는 않았다. 아무라도, 심지어 히스 홈즈의 묘비를 쓰러뜨린 기물 훼손범이라도 근처를 서성이다 안을 들여다

볼 수 있었다. 뿐만 아니라 오후 한두 시간 동안 햇빛이 묵상의 공간을 비추면 일시적이나마 따뜻해질 터였다. 그녀의 짐작이 맞는다면 이방인은 어둠을 더 좋아할 것이다. 항상은 아니지만 어떤 시기에는. 어떤 결정적인 시기에는. 아직 조사가 완료되지는 않았지만 그것만큼은 장담할 수 있었다. 그리고 또 한 가지. 이방인의 과업이 살인일지는 몰라도 그것이 일용하는 양식은 슬픔이었다. 슬픔과 분노였다.

그것이 이 납골당에서 휴식을 취하지는 않았겠지만, 어쩌면 메이비스 홈즈 모자가 죽기 전에 이 공동묘지에는 왔었을 것이다. 홀리는 그것이 남긴 냄새를 맡을 수 있을 것만 같았다.(상상에 불과할지 모른다는 것도 알았지만.) 브래디 하츠필드도 그렇게 비정상적인 악취를 풍겼다. 빌은 알았다. 심지어 반긴장증 환자인 척 연기한 하츠필드를 간병한 간호사들도 알았다.

홀리는 골반에 핸드백을 부딪혀 가며 묘지 입구의 조그만 주차장으로 천천히 걸음을 옮겼다. 작렬하는 한여름의 열기 속에 그녀의 프리우스가 홀로 세워져 있었다. 그 차를 그대로 지나쳐 느릿느릿 주변을 구석구석 360도 둘러보았다. 농경지와 가까웠지만 이곳은 추하고 황량한 중간지대였다. (리지스에 상공회의소가 있다 한들) 상공회의소 홍보 책자에 이 지역의 사진은 실릴 일이 없었다. 흥미로운 매력 포인트가 없었다. 시선을 사로잡을 만한 게 없었다. 오히려 '저리 가, 여긴 아무것도 없어, 안녕, 다시 오지 마.'라고 얘기하는 듯 땅 자체에서 거부감이 느껴졌다. 공동묘지가 있긴 했지만 겨울이 되면 피스풀 레스트를 찾는 사람은 거의 없을 테고, 망자에게 예의를 갖추기 위해 찾아온 몇 안 되는 방문객도 북풍에 얼어붙을 것이었다.

저 북쪽으로 기찻길이 보였지만 레일에는 녹이 슬었고 침목 사이로 잡초가 자랐다. 오랫동안 방치된 기차역은 홈즈의 집처럼 창문마다 널빤지가 덧대어져 있었다. 그 너머의 지선에는 덩굴에 바퀴가 파묻힌 유개화차 두 대가 외로이 서 있었다. 베트남 전쟁 시대부터 거기 있었던 듯한 분위기를 풍겼다. 방치된 기차역 근처에는 한참 동안 쓰지 않은 차고와 폐기된 정비실이지 않을까 싶은 건물이 있었다. 그 너머에는 무너진 공장이 해바라기와 덤불에 허리까지 파묻혀 있었다. 아주, 아주 오래전에는 빨간색이었을 바스러진 분홍색 벽돌 위에 나치 상징이 스프레이 페인트로 그려져 있었다. 그녀를 도시로 데려다 줄 고속도로 한쪽 옆에는 낙태는 숨 쉬는 심장을 멈추게 하는 짓! **생명을 선택하라!**라고 적힌 광고판이 기우뚱하게 서 있었다. 그 반대편에는 지붕에 **스 ㅣ드 자동 세차장**이란 간판이 걸린 길고 야트막한 건물이 있었다. 텅 빈 주차장에 그녀가 오늘 이미 본 적 있는 또 다른 팻말이 있었다. **매물: 퍼스트 내셔널 은행 데이턴 지점으로 연락 바람.**

*네가 여기 왔을 거라고 봐. 지하 납골당은 아니고 그 근처에. 알맞은 바람이 불면 눈물의 냄새를 맡을 수 있었던 곳에. 사람들이 아니면 아이들이 히스 홈즈의 묘비를 쓰러뜨린 다음 아마도 오줌을 싸며 흘린 웃음소리를 들을 수 있었던 곳에.*

홀리는 더운 날씨에도 불구하고 한기를 느꼈다. 시간이 좀 더 있었더라면 텅 빈 이 공간을 좀 더 조사할 수 있었을지도 모른다. 위험할 일은 없었다. 이방인은 오래전에 오하이오를 떴다. 플린트 시티에서도 떴을 가능성이 컸다.

사진을 네 장 찍었다. 기차역, 유개화차, 공장 그리고 방치된 세차장. 사진을 살펴보며 이거면 됐다고 결론을 내렸다. 그래야만 했다. 늦지 않게 타야 하는 비행기가 있었다.

*맞아, 그리고 설득해야 하는 사람들도 있고.*

과연 가능한 얘기일까. 그녀는 지금 이 순간, 너무나 보잘것없고 외로운 인간으로 전락한 기분이 들었다. 폭소와 조롱의 현장이 쉽사리 그려졌다. 자연스럽게 떠올랐다. 하지만 그녀는 노력할 작정이었다. 그래야만 했다. 물론 살해된 아이들을 위해서였지만 테리 메이틀랜드와 히스 홈즈를 위해서이기도 했다. 인간으로 태어난 이상 할 도리는 해야 하는 법이었다.

들러야 하는 곳이 한 군데 더 있었다. 다행히 가는 길이었다.


## 2


트로트우드 커뮤니티 공원 벤치에 앉아 있던 노인은 '그 가엾은 아이들'의 시신이 발견된 장소가 어디인지 흔쾌하게 알려 주었다. 멀지 않다고, 근처에 가면 알 수 있을 거라고 했다.

과연 그랬다.

홀리는 주차하고 차에서 내려 조문객들(조문객으로 가장한 구경꾼들)이 성소로 바꾸려고 시도했던 골짜기를 바라보았다. 반짝이는 카드에는 슬픔과 천국이라는 단어가 지배적으로 적혀 있었다. 풍선은 바람이 빠진 것도 있었지만, 앰버 하워드와 졸린 하워드가 여기서 발견된 지 3개월이 지난 지금까지 탱탱한 새것도 있었다. 성모마리아 상에는 어떤 장난꾸러기가 수염을 그려 놓았다. 곰인형을 보고 홀리는 몸서리를 쳤다. 포동포동한 갈색 몸통이 곰팡으로 뒤덮여 있었다.

그녀는 아이패드를 들어서 사진을 찍었다.

공동묘지에서 풍겼던(또는 풍기는 듯했던) 그 냄새는 나지 않았지만, 앰버와 졸린의 시신이 발견된 이후에 이방인이 여기 찾아와, 순례자들이 이 임시 성소에서 토한 상심을 잘 숙성시킨 고급 부르고뉴 와인처럼 시음했을 것이다. 그리고 하워드 자매에게 그런 짓을 저지르고 비명을 듣는 기분이 어땠을지 상상하러 온 사람들의(많지는 않지만 그런 사람들이 몇 명이나마 반드시 있었다.) 흥분까지.

*맞아, 너는 왔었지만 시간의 간격을 두었어. 프랭크 피터슨의 형이 테리 메이틀랜드를 쏜 날하고는 다르게 불필요한 이목이 집중되지 않을 때까지 기다렸지.*

"그날은 참을 수가 없었지?" 홀리는 중얼거렸다. "굶어 죽어 가던 와중에 상다리가 부러지게 차려진 추수감사절 저녁상을 마주한 심정이었을 테니까."

미니밴이 홀리의 프리우스 앞에 주차했다. 범퍼 이쪽에는 엄마의 택시라고 적힌 스티커가 붙어 있었다. 저쪽에는 나는 수정 헌법 제2조*를 믿고 **투표를 한다**라고 적힌 스티커가 붙어 있었다. 옷차림이 번듯하고 통통하며 예쁘장하게 생긴 30대 여자가 내렸다. 꽃다발을 들고 있었다. 그녀는 무릎을 꿇고 이쪽에는 어린 소녀들이라고, 저쪽에는 예수님과 함께라고 적힌 나무 십자가 옆에 꽃다발을 놓았다. 그런 다음 일어섰다.

"너무 슬픈 일이죠?" 여자가 홀리에게 말했다.

"네."

"나는 크리스천이지만 범인이 죽어서 기뻐요. *기뻐요.* 그리고 지옥으로 떨어져서 기뻐요. 내가 너무 끔찍한 소리를 하나요?"

"그 사람은 지옥에 있지 않아요."

여자는 뺨이라도 얻어맞은 듯이 움찔했다.

"지옥을 몰고 오지."

홀리는 데이턴 공항으로 차를 몰았다. 조금 늦었지만 과속하고 싶은 욕구를 참았다. 법이 정해진 데에는 이유가 있었다.

3

(빌은 깡통 항공사라고 불렀던) 통근용 비행기에는 여러 가지 장점이 있었다. 일단 마지막 도착지가 플린트 카운티의 카이오와 공항이었기 때문에 캡 시티에서부터 110킬로미터 거리를 운전할 필요가 없다는 것이었다. 그뿐 아니라 메뚜기처럼 이동하는 동안 자료 조사를 계속할 수 있었다. 잠깐 비행기를 갈아타려고 대기하는 동안

---

* 무기 휴대의 권리를 규정한 조항이다.

공항 와이파이로 자료를 최대한 많이, 최대한 빠르게 다운받았다. 그런 다음 비행하는 동안 바쁘게 스크롤을 내리며 고도로 집중하느라, 두 번째로 탄 좌석 30개짜리 터보프롭 항공기가 에어 포켓을 만나 엘리베이터처럼 급강하하자 여기저기서 놀라서 꺅 하고 비명을 질렀는데도 거의 듣지 못했다.

그녀는 겨우 5분 늦게 목적지에 도착했고, 폭풍 질주로 허츠 렌터카에 1등으로 도착해 마지막 전력 달리기 구간에서 그녀에게 패배한, 시간에 쫓기는 영업 사원처럼 생긴 사람에게 눈총을 샀다. 시내로 가는 동안 워낙 아슬아슬한 걸 보고 과속이라는 유혹에 넘어가고 말았다. 하지만 넘겨 봐야 겨우 8킬로미터였다.


## 4


"왔네. 분명 저 여자일 거야."

하위 골드와 알렉 펠리는 하위의 사무실이 있는 건물 앞에 서 있었다. 하위가 회색 정장에 흰색 블라우스를 입고 큼지막한 토트백으로 엉덩이를 때려 가며 빠르게 걸어오는 날씬한 여자를 가리키면서 한 말이었다. 머리는 조그만 얼굴 위로 바짝 깎았고 희끗희끗해져 가는 앞머리는 눈썹 바로 위에서 멈추었다. 입술에 지워진 립스틱 자국이 있었지만 그것 말고는 화장을 하지 않았다. 해가 저물고 있었지만 남은 열기로 아직 후덥지근했기 때문에 땀 한 줄기가 그녀의 뺨을 타고 흘러내렸다.

"기브니 씨?" 하위가 앞으로 나서며 물었다.

"네." 그녀는 숨을 헐떡였다. "제가 늦었나요?"

"사실 2분 일찍 왔어요." 알렉이 말했다. "가방 들어 드릴까요? 무거워 보이는데."

"괜찮아요."

홀리는 체격이 다부지고 머리가 벗어져 가는 변호사와 그녀에게 일을 맡긴 수사관을 번갈아 쳐다보았다. 자기 보스보다 키가 아무리 못해도 15센티미터 큰 펠리는 희끗희끗한 머리를 뒤로 빗어 넘겼고, 오늘 저녁에는 황갈색 바지에 위 단추를 푼 흰색 셔츠를 입었다.

"다른 분들은 오셨어요?"

"대부분요." 알렉이 말했다. "앤더슨 형사가…… 아, 호랑이도 제 말하면 온다더니."

홀리가 고개를 돌려보니 세 명이 걸어오고 있었다. 한 명은 젊은 시절의 미모를 중년까지 상당히 잘 유지한 여자였지만, 다크서클이 파운데이션과 파우더로도 조금밖에 가려지지 않은 걸 보면 요즘 잠을 설친 모양이었다. 그녀 왼편에는 비쩍 말랐고 불안해 보이며, 융통성이라고는 없이 머리를 딱 붙였지만 뒤통수의 몇 가닥이 삐친 남자가 있었다. 그리고 오른편에는…….

앤더슨 형사는 키가 크고 어깨가 구부정하며, 좀 더 열심히 운동을 하고 먹는 걸 조절하지 않으면 배가 나오려는 조짐을 보이고 있었다. 고개를 살짝 앞으로 내밀고 새파란 눈으로 그녀를 머리끝에서 발끝까지, 이 끝에서 저 끝까지 훑었다. 빌이 아니었다. 당연히 아니었다. 빌은 2년 전에 죽었고 절대 살아 돌아올 수 없었다. 그리고 이 남자는 빌이 홀리를 처음 만났을 때에 비해 훨씬 젊었다. 똑같은 건 열띤 호기심이 어린 표정뿐이었다. 그가 손을 잡고 있는 걸 보면 여자는 앤더슨 부인인 모양이었다. 같이 오다니 흥미로운 대목이었다.

한 사람씩 돌아가며 자기소개를 했다. 머리가 삐친 호리호리한 남자는 알고 보니 플린트 카운티의 지방검사 윌리엄("그냥 빌이라고 불러 주세요.") 새뮤얼스였다.

"더운 데 있지 말고 위로 올라갑시다." 하위가 말했다.

앤더슨 부인인 지넷이 비행기 여행 괜찮았느냐고 묻자 홀리는 적절하게 대답했다. 그런 다음 하위에게 사무실에 시청각 장치가 갖추어져 있느냐고 물었다. 하위는 갖추어져 있다고, 보여 줄 자료가 있으면 얼마든지 써도 된다고 했다. 엘리베이터에서 내렸을 때 홀리는 화장실이 어디냐고 물었다.

"잠깐 다녀올게요. 공항에서 곧장 오는 길이라서요."

"그러세요. 복도 끝에서 왼쪽으로 가시면 돼요. 문이 열려 있을 거예요."

홀리는 앤더슨 부인이 같이 가 주겠다고 하면 어쩌나 싶었지만 괜한 걱정이었다. 다행이었다. 홀리는 볼일도 보아야 했지만(그녀의 어머니는 "뒷간에 간다"고 했다.), 철저하게 혼자서 처리해야 하는 그보다 더 중요한 일이 있었다.

화장실 안으로 들어가 치마를 올리고 핸드백을 실용적인 로퍼 사이에 둔 채 눈을 감았다. 타일이 깔린 이런 공간은 천연 앰프와 같다는 사실을 염두에 두고 잠자코 기도를 드렸다.

저 다시 홀리 기브니인데요, 좀 도와주세요. 제가 잘 모르는 사람을 한 번에 한 명씩 대하는 것도 어려워한다는 걸 하느님도 아실 텐데, 오늘 저녁에는 여섯 명을 상대해야 해요. 메이틀랜드 씨의 미망인까지 온다면 일곱 명이고요. 겁이 나지는 않지만 아무렇지 않다고 하면 거짓말일 거예요. 빌은 이런 걸 잘했겠지만 저는 그 사람이 아니잖아요. 그 사람처럼 잘할 수 있게 도와주세요. 그들이 못 미더워할 수밖에 없다는 걸 이해하고 담대하게 행동할 수 있게 도와주세요.

마지막 문구는 입 밖으로 얘기하되 나지막이 속삭였다.

"하느님, 제발 망치지 않게 도와주세요." 그러고는 잠깐 멈추었다가 다시 덧붙였다. "담배는 피우지 않겠어요."

## 5

회의는 하워드 골드의 회의실에서 열렸다. 드라마 「굿 와이프」에 나오는 회의실보다는 작지만(홀리는 「굿 와이프」 일곱 시즌을 모두 시청하고 이제 속편으로 넘어갔다.) 아주 훌륭했다. 감각 있는 그림, 반질반질한 마호가니 테이블, 가죽 의자. 메이틀랜드 부인도 와서 골드의 오른편에 앉았다. 그는 테이블 상석을 차지하고 앉으며 애들은 누구한테 맡겼느냐고 물었다.

마시는 힘없이 미소를 지었다.

"루키시하고 찬드라 파텔이 나서서 맡아 주겠다고 했어요. 그 부부네 아들이 테리의 야구부원이었거든요. 사실 베이버가 3루에 있었을 때…….” 그녀는 앤더슨 형사를 쳐다보았다. “당신 부하들이 그이를 체포해 갔죠. 베이버는 상심해서 어쩔 줄 몰라 했어요. 무슨 일인지 이해를 하지 못했고요.”

앤더슨은 팔짱을 끼고 아무 말도 하지 않았다. 아내가 그의 어깨에 손을 얹고 그에게만 들리게 뭐라고 중얼거렸다. 앤더슨은 고개를 끄덕였다.

“이제 회의를 시작하겠습니다.” 골드가 말했다. “저는 안건이 없지만 우리 손님께서는 얘기를 시작하고 싶으실지 모르겠네요. 이쪽은 홀리 기브니, 알렉이 두 사건이 서로 연관이 있다는 판단 아래 데이턴 쪽의 사건 조사를 의뢰한 사설탐정입니다. 사실 우리가 모인 이유 중에 그 둘이 서로 연관성이 있는지 결정하기 위한 것도 있죠, 가능할지는 모르겠습니다만.”

“저는 사실탐정 아니에요.” 홀리가 이의를 제기했다. “사설탐정 면허증이 있는 쪽은 제 파트너 피터 헌틀리예요. 저희 회사에서 주로 하는 일은 할부금 연체 차량 회수, 행방불명이 된 채무자 수색이에요. 가끔 경찰한테 잔소리를 듣지 않겠다 싶은 범죄 수사를 맡을 때도 있어요. 지금까지 잃어버린 반려동물을 찾을 때 행운이 따라주었고요.”

어찌나 궁색하게 들리는지 그녀는 얼굴이 화끈거리는 게 느껴졌다.

“기브니 씨, 너무 겸손하신 거 아닌가요?” 알렉이 말했다. “모리스 벨러미라는 위험한 도주범을 수색하는 데 가담하셨던 걸로 아는데요."

"그건 제 파트너가 맡은 사건이었어요. 첫 번째 파트너요. 빌 호지스. 이후에 세상을 떠났어요, 펠리 씨…… 알렉, 아시다시피."

"네. 안타깝게 생각합니다."

앤더슨 형사가 주 경찰청의 유넬 사블로라고 소개한 라틴계 남자가 헛기침을 했다.

"저는 기브니 씨와 호지스 씨가 차량을 이용한 다중 살인과 불발로 끝난 테러 행위에도 관여하셨던 걸로 아는데요. 하츠필드라는 젊은 남자가 범인이었던. 그자가 대규모 공연장에서 폭탄을 터뜨리지 못하도록 개인적으로 저지했던 분이 기브니 씨 아니었나요? 수천 명의 청소년이 목숨을 잃을 수도 있었는데 말이죠."

테이블 여기저기서 웅성거림이 일었다. 홀리는 얼굴이 더 화끈거리는 게 느껴졌다. 그녀는 실패했다고, 브래디의 살인 계획을 잠깐 유보시킨 것에 불과했다고, 그가 다시 돌아와서 몇 명을 더 죽인 다음에서야 완전히 막을 수 있었다고 얘기하고 싶었지만 지금은 그럴 때도, 그럴 자리도 아니었다.

사블로 경위의 얘기는 아직 끝나지 않았다.

"그 일로 표창장을 받지 않으셨나요?"

"저희 셋이 표창장을 받긴 했지만 황금 열쇠하고 10년 동안 쓸 수 있는 버스표가 전부였어요." 홀리는 모인 사람들을 둘러보며 자신이 아직도 열여섯 살짜리 소녀처럼 얼굴을 붉히고 있다는 데 괴로워했다. "아주 오래전 얘기고요. 이번 사건의 경우에는 보고를 맨 마지막으로 미룰게요. 제가 내린 결론도요."

"영국의 고전적인 응접실 탐정 소설의 결말처럼 말이죠." 골드가 웃으며 말했다. "우리가 조잘조잘 아는 걸 모두 얘기하고 나면, 기브니 씨가 자리에서 일어나 범인과 범행 수법을 깜짝 공개하는 건가요?"

"부디 그랬으면 좋겠네요." 빌 새뮤얼스가 말했다. "피터슨 사건을 생각만 해도 저는 골머리가 아프거든요."

"퍼즐 조각이 거의 다 모이기는 했다고 생각해요. 하지만 지금 이 순간에도 전부 테이블 위에 꺼내져 있지는 않아요. 다른 분들은 분명 바보 같다고 생각하겠지만, 제 머릿속에 계속 떠오르는 속담이 하나 있어요. 메이시스가 짐벌스한테 얘기할 리 있겠느냐는 거요. 하지만 이제 메이시스와 짐벌스가 양쪽 모두 이 자리에 참석했으니……."

"삭스, 노드스트롬스, 니들리스 마크업까지 다 있죠." 하위가 거들었다가 홀리의 표정을 보고는 다시 말했다. "놀리는 거 아니에요, 기브니 씨. 나도 같은 생각이에요. 전부 꺼냅시다. 누구부터 얘기할까요?"

"유넬부터요." 앤더슨이 말했다. "나는 휴직 중이니까요."

유넬이 테이블 위에 서류가방을 올려놓고 노트북을 꺼냈다.

"골드 씨, 프로젝션 쓰는 법 좀 알려 주실래요?"

하위가 알려 주자 홀리는 자기 차례가 왔을 때 쓸 수 있게 유심히 지켜보았다. 코드를 알맞게 연결하고 하위가 조도를 조금 낮추었다.

"좋습니다. 먼저 기브니 씨에게 사과부터 드리죠. 기브니 씨도 데이턴에서 똑같은 정보를 입수했는데, 제가 선수 치고 나선 게 될 수도 있으니까요."

"전혀 상관없어요."

"저는 데이턴 경찰서의 빌 다윈 경감, 트로트우드 경찰서의 조지 하이스미스 경사와 통화를 했어요. 여기서도 비슷한 사건이 있었다고, 어쩌면 그쪽과 우리 쪽의 사건 현장 인근에서 발견된 도난 차량으로 연결돼 있을지 모른다고 했더니 그쪽에서 흔쾌히 협조했고, 텔레커뮤니케이션이라는 놀라운 기술 덕분에 이 자리에서 자료를 보여 드릴 수 있게 되었습니다. 이 기기가 제대로 작동이 된다면 말이죠."

유넬의 바탕화면이 떴다. 그가 **홈즈**라고 된 파일을 클릭했다. 주황색 컨트리 구치소 점프슈트를 입은 남자의 사진이 맨 처음 떴다. 적갈색 머리를 짧게 쳤고 까칠하게 자란 수염이 양쪽 뺨을 덮었다. 살짝 실눈을 뜨고 있어서 음험해 보였지만 갑작스럽게 달라진 자신의 삶에 단순히 놀란 것일 수도 있었다. 홀리는 4월 30일 자《데이턴 데일리 뉴스》 1면에 실린 그의 범인 식별용 사진을 본 적 있었다.

"이자가 히스 제임스 홈즈입니다. 34세. 앰버 하워드와 졸린 하워드를 살해한 혐의로 체포됐죠. 범행 현장을 촬영한 사진을 입수했지만 보여 드리지는 않을게요. 밤에 잠을 못 주무실 테니까요. 제가 본 시신 훼손 중에서 최악이었어요."

지켜보는 일곱 명 사이로 정적이 흘렀다. 지넷은 남편의 팔을 붙잡고 있었다. 마시는 한 손으로 입을 가리고 최면에 걸린 듯 홈즈의 사진을 쳐다보고 있었다.

"훔친 차를 몰고 난폭 운전을 하다가 미성년 경범죄로 체포된 적이 한 번 있었고 과속 딱지를 두어 번 끊은 적이 있을 뿐 홈즈의 전과는 아주 깨끗합니다. 처음에는 킨드러드 병원에서, 그다음에는 하인스먼 기억 병동에서 1년에 두 차례씩 받은 근무 평가도 우수하고요. 동료들과 환자들도 그를 칭찬했어요. '항상 친절하다', '진심으로 보살핀다', '기대 이상으로 노력한다', 이런 표현을 써 가면서."

"테리도 그런 얘기를 들었는데." 마시가 중얼거렸다.

"아무 의미 없어요." 새뮤얼스가 딴죽을 걸었다. "테드 번디도 그런 소리를 들었는걸요."

유넬은 하던 얘기를 계속했다.

"홈즈는 동료들에게 일주일의 휴가 기간 동안 데이턴과 트로트우드에서 북쪽으로 50킬로미터 가면 나오는 리지스라는 조그만 마을에서 어머니와 함께 보낼 거라고 했답니다. 그 휴가 중간에 우편물을 배달하던 집배원이 하워드 자매의 시신을 발견했고요. 하워드의 집에서 1.5킬로미터쯤 가면 나오는 골짜기에 까마귀들이 잔뜩 모여 있길래 무슨 일인가 하고 지나가다 말고 멈추었답니다. 어떤 광경을 발견했는지를 생각하면 분명 그랬던 걸 후회했을 거예요."

그가 클릭하자 히스 홈즈의 실눈과 까칠한 수염이 금발 여자아이 두 명으로 바뀌었다. 축제 아니면 놀이공원에서 찍은 사진이었다. 뒤로 디스코 스핀이 보였다. 앰버와 졸린은 무슨 상이라도 되는 듯 솜사탕을 들고 웃고 있었다.

"피해자에게 책임을 전가하려는 건 아니지만 하워드 자매는 이른바 문제아였다고 합니다. 어머니는 알코올중독자에 아버지는 부재했고, 시끄러운 동네에 사는 저소득 가정이었죠. 학교에서는 위험한 환경에 있는 학생으로 분류됐고 종종 수업을 빼먹었어요. 4월 23일 월요일 오전 10시쯤에도 그랬듯이. 그때 앰버네 반은 자유 시간이었고 졸린은 선생님한테 화장실에 다녀오겠다고 했다니 사전에 계획을 짰던 모양이에요.”

“앨커트래즈 감옥 탈출*이로군요.” 빌 새뮤얼스가 말했다.

아무도 웃지 않았다.

유넬이 하던 얘기를 계속했다.

“두 아이는 정오 직전에 학교에서 다섯 블록 거리에 있는 주류 및 식료품 가게에서 목격되었습니다. 이게 그 가게의 보안 카메라에 찍힌 두 아이의 정지 화면이에요.”

흑백의 이미지가 또렷하고 선명했다. 홀리는 흘러간 누아르 영화의 한 장면 같다는 생각을 했다. 그녀는 모래색 머리를 한 두 아이를 물끄러미 바라보았다. 한 명은 탄산음료 두 개를, 또 한 명은 초코바 두 개를 들고 있었다. 청바지와 티셔츠 차림이었다. 둘 다 마뜩잖아하는 표정을 짓고 있었다. 초코바를 들고 있는 아이는 입을 떡 벌리고 미간을 찌푸린 채 손가락질을 했다.

“점원이 아이들이 학교를 땡땡이친 걸 알고 물건을 팔지 않겠다고 한 거예요.”

“그러게요.” 하위가 말했다. “언니가 점원한테 따지는 소리가 들리는 듯하네요.”

---

* 1962년, 캘리포니아 주 앨커트래즈 섬에 있는 감옥에서 죄수 세 명이 사라지는 사건이 벌어졌는데, 이들의 탈출 과정이나 이후 행적은 지금까지 수수께끼로 남아 있다.

"네. 하지만 재미있는 건 그 부분이 아닙니다. 사진의 오른쪽 상부 모서리를 보세요. 인도에서 누가 유리창 안을 들여다보고 있죠. 제가 조금 확대해서 보여 드릴게요."

마시가 들릴락 말락 하게 무슨 말인가를 중얼거렸다. 맙소사일 수도 있었다.

"그 사람이죠?" 새뮤얼스가 말했다. "홈즈. 아이들을 보고 있네요."

유넬은 고개를 끄덕였다.

"앰버와 졸린을 마지막으로 봤다고 한 사람이 저 점원이었어요. 하지만 이후로 두 아이는 최소 한 번 이상 다른 카메라에 찍혔어요."

그가 클릭하자 회의실 전면의 스크린에 또 다른 보안 카메라에 찍힌 사진이 떴다. 이 카메라의 렌즈는 주유소를 향했다. 한쪽 구석에 찍힌 타임 코드는 4월 23일 12:19PM이었다. 홀리는 간호사가 제보한 사진이 이건가 보다고 생각했다. 캔디 윌슨은 홈즈의 트럭, 그러니까 '근사하게 꾸민' 셰비 타호가 찍혔을 거라고 했는데 아니었다. 사진 안에서 히스 홈즈는 옆면에 **데이턴 조경 및 수영장**이라고 적힌 소형 밴 쪽으로 걸어가고 있었다. 기름 값을 계산했는지, 양손에 탄산음료를 하나씩 들고 차로 돌아가는 길이었다. 그 탄산음료를 받으려고 운전사 쪽 차창 너머로 몸을 내민 아이는 둘 중에 언니인 앰버였다.

"저 트럭이 도난당한 게 언제인가요?" 랠프가 물었다.

"4월 14일이었어요."

"준비가 끝날 때까지 어디 숨겨 놓은 거예요. 그러니까 계획범죄였다는 뜻이죠."

"네, 그렇겠네요."

"그런데 이 아이들이 그냥…… 그 차에 탔다고요?"

지넷의 물음에 유넬은 어깨를 으쓱했다.

"이번에도 피해자에게 책임을 전가하려는 건 아닙니다. 잘못 판단했다고 이 나이 또래의 어린아이를 어떻게 나무랄 수 있겠습니까. 그렇지만 이 사진을 보면 아이들이 적어도 처음에는 자발적으로 따라나선 것 같아요. 하워드 부인이 하이스미스 경사에게 말하길, 큰아이는 가고 싶은 데가 있으면 '트럭 뒤에 몰래 올라탔다.'고 합니다. 위험하다고 누누이 얘기해도 소용이 없었다고요."

홀리가 보기에 두 사진이 들려주는 이야기는 간단했다. 이방인은 두 아이가 주류 및 식료품 가게에서 거부당한 걸 보고, 자기를 따라오면 기름을 넣으면서 탄산음료와 초코바를 사 주겠다고 했다. 그런 다음 집이나 어디든 가고 싶은 데로 데려다 주겠다고 했다. 학교를 땡땡이친 아이들을 돕고 싶은 마음씨 착한 아저씨일 뿐이었다. 그도 그랬던 시절이 있으니까.

"그 이후에 홈즈가 다시 목격된 시각은 저녁 6시가 조금 지났을 때입니다." 유넬은 하던 얘기를 계속했다. "데이턴 외곽의 와플 하우스에서요. 얼굴과 손과 셔츠에 피가 묻어 있었죠. 그는 웨이트리스와 즉석요리 담당에게 코피가 났다고 하고 화장실에 가서 씻었어요. 그러고는 나와서 포장을 주문했죠. 그가 매장에서 나갔을 때 웨이트리스와 요리사는 셔츠 뒷면과 바지 엉덩이 부분에도 군데군데 피가 튄 걸 보았어요. 대부분의 사람들이 코가 앞쪽에 달려 있다는 걸 감안하면 그의 이야기는 조금 앞뒤가 맞지 않았죠. 웨이트리스가 차 번호를 적고 경찰에 연락했어요. 두 사람 모두 나중에 여섯 장의 사진에서 홈즈를 지목했고요. 그 적갈색 머리는 착각하기가 쉽지 않았으니까요."

"와플 하우스에 갔을 때도 소형 밴을 몰고 있었대요?"

랠프가 물었다.

"네. 아이들의 시신이 발견되고 얼마 되지 않았을 때 리지스 공영 주차장에 버려진 채 발견됐어요. 뒷자리가 피투성이였고 온 사방에 그와 아이들의 지문이 묻어 있었죠. 피가 묻은 지문도 있었고요. 이것 역시 프랭크 피터슨 살인 사건과 상당히 유사한 대목이에요. 사실상 현저하게 유사한 대목이죠."

"리지스에 있는 그의 집과 이 소형 밴이 발견된 지점은 거리가 얼마나 돼요?" 홀리가 물었다.

"800미터가 채 안 돼요. 차를 버리고 집까지 걸어가서 피 묻은 옷을 갈아입고 엄마에게 맛있는 저녁을 차려 주었다는 게 경찰 측의 추측이에요. 경찰서에서는 거의 곧바로 지문을 채취했지만, 형식적인 절차를 건너뛰고 지문의 주인을 파악하기까지 이삼일이 걸렸죠."

"홈즈가 난폭 운전을 하다 잡혔을 때 법적으로는 아직 미성년자였으니까요." 랠프가 말했다.

"맞아요. 4월 26일에 홈즈는 하이스먼 기억 병동에 갔어요. 관리 책임자 준 켈리 부인이 휴가 중인데 어쩐 일이냐고 물었더니 그가 사물함에서 꺼내 갈 게 있다고, 온 김에 환자를 두어 명 들여다볼까 한다고 대답했답니다. 이걸 듣고 그녀는 좀 이상하게 생각했던 게,

간호사들은 사물함이 있지만 잡역부들은 휴게실에 플라스틱 박스를 두고 쓰거든요. 그리고 잡역부들은 처음부터 모든 고객을 입소자로 지칭하라는 교육을 받는데, 홈즈는 그들을 대개 친구라고 불렀고요. 다정하게 말이죠. 아무튼 홈즈가 그날 들여다본 친구는 테리 메이틀랜드의 아버지였고, 경찰은 그의 화장실에서 금색 머리카락을 발견했어요. 감식 결과 졸린 하워드의 머리카락으로 밝혀졌고요."

"참으로 간편하기도 하지." 랠프가 말했다. "함정일지 모른다고 한 사람은 없었나요?"

"증거가 계속 쌓이다 보니 경찰은 그냥 홈즈가 생각이 없었든지 체포되길 원했나 보다고 짐작했어요. 소형 밴, 지문, 보안 카메라 영상…… 지하실에서 발견된 아이들 속옷…… 그리고 화룡점정이었던 DNA 결과. 구류 중에 뺨 안쪽에서 채취한 DNA가 범인이 현장에 남긴 정액과 일치했거든요."

"맙소사." 빌 새뮤얼스가 말했다. "정말이지 판박이네요."

"한 가지 큰 차이점이 있죠. 히스 홈즈는 마침 하워드 자매가 납치돼서 살해당한 시점에 진행된 강연에서 카메라에 찍히는 행운을 누리지 못했거든요. 그의 어머니가 아들은 휴가 내내 리지스에 있었다고, 하이스먼은 물론이고 트로트우드에도 간 적 없다고 맹세했어요. '거길 뭐 하러 가겠어요? 형편없는 인간들이 사는 형편없는 마을인데.' 이러면서요."

"그 증언은 배심원단에게 씨알도 먹히지 않았을 거예요." 새뮤얼스가 말했다. "아니, 엄마가 아니면 세상에 누가 거짓말을 해 주겠어요?"

"휴가 기간 동안 다른 동네 주민들도 홈즈를 목격했죠." 유넬은 얘기를 계속했다. "그가 어머니 집에서 잔디를 깎고, 하수구를 고치고, 현관에 페인트를 칠하고, 앞집에 사는 아주머니가 꽃씨를 심는 걸 도왔거든요. 하워드 자매가 납치된 날에. 그리고 근사하게 꾸민 그의 트럭을 몰고 다니면서 볼일을 보면 눈에 띌 수밖에 없었고요."

그러자 하위가 물었다.

"앞집에 사는 아주머니가 두 아이가 살해되던 시점에 그가 자기 집에 있었다고 했을까요?"

"오전 10시쯤이었다고 했어요. 비슷하기는 했지만 정확한 알리바이가 될 수는 없었죠. 리지스에서 트로트우드까지는 플린트 시티에서 캡 시티까지보다 훨씬 가깝거든요. 경찰에서는 그가 페튜니아인지 뭔지 꽃씨를 심으려는 앞집 아주머니를 도와주고, 공영 주차장으로 타호를 몰고 가서 소형 밴으로 갈아타고 사냥에 나섰다고 보았어요."

"테리가 홈즈 씨보다 운이 좋았네요." 마시가 처음으로 랠프와 빌 새뮤얼스를 차례대로 쳐다보며 말했다. 랠프는 그녀와 눈을 맞추었다. 새뮤얼스는 맞출 수가 없었든지 맞출 생각이 없었든지 둘 중 하나였다. "충분히 좋지 않았을 뿐."

"한 가지가 더 있는데요. 기브니 씨의 표현에 따르자면 또 한 조각의 퍼즐이겠습니다만, 랠프가 메이틀랜드 사건을 양쪽 각도에서 요약한 다음에 공개하도록 하겠습니다."

랠프는 법정에서 증언이라도 하듯 간단한 문장으로 간결하게 요약했다. 클로드 볼턴에게 들은 얘기(테리가 악수를 하면서 손톱으로 그에게 상처를 냈다는 얘기)를 잊지 않고 언급했다. 캐닝 타운십에서 바지, 속옷, 양말, 운동화는 발견이 됐지만 셔츠는 없었다는 얘기를 한 다음 법원 앞 계단에서 본 남자에게로 화제를 돌렸다. 테리가 더브로 기차역에서 입었던 셔츠로 흉터가 있는 민머리를 덮었다고 확신할 수는 없지만 그랬을 수도 있다고 본다고 말했다.

"법원을 촬영한 텔레비전 영상이 있을 텐데요. 그거 확인해 보셨어요?"

홀리의 말에 랠프와 사블로 경위는 서로 흘끗 쳐다보았다.

"했어요." 랠프가 말했다. "하지만 그 남자는 없었어요. 어떤 영상에도."

여기저기서 웅성거렸고 지넷이 랠프의 팔을 다시 잡았다. 이번에는 으스러지라 붙잡았다. 랠프는 걱정 말라는 듯이 그녀의 손을 토닥였지만 시선은 데이턴에서 여기로 날아온 여자를 향해 있었다. 홀리는 어리둥절한 표정이 아니었다. 만족스러워하는 표정이었다.


6


"하워드 자매 납치범은 소형 밴을 썼어요." 유넬이 말했다. "그리고 용도가 끝나자 쉽게 눈에 띄는 곳에 버렸고요. 프랭크 피터슨 살인범도 아이를 납치하는 데 쓴 밴을 똑같이 처리했죠. 쇼티스 펍 뒤편에 세우고 두 명의 목격자들에게 말을 걸면서 사실상 이목을 집중시켰어요. 홈즈가 와플 하우스에서 요리사와 웨이트리스에게 말을 걸었던 것처럼. 오하이오 경찰은 소형 밴에서 범인과 희생자, 양쪽 모두의 지문을 숱하게 찾았어요. 우리도 밴에서 지문을 숱하게 찾았죠. 하지만 채취된 지문 중에 신원이 밝혀지지 않은 게 적어도 한 세트가 있었죠. 적어도 오늘까지는요."

랠프는 집중한 표정을 지으며 몸을 앞으로 숙였다.

"제가 뭐 하나를 보여 드릴게요." 유넬이 노트북을 만지작거렸다. 두 개의 지문이 화면에 떴다. "뉴욕 북부에서 밴을 훔친 아이의 지문이에요. 하나는 밴에서, 다른 하나는 엘패소에서 체포됐을 때 채취한 겁니다. 이제 이걸 보세요."

그가 노트북을 좀 더 만지작거리자 두 지문이 완벽하게 합쳐졌다.

"이로써 멀린 캐시디는 처리가 됐죠. 이제 프랭크 피터슨. 하나는 출처가 신체검사, 다른 하나는 밴입니다."

이번에도 두 개를 서로 겹치자 완벽하게 일치했다.

"다음은 메이틀랜드. 하나는 밴에서 채취한 겁니다. 사족을 달자면 수많은 지문 중에 하나였죠. 또 다른 하나는 플린트 시티 경찰서에서 채취한 거예요."

그가 두 개를 겹치자 이번에도 완벽하게 일치했다. 마시는 한숨 쉬는 소리를 냈다.

"자, 이제 흠칫 놀랄 준비를 하세요. 왼쪽은 밴에서 채취한 신원 불명의 지문이고 오른쪽은 오하이오 주 몽고메리 카운티 구치소의 입소 카드에 찍힌 히스 홈즈의 지문입니다."

그가 두 개를 겹쳤다. 이번에는 완벽하게 일치하지는 않았지만 그래도 아주 비슷했다. 홀리가 보기에 그 정도면 일치하는 지문으로 배심원단이 받아들이기에 충분했다. 일단 그녀는 그렇게 받아들였다.

"사소하게 몇 군데 다른 부분이 있긴 하죠. 시간이 경과돼서 밴에 남은 홈즈의 지문이 살짝 훼손됐기 때문에 그렇습니다. 하지만 제가 보기에는 일치한다고 볼 수 있는 포인트가 충분합니다. 히스 홈즈가 언젠가 그 밴에 탔던 거죠. 이건 새로운 정보입니다."

회의실 안에 정적이 흘렀다.

유넬이 지문을 두 개 더 띄웠다. 왼쪽은 선명하고 또렷했다. 홀리는 이미 본 지문이라는 걸 알아차렸다. 랠프도 마찬가지였다.

"테리의 지문이잖아요. 밴에서 채취한."

"맞아요. 그리고 오른쪽은 헛간에서 발견된 버클에 남은 지문이에요."

소용돌이무늬가 같았지만 이상하게 군데군데 희미했다. 유넬이 서로 합치자 밴에 남은 지문이 버클에 남은 지문의 빈자리를 채웠다.

"누가 봐도 동일인의 지문이죠. 테리 메이틀랜드의 지문 말입니다. 다만 버클에 남은 지문은 훨씬 나이가 많은 사람이 남긴 것처럼 보인다는 게 문제일 뿐."

"어떻게 그럴 수가 있죠?" 지넷이 물었다.

"말이 안 돼요." 새뮤얼스가 말했다. "내가 입소 카드에 찍힌 메이틀랜드의 지문을 봤는데…… 그가 그 버클을 마지막으로 건드리고 며칠 뒤에 찍은 거요. 확실하고 선명했어요. 선이며 소용돌이무늬가 온전했단 말입니다."

"그 버클에도 신원 불명의 지문이 있었습니다. 이거예요."

이건 배심원단이 받아들일 수 없는 증거였다. 선과 소용돌이무늬가 몇 개 있긴 하지만 희미해서 거의 보이지 않다시피 했다. 지문의 거의 대부분이 흐릿한 얼룩에 불과했다.

"워낙 상태가 엉망이라 장담할 수는 없지만 메이틀랜드 씨 지문으로 보이지는 않고, 홈즈는 그 버클이 기차역 카메라 영상에 처음으로 등장하기 훨씬 전에 세상을 떠났으니 그의 지문일 수도 없습니다. 하지만…… 히스 홈즈는 피터슨을 납치하는 데 쓰인 그 밴에 탄 적이 있었단 말이죠. 언제, 어쩌다, 왜 그랬는지는 전혀 모르겠지만 벨트 버클에 희미한 지문을 남긴 자가 누구인지 밝히는 사람에게 1000달러를, 거기 남겨진 메이틀랜드의 지문이 그렇게 늙어 보이는 이유를 밝히는 사람에게 500달러의 상금을 지불할 용의가 있습니다."

유넬은 노트북 플러그를 뽑고 자리에 앉았다.

"테이블 위로 꺼내진 퍼즐 조각들이 많네요." 하위가 말했다. "하지만 그걸로 과연 그림을 완성할 수 있을까 싶은데요. 다른 얘기 하실 분 계십니까?"

랠프가 아내를 돌아보았다.

"얘기해. 누가 우리 집을 찾아온 꿈을 꾸었는지."

"꿈 아니야. 꿈은 희미해지잖아. 현실은 그렇지가 않고."

지넷은 처음에는 천천히 운을 뗐지만 점점 속도를 높여 가며, 1층에 불이 켜져 있어서 내려가 보니 거실 입구 너머에 부엌 식탁 의자를 가져다 놓고 어떤 남자가 앉아 있더라고 얘기를 했다. 그가 전한 경고로 마무리를 짓되 그의 손가락에 희미해져 가는 파란색 잉크로 새겨진 문신을 강조했다. **그만해야 한다**고 얘기해.

"나는 기절했어요. 평생 기절이라고는 해 본 적이 없는데."

"아내가 눈을 떴을 때는 침대 위였어요. 누가 침입한 흔적은 없었고요. 도난 경보도 켜져 있었고."

"꿈을 꾸셨네요." 새뮤얼스가 딱 잘라서 말했다.

지넷은 머리칼이 날릴 정도로 세게 고개를 저었다.

"그 남자는 진짜 있었어요."

"무슨 일인가가 벌어졌어요." 랠프가 말했다. "그것만큼은 분명해요. 얼굴에 화상을 입은 남자는 손가락에 문신이 있었는데……."

"뉴스 영상에 찍히지 않은 남자 말이죠." 하위가 말했다.

"어떻게 들릴지 나도 알아요. 정신병자의 헛소리 같겠죠. 하지만 이 사건 관계자 중에 손가락에 문신을 새긴 또 다른 사람이 있었고 나는 그게 누구였는지 기억해 냈어요. 유넬을 통해 입수한 사진을 지넷에게 보여 줬더니 맞는다고 했고요. 지넷이 꿈속 아니면 우리 집에서 본 남자는 클로드 볼턴이에요, 젠틀맨 플리즈의 경비. 메이틀랜드와 악수를 하다가 상처가 난 사람 말이에요."

"테리가 잡역부하고 부딪쳤을 때 상처가 났듯이 말이죠." 마시가 말했다. "그 잡역부가 히스 홈즈였죠, 그렇죠?"

"물론이죠." 홀리가 멍하니 말했다. 그녀는 벽에 걸린 그림 가운데 하나를 쳐다보고 있었다. "그가 아니면 누구겠어요?"

알렉 펠리가 입을 열었다.

"두 분, 볼턴의 소재를 파악하셨나요?"

"내가 했어요." 랠프는 대답하고 나서 설명을 시작했다. "여기서 650킬로미터 멀리 있는 텍사스 서부의 메리스빌이라는 곳에 있고, 어딘가에 전용기를 숨겨 놓았다면 모를까, 지넷이 보았다는 시각에는 우리 집에 있을 수가 없었어요."

"그의 엄마가 거짓말을 했다면 얘기가 달라지죠." 새뮤얼스가 말했다. "좀 전에도 얘기가 나왔다시피 아들이 의심을 받으면 어머니들이 종종 그러잖아요."

"지넷도 그렇게 생각했지만, 이 경우에는 그럴 가능성이 낮아요. 경찰이 다른 핑계를 대고 찾아갔는데 둘 다 편안하고 거리낌 없었다고 해요. 전혀 진땀을 흘리지 않았고요."

새뮤얼스는 팔짱을 꼈다.

"나는 못 믿겠어요."

"마시?" 하워드가 말했다. "이제 당신이 퍼즐을 추가해야 할 차례인 것 같은데요."

"저는…… 저는 싫어요. 형사님한테 맡겨 주세요. 그레이스가 이 분한테 얘기했잖아요."

하위가 그녀의 손을 잡았다.

"테리를 위해서예요."

마시는 한숨을 쉬었다.

"알았어요. 그레이스도 어떤 남자를 봤대요. 두 번. 두 번째에는 집 안에서 봤어요. 저는 아빠가 죽은 것 때문에 심란해서 그 애가 무서운 꿈을 꾸는 줄 알았어요……. 어느 아이든 그럴 테니까…….” 그녀는 말을 멈추고 아랫입술을 깨물었다.

“용기를 내주세요.” 홀리가 말했다. “아주 중요한 문제예요, 메이틀랜드 부인.”

“네.” 랠프도 맞장구쳤다. “맞습니다.”

“나는 꿈이라고 확신했어요! 장담했어요!”

“아이가 어떻게 생긴 남자인지 설명했나요?” 지넷이 물었다.

“어느 정도는요. 맨 처음은 일주일쯤 전이었어요. 그레이스가 세라하고 같이 세라의 방에서 자고 있었을 때 창밖으로 보이더래요. 얼굴은 점토로 빚은 것 같았고 눈 대신 빨대가 달려 있었다고 했어요. 누구든 그 얘기를 들으면 그냥 무서운 꿈을 꾸었나 보다고 생각하지 않겠어요?”

아무도 대꾸하지 않았다.

“두 번째는 일요일이었어요. 낮잠을 자고 일어나 보니 남자가 자기 침대에 앉아 있더래요. 이제는 빨대가 아니라 아빠의 눈을 하고 있었는데, 그래도 무서웠대요. 팔에 문신이 있었어요. 손에도.”

그러자 랠프가 보충 설명을 했다.

“아이 말로는 얼굴도 이제는 점토로 만든 것 같지 않았다고 했어요. 짧은 까만색 머리에 뭐를 발라서 위로 삐쭉 솟았고 입 주변에 수염을 살짝 길렀고.”

“염소수염이었어요.” 지넷은 속이 불편해 보였다. “같은 남자예요. 첫 번째는 꿈을 꾼 걸지 몰라도 두 번째는…… 볼턴이에요. 분명해요."

마시는 머리가 아픈 사람처럼 손바닥을 관자놀이에 대고 눌렀다.

"그렇게 들릴 수 있다는 걸 알지만 그래도 꿈일 수밖에 없어요. 자기한테 얘기하는 동안 셔츠 색깔이 바뀌었다는데, 꿈에서나 그러잖아요. 앤더슨 형사님, 나머지는 형사님께서 얘기하시겠어요?"

그는 고개를 저었다.

"잘하고 계십니다."

마시는 눈을 훔쳤다.

"아이 말로는 남자가 자길 놀렸대요. 아기라고 했고, 아이가 울음을 터뜨리니까 슬퍼해서 기분이 좋다고 했고요. 그러고 나서 앤더슨 형사님한테 메시지를 전하라고 했어요. 멈추지 않으면 나쁜 일이 벌어질 거라고요."

"그레이스에 따르면 남자가 맨 처음 등장했을 때는 미완성인 것 같았다고 합니다. 만들어지다 만 것 같았다고. 두 번째로 등장했을 때는 인상착의가 클로드 볼턴 같기는 해요. 다만 볼턴이 텍사스에 있다는 게 문제일 뿐. 어떻게들 생각하세요?"

"볼턴이 거기 있다면 여기 있었을 리 없잖아요." 빌 새뮤얼스가 짜증이 치민 목소리로 말했다. "그것만큼은 분명하잖아요."

"테리 메이틀랜드 때도 분명해 보였잖습니까. 그리고 이제 알고 보니 히스 홈즈도 그렇고요." 하위는 홀리에게로 관심을 돌렸다. "오늘 저녁 이 자리에 미스 마플은 없지만 우리에게는 미스 기브니가 있죠. 저희를 위해 이 퍼즐을 맞춰 주시겠습니까?"

홀리는 그의 말을 듣지 못한 눈치였다. 계속 벽에 걸린 그림만 쳐다보고 있었다.

"눈 대신 빨대가 달렸다. 응. 그렇지. 빨대……."

그녀는 말끝을 흐렸다.

"기브니 씨?" 하위가 말했다. "저희한테 하실 말씀이 있으신가요, 아닌가요?"

어딘지 모를 곳으로 떠났던 홀리가 돌아왔다.

"네. 이게 어떻게 된 일인지 설명할 수 있어요. 여러분께서 열린 마음으로 들어 주시기만 하면요. 제가 들고 온 영화의 일부분을 보여 드리면 더 금세 끝낼 수 있을 것 같은데요. DVD를 가방에 들고 왔어요."

그녀는 힘을 달라고(그리고 그들이 못미더워하거나 노발대발하면 빌 호지스를 소환할 수 있게 해 달라고) 다시 한 번 짤막하게 기도를 드리고 자리에서 일어나 유넬이 그의 노트북을 두었던 테이블 끝 쪽에 그녀의 노트북을 얹었다. 그런 다음 DVD 외장 드라이브를 꺼내 연결했다.


7


잭 호스킨스는 피부암이 가족력이라고 강조하며 일광화상을 평계로 병가를 신청할까 고민했다가 안 좋은 생각이라는 결론을 내렸다. 사실상 끔찍한 생각이었다. 겔러 서장은 자기 방에서 나가라고 할 게 분명했고 소문이 돌면(로드니 겔러는 입이 무거운 타입이 아니었다.) 호스킨스 형사는 그 부서에서 웃음거리로 전락할 것이었다. 만에 하나 서장이 허락한들 병원에 가라고 할 텐데, 잭은 아직 그럴 마음의 준비가 되지 않았다.

하지만 그는 3일 일찍 소환됐고, 그의 휴가 일정이 5월부터 근무 당번 알림판에 적혀 있었던 걸 감안하면 부당한 처사였다. 때문에 이 3일을 랠프 앤더슨 같으면 스테이케이션이라고 표현할 방식으로 보낼 권리가 (완벽하게) 있다는 판단 아래 술집을 전전하며 수요일 오후를 보냈다. 세 번째 술집부터 캐닝 타운십에서 겪은 섬뜩한 에피소드를 거의 잊을 수 있었고, 네 번째 술집부터는 일광화상과 밤에 일광화상을 입었다는 희한한 사실에 대해 더 이상 걱정하지 않았다.

다섯 번째로 들어간 곳이 쇼티스 펍이었다. 거기서 바텐더(아주 예쁘장한 아가씨였고 이름은 까먹었지만 딱 붙는 랭글러 청바지로 감싼 그 길고 매혹적인 각선미는 잊지 않았다.)에게 뒷덜미를 보여 줄 테니 뭐가 보이는지 얘기해 달라고 했다. 그녀는 알았다고 했다.

"햇볕에 너무 탔네요."

"그냥 그뿐이지?"

"네, 그냥 햇볕에 너무 탔어요." 그런 다음 잠깐 멈추었다가 다시 덧붙였다. "그런데 아주 심해요. 조그맣게 물집이 몇 군데 잡혔어요. 뭘 좀 바르셔야⋯⋯."

"알로에 말이지? 들었어."

그는 보드카 토닉을 다섯 잔 마신 다음(여섯 잔이었을 수도 있었다.) 똑바로 앉아서 정면을 주시하고 제한속도를 정확히 지켜 가며 집으로 차를 몰았다. 검문을 당하면 좋지 않았다. 이 주의 법적 허용치는 0.08퍼센트였다.

그는 홀리 기브니가 하워드 골드의 회의실에서 프레젠테이션을 시작한 바로 그 시각에 집에 도착했다. 팬티만 빼고 옷을 모두 벗고, 잊지 않고 문을 모두 잠근 다음 꽉 찼다고 아우성치는 방광을 비우러 화장실에 갔다. 그 문제를 해결한 뒤에 손거울로 다시 한 번 뒷덜미를 체크했다. 지금쯤이면 화상이 괜찮아져서 껍질이 벗겨지기 시작했을지 몰랐다. 하지만 아니었다. 화상이 검게 변했다. 뒷덜미에 열십자 모양으로 깊은 균열이 생겼다. 그중 두 군데에서 진주 같은 고름이 줄줄 흘러나왔다. 그는 앓는 소리를 내며 눈을 감았다가 다시 뜨고 안도의 한숨을 내쉬었다. 피부는 검게 변하지 않았다. 균열도 생기지 않았다. 고름도 나지 않았다. 하지만 시뻘겋고 몇 군데 물집이 잡혔다. 건드렸을 때 예전만큼 아프지는 않았지만 러시아산 마취제를 잔뜩 마셨으니 그럴 수밖에 없었다.

*이제는 술을 이렇게 잔뜩 마시지 말아야 하는데. 있지도 않은 헛것을 본다는 게 아주 분명한 신호야. 심지어 경고라고 할 수 있지.*

알로에 베라가 없었기에 아르니카 젤을 덕지덕지 발랐다. 따끔거렸지만 통증이 이내 가라앉았다.(또는 무지근하게 욱신거리는 수준으로 잦아들었다.) 좋은 징조 아닐까? 젤이 묻지 않게 손 닦는 수건으로 베개를 덮고 누워서 불을 껐다. 하지만 어둠은 좋지 않았다. 어둠 속에서는 통증이 더 심하게 느껴지는 듯했고 방 안에 뭔가가 있는 듯한 상상을 하기가 너무 쉬웠다. 그 방치된 헛간에서 그의 뒤에 서 있었던 그 뭔가가 말이다.

*거기 뭐가 있었다고 느낀 건 착각이었어. 피부가 시커메진 것처럼 보인 게 착각이었듯이. 그리고 균열도. 고름도.*

모두 맞는 말이었지만 머리맡의 스탠드를 켰을 때 마음이 좀 더 편해진 것도 사실이었다. 그는 하룻밤 푹 자고 일어나면 모든 게 괜찮아질 거라는 생각을 끝으로 잠이 들었다.

**8**

"조도를 좀 더 낮출까요?" 하위가 물었다.

"아뇨. 이건 용도가 오락이 아니라 정보고, 87분밖에 안 되는 짧은 영화지만 전부 볼 필요도 없어요. 아니, 거의 볼 필요가 없어요." 두려워했던 것이 무색하게 별로 긴장이 되지 않았다. 아직까지는 그랬다. "하지만 보여 드리기 전에 한 가지 분명하게 짚고 넘어가야 할 게 있어요. 진실을 인정할 마음의 준비가 되지 않았을 뿐, 여러분 모두 지금쯤은 아실 거라고 생각하는데요."

그들은 말없이 그녀를 쳐다보았다. 그 눈들. 모든 수업 시간에 맨 뒷자리를 고집했고, 한 번도 손을 들어 본 적이 없었고, 체육 시간이 있는 날이면 교복 아래에 체육복을 입고 등교할 정도로 소심했던 홀리 기브니가 이러고 있다니 믿기지가 않았다. 심지어 20대까지 어머니에게 말대꾸할 엄두조차 내지 못했던 그녀가 아니던가. 두 번이나 정신이상을 일으켰던 그녀가 아니던가.

*하지만 그건 다 빌을 만나기 전의 얘기잖아. 그는 나를 믿었고*

*나는 그의 믿음에 보답했어. 이제는 이 사람들의 믿음에 보답할 차례야.*

"테리 메이틀랜드는 프랭크 피터슨을 죽이지 않았고, 히스 홈즈는 하워드 자매를 죽이지 않았어요. 이 두 살인 사건은 이방인의 소행이에요. 범인은 현대 과학기술, 현대 과학수사 기법을 악용하지만 진짜 무기는 진실을 믿지 않으려는 우리의 태도예요. 우리는 사실을 뒤쫓아가도록 훈련을 받았기 때문에 여러 가지 사실이 상호 충돌할 때 가끔 그자의 냄새를 맡아도 그 냄새를 따라가길 거부하죠. 그자는 그걸 알아요. 그걸 이용하고요."

"기브니 씨." 지넷 앤더슨이 말했다. "지금 초자연적인 존재가 범인이라고 말씀하시는 건가요? 뱀파이어 비슷한 존재가?"

홀리는 입술을 씹으며 고민에 잠겼다. 이윽고 그녀가 말했다.

"그 질문에는 대답하지 않을게요. 아직은요. 먼저 제가 들고 온 영화부터 보세요. 영어로 더빙된 멕시코 영화고 우리나라에서는 50년 전에 자동차 극장에서 동시 상영됐어요. 영어 제목은 「멕시코의 여자 레슬러 괴물을 만나다*Mexican Wrestling Women Meet the Monster*」지만 스페인어 제목은······."

"나 원 참." 랠프가 말했다. "이거 너무 어처구니없는 거 아닌가요?"

"가만히 있어." 지넷이 말했다. 언성을 높이지 않았지만 화가 난 목소리라는 걸 알 수 있었다. "그냥 두고 봐."

"하지만······."

"당신은 어젯밤에 그 자리에 없었잖아. 나는 있었어. *그러니까 그냥 두고 보라고.*"

랠프는 좀 전에 새뮤얼스가 그랬듯이 팔짱을 꼈다. 홀리도 너무나 잘 아는 자세였다. 피하려는 자세였다. 그리고 듣지 않겠다는 뜻이 담긴 자세였다. 그녀는 하던 얘기를 계속했다.

"멕시코 제목은 「로지타 루차도라 에 아미가스 코노센 엘 쿠코 *Rosita Luchadora e Amigas Conocen El Cuco*」예요. 스페인어로 그게 무슨 뜻인가 하면……."

"맞아요!" 유넬이 고함을 지르는 바람에 다들 펄쩍 뛰었다. "토요일에 그 식당에서 같이 아침을 먹었을 때 내가 생각이 나지 않는다고 했던 영화 제목이 그거였어요! 내가 한 얘기 기억나요, 랠프? 우리 집사람이 *페케냐*(꼬맹이) 시절에 *아부엘라*(할머니)한테 들었다고 한 얘기 말이에요."

"그걸 어떻게 잊어버리겠어요? 까만 자루를 들고 다니며 어린애를 잡아서 그 기름을 문대고……."

랠프는 말을 하다 말고 자기도 모르게 프랭크 피터슨와 하워드 자매를 떠올렸다.

"잡다가 뭘 하는데요?" 마시 메이틀랜드가 물었다.

"아이들의 피를 마시고 기름을 자기 몸에 문대요." 유넬이 말했다. "그러면 계속 젊음을 유지할 수 있다고 해서. 엘 쿠코(괴물)."

"맞아요." 홀리가 말했다. "스페인에서는 엘 옴브레 콘 사코라고 해요. 자루를 들고 다니는 남자. 포르투갈에서는 펌프킨헤드고요. 미국 어린이들이 핼러윈 때 호박에 구멍을 내는 건 엘 쿠코의 닮은 꼴을 만드는 거예요. 수백 년 전에 이베리아 반도에서 어린이들이 그랬듯이."

"엘 쿠코가 등장하는 자장가도 있었어요. *아부엘라*가 가끔 밤에 불렀는데. *두에르메테, 니뇨, 두에르메테, 야*…… 거기까지밖에 생각이 안 나네요."

"자거라, 아가, 자거라." 홀리가 말했다. "엘 쿠코가 널 잡아먹으려고 천장에서 기다린다."

"그 자장가 괜찮네요." 알렉이 말했다. "아이들이 단꿈을 꿀 수 있겠어요."

"맙소사." 마시가 속삭였다. "그 비슷한 게 우리 집에 찾아왔다고 생각하세요? 찾아와서 우리 딸아이 침대에 앉아 있었다고?"

"그렇기도 하고 아니기도 해요. 영화를 틀게요. 맨 처음 10분 정도면 충분할 거예요."


# 9


잭은 양옆에 아무것도 없고 머리 위로 파란 하늘만 1000킬로미터 동안 이어지는 인적 없는 2차로 고속도로를 달리는 꿈을 꾸었다. 대형 트럭을 운전하고 있었는데, 기름 냄새가 나는 걸 보면 유조차일 수 있었다. 그의 옆에는 까만 머리를 짧게 깎고 염소수염을 기른 남자가 앉아 있었다. 양쪽 팔이 문신으로 뒤덮였다. 잭은 젠틀맨 플리즈를 수시로 드나들며(공무 집행을 위해 찾은 적은 거의 없지만), 전과가 있지만 손을 씻은 뒤로 착하게 지내는 클로드 볼턴과 유쾌한 대화를 자주 나누었기에 그가 누군지 알았다. 하지만 이 꿈속에 등장하는 클로드는 천하에 몹쓸 악당이었다. 샤워 커튼을 젖히고 손가락에 새겨진 **안 돼**라는 문구를 보여 준 자가 이 클로드였다.

트럭이 **메리스빌, 인구 1280명**이라고 적힌 표지판을 지났다.

"그 암은 진행이 빠르지." 클로드가 말했다. 샤워 커튼 뒤에서 들린 그 목소리가 맞았다. "네 손을 봐, 잭."

잭은 시선을 떨어뜨렸다. 운전대를 잡은 손이 시커멓게 변해 있었다. 그가 지켜보는 가운데 손이 떨어졌다. 유조차가 고속도로에서 벗어나 기우뚱 넘어가기 시작했다. 그는 트럭이 폭발하려 한다는 걸 알았기에 그러기 전에 꿈에서 빠져나와 숨을 헐떡이며 천장을 올려다보았다.

"맙소사." 그는 속삭이며 손이 제대로 붙어 있는지 확인했다. 제대로 붙어 있었고 시계도 마찬가지였다. 잠든 지 한 시간도 되지 않았다. "하느님 맙소……."

누군가가 그의 왼쪽에서 움직였다. 순간, 예쁘장하고 다리가 길었던 바텐더를 집으로 데리고 왔나 생각했지만 아니었다. 그는 혼자 있었다. 그렇게 괜찮은 아가씨가 그와 엮일 일은 없었다. 그녀가 보기에 그는 점점 미쳐 가는 뚱뚱한 40대 술꾼에 불과할 테고…….

그는 주위를 두리번거렸다. 한 침대에 누워 있는 여자는 그의 어머니였다. 몇 가닥 안 남은 머리칼에서 대롱거리는 얼룩무늬 핀을 보면 그렇다는 걸 알 수 있었다. 어머니가 장례식 때 그 핀을 하고 있었다. 장의사가 화장한 얼굴은 밀랍 인형 같았지만 대체로 나쁘지 않았다. 지금은 썩은 살점이 뼈에서 떨어져 나와 남은 얼굴이 거의 없었다. 고름으로 흠뻑 젖어서 잠옷이 몸에 들러붙었다. 썩어 가는 고기 냄새가 코를 찔렀다. 그는 비명을 지르려고 했지만 지를 수가 없었다.

"이 암이 너를 기다리고 있어, 잭." 어머니가 말했다. 입술이 없어졌기 때문에 이가 달가닥거리며 부딪치는 게 눈에 보였다. "너를 갉아먹고 있어. 그가 지금은 거두어 갈 수 있지만 시간이 조금만 더 지나면 그도 안 될 거야. 그가 원하는 대로 할래?"

"네." 호스킨스는 속삭였다. "네, 뭐든지요."

"그럼 잘 들어라."

잭 호스킨스는 잘 들었다.


## 10

홀리가 튼 영화의 도입부에는 FBI의 경고 문구가 없었고 그걸 보고 랠프는 놀라워하지 않았다. 애초부터 쓰레기였던 그런 구시대 유물을 두고 누가 굳이 저작권을 운운하겠는가? 음악은 떨리는 바이올린과 유쾌하게 삐걱거리는 노르테뇨(북부식) 아코디언 리프의 감상적인 조합이었다. 오래전에 고인이 된 영사기사들이 마구잡이로 수없이 상영하기라도 한 듯 화면이 지직거렸다.

*내가 지금 이 자리에 이렇게 앉아 있다니 믿기지가 않네.* 랠프는 생각했다. *정신병동에나 어울릴 법한 광경인데.*

그럼에도 아내와 마시 메이틀랜드는 기말고사를 준비하는 학생처럼 집중했고, 다른 사람들은 그 정도로 몰두하지는 않았어도 열심히 들여다보았다. 유넬 사블로는 입가에 희미한 미소를 머금었다. 황당해하는 미소가 아니라 과거를 언뜻 들여다본 자의 미소였다. 어린 시절에 들은 전설의 부활이었다.

업소라고는 술집 아니면 사창굴밖에 없어 보이는 밤거리와 함께 영화가 시작됐다. 카메라가 가슴이 깊게 파인 원피스를 입고, 네 살쯤 되어 보이는 딸의 손을 잡고 걸어가는 어떤 미녀의 뒤를 쫓았다. 이 밤에 잠자리에 들었어야 하는 아이를 데리고 이런 우범지대를 지나가는 이유는 후반부에 설명이 될지 몰라도 랠프와 다른 사람들이 시청한 부분에서는 아니었다.

취객이 비틀비틀 여자에게로 다가갔고, 그의 입술은 다르게 움직였지만 더빙한 성우는 멕시코 억양으로 "어이, 아가씨, 나랑 데이트할래?"라고 물어 스피디 곤잘레스*처럼 들렸다. 그녀는 무시하고 계속 발걸음을 옮겼다. 잠시 후, 두 가로등 사이의 어둑어둑한 골목길에서 드라큘라 영화에서 뛰쳐나온 듯 길고 까만 망토를 걸친 남자가 획 등장했다. 한 손에 까만 자루를 들고 있었다. 남자가 다른 손으로 아이를 낚아챘다. 엄마가 비명을 지르며 쫓아가 다음 번 가로등 아래에서 자루를 붙잡았다. 그가 빙그르르 몸을 돌리자 가로등 불빛이 마침 알맞게 이마에 흉터가 있는 중년 남자의 얼굴을 비췄다.

망토맨이 가짜로 붙인 송곳니를 드러내며 으르렁거렸다. 여자는 손을 들고 뒷걸음질을 치는데, 겁에 질린 아이 엄마라기보다 「카르

---

* 루니 툰 시리즈에 등장하는 생쥐 캐릭터.

멘」의 아리아 한 곡을 우렁차게 불러 젖히려는 오페라 가수 같았
다. 납치범은 아이를 망토로 덮고 달아나려 하지만, 어느 술집에서
등장한 남자가 또다시 스피디 곤잘레스 같은 흉측한 억양으로 그
를 불러 세웠다.

"에스피노자 교수님, 어디 가시우? 내가 술 한잔 사리다아!"

장면이 바뀌면 아이 엄마가 시체 안치소로 불려 가고(부연 유리문
에 EL DEPOSITO DE CADAVERES라고 적혀 있다.) 시트가 젖혀진 순간 훼
손된 아이의 시신을 보고 예측 가능한 선에서 연극 투로 비명을 질
렀다. 이후에 흉터가 있는 남자가 체포되는데, 알고 보니 인근 대학
교의 명망 있는 교수였다.

이후로 영화 특유의 짧은 재판이 이어졌다. 아이 엄마가 증언을
했다. 그에게 술을 사겠다고 했던 사람을 비롯해 스피디 곤잘레스
억양을 쓰는 두어 명의 다른 남자들도 증언을 했다. 배심원단이 판
결을 고민하기 위해 일렬로 퇴정했다. 이 빤한 전개 과정에 초현실
적인 분위기를 가미한 부분이 있다면 근사한 가면까지 갖춘 슈퍼
히어로 복장을 입고 뒷줄에 앉아 있는 다섯 명의 여자였다. 판사를
비롯해 법정의 어느 누구도 그들에게서 위화감을 느끼지 않는 눈
치였다.

배심원단이 다시 입정했다. 에스피노자 교수는 1급 살인으로 유
죄 선고를 받았다. 그는 죄인 같은 표정으로 고개를 떨어뜨렸다. 가
면을 쓴 여자 하나가 펄떡 일어나서 외쳤다.

"이건 오심이에요! 에스피노자 교수님은 아이를 해칠 분이 아니
에요!"

"하지만 내가 봤다고요!" 아이 엄마가 외쳤다. "이번에는 당신이 틀렸어요, 로지타!"

슈퍼히어로 옷을 입고 가면을 쓴 여자들은 근사한 부츠를 뽐내며 법정을 박차고 나갔고, 카메라가 크로스페이드 기법으로 교수형 올가미를 비추었다. 그러다가 뒤로 물러나 구경꾼들로 둘러싸인 교수대를 비추었다. 에스피노자 교수가 계단을 끌려 올라갔다. 밧줄이 목에 둘러지는 동안 그의 시선이 모자가 달린 수도승의 옷을 입고 구경꾼들 뒤편에 서 있는 한 남자에게로 향했다. 샌들을 신은 남자의 발 사이에 검은 자루가 놓여 있었다.

한심하고 조잡한 영화였지만 그래도 랠프는 팔을 타고 소름이 돋는 걸 느낄 수 있었고, 지넷이 손을 뻗자 그의 손으로 그 손을 덮었다. 그다음으로 어떤 장면이 나올지 정확히 알 수 있었다. 수도승이 모자를 벗자 마침 알맞은 이마의 흉터까지 모두 똑같은 에스피노자 교수의 얼굴이 드러났다. 그는 우스꽝스러운 플라스틱 송곳니를 드러내며 씩 웃었고…… 까만 자루를 가리키며…… 폭소를 터뜨렸다.

"저기 있어요!" 진짜 교수가 교수대에서 외쳤다. "범인이 저기 있어요, 저기!"

구경꾼들은 고개를 돌리지만 까만 자루를 든 사나이는 사라지고 보이지 않았다. 에스피노자에게도 까만 자루가 주어졌다. 두건이 그의 머리 위로 씌워졌다. 그 아래에서 그가 외쳤다.

"괴물, 괴물, 괴……."

발판이 열리고 그는 아래로 추락했다.

그다음으로 가면을 쓴 여자 슈퍼히어로들이 지붕을 누비며 가짜 수도승을 추격하는 장면이 이어졌고, 여기서 홀리는 멈춤 버튼을 누른 뒤 말했다.

"저는 25년 전에 더빙이 아니라 자막본으로 봤어요. 교수가 막판에 외친 건 '엘 쿠코, 엘 쿠코.'였죠."

"그게 아니면 뭐겠어요." 유넬이 중얼거렸다. "맙소사, 어렸을 때 이후로 *루차도라*(레슬러) 영화 처음 보네요. 열댓 편 있을 텐데." 그는 꿈에서 깨어난 듯 다른 사람들을 돌아보았다. "*라스 루차도라스*, '여자 레슬러들'이라는 뜻이에요. 이 영화의 주인공 로지타가 유명했죠. 가면 벗은 모습을 봐야 해요. *아이 카람바.*(세상에.)"

그는 뜨거운 걸 건드린 사람처럼 고개를 저었다.

"열댓 편이 아니라 아무리 못해도 50편은 됐어요." 홀리가 조용히 말했다. "멕시코인이라면 누구나 *라스 루차도라스*를 사랑했죠. 요즘 슈퍼히어로 영화하고 비슷했어요. 물론 훨씬 적은 예산으로 제작됐지만."

홀리는 이 환상적인 영화사(적어도 그녀의 입장에서는 그랬다.)를 주제로 강연을 늘어놓고 싶었지만, 앤더슨 형사가 맛이 고약한 뭔가를 한입 크게 베어 먹은 듯한 표정을 짓고 있는 지금은 그럴 때가 아니었다. 그녀도 루차도라스 영화를 좋아한다고 고백할 일도 없을 것이었다. 매주 토요일 밤에 「설록 극장」을 방영한 클리블랜드 지역 방송사에서 웃자고 내보낸 작품이었다. 술에 취한 대학생들은 그걸 틀고 한심한 더빙과 가짜 티가 너무 나는 의상을 보며 으웩거렸겠지만, 겁에 질려서 불행한 날들을 보내던 홀리 같은 여자 고등

학생이 보기에는 우스꽝스러운 구석이 전혀 없었다. 카를로타, 마리아 그리고 로지타는 강인하고 용감했고, 항상 가난하고 짓밟힌 사람들을 도왔다. 그중에서도 가장 유명했던 로지타 무뇨스는 자랑스럽게 자신을 *촐리타*라고 지칭했는데, 불행한 날들을 보내던 여자 고등학생이 느끼던 자신의 정체가 그거였다. 혼혈. 별종.

"여자 레슬러가 등장하는 멕시코 영화들은 대부분 오래전부터 전해 내려온 전설을 각색하거든요. 이 작품도 마찬가지예요. 우리가 아는 이 살인 사건에 대한 정보와 얼마나 딱 들어맞는지 느끼셨나요?"

"완벽하게 맞아떨어지네요." 빌 새뮤얼스가 말했다. "그건 인정할게요. 딱 하나 문제가 있다면 이게 다 헛소리라는 거죠. 정신 나간 소리라는 거. 진심으로 엘 쿠코를 믿는다면 기브니 씨야말로 나사가 풀린 사람입니다."

*사라진 발자국을 운운할 때는 언제고.* 랠프도 엘 쿠코를 믿지 않았지만, 그들이 어떤 반응을 보일지 뻔히 알면서 영화를 보여 주다니 용기가 대단하다는 생각이 들었다. 이제 파인더스 키퍼스의 기브니 씨가 어떤 반응을 보일지 궁금해졌다.

"엘 쿠코는 아이들의 피와 기름을 먹고 살죠. 하지만 이 세상에서는, 우리의 현실 세상에서는 그뿐 아니라 새뮤얼스 씨처럼 생각하는 사람들이 그에게 일용할 양식을 제공하고 있어요. 여러분 모두 새뮤얼스 씨와 같은 생각을 하고 있을 거라고 봅니다만. 하나 더

---

* 유럽인과 남미 원주민의 혼혈을 말한다.

보여 드릴게요. 약속해요, 아주 짧은 거예요."

홀리가 DVD의 파일 목록에서 마지막에서 두 번째인 9장으로 건너뛰었다. 한 루차도라(카를로타)가 방치된 창고에서 두건을 쓴 수도승을 코너로 몰고 있었다. 그는 마침 알맞게 등장한 사다리를 타고 도망치려고 했다. 카를로타가 펄럭이는 법복의 뒷덜미를 잡고 그를 자기 어깨 너머로 내동댕이쳤다. 그는 허공에서 몸을 돌려 등으로 착지했다. 두건이 벗겨지면서 얼굴이 아니라 덩어리진 반죽에 불과한 얼굴이 드러났다. 눈이 있어야 할 곳에서 시뻘겋게 이글거리는 갈퀴가 튀어나오자 카를로타는 비명을 질렀다. 거기에서 상대방을 격퇴하는 신비로운 능력이 발휘되는지, 카를로타가 비틀거리며 벽을 등지고 방패처럼 한 손을 들어 루차도라 가면을 막았다.

"멈춰 줘요. 제발."

마시의 말에 홀리가 노트북을 쿡 찔렀다. 영상이 사라졌지만 랠프의 눈에는 잔상이 남았다. 요즘 복합상영관에서 상영되는 작품들의 CG에 비하면 특수 효과가 원시적인 수준이었지만, 그래도 자기 방에 누가 들어왔었다는 어떤 아이의 얘기를 들은 사람에게는 그 정도면 충분했다.

"따님이 저걸 봤을까요, 메이틀랜드 부인? 정확히 저건 아니겠지만 제 말은……."

"네. 맞아요. 눈 대신 빨대가 달렸다고. 애가 그랬거든요. 눈 대신 빨대가 달렸다고."

랠프는 자리에서 일어났다. 그의 목소리는 차분하고 침착했다.

"외람된 말씀이지만, 기브니 씨의 과거…… 업적……을 감안하면 외람된 말씀이라는 표현을 써야 맞겠습니다만, 아이들의 피를 먹고 사는 엘 쿠코라는 초자연적인 괴물은 없어요. 이 사건…… 서로 연관성이 있다면 두 사건이라고 해야 맞을 텐데, 그럴 가능성이 점점 더 높아 보이네요. 아무튼 아주 기괴한 측면이 있다는 건 제가 이 자리에서 맨 처음으로 인정하는 바이지만, 기브니 씨는 지금 우리를 엉뚱한 방향으로 인도하고 있어요."

"얘기 마저 들어 봐. 마음을 완전히 닫아 버리지 말고 얘기 마저 들어 보라고."

아내가 이제 단순히 화가 난 수준을 넘어 분노하기 직전이라는 걸 알 수 있었다. 랠프는 이유를 알았고 심지어 공감할 수 있었다. 기브니의 황당한 엘 쿠코 이야기를 진지하게 받아들이지 않는다는 건, 그녀가 오늘 새벽에 집 부엌에서 맞닥뜨린 광경을 믿지 않는 것과 같다고 생각하기 때문이었다. 그는 지넷을 믿고 싶었다. 단순히 그녀를 사랑하고 존중해서라기보다 그녀가 묘사한 인상착의가 클로드 볼턴과 딱 맞아떨어졌는데 이유를 설명할 길이 없기 때문이었다. 그래도 그는 모인 사람들에게, 특히 지넷에게 얘기할 수밖에 없었다. 그의 온 생의 기반을 이루는 사실이 그거였다. 캔털루프 멜론 안에서 우글거린 구더기는 자연적 요인에 의해 생긴 거였다. 어떤 요인인지 모른다고 해서 그 사실이 달라지거나 무색해지는 건 아니었다.

"괴물이나 초자연적인 존재를 믿어 버리면 뭐든 다른 걸 믿을 도리가 없지 않겠어?"

랠프는 자리에 앉아서 지넷의 손을 잡으려고 했다. 그녀는 손을 멀찌감치 치워 버렸다.

"어떤 기분이실지 이해해요. 알아요, 진심으로. 하지만 저는 과거에 목격한 것이 있기 때문에 이걸 믿을 수 있게 됐어요, 앤더슨 형사님. 아, 그 영화는 아니고 그 영화 뒤에 숨어 있는 전설도 아니에요. 하지만 모든 전설에는 일말의 진실이 있죠. 지금 당장은 이쯤에서 그냥 넘어갈게요. 제가 데이턴을 떠나기 전에 작성한 타임테이블을 보여 드리고 싶은데, 그래도 될까요? 금방이면 돼요."

"하세요."

하워드는 생각에 잠긴 목소리였다.

홀리가 파일을 열어서 스크린에 띄웠다. 그녀의 글씨는 작지만 또박또박했다. 랠프는 그녀가 작성한 타임테이블을 보며 어느 법정에서든 검열을 통과했겠다는 생각을 했다. 그것만큼은 인정하는 수밖에 없었다.

"4월 19일 목요일. 멀린 캐시디가 데이턴 주차장에 밴을 버림. 같은 날 도난당하지 않았을까 싶어요. 절도범은 엘 쿠코가 아니라 이방인이라고 지칭할게요. 그래야 앤더슨 형사님이 더 편하게 받아들일 수 있을 테니까요."

랠프는 아무 말도 하지 않았다. 이번에는 그가 손을 잡자 지넷은 빼지 않았지만 손깍지를 끼지는 않았다.

"그걸 어디다 숨겼을까요?" 알렉이 물었다. "짐작 가는 데 있어요?"

"그 부분은 나중에 짚고 넘어갈게요. 지금은 데이턴의 타임테이블을에 집중하고요."

알렉은 계속하라는 뜻에서 한 손을 들어 보였다.

"4월 21일 토요일. 메이틀랜드 가족이 비행기를 타고 데이턴으로 날아와 호텔에 체크인함. 히스 홈즈, 즉 진짜 히스 홈즈는 리지스의 어머니의 집에 있음. 4월 23일 월요일. 앰버 하워드와 졸린 하워드가 살해됨. 이방인이 아이들의 살을 먹고 피를 마심." 그녀는 랠프를 쳐다보았다. "아니, 그것까지는 몰라요. 확실하지 않거든요. 하지만 뉴스 기사의 행간을 분석해 보니 시신의 일부가 없어졌고 시신이 거의 하얀색이었을 정도로 피를 너무 많이 흘렸다고 했어요. 피터슨이라는 아이의 경우에도 그랬나요?"

거기에는 빌 새뮤얼스가 대답했다.

"메이틀랜드 사건은 종료됐고 비공식적으로 논의하는 자리인 만큼 그랬다고 답변을 해도 문제가 없을 거라고 봅니다. 프랭크 피터슨의 목, 오른쪽 어깨, 오른쪽 엉덩이 그리고 왼쪽 허벅지에서 살점이 뜯겨 나갔어요."

마시가 목이 졸리는 듯한 소리를 냈다. 지넷이 다가가려고 하자 마시는 손사래를 쳤다.

"괜찮아요. 그냥…… 아뇨, 괜찮지는 않지만 토악질을 하거나 기절하거나 그러지는 않을 거예요."

랠프는 흙빛이 된 그녀의 얼굴을 보며 과연 그럴까 의심스러워했다.

"이방인은 아이들을 납치하는 데 동원했던 소형 밴을 홈즈의 집 근처에 버렸어요." 홀리는 말을 잠깐 멈추고 미소를 지었다. "금세 발견돼서 그가 선택한 희생양에게 불리한 증거로 채택될 수 있게 말이에요. 그리고 홈즈의 집 지하실에 아이들의 속옷을 갖다 놓는 데…… 또 하나의 묘수였죠.

4월 25일 수요일. 하워드 자매의 시신이 데이턴과 리지스 사이의 트로트우드에서 발견됨.

4월 26일 목요일. 히스 홈즈가 리지스에서 어머니의 집안일을 돕고 볼일을 처리하는 동안 이방인은 하이스먼 기억 병동을 찾아감. 메이틀랜드 씨를 겨냥하고 갔을까요, 아니면 아무라도 상관없었을까요? 잘은 모르겠지만 테리 메이틀랜드를 염두에 두었을 거라고 생각해요. 왜냐하면 그는 메이틀랜드 가족이 멀리 떨어진 다른 주에서 온다는 걸 알았거든요. 정상인이건 비정상인이건 초자연적인 존재이건, 이 이방인은 어떤 점에서는 수많은 연쇄살인범과 비슷해요. 이동을 즐긴다는 점에서. 메이틀랜드 부인, 히스 홈즈가 남편분이 아버지를 만나러 온다는 걸 알았을 가능성이 있을까요?"

"아마 알았을 거예요. 하이스먼 병동은 다른 주에서 친척이 방문하면 사전에 알려 달라고 하거든요. 머리를 자르거나 파마를 하는 식으로 특별히 공을 들이고, 가능한 경우 외출을 주선하려고요. 테리의 아버지는 해당 사항이 없었죠. 그러기에는 정신적인 문제가 너무 심각했으니까요." 마시는 홀리에게 시선을 고정한 채 몸을 앞으로 숙였다. "하지만 이방인이 생김새는 홈즈를 빼다 박았을지 몰라도, 홈즈가 아니었다면 무슨 수로 그걸 알았을까요?"

"아, 그거야 기본 전제를 받아들이면 쉽게 설명이 되죠." 랠프가 말했다. "그자가 홈즈를 이른바 복제했다면 홈즈의 모든 기억에도 접근할 수 있을 테니까요. 내 짐작이 맞나요, 기브니 씨? 얘기가 그런 식으로 흘러가나요?"

"어느 정도까지는 그렇다고 볼 수 있는데 그 문제를 너무 파고들지는 않을게요. 다들 피곤하실 테고 메이틀랜드 부인은 아이들이 기다리는 집으로 얼른 가고 싶을 테니까요."

*기절하기 전에 말이지.* 랠프는 생각했다.

홀리는 얘기를 계속했다.

"이방인은 하이스먼 기억 병동에서 알아보는 사람들이 있을 거라는 걸 알았어요. 그걸 노렸죠. 그리고 진짜 홈즈 씨에게 죄를 뒤집어씌울 수 있게 증거를 좀 더 흘리는 것도 잊지 않았어요. 살해당한 아이의 머리카락을. 하지만 그가 4월 26일에 거길 찾은 가장 중요한 목적은 테리 메이틀랜드의 몸에서 피를 내기 위해서였죠. 나중에 클로드 볼턴 씨의 몸에서 피를 냈던 것처럼 말이에요. 계속 같은 패턴이에요. 먼저 살인을 저질러요. 그러고 나서 다음번 희생양을 골라요. 그러니까 다음번에 변신할 인물 말이죠. 그런 다음 몸을 숨겨요. 진짜로 일종의 겨울잠을 자요. 곰처럼 가끔 돌아다닐지 몰라도 미리 정해 놓은 소굴에서 어느 정도 쉬는 거죠, 껍데기를 바꾸는 동안."

"전설에서는 변신하려면 몇 년이 걸린다던데요." 유넬이 말했다. "몇 세대가 걸릴 수도 있다고 하고요. 하지만 그건 전설이니까요. 기브니 씨는 그 정도로 오래 걸리지는 않는다고 생각하는 거죠?"

"몇 주, 길어 봐야 몇 달이라고 봐요. 테리 메이틀랜드에서 클로 드 볼턴으로 바뀌는 동안에는 얼굴이 점토로 빚은 것처럼 보였을 수도 있어요." 그녀는 고개를 돌려서 랠프를 똑바로 쳐다보았다. 쉽지 않은 일이었지만 그래야 하는 때도 있었다. "아니면 심하게 화상을 입은 것처럼 보였을 수도 있고요."

"못 믿겠어요. 아니, 못 믿겠는 정도가 아니에요."

"그럼 그 화상 입은 남자가 아무 영상에도 찍히지 않은 이유가 뭔데?"

지넷의 물음에 랠프는 한숨을 쉬었다.

"그야 나도 모르지."

"대부분의 전설에는 일말의 진실이 있지만 전설 자체가 진실은 아니에요. 무슨 뜻인지 아실지 모르겠지만. 전해 내려오는 이야기 에서 엘 쿠코는 흡혈귀처럼 인간의 피와 살을 먹고 살지만 제가 보 기에 이자는 불쾌한 감정에서도 양분을 섭취하는 것 같아요. 말하 자면 영적인 피인 셈이죠." 홀리는 마시 쪽으로 고개를 돌렸다. "그 자가 부인의 따님에게 그 아이가 불행하고 슬퍼해서 좋다고 했죠. 진짜로 그랬다고 봐요. 그 아이의 슬픔을 먹고 있었다고 봐요."

"그리고 내 슬픔도요. 세라의 슬픔도."

하위가 입을 열었다.

"그 말이 맞다는 건 아니지만, 그건 절대 아니지만, 피터슨 가족 의 경우에는 시나리오에 딱 들어맞지 않나요? 아버지만 빼고 전멸 했는데, 그 아버지마저 식물인간이 됐으니 말이죠. 불행을 먹고 사 는 존재라면, 죄를 먹는 자가 아니라 슬픔을 먹는 자라면, 피터슨

148

가족을 사랑했을 거예요."

"법원 앞에서 벌어진 개판 쇼는 어떻고요?" 유넬이 끼어들었다. "부정적인 감정을 먹는 괴물이 진짜 있다면 그게 추수감사절 만찬이었을 거예요."

"여러분, 생각이라는 걸 하고 얘기들을 하는 겁니까? 네?"

"눈 떠요." 유넬이 매몰차게 쏘아붙이자 랠프는 뺨이라도 한 대 얻어맞은 듯이 눈이 깜빡였다. "이게 얼마나 황당한 얘긴지 나도 알아요, 우리 모두 알아요. 그러니까 정신병원에서 혼자 제정신인 사람처럼 계속 강조할 필요 없어요. 하지만 이 사건에는 우리의 경험을 훌쩍 뛰어넘는 뭔가가 있어요. 법원 앞에 있었던 남자, 어느 뉴스 영상에도 찍히지 않은 남자는 일부분에 불과해요."

랠프는 얼굴이 점점 뜨거워지는 게 느껴졌지만 잠자코 질책을 들었다.

"사사건건 딴죽 걸지 마요, *에세*(친구). 당신이 퍼즐을 좋아하지 않는다는 걸 알고, 나도 좋아하지 않지만, 적어도 조각들이 서로 맞아떨어진다는 건 인정하자고요. 여기에는 연결 고리가 있어요. 히스 홈즈에서 테리 메이틀랜드를 거쳐 클로드 볼턴으로 연결되는 고리가."

"클로드 볼턴이 어디 있는지 알잖아요." 알렉이 말했다. "텍사스에 가서 그를 신문하는 게 논리적으로 알맞은 수순이라고 보는데요."

---

* 죄인이 천국에 갈 수 있도록 그의 죄를 대신 먹어 주는 의식을 치르는 사람.

"도대체 왜요?" 지넷이 물었다. "내가 오늘 새벽에 그 사람처럼 생긴 사람을 여기서 봤다고요!"

"그건 논의의 여지가 있는 문제예요." 홀리가 말했다. "하지만 그 전에 메이틀랜드 부인에게 묻고 싶은 게 하나 있어요. 남편분을 어디에 묻으셨나요?"

마시는 놀란 표정을 지었다.

"어디라니……. 당연히 여기 묻었죠. 이 마을. 메모리얼 파크 공동묘지에. 우리는…… 당연히…… 계획이나 뭐 그런 걸 세운 적이 없었어요. 당연하잖아요. 테리는 11월은 되어야 마흔 살이 될 거였고…… 우리는 앞으로 살날이 많다고…… 많은 날을 누릴 자격이 있다고 생각했어요. 잘 살고 있는 사람이라면 누구든 그렇겠지만……."

지넷이 핸드백에서 손수건을 꺼내 건네자 마시는 무아지경에 빠진 사람처럼 느릿느릿 눈을 훔쳤다.

"어떻게 해야 할지를 모르겠고…… 그냥…… 멍했어요…… 그이가 죽었다는 사실을 받아들이느라. 장의사 도넬리 씨가 메모리얼 파크 묘지를 추천한 이유는 힐뷰에 자리가 거의 없고…… 우리 집에서 마을 반대편인 데다 게다가…….

*그만하라고 해요.* 랠프는 하위에게 얘기하고 싶었다. *듣기 괴롭고 무의미하니까. 그가 어디에 묻혔는지가 뭐가 중요해요, 마시와 딸들이 아닌 이상.*

하지만 그는 이번에도 잠자코 듣기만 했다. 마시 메이틀랜드는 그런 뜻에서 한 얘기가 아닐지 몰라도 이것 역시 어떻게 보면 질책이기 때문이었다. 그는 결국에는 끝날 거라고, 그러면 그 염병할 테리 메이틀랜드 이후의 삶을 자유롭게 모색할 수 있을 거라고 속으로 중얼거렸다. 그 이후의 삶이 있을 거라고 믿어야 했다.

"다른 데가 있다는 건 알았어요." 마시는 말을 이었다. "당연히 알았죠. 하지만 도넬리 씨한테 얘기할 생각은 하지 않았어요. 테리가 한 번 데려간 적이 있었지만 마을에서 너무 멀고…… 그리고 너무 외롭고……."

"그 다른 데가 어디인데요?" 홀리가 물었다.

랠프의 머릿속에 사진 하나가 불쑥 떠올랐다. 나무 관을 메고 가는 카우보이 여섯 명의 사진이었다. 그는 또 다른 합일점의 도래를 직감했다.

"캐닝 타운십에 있는 옛날 공동묘지요. 테리가 한 번 데려간 적이 있었는데, 한참 동안 누가 묻히기는커녕 찾아온 사람도 없었던 것 같았어요. 꽃다발도 없고 추모 깃발도 없고. 그냥 바스러져 가는 묘비들뿐이었어요. 거의 대부분 이름도 지워진 묘비요."

깜짝 놀란 랠프가 유넬을 흘끗 쳐다보자 유넬은 살짝 고개를 끄덕였다.

"그래서 잡지 매점에서 본 그 책에 관심을 보였던 거로군요." 빌 새뮤얼스가 나지막이 중얼거렸다. "『사진으로 보는 플린트 카운티, 두리 카운티, 캐닝 타운십의 역사』."

마시는 지넷의 손수건으로 계속 눈을 훔쳤다.

"당연히 그런 책에 관심을 보일 수밖에 없었을 거예요. 메이틀랜드 집안은 1889년 랜드 러시* 이후로 줄곧 이 일대에서 살았거든요. 테리의 고조부가 캐닝에 정착했죠. 어쩌면 그보다 한 세대 전일 수도 있어요. 정확하게는 모르겠네요."

"플린트 시티가 아니라요?" 알렉이 물었다.

"그 당시에는 플린트 시티가 없었어요. 아무도 모르는 플린트라는 조그만 마을이었죠. 20세기 초에 오클라호마가 주로 승격되기 전까지는 캐닝이 이 일대에서 제일 큰 도시였어요. 캐닝은 가장 넓은 땅을 소유한 지주의 성(姓)이었고요. 땅의 면적으로 따졌을 때 메이틀랜드는 두 번째 아니면 세 번째였어요. 캐닝은 중요한 도시였지만 1920년대와 1930년대에 엄청난 모래 폭풍이 불어와서 비옥한 표토층이 거의 없어져 버렸어요. 요즘은 찾는 사람이 거의 없는 가게 하나하고 교회밖에 없어요."

"그리고 공동묘지도요." 알렉이 말했다. "그 도시가 말라 버리기 전까지 시신을 묻었던 곳. 테리의 조상들도 대거 거기 묻혔겠죠."

마시는 힘없이 미소를 지었다.

"그 공동묘지는…… 끔찍했어요. 아무도 관심을 두지 않는 폐가처럼."

"이 이방인이 변형 과정에서 테리의 생각과 기억을 흡수했다면 그 묘지에 대해서도 알았을 거예요."

그렇게 말한 유넬은 벽에 걸린 그림 하나를 쳐다보고 있었지만, 랠프는 그가 무슨 생각을 하는지 알 것 같았다. 그도 같은 생각을 하고 있었다. 헛간. 버려진 옷가지.

---

* 미국 정부에서 아메리카 원주민의 땅을 선착순으로 배분한 사건.

"인터넷으로 검색해 보면 엘 쿠코 얘기가 수십 가지 나오는데, 전설에 따르면 이들은 죽음의 공간을 좋아한다고 해요. 거기서 가장 편안함을 느낀다고요."

"슬픔을 먹는 존재가 있다면." 지넷은 생각에 잠긴 목소리로 중얼거렸다. "공동묘지는 근사한 식당이겠어요, 안 그래요?"

랠프는 아내를 데리고 온 걸 후회했다. 그녀가 없었다면 그는 10분 전에 이미 자리를 박차고 나갔을 것이다. 그렇다, 옷들이 발견된 헛간은 그 먼지를 뒤집어쓴 공동묘지 근처였다. 건초를 시커멓게 만든 그 끈끈이의 정체는 오리무중이었고 어쩌면 이방인이 있을지도 몰랐다. 지금 현재로서는 이 가설을 기꺼이 받아들일 수 있었다. 이 가설로 설명이 되는 부분들이 많았다. 멕시코 전설을 의식적으로 재현하는 이방인이 있다고 하면 설명이 되는 부분들이 더 많아지겠지만…… 법원 앞에서 사라진 남자나 테리 메이틀랜드가 어떻게 동시에 두 공간에 존재할 수 있었는지는 설명하지 못했다. 그는 계속 여기에 부딪혔다. 마치 목에 걸린 돌멩이 같았다.

"제가 다른 묘지에서 찍은 사진을 몇 장 보여 드릴게요. 이 사진을 통해 좀 더 일반적인 수사의 물꼬를 틀 수 있을지 몰라요. 앤더슨 형사님이나 사블로 경위님이 오하이오 주 몽고메리 카운티의 경찰과 통화할 의사가 있으시다면 말이죠."

그러자 유넬이 말했다.

"지금으로서는 이 사건을 해결할 수만 있다면 교황과의 통화도 마다하지 않겠어요."

홀리는 사진을 한 장씩 스크린에 띄웠다. 기차역, 옆면에 스프레이 페인트로 나치 상징이 그려진 공장, 방치된 세차장.

"리지스의 피스풀 레스트 공동묘지 주차장에서 찍은 사진이에요. 히스 홈즈가 부모님과 함께 묻힌 곳이죠."

그녀는 사진들을 다시 한 바퀴 돌렸다. 기차역, 공장, 세차장.

"저는 이방인이 데이턴의 주차장에서 훔친 밴을 이 중 한곳으로 몰고 왔다고 생각해요. 몽고메리 카운티 경찰을 설득해서 수색해 보면 흔적이 아직 남아 있을지 몰라요. 경찰에서 그의 흔적을 찾을 수 있을지도 몰라요. 저기 아니면 여기에서요."

그녀가 이번에는 대피선에 외롭게 방치된 유개화차 사진을 띄웠다.

"여기에 밴을 숨기지는 못했겠지만, 그자가 이 안에서 지냈을 수는 있어요. 묘지하고 더 가깝기도 하고요."

마침내 랠프가 붙잡을 수 있는 게 등장했다. 현실적인 뭔가가 등장했다.

"은신처. 흔적이 남아 있을 수 있어요. 3개월이 지났더라도."

"타이어 자국." 유넬이 말했다. "버려진 옷가지가 좀 더 있을지 모르고요."

"아니면 다른 것도 있을지 모르죠. 체크해 주시겠어요? 혈청 산성 인산효소 검사에 필요한 준비를 갖추라고 하고요."

정액 얼룩. 랠프는 그렇게 생각하고 헛간의 끈끈이를 떠올렸다. 유넬이 뭐라고 했던가. 이게 정액이라면 기네스북에 등재될 만한 야간 분출이라고?

유넬이 감탄하는 말투로 얘기했다.

"뭘 제대로 아시네요."

홀리는 얼굴을 붉히며 시선을 떨어뜨렸다.

"빌 호지스가 실력이 아주 좋았거든요. 그 사람한테서 많이 배웠어요."

"원하면 내가 몽고메리 카운티 지방검사한테 연락할 수 있습니다." 새뮤얼스가 말했다. "리지스라고 했던가요? 그 마을을 관할하는 경찰서와 주 경찰청이 공조 수사를 하도록. 엘프먼이라는 아이가 캐닝 타운십의 그 헛간에서 발견한 걸 감안했을 때 좀 더 조사해 볼 만한 일이에요."

"네?" 홀리가 당장 얼굴을 빛내며 말했다. "지문이 묻은 벨트 버클 말고 또 뭐가 있었는데요?"

"옷 무더기요. 바지, 사각 팬티, 운동화. 거기와 건초에 끈적끈적한 뭔가가 묻어 있었어요. 그것 때문에 건조가 시커메졌고요." 새뮤얼스는 말을 멈추었다가 다시 이었다. "하지만 셔츠는 없었어요. 셔츠는 사라졌어요."

유넬이 말했다.

"우리가 법원 앞에서 화상 입은 남자를 봤을 때 그가 머리에 두건처럼 두르고 있었던 게 셔츠였을 수 있어요."

"이 헛간에서 묘지까지는 거리가 얼마나 되나요?"

"800미터가 안 돼요. 옷에 묻은 건 정액처럼 보였고요. 기브니 씨가 생각하는 게 그거죠? 그래서 오하이오 경찰이 혈청 산성 인산효소 검사를 하길 바랐던 거죠?"

"정액일 리 없어요. 너무 많았잖아요."

유넬은 랠프의 말을 무시했다. 홀린 사람처럼 홀리만 바라보았다.

"헛간에 있던 게 변신의 잔재라고 생각해요? 샘플을 채취했지만 아직 검사 결과는 나오지 않았어요."

"저도 잘 모르겠어요. 엘 쿠코에 대해 조사한 거라고 해 봐야 여기까지 비행기를 타고 오면서 읽은 전설 몇 개가 전부인데, 그것도 믿을 만하지는 못하잖아요. 과학수사라는 게 존재하기 한참 전에 한 세대에서 다음 세대로 구전된 이야기니까요. 저는 그냥 오하이오 경찰에서 제가 촬영한 곳들을 체크해야 한다고 말씀드리는 거예요. 아무것도 없을 수 있지만…… 뭔가가 있을 거예요. 뭔가가 있었으면 해요. 앤더슨 형사님의 표현을 빌자면 흔적이."

"이걸로 얘기 끝인가요?" 하위가 물었다.

"네, 아마도요."

홀리가 자리에 앉았다. 랠프는 그녀가 피곤해 보인다는 생각을 했다. 왜 아니겠는가. 그녀는 지난 며칠 동안 바쁜 날들을 보냈다. 게다가 제정신이 아닌 상태로 지내면 진이 빠질 수밖에 없었다.

하위가 말했다.

"여러분, 이제 우리가 어떻게 하면 좋을까요? 아무 의견이라도 환영합니다."

"그야 빤하지 않을까요." 랠프가 말했다. "내 아내와 그레이스 메이틀랜드의 증언을 고려하면 그 이방인은 여기 이 플린트 시티에 있을지 모르지만, 아무라도 텍사스에 가서 클로드 볼턴을 만나 아는 게 있는지 물어봐야겠죠. 뭐든 아는 게 있는지. 적임자로 나를 추천합니다."

이어서 알렉이 말했다.

"저도 같이 가고 싶은데요."

"나도 동참하고 싶습니다만." 하위가 말했다. "사블로 경위님?"

"저도 그러고 싶지만 재판 중인 사건이 두 건 있어서요. 제가 증언을 하지 않으면 아주 못된 악당 두 명이 무죄로 풀려날 수 있어요. 캡 시티의 지방검사보에게 연락해 재판을 연기할 수 있는지 물어보겠지만 아마 안 될 겁니다. 제가 변신하는 멕시코 괴물을 추적하는 중이라고 얘기할 수 있는 것도 아니고요."

하위는 미소를 지었다.

"그렇겠죠. 기브니 씨는 어떠신가요? 남쪽 여행을 같이 가시겠어요? 물론 보수는 계속 지급됩니다."

"네, 갈게요. 볼턴 씨가 중요한 정보를 알고 있을 수도 있으니까요. 우리가 알맞은 질문을 해야 알아낼 수 있겠지만요."

"검사님은요? 이 사건을 끝까지 파헤쳐 보겠어요?"

하위의 물음에 새뮤얼스는 희미하게 미소를 지으며 고개를 젓고 자리에서 일어났다.

"지금까지 들은 얘기가 황당하게 흥미진진하긴 했지만 내 입장에서는 종료된 사건이에요. 오하이오 경찰에 전화는 몇 통 하겠지만 내가 참여하는 부분은 그걸로 끝입니다. 메이틀랜드 부인, 부군의 일은 안타깝게 생각합니다."

"당연히 그러셔야죠."

새뮤얼스는 마시의 말에 움찔했지만 하던 얘기를 계속했다.

"기브니 씨, 얘기 재미있게 잘 들었어요. 수사를 열심히 성실하게 하셨네요. 비꼬는 게 아니라 공상치고는 놀라우리만치 설득력 있다고 생각합니다만, 저는 이제 집에 가서 냉장고에 넣어 둔 맥주 하나 꺼내 들고 오늘 들은 모든 얘기를 기억에서 지울 겁니다."

그들은 서류가방을 챙겨 들고, 삐친 머리를 훈계하는 손가락처럼 까딱이며 문 밖으로 나서는 새뮤얼스의 뒷모습을 지켜보았다.

그가 떠나자 하위는 자기가 여행 준비를 맡겠다고 했다.

"제가 가끔 애용하는 킹 에어를 빌릴게요. 가장 가까운 착륙장은 조종사들이 알겠죠. 차도 내가 알아서 할게요. 우리 넷뿐이면 세단이나 소형 SUV로 되겠죠."

"제 자리도 하나 남겨 놓으세요." 유넬이 말했다. "혹시라도 빠져나올 수 있는 경우에 대비해서."

"그럼 좋죠."

"오늘 저녁에 볼턴 씨한테 연락해서 우리가 찾아갈 거라고 미리 얘기할 사람이 필요한데요."

알렉 펠리가 말하자 유넬이 손을 들었다.

"그건 제가 할 수 있습니다."

"불법 행위를 캐러 가는 게 아니라고 단단히 이르세요. 그가 어딘가로 튀는 거야말로 가장 피해야 할 사태니까요."

"통화가 끝나면 나한테 연락해 줘요." 랠프가 유넬에게 말했다. "늦어도 상관없어요. 그가 어떤 반응을 보였는지 알고 싶으니까."

"저도요." 지넷이 말했다.

"그리고 다른 얘기도 하셔야 해요." 홀리가 말했다. "조심하라고요. 제 짐작이 맞는다면 그가 다음 차례니까요."

## 12

랠프와 다른 사람들이 하위 골드의 사무실 건물에서 나섰을 무렵에는 완벽하게 어둠이 깔렸다. 하위는 여행 준비를 하느라 아직 위에 남았고 알렉이 그의 곁을 지켰다. 랠프는 아무도 없는 자리에서 그 둘이 어떤 대화를 나눌지 궁금해졌다.

"기브니 씨, 어디에서 묵으세요?" 지넷이 물었다.

"플린트 럭셔리 모텔에서요. 방을 잡아 놨어요."

"어머, 안 돼요. 거기서 럭셔리한 건 간판뿐이에요. 거지 소굴이나 다름없어요."

홀리는 당황스러워했다.

"음, 그럼 홀리데이 인이나……."

"우리 집으로 가시죠."

랠프는 점수를 딸 수 있길 바라며 지넷보다 먼저 선수를 쳤다. 이렇게 점수를 따 놓으면 나중에 쓸 일이 있을 것이었다.

홀리는 망설였다. 남의 집은 불편했다. 심지어 분기마다 한 번씩 의무적으로 찾아가는 고향집마저도 불편했다. 이 모르는 사람들의 집에 가면 벽과 바닥에서 나는 낯선 소음을 들으며, 앤더슨 부부가 두런두런 대화를 나누는 소리가 들리면 자기 얘기를 하는 건지 궁금해하며(그럴 가능성이 거의 100퍼센트였다.) 밤늦도록 잠을 이루지 못하고 아침 일찍 일어날 것이었다. 한밤중에 뒷간에 가려고 깰 때도 그들이 그 소리를 듣지 못하길 바라야 할 터였다. 그녀는 숙면이 필요했다. 회의 자체만으로도 스트레스가 상당했는데, 앤더슨 형사가 못 미더워하며 계속 반발하니 이해는 됐지만 진이 빠졌다.

그럼에도 불구하고. 빌 호지스라면 이렇게 얘기했을 것이다. 그
럼에도 불구하고.

앤더슨의 불신이 '그럼에도 불구하고'였다. 그것이 그들의 초대
를 받아들여야 하는 이유였고, 그래서 그녀는 받아들였다.

"감사합니다, 이렇게 친절을 베풀어 주시다니. 그런데 그 전에
제가 처리해야 할 일이 있어서요. 오래 걸리지는 않을 거예요. 주소
알려 주시면 제가 아이패드로 검색해서 찾아갈게요."

"내가 도울 수 있는 일인가요? 그렇다면 기꺼이……."

"아니에요. 진짜예요. 저 혼자로 충분해요." 그녀는 유넬과 악수
했다. "같이 갈 수 있으면 좋겠네요, 사블로 경위님. 분명 그러고 싶
으실 텐데."

유넬은 미소를 지었다.

"맞아요, 진짜예요. 하지만 어느 시에서도 얘기하다시피 지켜야
할 약속이 있어서요.*"

마시 메이틀랜드는 망연자실한 표정으로 핸드백을 끌어안고 혼
자 서 있었다. 지넷이 주저없이 그녀에게로 다가갔다. 랠프는 마시
가 처음에는 기겁하듯 뒤로 물러났다가 몸을 맡기는 광경을 유심
히 지켜보았다. 잠시 후에는 그녀가 지넷 앤더슨의 어깨에 고개를
얹고 마주 끌어안기까지 했다. 지친 아이 같아 보였다. 포옹을 풀었
을 때 두 사람 모두 울고 있었다.

---

* 로버트 프로스트의 「눈 내리는 저녁 숲가에 멈추어 서서」를 말한다.

"부군의 일은 정말 안타까워요." 지넷이 말했다.

"고맙습니다."

"제가 부인이나 아이들을 위해 할 수 있는 일이 있다면 뭐든……."

"부인은 없지만 저분은 있어요." 마시는 랠프에게로 시선을 돌렸다. 아직까지 눈물이 고여 있었지만 냉랭했다. 따지는 눈빛이었다. "그 이방인을 잡아 주세요. 못 믿겠다고 그냥 방치하지 마시고요. 그래 주실 수 있나요?"

"글쎄요. 하지만 최선을 다하겠습니다."

마시는 더 이상 아무 말도 하지 않고, 팔을 내민 유넬 사블로를 따라 그녀의 차를 세워 놓은 곳으로 갔다.


## 13


잭은 거기서 반 블록을 가면 나오는 한참 동안 방치된 울워스 건물 앞에 트럭을 세워 놓고 앉아서 휴대용 병에 담아 온 술을 홀짝이며 인도에 서 있는 사람들을 관찰했다. 누군지 파악이 안 되는 사람은 딱 한 명, 출장 나온 직장 여성이 입음직한 정장을 입고 있는 호리호리한 여자뿐이었다. 머리는 짧았고 희끗희끗한 앞머리는 직접 자르기라도 한 듯 조금 삐죽빼죽했다. 어깨에 짊어진 가방은 단파 라디오도 넣을 수 있을 만큼 큼지막했다. 이 여자는 타코나 먹는 주 경찰청의 사블로가 종자(從者)라도 되는 것처럼 메이틀랜드 부인을 모시고 가는 광경을 지켜보았다. 그러고는 공항에서 빌린 것일 수밖에 없는, 아무 특징 없는 자기 차로 걸어갔다. 호스킨스는 그녀의 뒤를 밟을까 잠깐 고민했다가 그냥 앤더슨 부부를 고수하기로 했다. 그를 여기로 부른 사람이 랠프였고 구관이 명관이라는 말도 있지 않던가.

게다가 앤더슨 쪽이 감시하는 재미가 있었다. 호스킨스는 그에게 호감을 느낀 적이 없었고, 2년 전에 평가서에 건방지게 단 두 단어를 적은 이후부터는(자기 똥은 냄새가 나지 않는다는 듯 의견 없음이라고 적었다.) 그를 혐오했다. 앤더슨이 메이틀랜드를 체포했다가 좆됐다는 얘기를 듣고 흐뭇했는데, 저 잘난 맛에 사는 밥맛이 가만히 내버려 두어야 좋을 일에, 이를테면 종료된 사건에 참견하는 게 놀랍지는 않았다.

잭은 뒷덜미를 건드렸다가 움찔하고 트럭 시동을 걸었다. 앤더슨 부부가 들어가는 걸 보고 그도 집으로 돌아갈 수 있겠지만 길거리에 차를 세워 놓고 그들의 집을 계속 감시할 수도 있었다. 무슨 일이 벌어지는지. 게토레이 통이 있으니 거기다 볼일을 해결하면 됐고, 뜨끈하게 계속 욱신거리는 뒷덜미가 허락한다면 잠깐 눈을 붙일 수도 있었다. 이 트럭에서 잠을 자는 게 처음도 아니었다. 아내가 집을 나간 뒤로 몇 번 그런 적이 있었다.

앞으로 어떻게 될지 모르겠지만 잭은 기본 임무에 분명하게 집중했다. 참견을 차단해야 했다. 뭐에 참견하는 걸 차단해야 하는 건지는 알 수 없었다. 다만 피터슨이라는 아이와 연관이 있었다. 그리고 캐닝 타운십의 그 헛간하고도. 지금으로서는 그 정도만으로도 충분했고, 일광화상이나 피부암의 가능성은 둘째치고 그는 시간이 지날수록 점점 호기심을 느꼈다.

다음 단계로 넘어갈 때가 되면 그자가 알려 줄 터였다.


## 14

홀리는 내비게이션 앱 덕분에 플린트 시티 월마트를 금세, 쉽게 찾을 수 있었다. 그녀는 월마트를 사랑했다. 그 규모와 익명성이 좋았다. 다른 가게와 달리 여기에서는 손님들이 다른 손님을 쳐다보지 않았다. 다들 자기만의 캡슐 안에서 옷이나 비디오 게임이나 대용량 화장지를 구입하는 듯한 분위기를 풍겼다. 심지어 셀프 계산대를 선택하면 캐셔와 말을 섞을 필요도 없었다. 홀리는 항상 셀프 계산대를 선택했다. 뭘 사야 하는지 정확히 알았기에 쇼핑이 금세 끝났다. 그녀는 먼저 사무용품을 찍고 남성복을 거쳐 자동차용품으로 건너갔다. 바구니를 셀프 계산대로 들고 갔고 영수증은 지갑에 챙겼다. 나중에 정산할 업무용 경비였다. 이걸 나중에 정산하려면 목숨을 부지하는 게 관건이었다. 어떤 면에서는 빌을 닮았고 또 어떤 면에서는 전혀 다른 랠프 앤더슨이 의구심을 극복해야 목숨을 부지할 가능성이 높아질 듯한 예감이 들었다.(그 유명한 홀리의 직감으로구만. 이렇게 얘기하는 빌 호지스의 목소리가 들리는 듯했다.)

차로 돌아가 앤더슨의 집으로 향했다. 하지만 주차장을 나서기에 앞서 간단하게 기도를 했다. 그들 모두를 위해.

## 15

지넷과 함께 부엌으로 막 들어섰을 때 랠프의 휴대전화가 울렸다. 유넬이었다. 그는 젠틀맨 플리즈의 사장 존 젤먼을 통해 러비 볼턴의 연락처를 입수했고 아무 문제 없이 클로드와 통화했다고 말했다.

"뭐라고 얘기했어요?" 랠프는 물었다.

"우리가 하위의 사무실에서 정한 거의 그대로 얘기했어요. 테리 메이틀랜드의 유죄 여부가 의심스러워서 만나고 싶다고. 볼턴이 무슨 잘못을 저지른 건 아니라고, 철저하게 민간인 신분으로 찾아가는 거라고 강조했어요. 당신도 오느냐고 묻길래 그렇다고 했어요. 그래도 괜찮죠? 그 친구는 괜찮아 하는 눈치던데."

"괜찮아요." 지넷은 곧장 2층으로 올라갔고 그와 같이 쓰는 컴퓨터의 전원이 켜지는 소리가 들렸다. "그게 다예요?"

"메이틀랜드가 누명을 쓴 거라면 볼턴도 그럴 위험성이 있다고 얘기했어요. 전과가 있어서 더욱 그렇다고."

"그랬더니 어떤 식으로 반응하던가요?"

"무난했어요. 방어적인 태도를 보이거나 그러지 않고요. 그런데 재밌는 얘기를 했어요. 피터슨이라는 아이가 살해된 날 밤에 자기가 클럽에서 마주친 사람이 테리 메이틀랜드가 맞느냐고 묻더라고요."

"그래요? 왜요?"

"메이틀랜드가 자기를 처음 보는 듯이 대했고, 야구단 잘돼 가고 있느냐고 물었더니 두루뭉술하게 넘어가더래요. 그 팀이 준결승전에 진출했는데 별 얘기 없이. 그리고 메이틀랜드가 번쩍번쩍한 운동화를 신고 있더래요. '애들이 폼 잡으려고 돈을 모아서 사는 그런 운동화 말이에요.' 볼턴에 따르면 메이틀랜드가 그런 운동화를 신은 걸 본 적이 없대요."

"헛간에서 발견된 운동화 말이죠."

"맞는지 알 방법이 없지만 그럴 거라고 봐요."

2층에서 끙끙거리고 삐걱거리며 오래된 휴렛패커드 프린터가 깨어나는 소리가 들리자 그는 지넷의 의도가 궁금해졌다.

"기브니라는 여자가 요양원의 메이틀랜드 아버지 병실에서 머리카락이 발견됐다고 했던 거 기억하죠? 살해당한 아이의 머리카락이었다고."

"그럼요."

"메이틀랜드의 신용카드 사용 내역을 조회하면 그 운동화를 산 내역이 있을 거라는 데 얼마 걸래요? 그리고 전표에 메이틀랜드의 서명과 똑같은 서명이 되어 있을 거라는 데."

"이 가상의 이방인에게 그럴 만한 능력이 있을지 몰라도 테리의 신용카드를 슬쩍했을 때의 얘기죠."

"그럴 필요도 없었을 거예요. 메이틀랜드 부부는 거의 한평생을 플린트 시티에서 살았잖아요. 외상 거래를 할 수 있었던 가게가 시내에만 대여섯 군데는 될걸요? 이자는 스포츠용품 코너에 들어가서 그 번쩍번쩍한 운동화를 고르고 서명만 하면 됐을 거예요. 누가 의심하겠어요? 이 마을에서 그를 모르는 사람이 없는데. 그 자매의 머리카락이나 속옷과 마찬가지예요. 이자는 그들의 얼굴을 본뜨고 함정을 파는 데 만족하지 않아요. 그들의 목에 두를 올가미까지 직접 만들죠. 슬픔을 먹고 사니까. 슬픔을 먹고 *사니까!*"

랠프는 한 손으로 눈을 덮고 네 손가락으로는 한쪽 관자놀이를, 엄지손가락으로는 다른 쪽 관자놀이를 눌렀다.

"랠프? 듣고 있어요?"

"네. 하지만 유넬…… 나는 그런 논리적인 비약을 아직 받아들이지 못하겠어요."

"이해해요. 나도 100퍼센트 동조하지는 않아요. 하지만 가능성은 염두에 두고 있어야 해요."

*하지만 가능한 일이 아니잖아. 불가능한 일이지.*

그는 볼턴에게 조심하라고 얘기했느냐고 물었다.

유넬이 웃음을 터뜨렸다.

"네. 그러더니 웃더라고요. 집에 소총 두 대와 권총 한 대, 이렇게 총이 세 대 있고 어머니가 폐기종이 생겼어도 자기보다 명사수라면서요. 아, 나도 같이 내려가고 싶은데."

"어떻게 해 봐요."

"그럴게요."

그가 전화를 끊었을 때 지넷이 얇은 종이 뭉치를 들고 내려왔다.

"홀리 기브니에 대해서 조사를 좀 해 봤어. 말투가 나긋나긋하고 패션 감각이라고는 없는 여자치고 전적이 화려한데?"

랠프가 출력된 자료를 받아들었을 때 전조등이 집 앞 진입로 위로 쏟아졌다. 지넷이 자료를 다시 낚아채는 바람에 맨 첫 장의 신문

헤드라인을 파악하는 데 그쳤다. **퇴직 경찰과 두 시민이 밍고 대강당 콘서트에서 수천 명의 인명 피해를 막다.** 홀리 기브니가 그 두 명 중에 한 명이었던 모양이다.

"가서 짐 나르는 거 도와줘." 지넷이 말했다. "이건 침대에서 읽어도 되니까."


# 16


홀리의 짐은 노트북을 넣은 숄더백과 비행기의 머리 위 짐칸에 들어갈 만큼 작은 여행가방과 월마트 비닐봉지가 전부였다. 그녀는 랠프에게 여행가방은 맡겼지만 숄더백과 월마트에서 산 뭔지 모를 물건은 자기가 들겠다고 했다.

"재워 주시겠다니 정말 감사해요." 그녀는 지넷에게 말했다.

"우리가 영광이죠. 홀리라고 불러도 될까요?"

"그럼요. 그래 주시면 좋겠어요."

"손님방은 2층 복도 끝에 있어요. 새 시트 깔아 놨고 화장실도 따로 있어요. 한밤중에 화장실에 갈 때 내 재봉틀에 발이 걸려서 넘어지지만 않으면 돼요."

이 말에 홀리는 누가 봐도 안도하는 표정을 지으며 미소를 지었다.

"노력해 볼게요."

"코코아 마실래요? 내가 한 잔 만들어 줄게요. 아니면 그보다 센 거 마실래요?"

"그냥 누울게요. 예의 없게 들릴지 모르겠지만 오늘 하루가 너무 길었어요."

"왜 아니겠어요. 내가 방으로 안내할게요."

하지만 홀리는 잠깐 머뭇거리며 입구를 지나 앤더슨 부부의 거실을 쳐다보았다.

"1층으로 내려왔을 때 침입자가 저기 앉아 있었던 건가요?"

"맞아요. 이 식탁 의자에요." 지넷은 손가락으로 가리키고 나서 팔짱을 끼고 팔꿈치를 손으로 감쌌다. "처음에는 무릎 아래만 보였어요. 그다음에는 손가락에 새긴 문신이 보였고요. *해야 해.* 그런 다음 그가 몸을 앞으로 숙이자 얼굴이 보였고요."

"볼턴의 얼굴이 말이죠."

"네."

홀리가 곰곰이 생각하다가 환하게 미소를 짓자 랠프와 아내는 깜짝 놀랐다. 미소 덕분에 몇 살은 더 어려 보였다.

"이제 괜찮으시면 저는 꿈나라로 떠날게요."

지넷이 조잘거리며 그녀를 2층으로 안내했다. *나는 절대 불가능한 방식으로 긴장을 풀어 주는 거지.* 랠프는 생각했다. *저것도 재능이야. 아주 특이한 이 여자한테도 효과가 있겠지.*

홀리는 특이할지 몰라도 이상하게 호감형이었다. 테리 메이틀랜드와 히스 홈즈를 두고 어처구니없는 주장을 하는데도 그랬다.

*어처구니없는 주장이라지만 정황에 딱 맞아떨어지잖아.*

하지만 그건 불가능한 얘기였다.

*장갑처럼 딱 맞아떨어지잖아.*

"그래도 불가능한 얘기야."

2층에서 두 여자가 웃음을 터뜨렸다. 그 소리를 듣고 랠프는 미소를 지었다. 그는 침실로 향해 가는 지넷의 발소리가 들릴 때까지 그 자리에 있다가 2층으로 올라갔다. 복도 끝 손님방은 문이 굳게 닫혀 있었다. 지넷이 후닥닥 조사한 결과물인 종이 더미가 그의 베개 위에 놓여 있었다. 그는 옷을 갈아입고 누워서 파인더스 키퍼스라는 채무자 수색 회사의 공동 사장인 홀리 기브니의 정보를 읽기 시작했다.


<h1 style="text-align:center">17</h1>


밖에서는 조금 떨어진 곳에서 잭이 정장을 입은 여자가 앤더슨의 집 앞 진입로로 들어서는 것을 지켜보고 있었다. 앤더슨이 나와서 짐을 들어 주었다. 그녀는 짐이 많지 않았다. 그중 하나가 월마트 비닐봉지인 걸 보면 거기 갔었던 모양이다. 잠옷과 칫솔을 사러 갔을지 모른다. 외모로 보건대 잠옷은 한심할 테고, 칫솔은 잇몸에서 피가 날 정도로 뻣뻣할 것이다.

휴대용 병에 담아 온 술을 한 모금 마시고 뚜껑을 닫으며 이제 그만 집으로 갈까 생각하던 찰나(착한 어린이는 모두 잠자리에 들 시각이었다.), 잭은 트럭에 동행이 있음을 알아차렸다. 누군가가 조수석에 앉아 있었다. 방금 그의 시야 안으로 휙 등장했다. 당연히 그건 불가능한 일이었지만 애초에 그자가 그 자리에 앉아 있었을 리는 없지 않은가. 아닌가?

호스킨스는 계속 앞을 바라보았다. 비교적 잠잠했던 뒷덜미의 화상이 다시 몹시 아프게 욱신거리기 시작했다.

둥둥 떠 있는 손이 그의 곁눈으로 들어왔다. 그 손을 관통해 뒤편의 시트가 보였다. 손가락에 희미해져 가는 파란 잉크로 **해야 해**라고 적혀 있었다. 호스킨스는 눈을 감고 손님이 그를 건드리지 않길 기도했다.

"드라이브를 좀 해야겠다. 너희 어머니처럼 죽기 싫으면 출발해. 너희 어머니가 어떤 식으로 비명을 질렀는지 기억하지?"

그렇다, 잭은 기억했다. 더 이상 비명을 지를 수 없을 때까지 질렀다.

"더 이상 비명을 지를 수 없을 때까지 질렀지."

승객의 손이 허벅지를 아주 살짝 건드리는 바람에, 잭은 그쪽 피부도 뒷덜미처럼 화끈거리기 시작할 것임을 알았다. 바지를 입고 있어도 전혀 보호가 되지 않을 것이다. 독이 바지를 뚫고 스며들 것이다.

"그럼, 너는 기억하지. 어떻게 잊을 수가 있겠어?"

"어디로 갈까요?"

승객이 행선지를 밝혔고 잠시 후에 그 끔찍한 손길이 사라졌다. 잭은 눈을 뜨고 사방을 두리번거렸다. 조수석에 아무도 없었다. 앤더슨의 집에 불이 꺼졌다. 손목시계를 확인해 보니 10시 45분이었다. 그가 깜빡 잠이 들었다. 그냥 꿈을 꿨나 보다고 믿을 수도 있었다. 아주 끔찍한 악몽을 꿨나 보다고. 하지만 한 가지 문제가 있었다.

그는 트럭 시동을 걸고 기어를 넣었다. 마을에서 벗어나 17번 도로에 있는 하이 주유소에서 기름을 넣을 것이다. 거기서 밤에 근무하는 코다라는 이름의 친구가 항상 알약을 넉넉히 가지고 있었다. 그걸 북쪽으로 시카고 아니면 남쪽으로 텍사스까지 급히 가야 하는 트럭 운전수들에게 팔았다. 플린트 시티 경찰인 잭 호스킨스에게는 돈을 받지 않을 것이다.

트럭 계기판이 먼지투성이였다. 첫 번째 신호등에서 멈췄을 때 그는 오른쪽으로 몸을 숙여 손님의 손가락이 거기에 적어 놓은 단어를 깨끗하게 지웠다.

**해야 해.**

7월 26일

# 우주에는 끝이 없어요

# 1

랠프는 얕은 잠을 잤고 그마저도 악몽 때문에 자꾸 깼다. 어느 악몽에서는 그가 죽어 가는 테리 메이틀랜드를 안고 있는데, 테리가 이렇게 얘기했다. "당신이 내 아이들을 훔쳐 갔어."

랠프는 4시 30분에 눈을 떴고 더 자기는 글렀다는 걸 알았다. 지금까지 전혀 알지 못했던 존재의 차원에 진입한 듯한 기분이 느껴지자 오밤중에는 누구나 그럴 거라고 속으로 중얼거렸다. 그렇게 자신을 다독이며 화장실에 가서 이를 닦았다.

지넷은 늘 그렇듯 위로 솜털 같은 머리칼이 삐져나온 혹처럼 보이도록 이불을 뒤집어쓴 채로 자고 있었다. 그 머리칼이 이제는 그와 마찬가지로 희끗희끗했다. 흰머리가 많지는 않았지만 점점 많아질 것이었다. 그래도 괜찮았다. 시간의 흐름은 수수께끼였지만 정상적인 수수께끼였다.

에어컨 바람 때문에 지넷이 출력해 놓은 종이 몇 장이 바닥 위로 떨어졌다. 그는 그걸 주워서 다시 침대 옆 테이블에 올려놓은 뒤 청바지를 집어서 하루 더 입기로 하고(가뜩이나 먼지 날리는 텍사스 남부로 가는 마당이니) 그걸 들고 창가로 다가갔다. 희끄무레한 아침 첫 햇살이 슬금슬금 다가오고 있었다. 여기도 더운 날이 되겠지만 그들이 가려는 곳은 더 더울 것이다.

랠프는 일주일쯤 전에 빌 새뮤얼스가 찾아왔을 때 자기가 앉았던 정원용 의자에, 청바지를 입고 앉아 있는 홀리 기브니를 보고도 왜인지는 모르겠지만 놀라지 않았다. 그날 저녁에 빌은 사라진 발자국 얘기를 했고, 랠프는 구더기가 생긴 캔틸루프 멜론 얘기로 맞받아쳤다.

그는 청바지와 오클라호마 선더 티셔츠를 입고 지넷을 다시 한번 확인한 다음 침실용 슬리퍼로 신는 낡아서 떨어진 모카신을 왼쪽 두 손가락으로 들고 방에서 빠져나왔다.

2

랠프는 5분 뒤에 뒷문을 나섰다. 그의 소리가 들리자 홀리는 고개를 돌렸다. 조그만 얼굴로 조심스럽게 경계하는 표정을 짓고 있었지만 적대적이지는 않았다.(그가 바라기로는 그랬다.) 그러다 낡은 코카콜라 쟁반에 담긴 머그잔을 보더니 그 환한 미소를 지었다.

"혹시 그게 제가 바라는 걸까요?"

"커피를 바랐다면 맞아요. 나는 그냥 마시지만 당신은 어떨지 몰라서 이것저것 들고 왔어요. 아내는 우유랑 설탕을 넣어서 마셔요. 그래야 나처럼 달달해진다고."

랠프는 미소를 지었다.

"블랙 좋아요. 정말 감사합니다."

그는 쟁반을 피크닉 테이블에 내려놓았다. 홀리는 그의 맞은편에 앉아서 머그잔 하나를 들고 한 모금 마셨다.

"와, 좋네요. 맛있고 진하고. 아침에는 진한 블랙커피만 한 게 없죠. 제가 생각하기에는 그래요."

"일어난 지 얼마나 됐어요?"

"제가 원래 잠이 없어요." 그녀는 질문을 깔끔하게 피했다. "여기 참 쾌적하네요. 공기가 아주 상쾌해요."

"서풍이 불면 그다지 상쾌하지 않아요. 그러면 캡 시티의 정유소 냄새가 나거든요. 머리 아파요."

랠프는 말을 멈추고 홀리를 쳐다보았다. 홀리는 얼굴을 가리려는 듯 머그잔을 들고 고개를 돌렸다. 랠프는 간밤에 그녀가 악수를 할 때마다 어떤 식으로 마음을 다잡는 듯한 표정을 지었는지 다시금 떠올렸다. 이 여자에게는 일상적인 수많은 몸짓과 상호작용이 상당히 힘들게 느껴지는 모양이었다. 그럼에도 놀라운 능력을 보여 주었다.

"어젯밤에 당신 기사를 읽었어요. 알렉 펠리 말이 맞더군요. 이력이 상당하던데요."

홀리는 아무 대꾸도 하지 않았다.

"하츠필드라는 남자가 폭탄으로 아이들을 죽이지 못하게 막았을 뿐 아니라 파트너 호지스 씨와 함께……."

"호지스 형사였어요." 그녀는 바로잡았다. "퇴직 형사요."

랠프는 고개를 끄덕였다.

"그랬을 뿐 아니라 호지스 형사와 함께 모리스 벨러미라는 정신병자에게 납치된 여자아이를 구출했더군요. 구출 도중에 벨러미는 살해됐고요. 그리고 맛이 가서 아내를 죽인 의사와의 총격전에도 가담했고, 작년에는 희귀종 반려견을 훔쳐 주인에게 몸값을 요구하고 몸값을 주지 않으면 팔아넘긴 일당을 잡았죠. 잃어버린 반려동물을 찾는 일도 한다고 했던 게 농담이 아니었어요."

그녀는 목 아래 부분에서 이마까지 다시 벌게졌다. 이런 식으로 과거의 행적을 나열하는 데 불편해하는 수준을 넘어 괴로워하는 기색이 역력했다.

"대부분 빌 호지스가 한 일이에요."

"개도둑 사건은 아니잖아요. 그는 그보다 1년 전에 세상을 떠났던데요."

"맞아요. 하지만 그때는 피트 헌틀리가 있었어요. 전직 형사 헌틀리가요." 그녀는 그를 똑바로 쳐다보았다. 애써 똑바로 쳐다보았다. 눈이 또렷하고 파랬다. "피트도 실력이 좋아요. 그가 없었다면 회사를 유지하지 못했을 거예요. 하지만 빌이 더 나았어요. 지금의 나는 빌이 만든 거예요. 모든 게 그의 덕분이에요. 내가 살아 있는 것도. 빌이 지금 여기 있었으면 좋겠어요."

"나 대신에 말인가요?"

홀리는 대답하지 않았다. 두말하면 잔소리지만 그게 대답이었다.

"그 사람이라면 변신하는 이 엘 쿠코란 존재를 믿었을까요?"

"그럼요." 주저없는 말투였다. "왜냐하면 그 사람과…… 저와…… 같이 활동했던 우리 친구 제롬 로빈슨은…… 형사님은 경험해 본 적 없는 일을 접한 적이 있거든요. 앞으로 며칠이 어떤 식으로 흘러가느냐에 따라 형사님도 이제 경험하게 될지 몰라요. 어쩌면 오늘 해가 지기 전에 그럴지도 모르고요."

"나도 같이 있어도 돼요?"

자기 커피를 들고 나온 지넷이었다.

랠프는 앉으라고 손짓했다.

"우리 때문에 깨셨다면 죄송해요. 저를 재워 주는 친절을 베푸셨는데."

"랠프가 깨웠어요, 코끼리처럼 살금살금 나가더라고요. 다시 잠을 잘 수도 있었는데 커피 냄새가 나지 뭐예요. 그 유혹을 견딜 수가 있어야 말이죠. 어머, 당신 우유랑 크림 들고 나왔네?"

"의사가 그런 거 아니었어요."

랠프는 눈썹을 추켜세웠다.

"네?"

"그 의사 이름은 배비노였어요. 맛이 가긴 했지만 외부 요인으로 인해 그렇게 된 거였고, 부인을 죽이지 않았어요. 브래디 하츠필드가 죽였죠."

"아내가 인터넷에서 검색한 기사에 따르면 하츠필드는 당신과 호지스가 배비노를 찾아내기 전에 병원에서 죽었다고 하던데요."

"기사에서 뭐라는지 알지만 틀렸어요. 실제 스토리를 들려 드릴 까요? 입에 담고 싶지 않고 심지어 기억하고 싶지도 않지만 들려 드려야 할지 모르겠어요. 왜냐하면 우리가 위험 속으로 뛰어들 텐데 추격하는 상대가 인간이라고 생각하면, 배배 꼬인 변태 살인마일지 몰라도 그래도 인간이라고 생각하면, 더 위험해지거든요."

"위험한 곳은 여기예요." 지넷이 항변했다. "그 이방인, 클로드 볼턴을 닮은 그 사람…… 내가 그를 본 곳이 여기였어요. 어젯밤에 회의 때 얘기했잖아요!"

홀리는 고개를 끄덕였다.

"이방인이 여기 왔었고 제가 그걸 증명할 수 있을지도 모르지만, 그자가 완전히 여기 있었던 건 아닐 거예요. 그리고 지금 여기 있지도 않고요. 그자는 거기, 텍사스에 있어요. 볼턴이 거기 있고 이방인은 그 옆에 붙어 있을 테니까요. 볼턴의 가까이에 있어야 할 거예요. 왜냐하면……." 그녀는 말을 멈추고 입술을 씹었다. "이방인은 지쳐 가고 있는 것 같아요. 추격당하는 데 익숙하지가 않아서요. 정체를 들키는 데 익숙하지가 않아서."

"무슨 말씀인지 모르겠어요." 지넷이 말했다.

"제가 브래디 하츠필드 얘기 들려 드릴까요? 그러면 도움이 될지도 몰라요." 그녀는 랠프를 쳐다보며 다시 한 번 애써 시선을 맞추었다. "그 얘기를 들어도 설득이 되지는 않을지 모르지만, 제가 믿을 수 있는 이유를 이해하실 수는 있을 거예요."

"들어 봅시다." 랠프가 말했다.

홀리는 얘기를 시작했다. 얘기가 끝났을 무렵에는 동쪽에서 시뻘건 태양이 떠오르고 있었다.


3


"와우."

랠프가 말했다. 생각나는 단어가 그뿐이었다.

"이게 실화예요?" 지넷이 물었다. "브래디 하츠필드가…… 뭐라고요? 의사의 머릿속으로 들어갔다고요?"

"네. 배비노가 그에게 투여한 시험용 약물 때문이겠지만 그게 전부는 아니었다고 봐요. 하츠필드 안에 이미 뭔가가 있었는데 저한테 머리를 맞으면서 그게 발현됐을 거예요. 저는 그렇게 생각해요." 홀리는 랠프를 돌아보았다. "하지만 형사님은 그렇게 생각하지 않으시죠? 전화로 제롬을 연결할 수도 있고 그 아이도 똑같이 얘기하겠지만…… 형사님은 그 아이도 믿지 않으시겠죠."

"뭘 믿어야 할지 잘 모르겠어요. 비디오 게임에 숨겨진 메시지를 통해 자살 열풍이 일었다니…… 신문에도 보도가 됐나요?"

"신문, 텔레비전, 인터넷. 전부요."

홀리는 말을 멈추고 자기 손을 내려다보았다. 손톱에 매니큐어는 바르지 않았지만 상당히 깔끔했다. 이제는 담배를 피우지 않듯 손톱도 물어뜯지 않았다. 그 습관을 끊었다. 그녀는 가끔 정신적인 안정(정신적인 건강까지는 못 되더라도)을 향한 순례가 나쁜 습관을 의식처럼 버리는 과정이었다는 생각이 들었다. 나쁜 습관을 버리기가 쉽지 않았다. 그들은 친구나 다름없었다.

그녀는 이제 두 사람이 아니라 먼 곳을 바라보며 말했다.

"빌은 배비노와 하츠필드 사건이 벌어진 그 시점에 췌장암 진단을 받았어요. 이후에 잠깐 입원했다가 퇴원했어요. 그즈음에는 어떤 결말이 기다리고 있는지 우리 모두 알았고…… 그 역시 절대 내색은 하지 않아도 알고 있었지만 끝까지 그 빌어먹을 암세포와 싸웠어요. 저는 거의 매일 저녁에 찾아갔거든요. 뭐라도 챙겨 먹고 있는지 살피는 한편으로 그냥 옆에 앉아 있으려고요. 같이 있어 주려고요. 하지만 또 한편으로는…… 음……."

"그 사람으로 당신을 채우고 싶었어요?" 지넷이 물었다. "곁에 있는 동안에?"

홀리는 다시 나이를 어려 보이게 하는 그 환한 미소를 지었다.

"네, 맞아요. 바로 그거예요. 어느 날 밤에, 그가 다시 입원하기 직전에 그 동네에서 전기가 나간 적이 있었어요. 나무가 전선 위로 쓰러졌나 그래서요. 빌의 집에 가 보니 현관 앞 계단에 앉아서 별을 올려다보고 있더라고요. '가로등이 켜져 있을 때는 이런 별을 볼 수가 없지.' 그가 말했어요. '저걸 봐요, 얼마나 많은지 그리고 얼마나 환한지!'

그날 밤에는 은하수가 전부 보이는 듯했어요. 우리는 잠깐, 아마 한 5분쯤 됐을 텐데, 아무 말도 하지 않고 앉아서 그냥 바라보기만 했어요. 잠시 후에 그가 얘기했죠. '과학자들이 우주에 끝이 없다고 믿기 시작했대요. 지난주에 《뉴욕 타임스》에서 읽었어요. 수많은 별들을 바라보면서 그 너머에 그보다 더 많은 별들이 있다는 생각을 하면 쉽게 믿을 수가 있죠.' 빌의 병세가 심각해진 이후로는 브래디 하츠필드나 그가 배비노에게 한 짓에 대해 별로 얘기한 적이 없었지만 저는 그때 그가 그 얘기를 한 거라고 생각해요."

"하늘과 땅 사이엔 우리의 철학으론 상상도 못할 일들이 수없이 많다.'" 지넷이 말했다.

홀리는 미소를 지었다.

"셰익스피어가 그걸 가장 멋지게 표현한 것 같아요. 사실 셰익스피어는 거의 모든 걸 가장 멋지게 표현했죠."

"어쩌면 하츠필드와 배비노 얘기를 한 게 아닐 수도 있어요." 랠프가 말했다. "자신의…… 상황을 이해하려고 노력하는 중이었을지도 모르죠."

"당연하죠. 그것과 세상의 모든 수수께끼를요. 우리도……."

홀리의 휴대전화가 찍찍거렸다. 그녀는 뒷주머니에서 전화기를 꺼내 문자를 확인했다.

"알렉 펠리가 문자를 보냈어요. 골드 씨가 빌린 비행기가 9시 30분에 출발한대요. 같이 가겠다는 생각에 변함이 없으신가요, 앤더슨 형사님?"

"그럼요. 그리고 이게 어떤 사건인지 모르겠지만 아무튼 함께하게 된 마당에 그냥 랠프라고 불러요." 그는 두 모금 만에 커피를 다 마시고 자리에서 일어났다. "내가 가 있는 동안 경관 두 명한테 집을 잘 봐 달라고 부탁할게. 그래도 괜찮겠지?"

---

* 셰익스피어의 『햄릿』에 나오는 대사다.

지넷은 눈썹을 호들갑스럽게 깜빡였다.

"잘생긴 경관으로 부탁해."

"트로이 래미지하고 톰 예이츠한테 얘기해 볼게. 둘 다 영화배우처럼 생기지는 않았지만 야구장에서 테리 메이틀랜드를 체포한 친구들이거든. 그 둘한테 사소한 역할이나마 맡겨야 맞는 게 아닌가 싶어서."

"저도 체크해야 할 게 있는데 날이 완전히 밝기 전에 지금 하는 게 좋겠어요. 안으로 들어갈까요?"


4


홀리가 부탁한 대로 랠프가 부엌 블라인드를 내리고 지넷이 거실 커튼을 쳤다. 홀리는 어제 월마트 사무용품 코너에서 산 매직과 스카치테이프를 들고 식탁에 앉았다. 테이프를 짧게 두 개 끊어서 아이폰의 내장 플래시 위에 붙였다. 이걸 파란색으로 칠했다. 테이프를 다시 한 개 끊어서 파란색 위에 덮고 이번에는 자주색으로 칠했다.

그런 다음 일어나 거실 입구와 가장 가까이 있는 의자를 가리켰다.

"그 남자가 저기 앉아 있었다고 하셨죠?"

"맞아요."

홀리는 플래시를 터뜨려 의자를 두 번 찍고 거실 입구로 자리를 옮겨서 다시 손으로 가리켰다.

"그리고 그 남자가 여기 앉아 있었다고 했고요."

"맞아요. 바로 거기 앉아 있었어요. 하지만 아침에 보니까 카펫에 아무 자국도 남아 있지 않았어요. 랠프가 확인했거든요."

홀리는 한쪽 무릎을 꿇고 앉아서 카펫을 네 번 찍은 다음 일어섰다.

"됐어요. 이거면 충분할 거예요."

"랠프? 저분이 뭐 하는 건지 알아?"

"휴대전화를 자외선 카메라처럼 쓰려는 거야." *아내 말을 믿었다면 내가 직접 저렇게 조사할 수도 있었는데. 적어도 5년 전부터 알고 있었던 수법이잖아.* "흔적을 찾는 거죠? 헛간에 남아 있었던 것과 같은 잔재를."

"네. 하지만 남아 있다 한들 그 헛간처럼 많지는 않을 거예요. 그랬다면 육안으로 보였을 테니까요. 인터넷에서도 '체크메이트'라고 하는 이런 장치를 팔지만 이걸로도 될 거예요. 빌한테 배웠어요. 뭐가 있는지 이제 확인해 봐요. 있을지 모르겠지만."

그들이 그녀의 양옆을 한쪽씩 차지했고 이번만큼은 홀리도 좁혀진 육체적인 거리를 의식하지 않았다. 고도로 집중하며 잔뜩 기대에 부풀었기 때문이었다. *홀리식 희망을 품고 있다고 할까.* 그녀는 속으로 중얼거렸다.

흔적이 있었다. 침입자가 앉아 있었다고 한 의자에 누르스름한 얼룩이 한 군데 희미하게 남았고, 입구 근처 카펫에도 페인트가 몇 방울 떨어진 것처럼 몇 군데 남아 있었다.

"이런 망할." 랠프는 중얼거렸다.

"이걸 보세요." 홀리는 손가락을 벌려 카펫에 묻은 얼룩을 확대했다. "직각인 거 보이죠? 의자 다리 자국이에요."

그녀는 의자로 돌아가 이번에는 바닥 쪽을 플래시 사진으로 찍었다. 그들은 다시 한 번 아이폰을 사이에 두고 옹기종기 모였다. 홀리가 다시 손가락을 벌리자 의자 다리 하나가 튀어나왔다.

"이걸 타고 흘러내린 거예요. 이제 블라인드 올리고 커튼 열어도 돼요."

다시 부엌 가득 아침 햇살이 비쳤다. 랠프는 홀리에게 전화기를 받아서 사진을 한 장씩 넘기고 다시 거꾸로 넘겼다. 불신의 벽이 무너지기 시작하는 걸 느낄 수 있었는데, 결국에는 조그만 아이폰 화면에 뜬 사진 몇 장으로 그렇게 된 거였다.

"이게 그러니까 무슨 뜻이에요?" 지넷이 물었다. "실질적인 관점에서 말이에요. 그자가 여기 있었다는 거예요, 없었다는 거예요?"

"말씀드렸다시피 충분한 시간을 두고 조사를 한 게 아니라 자신 있게 단정할 수는 없어요. 하지만 짐작이나마 얘기하자면…… 양쪽 모두라고 하겠어요."

지넷은 머릿속을 정리하려는 사람처럼 고개를 저었다.

"무슨 말인지 모르겠네."

랠프는 잠긴 문과 울리지 않은 도난 경보기를 생각하고 있었다.

"그러니까 이 남자가……."

맨 처음 생각난 단어는 **유령**이었지만 그건 딱 들어맞는 표현이 아니었다.

"저는 아무 말도 하지 않겠어요."

홀리의 말에 랠프는 이렇게 생각했다. *그렇겠지. 내 입으로 얘기
해 주길 바랄 테니.*

"투영(投影)이에요? 아니면 우리 아들이 하는 비디오 게임에 나
오는 아바타 같은 거예요?"

"흥미로운 의견이네요."

홀리가 두 눈을 반짝이고 있었다. 랠프는 어쩌면 그녀가 미소를
참고 있을지도 모른다는 생각이 들었다.(그와 더불어 짜증이 났다.)

"흔적은 있었지만 카펫에 의자 자국은 남지 않았죠." 지넷이 말
했다. "그러니까 그자가 여길 직접 찾아왔더라도…… 가벼웠던 거
예요. 어쩌면 깃털 베개 정도로. 그리고 이거…… 이런 식의 투영을
하느라…… 지쳐 가고 있다는 거죠?"

"논리적으로 따졌을 때 그렇다고 봐야 하지 않을까요? 적어도
제가 생각하기에는 그래요. 한 가지 분명한 사실이 있다면 부인이
어제 새벽에 1층으로 내려왔을 때 뭔가가 있었다는 거예요. 그것만
큼은 동의하시죠, 앤더슨 형사님?"

"네. 그리고 나를 랠프라고 부르지 않으면 홀리, 당신을 체포하
겠어요."

"내가 무슨 수로 다시 2층으로 올라갔을까요? 설마…… 기절한
나를 그자가 안고 올라간 건 아니겠죠?"

"그건 아닐 거예요."

그러자 랠프가 말했다.

"짐작에 불과하지만…… 일종의…… 최면 암시 수법을 동원하지
않았을까요?"

"저도 잘 모르겠어요. 우리가 끝까지 알 수 없는 게 한두 가지가 아니겠죠. 저 얼른 샤워 좀 하고 싶은데 그래도 될까요?"

"그럼요. 나는 스크램블드에그 좀 만들게요." 그러고는 홀리가 막 걸음을 옮기기 시작했을 때 지넷이 중얼거렸다. "맙소사."

홀리는 고개를 돌렸다.

"레인지 등. 그게 켜져 있었어요. 위에 달린 등인데. 버튼이 있거든요." 지넷은 사진을 들여다보았을 때는 흥분한 표정이었다. 하지만 지금은 겁에 질린 표정이었다. "불을 켜려면 그걸 눌러야 해요. 그러니까 그자가 그걸 누를 수 있을 만큼은 됐다는 뜻이잖아요."

홀리는 아무 대꾸도 하지 않았다. 랠프도 마찬가지였다.


## 5


아침식사가 끝나자 홀리는 짐을 챙기겠다며 손님방으로 들어갔다. 랠프가 보기에는 아내와 단둘이서 작별 인사를 나눌 수 있게 자리를 비켜 준 게 아닐까 싶었다. 이 홀리 기브니라는 여자가 특이하기는 했지만 바보는 아니었다.

"래미지하고 예이츠가 단단히 망을 볼 거야." 그는 지넷에게 말했다. "둘 다 휴가를 냈어."

"당신을 위해서 그런 배려를 했단 말이야?"

"테리를 위해서이기도 할 거야. 일이 그렇게 된 데 나 못지않게 안타까워하고 있거든."

"총 챙겼어?"

"지금은 가방에 넣었어. 비행기에서 내리면 허리에 찰 거야. 그리고 알렉도 총 들고 올 테고. 당신도 금고에서 총 꺼내 놔. 옆에 두고 있어."

"당신 진심으로 그렇게 생각하는……."

"어떤 식으로 생각하면 좋을지 모르겠어. 그 점에서는 홀리의 말에 동의해. 그냥 옆에 두고 있어. 집배원 쏘지는 말고."

"저기, 나도 따라가는 게 좋지 않을까?"

"그건 별로 좋은 생각이 못 되는 것 같은데."

오늘만큼은 그녀와 함께 있고 싶지 않았는데, 이유를 밝혀서 더 큰 걱정을 안길 필요는 없었다. 그들에게는 지금 야구를 하거나 건초 더미로 만든 과녁에 대고 화살을 쏘거나 구슬 허리띠를 만들고 있을 아들이 있었다. 프랭크 피터슨에 비해 나이가 한참 많지도 않은 데릭이. 대부분의 아이들이 그렇듯 부모는 평생 죽지 않는 줄 아는 데릭이.

"당신 말이 맞을 수도 있겠다. 데릭이 연락할 경우에 대비해서 누구 한 명은 집을 지키고 있어야 하잖아, 안 그래?"

그는 고개를 끄덕이고 그녀에게 입을 맞추었다.

"내 말이 그 말이야."

"조심해."

그녀는 눈을 동그랗게 뜨고 그를 올려다보았고, 그녀가 그렇게 사랑과 희망과 걱정이 담긴 눈빛으로 그를 올려다보았을 때의 기억이 불현듯 그의 머릿속에 꽂혔다. 친구들과 친척들 앞에 서서 혼인 서약을 하던 결혼식장에서의 기억이었다.

"알았어. 늘 조심하잖아."

랠프가 걸음을 옮기려고 하자 지넷이 붙잡았다. 그의 팔뚝을 세게 잡았다.

"그래. 하지만 이번은 지금까지 수사한 사건하고 다르잖아. 그렇다는 걸 이제는 우리 둘 다 알잖아. 그자를 잡을 수 있으면 잡아. 못 잡겠으면…… 당신 능력으로는 감당이 안 되는 사태와 맞닥뜨리면…… 후퇴해. 후퇴해서 내가 기다리는 집으로 와, 알았지?"

"알았어."

"알았다고 하지 말고 그러겠다고 대답해."

"그럴게."

혼인 서약을 했던 날이 또다시 떠올랐다.

"진심이길 바라." 지넷은 예전처럼 사랑과 걱정이 가득한 눈빛으로 그를 꿰뚫어 보았다. '당신과 운명을 함께하기로 결심한 걸 후회하게 만들지 말아 달라.'고 얘기하는 눈빛이었다. "당신한테 할 얘기가 있는데, 중요한 거야. 듣고 있어?"

"응."

"랠프, 당신은 좋은 사람이야. 엄청난 실수를 저지른 좋은 사람이야. 그런 사람이 당신이 처음도 아니고 마지막도 아닐 거야. 당신은 그걸 감수하면서 살아야 하고 내가 도와줄게. 실수를 만회할 수 있으면 만회해. 하지만 그걸 더 엉망진창으로 만들지는 마. 부탁할게."

홀리가 들으라는 듯이 다소 요란하게 2층에서 내려왔다. 랠프는 그 자리에 잠깐 가만히 서서 동그랗게 뜬 아내의 눈을 내려다보았다. 십수 년 전의 그때 못지않게 여전히 예뻤다. 그는 입을 맞추고 뒤로 물러났다. 그녀는 그의 손을 세게 한 번 잡고는 놓아주었다.


# 6


랠프와 홀리는 랠프의 차를 타고 공항으로 갔다. 홀리는 숄더백을 무릎에 올려놓고 등을 꼿꼿하게 펴고 무릎을 단정하게 모으고 앉았다.

"부인에게 총이 있나요?"

"있어요. 그리고 우리 지서 사격 연습장에서 훈련도 받았어요. 여기에서는 아내와 딸들에게 그걸 허용하거든요. 당신은요, 홀리?"

"당연히 없죠. 비행기를 타고 왔는데 그건 빌릴 수 있는 게 아니잖아요."

"뭔가 구할 수 있을 거예요. 우리 행선지가 뉴욕이 아니라 텍사스니까요."

그녀는 고개를 저었다.

"빌이 살아 있을 때 이후로 총을 쏜 적 없어요. 둘이서 마지막으로 같이 해결한 사건 이후로요. 그때도 표적을 제대로 맞히지 못했어요."

랠프는 공항과 캡 시티로 향하는 고속도로를 가득 메운 차량 행렬에 합류할 때까지 아무 말도 하지 않았다. 그 위험한 곡예가 끝나자 그가 말했다.

"헛간에서 채취한 샘플은 지금 주 경찰청 과학수사반에 있어요. 거기 갖추어진 으리으리한 장비로 돌리면 어떤 결과가 나올 것 같아요? 짐작 가는 바 있어요?"

"의자와 카펫에 남은 걸 근거로 판단하자면 대부분 수분일 테지만 pH 수치가 높을 거예요. 요도구선, 그러니까 그걸 발견한 해부학자 윌리엄 쿠퍼의 이름을 따서 쿠퍼선이라고 불리는 곳에서 생산되는 점액질의 액체가⋯⋯."

"그러니까 정액일 거라고 생각한단 말이죠."

"그보다는 쿠퍼액에 가까울 거라고 봐요."

그녀의 뺨이 다시금 살짝 빨개졌다.

"뭘 제대로 아는군요."

"빌이 죽은 뒤에 법의병리학 수업을 들었거든요. 사실 여러 개를요. 수업을 들으면⋯⋯ 시간이 잘 갔어요."

"프랭크 피터슨의 허벅지 뒤에도 정액이 묻었어요. 양이 제법 많기는 했지만 비정상적인 수준은 아니었어요. DNA 검사 결과 테리 메이틀랜드의 것으로 밝혀졌고요."

"헛간에 남은 흔적과 형사님의 집에 남은 흔적은 정액이 아니고, 아무리 비슷할지 몰라도 쿠퍼액도 아니에요. 캐닝 타운십에서 채취한 샘플을 검사하면 알 수 없는 성분들이 검출될 테고 그럼 과학수사반에서는 오염됐나 보다고 일축할 거예요. 그 샘플을 법정에 제출할 필요가 없어서 다행이라고 생각하면서. 전혀 생소한 물질을 검출했다는 생각은 하지 않겠죠. 그자가 변신할 때 흘리는, 또는 버리는 물질이거든요. 피터슨이라는 아이한테서 검출된 정액은…… 이방인은 하워드 자매를 죽였을 때도 정액을 남겼을 거예요. 아이들의 옷이나 몸 위에. 그건 메이틀랜드 씨의 화장실에서 발견된 머리카락이나 수많은 지문과 마찬가지로 일종의 명함에 불과해요."

"목격자들도 빼먹으면 안 되죠."

"맞아요." 그녀는 동의했다. "이자는 목격자를 좋아해요. 남의 얼굴을 달고 다닐 수 있으니 그럴 수밖에요."

랠프는 하워드 골드가 애용하는 전세기 회사로 표지판을 따라갔다.

"그러니까 이게 사실은 성범죄가 아니었다고 생각해요? 그렇게 보이도록 설정했을 뿐이다?"

"그렇게 단정 짓지는 않겠지만……." 그녀는 그를 돌아보았다. "정액이 남자아이의 다리 뒤쪽에 묻어 있기는 했지만…… 그러니까…… 안에는 없었죠?"

"네. 아이는 나뭇가지로 찔려서 성폭행을 당했어요."

"으으윽." 홀리는 얼굴을 찡그렸다. "아마 하워드 자매를 부검해도 체내에서는 정액이 검출되지 않을 거예요. 이자의 살인에는 성적인 요소가 있을지 몰라도 실질적인 성교는 불가능할지 몰라요."

"평범한 연쇄살인범들도 그런 경우가 많아요."

그는 그렇게 말해 놓고 웃음을 터뜨렸지만(정보 콩알만큼이나 자기 모순적인 표현이었다.) 취소하지는 않았다. 그게 아니면 인간 연쇄살인범 말고는 대안이 생각나지 않았다.

"그자가 슬픔을 먹는다면 죽어 가는 동안 희생자들이 느끼는 고통도 먹을 수밖에 없겠죠." 이제는 그녀의 뺨에서 홍조가 사라지고 얼굴이 창백했다. "고급 음식이나 오래된 스카치위스키처럼 맛이 아주 풍성할 거예요. 그리고 맞아요, 그걸 맛보면 성적으로 흥분이 됐을 수도 있었겠죠. 이런 부분들에 대해 생각하기 싫지만 적을 파악해야 우리는…… 저기서 좌회전해야 해요, 앤더슨 형사님."

그녀가 손가락으로 가리켰다.

"랠프."

"네. 좌회전해요, 랠프. 저 길로 가야 리걸 에어가 나와요."

<br>

7

<br>

하위와 알렉은 벌써 도착했고 하위는 미소를 짓고 있었다.

"이륙이 조금 늦춰졌어요. 사블로가 오는 중이에요."

"무슨 수로 일정을 조정했대요?" 랠프가 물었다.

"사블로가 조정한 거 아니에요. 내가 했지. 뭐, 절반은요. 마르티네스 판사가 천공성 궤양으로 입원한 건 하느님의 업적이에요. 아니면 핫소스를 너무 많이 먹어서 그런 걸 수도 있지만. 나도 텍사스 피트 팬이지만 그 친구가 그 소스를 뿌려 먹는 걸 보면 오싹하더라고요. 사블로 경위가 증언하기로 한 다른 사건의 경우에는 지방검사보가 나한테 진 빚이 있거든요."

"어떤 빚이냐고 물어도 됩니까?"

"아뇨."

하위는 이제 어금니가 보일 정도로 활짝 웃었다.

시간이 뜨자 그들 네 사람은 조그만 대기실에 앉아서(출발 로비라고 부를 수 있을 만큼 으리으리하지 않았다.) 이착륙하는 비행기들을 구경했다. 하위가 말했다.

"어젯밤에 집에 가서 인터넷으로 도플갱어 자료를 검색해서 읽어 봤어요. 이 이방인이 도플갱어잖아요, 그렇죠?"

홀리는 어깨를 으쓱했다.

"그게 그나마 가장 근접한 단어겠죠."

"가장 유명한 허구 속 인물은 에드거 앨런 포의 작품 주인공이었어요. 「윌리엄 윌슨」이라는 작품인데요."

"지넷이 그 작품을 알더라고요." 랠프가 말했다. "둘이 같이 얘기한 적 있어요."

"하지만 실생활에도 많대요. 수백 명은 되는 것 같아요. 루시타니아 호의 승객을 비롯해서. 1등 선실에 레이철 위더스라는 승객이 있었는데, 머리칼이 희끗희끗한 부분까지 똑 닮은 다른 승객을 본 사람이 여럿이었답니다. 누구 말로는 대역이 3등 선실 승객이었대요. 또 누구 말로는 승무원이었고요. 위더스와 연인은 그녀를 찾아 나섰고 독일 U보트가 쏜 어뢰가 루시타니아 호의 우현을 맞히기 불과 몇 초 전에 봤다고 해요. 위더스는 죽었지만 연인은 살았어요. 그 연인은 그녀의 도플갱어를 '비운의 전조'라고 불렀어요. 프랑스 작가 기 드 모파상은 어느 날 파리의 길거리를 걸어가다가 자신의 도플갱어를 만났답니다. 키, 머리칼, 눈, 콧수염, 억양이 똑같은 사람을."

"뭐, 프랑스 사람이잖아요." 알렉이 어깨를 으쓱하며 말했다. "뭘 기대하겠어요? 모파상은 그 남자에게 와인을 한잔 사 줬을 거예요."

"가장 유명한 사건은 1845년에 라트비아의 여학교에서 벌어졌 어요. 선생님이 칠판에 글을 쓰고 있었을 때 똑같이 생긴 대역이 교 실로 들어와 선생님 옆에 서서 그녀의 모든 행동을 따라했대요, 분 필만 없었을 뿐. 그런 다음 나갔대요. 열아홉 명의 학생들이 그걸 봤답니다. 놀랍지 않은가요?"

아무도 대꾸를 하지 않았다. 랠프는 구더기가 생긴 캔털루프 멜 론과 사라진 발자국과 홀리의 죽은 친구가 했다는 말을 생각하고 있었다. 우주에는 *끝이 없어요.* 어떤 사람들은 이 말을 들으면 희망 적이고 심지어 아름답다고 생각할 것이었다. 직장 생활을 하는 내 내 오로지 사실만을 좇아다녔던 랠프로서는 섬뜩했다.

"뭐, 내가 보기에는 놀라운데 말이죠."

하위가 살짝 샐쭉한 투로 말했다.

알렉이 말했다.

"궁금한 게 있어요, 홀리. 이 남자가 아마도 일종의 신비로운 수 혈을 통해 희생양의 얼굴로 변신할 때 그의 생각과 기억까지 흡수 할 수 있다면 왜 가장 가까운 응급 병원이 어디 있는지 몰랐을까 요? 그리고 택시 운전자 윌로 레인워터도 그래요. 메이틀랜드는 YMCA 어린이 농구 프로그램을 통해 그녀와 아는 사이였는데, 더 브로 역까지 택시를 타고 간 남자는 그녀를 한 번도 만난 적 없는 듯이 대했단 말이죠. 그녀를 윌로나 레인워터라고 부르지 않고 기 사님이라고 했어요."

"저도 몰라요." 홀리가 다소 짜증난 투로 말했다. "제가 아는 건 오면서 대충 조사한 것밖에 없어요. 비행기를 타고 오는 동안 읽은 거요. 그걸로 추측 말고는 할 수 있는 게 없는데, 이제는 그것도 지긋지긋하네요."

"어쩌면 속독하고 비슷할지도요. 속독하는 사람들은 앉은 자리에서 긴 책을 완독할 수 있다는 데 엄청 자부심을 느끼지만 대개는 전반적인 줄거리만 파악하고 그만이잖아요. 세세한 부분에 대해서 물으면 대부분 아무 대답도 못 해요." 랠프는 말을 잠깐 멈추었다가 다시 이었다. "우리 집사람 얘기로는 그래요. 독서 모임을 하는데 자기 속독 능력을 조금 과시하는 사람이 있어서 돌아 버리려고 하거든요."

그들은 지상 근무자가 킹 에어에 기름을 넣고 두 조종사가 비행 전 점검을 하는 모습을 지켜보았다. 홀리는 아이패드를 꺼내 뭔가를 읽기 시작했다.(랠프가 보니 읽는 속도가 상당히 빠른 것 같았다.) 9시 45분이 되었을 때 스바루 포레스터가 손바닥만 한 리걸 주차장으로 들어섰고, 유넬 사블로가 휴대전화로 통화를 하며 얼룩무늬 배낭을 어깨에 둘러메고 차에서 내렸다. 그는 통화를 마치고 대기실로 들어섰다.

"아미고스! 코모 에스탄!(친구들! 안녕하십니까!)"

"좋아요." 랠프가 대답하며 자리에서 일어섰다. "이제 출발해 볼까요?"

"좀 전에 통화한 상대가 클로드 볼턴이었어요. 플레인스빌 공항으로 오겠대요. 그가 머무는 메리스빌에서 약 100킬로미터 거리예요."

알렉이 눈썹을 추켜세웠다.

"왜 그러겠대요?"

"불안하다고요. 누가 집을 감시하고 있는 느낌이 들어서 간밤에 잠을 잘 못 자고 대여섯 번을 깼대요. 교도소에서 무슨 일이 벌어질 거라는 건 모두 아는데 어떤 일이 될지는 아무도 모르고 그저 나쁜 일이라는 것만 알 수 있었던 시절이 생각나더래요. 그의 어머니도 불길한 예감을 느끼기 시작했고요. 나더러 무슨 일이냐고 묻길래 거기서 만나서 설명하겠다고 했어요."

랠프가 홀리를 돌아보았다.

"이 이방인이라는 자가 실제로 있다면, 그가 볼턴 근처로 접근했을 때 볼턴이 그의 존재를 느낄 수 있을까요?"

그녀는 추측을 강요하지 말라며 다시 짜증을 내는 대신, 부드럽지만 단호한 말투로 대답했다.

"분명히요."

7월 26일

# 비엔베니도스 아 테하스 *

* Bienvenidos a Tejas, 스페인어로 '텍사스에 오신 것을 환영한다.'는 뜻이다.

# 1

잭 호스킨스는 7월 26일 새벽 2시쯤에 텍사스로 진입해 동쪽으로 그날의 첫 햇살이 고개를 내밀 무렵 인디언 모텔이라는 싸구려 숙소에 체크인했다. 유일하게 한도를 초과하지 않은 마스터카드로 졸린 눈을 한 직원에게 일주일치 요금을 결제하고, 쓰러져 가는 이 건물의 맨 끝 방을 달라고 했다.

방에서는 술과 찌든 담배 냄새가 났다. 이불은 너덜너덜했고, 바닥이 휜 침대 위의 베갯잇은 그간의 세월과 땀에 절어 누렸다. 그는 딱 하나밖에 없는 의자에 앉아서 휴대전화에 남겨진 문자와 음성 메시지를 심드렁하게 후딱 확인했다.(음성 메시지는 용량이 초과되는 바람에 새벽 4시를 마지막으로 끊겼다.) 전부 지서에서, 대개 겔러 서장이 직접 보낸 거였다. 웨스트사이드에서 이중 살인 사건이 벌어졌다고 했다. 랠프 앤더슨과 벳시 리긴스가 휴직 중이라 근무 가능한 형사가 그뿐인데 어디 있느냐고, 현장에 당장 출동해야 한다고, 어쩌고저쩌고 했다.

그는 침대에 누웠다. 처음에는 반듯하게 누웠지만 일광화상을 입은 부분이 너무 아팠다. 옆으로 돌아눕자 그의 상당한 무게에 눌린 스프링이 악을 쓰며 투덜거렸다. *암세포가 기승을 부리면 살이 빠지겠지. 막판에 엄마는 거죽에 둘러싸인 해골이었잖아. 비명을 지르는 해골.*

"그럴 일은 없어." 그는 빈방에 대고 중얼거렸다. "잠이나 좀 자야겠다. 이 문제는 해결될 거야."

네 시간이면 충분할 것이었다. 운이 좋으면 다섯 시간 동안 잘 수도 있었다. 하지만 그의 머리가 잠잠해질 줄을 몰랐다. 미친 듯이 공회전하는 엔진 같았다. 짐작했던 대로 하이 주유소에서 약을 파는 쥐새끼 같은 코드가 흰색 알약을 가지고 있었고, 본인 주장에 따르면 불순물이 거의 없다는 코카인도 넉넉히 보유하고 있었다. 침대입네 하는 이 쓰레기(이불 아래로 들어가지도 않았다. 시트 위로 뭐가 기어 다닐지 모를 일이었다.)에 누워 보니 그의 주장이 맞는 것 같았다. 자정 이후에, 앞으로 영원히 달려야 하는 듯이 느껴졌을 때 몇 번 짧게 흡입했을 뿐인데도 두 번 다시 잠이 올 것 같지 않았다. 아니, 지붕을 잇고 8킬로미터를 달릴 수 있을 것 같았다. 그럼에도 결국 선잠이 든 그는 어머니가 등장하는 꿈에 시달렸다.

눈을 떠 보니 정오가 지났고 에어컨 비슷한 게 있는데도 불구하고 방 안이 찌는 듯이 더웠다. 그는 화장실에 가서 볼일을 보고 욱신거리는 뒷덜미를 들여다보려고 했다. 하지만 볼 수가 없었고 어쩌면 차라리 잘된 일일지 몰랐다. 다시 방으로 돌아가 침대에 앉아서 신발을 신으려고 했지만 한 짝밖에 보이지 않았다. 더듬더듬 나머지 한 짝을 찾는데, 신발이 그의 손 쪽으로 다가왔다.

"잭."

그는 그 자리에서 얼어붙었다. 두 팔이 소름으로 뒤덮였고 뒷덜미의 짧은 털이 곤두섰다. 플린트 시티에서 샤워 커튼 뒤에 있었던 남자가, 어렸을 때 무시무시하게 느껴졌던 괴물처럼 이제 침대 밑에 있었다.

"내 말 잘 들어라, 잭. 앞으로 뭘 어째야 하는지 알려 줄 테니까."

그 목소리가 내리는 지시가 끊겼을 때 잭은 뒷덜미의 통증(생각해 보면 우스운 게, 예전에 아내를 이렇게 불렀었다.)이 사라졌다는 걸 깨달았다. 뭐…… 거의 그렇다고 볼 수 있었다. 그리고 앞으로 해야 하는 일은 과감하긴 해도 간단했다. 그는 덜미를 잡힐 일이 없을 테니 상관없었고 앤더슨의 숨통을 끊는 건 희열, 그 자체였다. 누가 뭐래도 앤더슨은 참견 대마왕이었다. 이건 의견 없음 선생이 자초한 일이었다. 다른 사람들은 안됐지만 잭의 책임은 아니었다. 여기까지 끌고 온 장본인이 앤더슨이었다.

"뭐 어쩌겠어, 팔자려니 해야지." 잭은 중얼거렸다.

신발을 신은 다음 무릎을 꿇고 엎드려 침대 아래를 들여다보았다. 먼지 구덩이였고 그중 일부가 건드려진 것 같았지만 그게 전부였다. 다행이었다. 안심이었다. 그를 찾아온 손님이 거기 있었다는 건 의심의 여지가 없었고, 그의 손 쪽으로 신발을 민 손가락에 새겨진 문신도 의심의 여지가 없었다. **안 돼.**

일광화상으로 인한 통증이 나지막한 웅얼거림 수준으로 잦아들고 머릿속이 비교적 맑아지자 뭔가 먹을 수 있을 것 같았다. 스테이크와 달걀이 어떨까. 앞으로 할 일이 있었으니 에너지를 보충해야 했다. 코카인과 각성제만으로 살 수는 없는 법이었다. 아무것도 먹지 않으면 작열하는 태양 아래에서 쓰러져 익을 수도 있었다.

아니나 다를까, 밖으로 나선 순간 태양이 그의 얼굴을 강타하자 목덜미가 경고하듯 욱신거렸다. 그는 선크림이 다 떨어졌고 알로에 크림을 깜빡했다는 걸 깨닫고 경악했다. 모텔 옆 카페의 계산대에 티셔츠, 야구모자, 컨트리CD, 캄보디아에서 만든 나바호족 기념품과 함께 진열돼 있을지도 몰랐다. 여기서 그런 쓰레기와 더불어 일부 생필품을 팔 수밖에 없는 것이, 가장 가까운 마을이…….

그는 카페 문 쪽으로 손을 가져가다 딱 멈추고 먼지를 뒤집어쓴 쇼윈도 너머를 빤히 쳐다보았다. 그들이 저 안에 있었다. 앤더슨과 유쾌한 왕재수 친구들, 거기에 희끗희끗한 앞머리를 일자로 자른 빼빼 마른 여자까지 있었다. 휠체어를 탄 할망구와 까만 머리를 짧게 치고 염소수염을 기른 근육질의 남자도 있었다. 할망구가 무슨 이유에서인지 깔깔대고 웃다가 기침을 하기 시작했다. 저단 기어를 넣은 빌어먹을 굴착기 같은 기침 소리가 여기 바깥까지 들렸다. 염소수염을 기른 남자가 그녀의 등을 몇 대 세게 쳤고, 그들은 일제히 웃음을 터뜨렸다.

*내가 너희들을 처리하고 나면 이렇게 웃었던 걸 후회하게 될 거다.* 잭은 그렇게 생각했지만 사실은 그들이 웃고 있어서 다행이었다. 덕분에 그를 발견하지 못했다.

그는 이게 무슨 상황인지 파악하려고 애를 쓰며 몸을 돌렸다. 그들이 회회낙락거리는 건 상관할 바 아니었지만 염소수염이 휠체어 할망구의 등을 두드렸을 때 손가락에 새긴 지문이 보였다. 유리창이 부옜고 파란 잉크가 희미해졌지만 그래도 뭐라고 새겨졌는지 알 수 있었다. **안 돼.** 그의 침대 아래에 있었던 남자가 무슨 수로 그렇게 금세 식당으로 이동할 수 있었는지 모르겠지만, 잭 호스킨스는 열심히 고민할 생각이 없었다. 그에게는 할 일이 있었고 그것으로 충분했다. 피부 안에서 점점 자라나는 암세포를 없애는 건 그 일의 절반에 불과했다. 랠프 앤더슨을 제거하는 것이 나머지 절반이었고 그건 즐거운 과정이 될 것이었다.

기다려라, 의견 없음 선생.


## 2


플레인빌 비행장은 맥없는 소도시 외곽의 관목지대에 자리 잡고 있었다. 활주로는 하나였고 랠프가 보기에는 섬뜩하리만치 짧았다. 바퀴가 땅에 닿자마자 풀 브레이크가 가동돼 어디 매여 있지 않던 물건들이 날아갔다. 비행기는 타르로 덮인 좁은 길의 끝에 그려진 노란색 선 위에서, 잡초와 고인 물과 샤이너 맥주 캔들로 가득한 도랑과의 거리가 9미터도 안 되는 곳에서 멈추어 섰다.

"딱히 어딘지 모를 곳에 오신 걸 환영합니다."

킹 에어가 돌풍이 불면 금방이라도 날아가게 생긴 조립식 터미

널 건물을 향해 느릿느릿 이동하는 동안 알렉이 말했다. 길바닥 먼지를 뒤집어 쓴 닷지 밴이 그들을 기다리고 있었다. 랠프는 장애인용 발판을 보기 전부터 휠체어를 실을 수 있는 컴패니언 모델이라는 걸 알아차렸다. 키가 큰 근육질의 클로드 볼턴이 빛바랜 청바지와 파란색 워크 셔츠, 낡은 카우보이 부츠, 텍사스 레인저스라고 적힌 야구모자 차림으로 그 옆에 서 있었다.

랠프가 맨 먼저 비행기에서 내려 악수를 청했다. 클로드는 잠깐 머뭇거리다가 그의 손을 잡았다. 랠프는 그의 손가락에 새겨진, 희미해진 글씨를 쳐다보지 않을 도리가 없었다. **안 돼.**

"협조해 줘서 고맙네. 자발적으로 나서 준 걸 고맙게 생각해."

랠프는 다른 사람들을 소개했다.

홀리가 맨 마지막으로 악수하고 물었다.

"손가락에 새긴 그 문신…… 술을 두고 하는 얘긴가요?"

*맞아.* 랠프는 생각했다. *그게 내가 깜빡하고 상자에서 꺼내지 않은 퍼즐 조각이지.*

"네, 맞아요." 볼턴은 마르고 닳은 교훈을 가르치는 사람 같은 말투로 얘기했다. "여기 알코올중독자 치유 모임에서는 이걸 가리켜 '세기의 역설'이라고 해요. 저도 맨 처음에 직접 들었어요. 술을 안 마실 수 없는데, 마시면 안 되니까요."

"제가 담배에 대해 느끼는 심정이네요."

볼턴이 씩 웃자 랠프는 이 무리에서 사회성이 가장 떨어지는 사람이 볼턴의 긴장을 풀어 주다니 희한한 일이라는 생각을 했다. 볼턴이 불안해하는 것 같지는 않았다. 그보다는 경계하는 눈치였다.

"네, 담배도 힘들죠. 어떻게 버티고 계세요?"

"거의 1년 동안 입에 대지 않았어요. 하지만 조급하게 생각하지 않으려고 해요. 안 돼 그리고 해야 해. 마음에 드네요."

홀리는 손가락에 새겨진 문신이 무슨 뜻인지 처음부터 알고 있었을까? 랠프로서는 알 수 없었다.

"안 돼와 해야 해의 역설을 깨뜨릴 수 있는 유일한 방법이 하늘의 도움을 받는 건데, 저는 받았어요. 그리고 금주 메달을 항상 들고 다녀요. 술을 마시고 싶으면 그 메달을 입에 넣으래요. 메달이 녹으면 마셔도 된다고."

홀리는 미소를 지었다. 랠프가 정말이지 좋아하게 된 그 환한 미소였다.

밴의 옆문이 열리고 삐걱거리며 녹슨 발판이 나왔다. 백발을 화려한 빛무리처럼 펼친 거구의 여인이 휠체어를 타고 내려왔다. 뭉툭한 초록색 산소통을 무릎에 얹었는데, 거기서 나온 플라스틱 줄이 콧속의 튜브로 연결됐다.

"클로드! 땡볕에 이분들이랑 왜 그렇게 서 있니? 출발할 거면 출발해야지. 조금 있으면 정오야."

"이분은 저희 어머니세요. 엄마, 이분이 제가 말씀드린 그 문제로 저를 신문하신 앤더슨 형사님이에요. 다른 분들은 전부 처음 뵙고요."

하위, 알렉, 유넬이 노부인에게 자기소개를 했다. 홀리가 맨 마지막이었다.

"만나 뵈어서 정말 반갑습니다, 볼턴 부인."

러비는 웃음을 터뜨렸다.

"글쎄요, 나를 알게 된 뒤에도 그 생각에 변함이 없을지 어디 두고 봅시다."

"가서 렌터카 챙겨야겠어요. 문 옆에 주차된 저 차 같긴 한데."

하위가 말하며 중간 크기의 짙은 파란색 SUV를 가리켰다.

"제 차로 앞장설게요." 클로드가 말했다. "따라오시는 데 별문제 없을 거예요. 메리스빌의 도로에는 차가 별로 없거든요."

"아가씨는 우리랑 같이 타지그래요?" 러비 볼턴이 홀리에게 물었다. "이 늙은이 심심하지 않게."

랠프의 예상과 다르게 홀리는 당장 좋다고 했다.

"잠시만요."

홀리가 눈치를 주자 랠프가 킹 에어 쪽으로 그녀를 따라갔고, 클로드는 어머니가 휠체어를 돌려서 차에 다시 올라타는 걸 지켜보았다. 소형 비행기가 이륙하는 중이라 처음에 랠프는 홀리가 뭐라고 묻는지 잘 알아듣지 못했다. 그는 몸을 기울였다.

"저분한테 뭐라고 해요, 랠프? 분명 무슨 일로 왔느냐고 물어볼 텐데."

그는 고민하다가 말했다.

"그냥 요점만 간단히 얘기해요."

"제 얘길 안 믿을 텐데요!"

그는 씩 웃었다.

"홀리, 내가 보기에 당신은 불신에 대처하는 노하우가 있어요."

대다수의 전과자들이 그렇듯(적어도 다시 철창신세를 지고 싶지 않은 경우에는 그랬다.) 클로드 볼턴도 제한속도보다 정확히 시속 5킬로미터 느리게 닷지 컴패니언을 몰았다. 30분쯤 갔을 때 그가 인디언 모텔 겸 카페로 핸들을 틀었다. 차에서 내려, 렌터카를 운전 중이던 하위에게 미안하다는 듯이 말했다.

"잠깐 뭐 좀 먹고 갔으면 하는데요. 저희 엄마가 정해진 시각에 식사를 하지 않으면 가끔 문제가 생기는데 시간이 없어서 샌드위치를 못 만들었어요. 늦을까 봐서요." 그는 부끄러운 비밀을 고백하듯 언성을 낮추었다. "혈당 때문에요. 혈당이 떨어지면 기절하시거든요."

"다 같이 뭐 좀 먹고 가죠." 하위가 말했다.

"저 여자분이 한 얘기는……."

"그 얘기는 집에 가서 하면 어떨까, 클로드."

랠프의 말에 클로드는 고개를 끄덕였다.

"네, 어쩌면 그러는 게 좋을 수도 있겠어요."

카페에서는 기름과 콩과 튀긴 고기 냄새가 났다.(불쾌하지는 않았다.) 주크박스에서 닐 다이아몬드가 스페인어로 「아이 엠, 아이 새드*I Am, I Said*」를 불렀다. 카운터 뒤편에 (별로 특별하지 않은) 특별 메뉴가 걸려 있었다. 주방 창구 위에는 낙서가 된 도널드 트럼프 사진이 붙어 있었다. 금발에 까맣게 색칠이 됐고, 앞머리와 콧수염이 생겼다. 그 아래에 누군가가 인쇄체로 적어 놨다. *양키 베테 아 카사.*

양키 고 홈. 텍사스 주는 뼛속까지 공화당이다 보니 처음에 랠프는 놀라워했다가, 곧 이 국경 지대에서는 백인이 소수 인종에 가깝다는 사실을 상기했다.

그들은 식당 저쪽 끝으로 갔다. 알렉과 하위가 2인석에 앉고 나머지는 그 옆의 좀 더 넓은 테이블에 앉았다. 랠프는 버거를 주문했다. 홀리는 샐러드를 주문했는데, 알고 보니 살짝 데친 양상추가 거의 전부였다. 유넬과 볼턴 모자는 타코, 부리토, 엠파나다*로 이루어진 멕시코 풀세트를 주문했다. 달라고 하지도 않았는데 웨이트리스가 아이스티가 담긴 유리병을 쿵 하고 테이블에 놓고 갔다.

러비 볼턴은 새처럼 눈을 반짝이며 유넬을 뜯어보았다.

"성이 사블로라고 했죠? 특이한 성일세."

"네, 흔치 않죠."

"다른 나라에서 왔어요, 아니면 여기 토박이예요?"

"토박이예요." 두툼한 타코 절반이 한입 만에 사라졌다. "2세대요."

"다행이네요! 메이드 인 유에스에이! 내가 결혼 전에 남쪽에서 살았을 때 알던 사람 중에 어거스틴 사블로라고 있었는데. 라레도하고 누에보라레도 일대에서 빵 트럭을 몰고 다녔어요. 그이가 우리 집 앞을 지나가면 우리 자매들은 츄로 에클레어를 달라고 외쳤고요. 그이랑 친척은 아니죠?"

유넬은 올리브색 피부가 살짝 까매졌지만(빨개진 건 아니었다.), 신기해하는 눈빛으로 랠프를 쳐다보았다.

---

* 중남미에서 먹는 스페인식 파이.

"저희 *파피*(아빠)예요."

"어머나, 세상 참 좁기도 하지!" 러비는 말하고 웃음을 터뜨렸다. 잠시 후에 웃음이 기침으로 바뀌었고 기침이 다시 사레로 바뀌었다. 클로드가 등을 하도 세게 때리는 바람에 코에 꽂힌 튜브가 튀어 나와서 접시 위로 떨어졌다. "아이고, 아들아, 저것 좀 봐라." 러비는 숨을 고르고 이렇게 얘기했다. "부리토에 콧물이 묻었네." 그러고는 튜브를 다시 넣었다. "뭐 어때. 내 몸에서 나온 게 내 몸으로 다시 들어가는 건데. 괜찮아."

그녀는 우적우적 부리토를 씹었다.

랠프가 웃음을 터뜨리자 나머지도 따라서 웃었다. 심지어 촌극을 제대로 보지 못한 하위와 알렉마저 동참했다. 랠프는 웃음에 사람들을 한데 모으는 힘이 있다는 생각을 했다. 클로드가 어머니를 데려오길 잘했다. 인기 만점이었다.

"세상 참 좁네." 러비는 했던 말을 반복했다. "좁아." 그러고는 몸을 앞으로 숙여서 풍만한 가슴으로 접시를 밀었다. 새처럼 눈을 반짝이며 계속 유넬을 쳐다보았다. "저 아가씨가 뭐라 그랬는지 알아요?"

그녀는 살짝 미간을 찌푸린 채 샐러드를 깨작이는 홀리 쪽을 흘긋 쳐다보았다.

"네."

"그 애길 믿어요?"

"글쎄요. 저는⋯⋯." 유넬은 언성을 낮추었다. "믿는 쪽이에요."

러비는 고개를 끄덕이고 언성을 낮추었다.

"누에보에서 퍼레이드 본 적 있어요? 프로세소 도스 파소스? 어렸을 때?"

"*시, 세뇨라.*(네, 부인.)"

그녀는 언성을 한층 낮추었다.

"그 남자는? *파르니코코.* 그이도 봤어요?"

"*시.*(네.)"

러비 볼턴은 더 이상 하얄 수 없는 백인인데도 유넬은 그녀를 대할 때 무의식적으로 스페인어를 쓰는 듯했다.

그녀는 언성을 아까보다 더 낮추었다.

"나쁜 꿈을 꾸었고?"

유넬은 머뭇거리다가 대답했다.

"*무차스 페사디야스.*(엄청나게 꾸었죠.)"

러비는 흡족스러워하는 한편 심각한 표정으로 의자에 기대고 앉았다. 클로드를 쳐다보았다.

"아들, 이분들 말씀 잘 들어라. 내가 보기에 너 큰일 났어." 그녀는 유넬을 향해 눈을 찡긋거렸지만 장난으로 그런 게 아니었다. 표정이 심각했다. "*무초스.*(아주.)"

<br>

## 4

<br>

소규모 행렬이 다시 고속도로로 진입하자 랠프는 유넬에게 '프로세소 도스 파소스'가 뭐냐고 물었다.

"성주간에 하는 퍼레이드요. 교회에서 승인하지는 않지만 묵인하는 퍼레이드예요."

"'파르니코크'는요? 홀리가 말한 엘 쿠코하고 같은 거예요?"

"더 끔찍해요." 유넬의 표정은 심각했다. "자루를 든 남자보다 더 끔찍해요. 그건 두건을 쓴 남자를 말해요. 사신(死神)이죠."

## 5

메리스빌에 있는 볼턴의 집에 도착했을 때는 3시가 거의 다 된 무렵이었고 열기가 망치처럼 그들을 덮쳤다. 그들은 조그만 거실로 옹기종기 들어가서 앉았다. 랠프 눈에는 연금을 받아도 될 만큼 오래돼 보이는 에어컨이 유리창을 시끄럽게 흔들어가며 여러 명의 뜨끈한 몸통을 식히느라 버둥거렸다. 클로드가 부엌에 가서 콜라를 스티로폼 아이스박스에 넣어 왔다.

"맥주 드시고 싶은 분이 계시다면 아쉽게 됐습니다. 제가 맥주는 사다 놓지를 않아서요."

"괜찮아요." 하위가 말했다. "이 문제를 최대한 매끄럽게 해결하기 전에는 아무도 술을 입에 대고 싶지 않을 거예요. 어젯밤 얘기 좀 들어 봅시다."

볼턴은 자기 어머니를 흘끗 쳐다보았다. 그녀는 팔짱을 끼고 고개를 끄덕였다.

"뭐. 지나고 나니 별일 없었어요. 평소처럼 야간 뉴스를 본 다음 자러 들어갔는데 그때까지만 해도 괜찮았······."

"뻥치고 있네." 러비가 끼어들었다. "너는 여기 온 날부터 평소 같지 않았어. 가만히 있지 못하고······." 그녀는 다른 사람들을 돌아보았다. "입맛 없어 하고······ 잠꼬대를 하고······."

"제가 얘기해요, 아니면 엄마가 하실래요?"

그녀는 얘기 계속하라는 뜻에서 손사래를 치고 콜라를 한 모금 마셨다.

"뭐, 엄마 말씀이 틀리진 않아요." 볼턴은 실토했다. "하지만 직장 동료들한테는 비밀로 했으면 좋겠어요. 젠틀맨 플리즈 같은 곳의 보안 요원은 겁을 먹으면 안 되거든요. 하지만 줄곧 으스스하긴 했어요. 다만 어젯밤은 달랐어요. 차원이 달랐어요. 끔찍한 꿈을 꾸고 2시쯤에 눈을 떠서 문을 잠그려고 자리에서 일어났거든요. 제가 여기 있을 때는 문을 잠그지 않아요. 엄마 혼자 계실 때는 플레인빌에서 오는 요양보호사가 6시에 퇴근하면 꼭 문을 잠그라고 말씀드리지만."

"어떤 꿈이었는데요?" 홀리가 물었다. "기억나요?"

"누군가가 침대 아래에 누워서 올려다보고 있었어요. 그것밖에 기억이 안 나요."

홀리는 얘기 계속하라는 뜻에서 고개를 끄덕였다.

"앞문을 잠그기 전에 주위를 둘러보려고 밖으로 나갔더니 코요테들이 짖지 않더라고요. 원래는 달만 떴다 하면 미친 듯이 짖는데 말이죠."

"주위에 아무도 없으면 그렇게 짖어요." 알렉이 말했다. "그러다 누가 오면 딱 멈추죠. 귀뚜라미처럼."

"생각해 보니까 귀뚜라미 소리도 들리지 않았어요. 원래는 뒷마당에서 요란하게 울어 대는데. 다시 자리에 누웠는데 잠이 오지 않더라고요. 창문을 잠그지 않은 게 생각나서 거길 잠그려고 다시 일어났어요. 걸쇠가 끼익거리는 소리에 엄마가 깼죠. 엄마가 뭐 하느냐고 묻길래 저는 다시 주무시라고 했어요. 다시 침대 속으로 기어들어 가서 거의 잠이 들었어요. 3시가 거의 다 됐을 거예요. 그런데 화장실 욕조 위에 달린 창문을 잠그지 않은 게 생각이 나지 뭐예요. 누군가가 거기로 기어들어 오고 있는 듯한 느낌에, 일어나서 달려갔어요. 바보 같은 소리처럼 들릴 거라는 건 알지만……."

그는 그들을 쳐다보았지만 어느 누구도 웃거나 미심쩍어하는 표정을 짓지 않았다.

"그래요. 그래요. 다들 여기까지 오셨으니 그걸 바보 같은 소리라고 생각하지 않으실 수도 있겠네요. 아무튼 제가 엄마의 빌어먹을 무릎방석에 걸려서 넘어지는 바람에 엄마가 완전히 깼어요. 엄마가 집에 들어오려는 사람이 있느냐고 묻길래 저는 아니라고, 하지만 방에서 나오지 마시라고 했어요."

"하지만 나갔죠." 러비가 뿌듯해하는 목소리로 말했다. "나는 남편 말밖에 안 듣는데 그 양반은 일찌감치 저세상 사람이 됐거든."

"화장실에 아무도 없었고 창문으로 들어오려는 사람도 없었지만, 밖에 숨어서 기회를 엿보고 있는 듯한 예감이 들더라고요. 얼마나 강하게 느껴졌나 몰라요."

"침대 아래에는 없었고?" 랠프가 물었다.

"네. 거기를 제일 먼저 체크했거든요. 정신병자 아닌가 싶겠지만……." 그는 말을 하다 말고 멈추었다. "동이 튼 다음에서야 잠이 들었어요. 잠시 후에 엄마가 깨우면서 여러분을 만나러 비행장에 가야 할 시간이라고 하더라고요."

"최대한 늦게까지 재웠죠. 그래서 '샌디치'를 못 만든 거예요. 빵이 냉장고 위에 있는데 그걸 꺼내려고 하면 숨이 차거든."

"지금은 기분이 어때요?"

홀리가 클로드에게 물었다.

그가 한숨을 쉬고 한손으로 얼굴 옆면을 쓸어 올리자 수염 쓸리는 소리가 들렸다.

"이상해요. 저는 산타클로스를 믿지 않았을 때부터 귀신도 믿지 않는데 피해망상 환자처럼 안절부절못하겠어요. 코카인을 했을 때처럼. 이자가 정말 저를 노리나요? 그렇게 생각하세요?"

그는 한 사람씩 차례대로 얼굴을 쳐다보았다. 대답을 한 사람은 홀리였다.

"저는 그렇게 생각해요."

6

그들은 잠깐 아무 말도 하지 않고 생각에 잠겼다. 잠시 후에 러비가 말문을 열었다.

"엘 쿠코, 그렇게 불렀죠." 홀리에게 하는 말이었다.

"네."

노부인은 고개를 끄덕이고 관절염 때문에 퉁퉁 부은 손가락으로 산소통을 톡톡 두드렸다.

"내가 어렸을 때는, 멕시코 애들은 쿠쿠이라고 부르고 백인 애들은 쿠키 아니면 추키, 아니면 그냥 축이라고 불렀어요. 우리 집에는 심지어 그놈이 주인공인 그림책도 있었다우."

"저희 집에 있었던 것도 똑같은 그림책일 거예요." 유넬이 말했다. "아부엘라가 주셨거든요. 큼지막하고 뻘건 귀가 하나 달린 거인이죠?"

"시, 미 아미고.(맞아요, 내 친구.)" 러비는 담배를 한 대 꺼내서 불을 붙였다. 연기를 내뿜고 기침을 하고 하던 얘기를 계속했다. "그 이야기에는 세 자매가 등장했어요. 요리, 청소, 기타 집안일을 도맡은 막내. 동생을 놀려먹는 게으름뱅이 두 언니. 엘 쿠쿠이가 왔어요. 대문을 잠가 놓았지만 파피처럼 생겨서 문을 열어 주고 말았죠. 그는 혼을 내려고 못된 언니들을 데려갔어요. 혼자 세 딸을 키우는 아빠를 위해 뼈 빠져라 일을 했던 착한 딸만 남겨 두었고. 기억나요?"

"그럼요. 어렸을 때 들은 이야기는 잊어버리지 않잖아요. 그 그림책 속의 엘 쿠쿠이는 착한 사람이었지만, 딸들을 산속의 자기 동굴로 끌고 갔을 때 얼마나 무서웠는지 기억나요. 라스 니냐스 요라반 이 레 로가반 케 라스 솔타라. 소녀들은 울면서 놓아 달라고 애원했고요."

"맞아요. 나중에는 그가 놓아주었고 못된 언니들은 달라졌죠. 그게 그림책 버전이에요. 하지만 실제 쿠쿠이는 아이들이 아무리 울고 애원해도 놓아주지 않아요. 다들 아시죠? 그의 행적을 봤을 테니."

"그럼 부인도 믿으시는군요." 하위가 말했다.

러비는 어깨를 으쓱했다.

"*키엥 사베*, 누가 알겠수? 내가 *엘 추파카브라*를 믿을까? 늙은 로스 인디오스(인디언)는 '염소 거머리'라고 불렀던 괴물을?" 그녀는 콧방귀를 뀌었다. "*차라리 빅풋*을 믿지. 그래도 희한한 일들이 벌어지긴 하죠. 한번은 성금요일에 갤버스턴 가에서 성체를 받다가 성모마리아의 피눈물을 본 적도 있어요. 그 자리에 참석한 신도들이 전부 봤지. 나중에 호아킴 신부님은 처마에서 떨어진 녹물이 성모마리아 상의 얼굴을 타고 흐른 거라고 했지만 우리는 그게 아니라는 걸 알았어요. 신부님도 알았지. 눈빛을 보면 그랬어요." 그녀는 시선을 다시 홀리에게로 돌렸다. "아가씨도 희한한 것들을 봤다면서요."

"네." 홀리는 조용히 대답했다. "제가 보기에는 뭔가가 있어요. 그 엘 쿠코는 아닐지 몰라도 여러 전설에 나오는 괴물인가 하면, 그건 맞다고 봐요."

"그자가 그 남자아이와 자매의 피를 마시고 살점을 먹었다고요? 이 이방인이?"

"아마도요." 알렉이 말했다. "사건 현장을 보면 그랬을 가능성이 있어요."

"그런데 이자가 지금은 저란 말이죠. 그렇게들 생각하시는 거죠?

---

* 북미 서부에 출몰한다는 원숭이 인간.

제 피 몇 방울만 있으면 가능한 얘기였다고. 그걸 마셨을까요?"

클로드의 물음에 아무도 대답하지 않았지만, 랠프는 테리 메이틀랜드처럼 생긴 그것이 피를 마시는 광경이 그려졌다. 섬뜩하리만치 선명하게 그려졌다. 이 말도 안 되는 논리가 그의 머릿속으로 얼마나 깊숙이 파고들었는지를 알 수 있는 대목이었다.

"간밤에도 그자가 살금살금 돌아다녔을까요?"

"육체적으로 그러지는 않을 거예요. 그리고 아직 당신이 되지 않았을 거예요. 아직 변신하는 중일 거예요."

"이 일대를 체크하고 있었을 수도 있고요." 유넬이 말했다.

*우리에 대해서 파악하려고 했을 수도 있지.* 랠프는 생각했다. *그리고 정말 그러기 위해 나선 거였다면 파악했을 거야. 우리가 온다는 걸 클로드가 알고 있었으니까.*

"그럼 이제 어떻게 되는 거유?" 러비가 따져물었다. "플레인빌이나 오스틴에서 어린애를 한두 명 죽이고 우리 아들한테 뒤집어씌우려고 할까요?"

"그건 아니라고 봐요. 아직은 그럴 만한 기운이 없을 거예요. 히스 홈즈에서 테리 메이틀랜드로 변신할 때는 몇 달이 걸렸거든요. 그리고 최근 들어 계속…… 활동을 하고 있고요."

"다른 측면도 있어요." 유넬이 말했다. "실질적인 측면. 이 일대는 너무 덥거든요. 영리한 녀석이라면…… 이렇게 오랫동안 목숨을 부지한 걸 보면 분명 영리한 녀석이에요, 다른 데로 옮기고 싶을 거예요."

어쩐지 그럴듯했다. 랠프는 클로드 볼턴의 얼굴과 클로드 볼턴의 근육질 몸으로 변신한 홀리의 이방인이 오스틴에서 버스나 기차를 타고 골든 웨스트로 떠나는 광경이 그려졌다. 어쩌면 라스베이거스. 아니면 로스앤젤레스. 어떤 남자와(어떤 여자가 될지도 모를 일이었다.) 다시금 우연히 부딪혀 피를 낼 수 있는 곳. 또 하나 추가되는 연결 고리.

유넬의 가슴 주머니에서 셀레나가 부르는 「바일라 에스타 쿰비아」의 도입부가 흘러나왔다. 그는 화들짝 놀란 눈치였다.

클로드가 씩 웃었다.

"맞아요. 여기서도 전파가 잡혀요. 21세기잖아요."

유넬은 전화기를 꺼내 화면을 확인하고는 말했다.

"몽고메리 카운티 경찰서네. 받아야겠어요. 잠깐 실례할게요."

그가 "여보세요, 사블로 경위입니다."라는 말과 함께 현관으로 나서자 홀리는 놀란 수준을 넘어 불안해하며 그를 따라갔다.

하위가 말했다.

"아마……."

랠프는 고개를 저었지만 왜 그러는지 자기도 몰랐다. 적어도 의식선상에서는 그랬다.

"몽고메리 카운티가 어디 있어요?" 클로드가 물었다.

"애리조나 주." 랠프는 하위나 알렉이 대답하기 전에 얼른 말했다. "다른 문제야. 이번 일하고는 상관없는."

"이번 일은 어쩔 건데요?" 러비가 물었다. "이자를 무슨 수로 잡을지 생각해 놓은 거 있어요? 나한테 남은 건 아들뿐이란 말이지요."

홀리가 돌아왔다. 러비에게 가서 허리를 숙이고 귓속말을 했다.

클로드가 엿들으려고 몸을 기울이자 러비가 저리 가라고 손짓했다.

"아들, 부엌에 가서 바람개비 모양 초코쿠키 들고 와. 이 더위에 녹지 않았는지 모르겠다만."

순종이 몸에 밴 클로드는 부엌으로 갔다. 홀리는 계속 귓속말을 했고 러비의 눈이 휘둥그레졌다. 그녀는 고개를 끄덕였다. 클로드가 쿠키 봉지를 들고 왔을 때 유넬도 휴대전화를 주머니에 넣으며 현관에서 들어왔다.

"그쪽에서……." 유넬은 말을 꺼냈다가 멈췄다. 홀리가 클로드 쪽으로 등이 보이도록 몸을 살짝 돌린 채 손가락을 입에 대고 고개를 저었기 때문이었다. "그쪽에서 누굴 잡았다는데 우리가 찾던 사람이 아니네요."

클로드는 테이블에 쿠키를 내려놓고(안타깝게도 셀로판 봉지 안에서 녹은 것 같았다.) 의심스러워하는 눈빛으로 좌우를 흘끗거렸다.

"원래 하려던 얘기는 그게 아니었던 것 같은데요. 왜들 그러세요?"

랠프는 좋은 질문이라는 생각을 했다. 픽업트럭이 집 앞길을 지나가자 짐칸에 실린 금고에 창살 같은 햇빛이 반사되는 바람에 그는 움찔했다.

"아들. 티핏의 하이웨이 헤븐에서 가서 다 같이 저녁 때 먹을 닭고기 좀 사 와. 거기 맛 괜찮잖니. 이분들 인디언 모텔로 다시 돌아가기 전에 저녁 대접해야지. 그 모텔이 별건 못 되지만 지붕은 있으니 그게 어디냐."

"티핏까지는 65킬로미터잖아요!" 클로드는 반발했다. "일곱 명이 먹을 저녁이면 떼돈이 들 텐데, 여기로 돌아올 때쯤이면 다 식을 테고요!"

"내가 레인지로 전부 데우면 되지." 그녀는 침착하게 말했다. "그럼 새로 만든 거나 다름없어질 거야. 자, 얼른 다녀와."

랠프는 허리춤에 손을 얹고 재미있어하는 한편 격분한 표정으로 어머니를 바라보는 클로드의 태도에서 호감을 느꼈다.

"지금 저를 내보내려는 거죠!"

"맞아." 러비는 죽은 병사들로 수북한 주석 재떨이에 담배를 비벼서 끄며 맞장구를 쳤다. "여기 이 홀리 양이 말하길 네가 알면 그 자도 안대. 어쩌면 모든 비밀이 다 들추어져서 상관없을지 모르지만 또 모르지. 그러니까 가서 저녁 사 와라."

하위가 지갑을 꺼냈다.

"내가 사겠네, 클로드."

"됐습니다." 클로드가 조금 삐친 목소리로 말했다. "제가 내도 돼요. 저도 돈 있어요."

하위는 변호사 특유의 함박웃음을 지었다.

"그래도 내가 사고 싶은데!"

클로드는 돈을 받아서 허리띠에 체인으로 연결한 지갑에 넣었다. 손님들을 돌아보며 계속 삐친 척하려다 웃음을 터뜨렸다.

"우리 엄마는 뭐든 자기 마음대로예요. 지금쯤은 다들 알아차리셨겠지만요."

# 7

볼턴의 집 근처를 지나는 루럴 스타 루트2를 따라가면 오스틴을 빠져나가는 190번 고속도로가 나왔다. 그 전에 오른쪽으로, 편도 4차로지만 점점 망가져 가고 있는 비포장도로가 있었다. 역시 점점 망가져가고 있는 광고판이 표지판 역할을 했다. 나선형 계단을 내려오는 행복한 가족이 그려진 광고판이었다. 그들은 가스등을 들고 머리 위에 높다랗게 매달린 종유석을 보며 감탄하는 표정을 짓고 있었다. 그 아래에 적힌 유혹의 문구는 다음과 같았다. **자연의 경이로움을 최고로 만끽할 수 있는 메리스빌 홀로 놀러 오세요.** 클로드는 불안한 10대 시절을 메리스빌에서 갇혀서 지냈기 때문에 거기에 뭐라고 적혀 있었는지 알았지만 요즘 남은 건 **자연의 경과 로 놀러 오세요**뿐이었다. 그 나머지 부분은 **추후 공지가 있을 때까지 폐장**이라고 적힌(그 글씨 역시 희미해졌다.) 넓은 테이프로 덮였다.

동네 아이들이 (응큼하게 히죽거리며) '동굴 가는 길'이라고 부르는 곳을 지날 때 현기증이 났지만 에어컨을 조금 세게 틀자 가라앉았다. 구시렁거렸지만 사실은 집에서 탈출할 수 있어서 좋았다. 누군가가 그를 감시하는 듯한 느낌이 사라졌다. 그는 라디오를 틀어서 아웃로 컨트리 채널에 주파수를 맞췄고 웨일런 제닝스가 나오자 (최고였다!) 따라 부르기 시작했다.

하이웨이 헤븐에서 저녁을 사다 먹는 건 괜찮은 선택일지 몰랐다. 어니언링을 독차지하고서 집으로 가는 길에 따끈하니 기름진 상태일 때 먹을 수 있으니까.

# 8

잭은 쳐 놓은 커튼 사이로 훔쳐보며, 장애인용 발판이 달린 밴이 사라질 때까지 인디언 모텔의 객실에서 기다렸다. 그 밴이 할망구를 태운 차일 수밖에 없었다. 뒤따라가는 파란색 SUV에는 플린트 시티에서 온 참견쟁이들이 가득 타고 있을 터였다.

그들이 시야에서 사라지자 잭은 카페로 가서 식사를 하고 어떤 물건들을 파는지 살폈다. 알로에 크림도 선크림도 없었기에 물 두 병과 말도 안 되게 비싼 반다나를 두 개 샀다. 뜨거운 텍사스 태양 아래에서는 별 도움이 되지 않겠지만 아무것도 없는 것보다는 나았다. 그는 트럭에 올라타 참견쟁이들이 사라진 남서쪽으로 가다가 광고판과 메리스빌 홀로 가는 길이 나오자 그쪽으로 방향을 틀었다.

6킬로미터쯤 더 갔을 때 세월의 풍파를 맞은 조그만 오두막집이 도로 한복판에 등장했다. 동굴이 영업 중이었을 때 매표소로 쓰인 곳인 듯했다. 한때 밝은 빨간색이었을 페인트가 이제는 물에 희석된 피처럼 빛바랜 분홍색이었다. 앞쪽에 **관광지 폐쇄, 돌아가시오**라고 적힌 팻말이 있었다. 매표소 너머의 길은 체인으로 막혔다. 잭은 체인을 빙 돌아서 잡초를 짓밟고 산쑥을 피해 가며 흙으로 덮인 단단한 지반을 덜커덩덜커덩 달렸다. 마지막으로 트럭이 한 번 튀어 오른 이후에 다시 도로가 등장했지만…… 그것도 도로라고 부를 수 있을지는 의문이었다. 체인 이쪽은 잡초로 틀어막힌 구멍과 유실된 지면으로 엉망진창이었다. 차체가 높고 4륜구동인 그의 램 트럭은 특대형 타이어로 흙과 돌멩이를 뱉어 가며 유실된 지면을 아무렇지 않게 통과했다.

3킬로미터를 10분 동안 천천히 달리자 4000제곱미터쯤 되는 텅 빈 주차장이 나왔다. 노란 선은 희미해져 거의 보이지 않았고 금이 간 아스팔트는 조각조각 들떴다. 그 왼쪽에 관목으로 덮인 가파른 언덕을 등지고 방치된 선물 가게가 있었다. 떨어진 간판은 거꾸로 읽어야 했다. **기념품 및 정통 인디언 공예품.** 그 바로 앞에 언덕의 동굴 입구로 향하는 널찍한 시멘트 보도의 잔재가 있었다. 예전에는 동굴 입구였겠지만 지금은 널빤지로 막혔고 여러 팻말로 뒤덮였다. **접근 금지, 출입 금지, 사유 재산, 카운티 보안관이 주기적으로 순찰함.**

*그렇겠지. 2월 29일마다 한 번씩 휙 돌아볼 거야.*

주차장에서 선물 가게를 지나는 바스러진 길이 또 하나 있었다. 언덕의 한쪽 면을 올라갔다가 내려가는 길이었다. 처음에는 쓰러져 가는 관광객용 통나무집들이 옹기종기 등장했고(역시 널빤지가 덧대어져 있었다.) 그다음에는 업무용 차량과 장비를 보관했을 창고 비슷한 곳이 나왔다. 여기에도 **출입 금지** 팻말이 몇 개 더 달려 있었고 거기에 **방울뱀 주의**라는 명랑한 문구가 추가됐다.

잭은 이 건물의 몇 뼘 안 되는 그늘에 트럭을 세웠다. 내리기 전에 반다나로 머리를 덮었다.(테리 메이틀랜드가 총에 맞던 날 랠프가 법원 앞에서 본 남자와 섬뜩하리만치 닮아졌다.) 남은 반다나는 빌어먹을 일광 화상이 더 심해지지 않게 목에 둘렀다. 짐칸의 금고를 열고 그의 자부심과 기쁨이 담긴 소총 케이스를 꺼냈다. 그 안에는 크리스 카일이 이슬람 새끼들을 저격하는 데 썼던 윈체스터 .300 볼트 액션이 담겨 있었다.(잭은 영화 「아메리칸 스나이퍼」를 여덟 번 봤다.) 르폴드 VX-1 망원조준기가 달려 있기 때문에 1.8킬로미터 거리에서도 표적을 맞힐 수 있었다. 컨디션이 좋고 바람이 없는 날에는 여섯 발 중에서 네 발을 맞힐 수가 있었는데, 기회가 찾아왔을 때 그렇게 먼 거리에서 조준할 필요는 없을 것 같았다. 기회가 찾아올지 모르겠지만.

그는 잡초 사이에 방치된 공구 몇 개를 보고 방울뱀이 나타날 경우에 대비해 녹이 슨 쇠스랑을 슬쩍했다. 건물 뒤쪽에서 언덕 뒤편의 동굴 입구로 길이 이어졌다. 이쪽은 더 가팔라서 언덕이라기보다 바람에 깎인 절벽이었다. 맥주 캔 몇 개가 길바닥에 나뒹굴었고 바위에 **스팽키 11, 나 왔다 감**, 이런 식의 낙서가 되어 있었다.

중간쯤 갔을 때 또 다른 갈림길이 등장했다. 선물 가게와 주차장으로 빙 돌아가는 길이었다. 여기에 세월의 풍파를 맞고 총알 자국이 뚫린 나무 팻말이 세워져 있었다. 머리 장식을 완벽하게 장착한 북아메리카 원주민 추장이 그려진 표지판이었다. 추장 아래에 화살표와 함께 적힌 글씨는 하도 희미해져서 간신히 읽을 수 있을 정도였다. **가장 수준 높은 상형문자를 감상하려면 이쪽으로.** 그보다 최근에 어떤 재간둥이가 큼지막한 추장의 입 옆에 매직으로 말풍선을 그리고 이렇게 적었다. **캐럴린 앨런이 내 인디언 자지를 빨아 준다.**

이쪽 길이 더 넓었지만 잭은 아메리카 원주민의 예술 작품을 감상하러 온 것이 아니었기에 계속 위로 올라갔다. 길이 특별히 위험하지는 않았지만 지난 몇 년 동안 잭이 한 운동이라고는 여기저기 술집에서 팔을 구부린 게 거의 전부였다. 4분의 3 정도 올라갔을 때부터 숨이 찼다. 셔츠와 반다나가 땀으로 시커메졌다. 그는 소총 케이스와 쇠스랑을 내려놓은 다음 허리를 숙여서 무릎을 짚고, 눈앞에서 아른거리는 까만 점이 없어지고 심박수가 정상 비슷하게 내려갈 때까지 기다렸다. 그가 여기에 온 이유는 어머니처럼 게걸스러운 암세포에 피부를 갉아먹히는 끔찍한 죽음을 모면하기 위해서였다. 그러다 심근경색으로 죽으면 얼마나 웃픈 일이 될까.

그는 허리를 펴기 시작했다가 멈추고 눈을 가늘게 떴다. 튀어나온 바위로 그늘이 졌고 최악의 자연재해를 피할 수 있는 곳에 낙서가 몇 개 더 있었다. 하지만 아이들이 남긴 낙서라 할지라도 이미 몇백 년 전에 죽은 아이들이었다. 어떤 그림에서는 막대 인간들이 막대 창을 들고 영양인가 싶은 것들에게 둘러싸여 있었다. 아무튼 뿔 달린 동물이었다. 또 어떤 그림에서는 막대 인간들이 원뿔형 천막 같은 것 앞에 서 있었다. 거의 보이지 않을 정도로 지워진 또 다른 그림에서는 막대 인간이 의기양양하게 창을 치켜들고, 엎드린 또 다른 막대 인간 위에 서 있었다.

*상형문자로군. 아까 저기 그려진 추장에 따르면 이게 제일 훌륭한 작품도 아니란 말이지. 유치원생들이 이보다 더 잘 그리겠지만 내가 죽고 한참 지난 다음에도 이 그림들은 남아 있겠지. 내가 암에 걸리면 특히 더 그럴 테고.*

그런 생각이 들자 화가 났다. 그는 뾰족한 돌멩이를 들어서 지워질 때까지 상형문자를 내리찍었다.

*됐다. 됐다, 이 죽은 개새끼들아. 너희들은 사라졌고 내가 이겼어.*

그가 미쳐 가고 있거나…… 아니면 이미 미쳤을지도 모르겠다.

그 생각은 떨쳐 버리고 다시 오르막길을 걷기 시작했다. 절벽 꼭대기에 다다르자 주차장과 선물 가게와 널빤지가 덧대어진 메리스빌 홀 입구가 한눈에 보였다. 손가락에 문신을 새긴 손님은 참견쟁이들이 여기에 올지 잘 모르겠다고 했지만, 만약 그들이 온다면 잭이 처리할 예정이었다. 윈체스터가 있으니 문제없다고 자신할 수 있었다. 그들이 오지 않는다면, 만나러 온 남자와 이야기를 마치고 그냥 플린트 시티로 돌아간다면 잭의 임무는 그것으로 끝이었다. 손님은 어느 쪽이 됐건 잭이 멀쩡해질 거라고 장담했다. 암이 없어질 거라고 했다.

*그게 거짓말이라면? 그가 줄 수는 있지만 거두어 갈 수는 없다면? 사실은 암에 걸린 게 아니라면? 나를 찾아온 사람은 없었다면? 내가 그냥 정상이 아니라면?*

그런 생각들도 떨쳐 버렸다. 그는 케이스를 열어서 윈체스터를 꺼내고 조준기를 세웠다. 주차장과 바로 앞의 동굴 입구를 조준했다. 그들이 온다면 그가 방금 전에 지나온 매표소만큼이나 큼지막하게 이 조준기 안에 들어올 것이었다.

잭은 튀어나온 바위 아래의 그늘 안으로 기어들어 가(먼저 뱀이나 전갈이나 다른 야생동물이 없는지 확인했다.) 물을 한 모금 마시고 각성제 두 알을 같이 삼켰다. 코디에게 산 4그램짜리 병(콜롬비아산 코카인은 공짜가 없었다.)도 한 번 흡입했다. 이제 경찰로 근무하는 동안 수십 번 했던 잠복근무에 돌입하면 됐다. 그는 윈체스터를 무릎에 올려놓고 움직임을 감지할 수 있을 만큼 긴장한 상태로 간간이 졸아 가며 태양이 나지막이 기울 때까지 기다렸다. 그런 다음 일어나 뻣뻣해진 근육에 움찔했다.

"오지 않네. 적어도 오늘은."

*그러게.* 손가락에 문신을 새긴 남자도 맞장구쳤다.(아니면 잭이 상상한 것일 수도 있었다.) *하지만 내일 다시 올 거지?*

그럴 것이다. 필요하다면 일주일 동안이라도 올 것이다. 심지어 한 달이라도.

그는 조심스럽게 내려갔다. 뜨거운 태양 아래에서 몇 시간 동안 고생하고 나서 발목을 접질리는 사태만큼은 피해야 했다. 소총을 금고에 넣고, 트럭 운전석에 둔 물병의 물을 마시고(미지근한 수준을 넘어 뜨거워지려고 하고 있었다.), 다시 고속도로로 나서 이번에는 티핏으로 향했다. 거기로 가면 필요한 물건들을 살 수 있을지 몰랐다. 선크림은 분명 있을 것이다. 그리고 보드카도. 해야 할 일이 있으니 많이 마시지는 않겠지만, 바닥이 휜 쓰레기 같은 침대에 누워서 그 신발이 어떤 식으로 그의 손 쪽으로 움직였는지 생각하지 않을 정도로는 마셔야 했다. 맙소사, 애초에 캐닝 타운십의 그 빌어먹을 헛간으로 간 이유가 뭐였을까?

그는 반대편으로 달리는 클로드 볼턴의 차를 지나쳤다. 둘 다 상대방을 알아차리지 못했다.

9

"좋아요." 클로드가 차를 몰고 시야에서 사라지자 러비 볼턴이 말했다. "이게 다 무슨 일이에요? 우리 아들 모르게 하고 싶은 얘기가 뭐예요?"

유넬은 잠깐 그녀의 말을 못 들은 체하고 다른 사람들을 돌아보았다.

"몽고메리 카운티 보안관실에서 홀리가 촬영한 곳으로 보안관보를 두 명 보냈대요. 옆면에 나치 상징이 스프레이 페인트로 그려진 공장에서 피 묻은 옷 무더기가 발견됐답니다. 그중 한 벌이 태그에 HMU 용품이라고 수놓아진 잡역부용 재킷이었대요."

"HMU면 하이스먼 기억 병동이죠." 하위가 말했다. "옷에 묻은 핏자국을 분석하면 하워드 자매의 것으로 밝혀질 거라는 데 뭘 걸래요?"

"뿐만 아니라 히스 홈즈의 지문이 여기저기서 검출되겠죠." 알렉이 거들었다. "변신을 시작했다면 흐릿하게 남았을 테고요."

"아닐지도 몰라요." 홀리가 말했다. "변신하는 데 얼마나 걸리는지, 매번 똑같은지 알 수 없으니까요."

"그쪽 보안관이 몇 가지 궁금한 점이 있대요. 내가 답변을 미뤘어요. 지금 우리가 어떤 괴물을 상대하는지 감안했을 때 끝까지 피할 수 있으면 좋겠는데."

"당신들끼리 얘기하지 말고 나도 좀 끼워 줘요. 제발요. 우리 아들이 걱정돼요. 다른 두 남자처럼 이 아이도 아무 죄가 없는데, 둘 다 죽었잖아요."

"걱정하시는 거 이해합니다." 랠프가 말했다. "잠시만 기다려 주세요. 홀리, 공항에서 오는 길에 볼턴 부인과 아들한테 무덤 얘기했어요? 안 했죠?"

"네. 그냥 요점만 간단히 얘기하라면서요. 그래서 그렇게 했어요."

"아, 잠깐. 잠깐 있어 봐요. 내가 어렸을 때 라레도에서 본 영화가 있는데, 여자 레슬러가 등장하고……."

"「멕시코의 여자 레슬러 괴물을 만나다」요." 하위가 말했다. "저희도 봤어요. 기브니 씨가 DVD를 들고 와서. 아카데미상 수상감은 아니지만 그래도 흥미진진하더라고요."

"그건 로지타 무뇨스가 출연한 작품이었죠. 촐리타 루차도라. 나랑 내 친구들은 전부 그녀처럼 되고 싶어 했어요. 나는 심지어 어느 해 핼러윈 때 그녀로 분장했고요. 어머니가 코스튬을 만들어 줬거든요. 그 쿠코 영화는 무서웠어요. 교수인가…… 과학자인가…… 둘 중 뭐였는지 기억은 안 나지만 엘 쿠코가 그로 변신했고, 루차도라스가 마침내 그를 추적했을 때는 묘지의 지하실 아니면 지하 납골당에서 살고 있었죠. 그런 스토리 아닌가요?"

"맞아요." 홀리가 말했다. "스페인 전설에서는 그렇게 묘사되어 있으니까요. 엘 쿠코가 시체들과 함께 자는 걸로. 흡혈귀처럼."

"그게 실제로 존재한다면." 알렉이 말했다. "어느 정도는 흡혈귀라고 볼 수 있지 않나요. 피가 있어야 다음 연결 고리를 만들 수 있으니까. 영생을 누릴 수 있으니까."

랠프는 또다시 생각했다. *여러분, 생각이라는 걸 하고 얘기들을 하는 겁니까?* 그는 홀리 기브니를 많이 좋아했지만 그녀를 만난 걸 후회하는 마음도 있었다. 덕분에 그의 머릿속에서 전쟁이 벌어졌는데, 이제 그만 휴전했으면 하는 마음이 간절했다.

홀리가 러비를 돌아보았다.

"오하이오 경찰이 피 묻은 옷을 발견한 빈 공장은 히스 홈즈와 그의 부모님이 묻힌 묘지와 가까운 데 있어요. 테리 메이틀랜드의 일부 조상이 묻힌 오래된 묘지 근처의 헛간에서도 다른 옷이 발견됐고요. 그러니까 이쯤에서 여쭤어 보자면 이 근처에 묘지가 있나요?"

러비는 곰곰이 생각했다. 그들은 기다렸다. 이윽고 그녀가 말했다.

"플레인빌에는 묘지가 있지만 메리스빌에는 없어요. 망할, 심지어 교회도 없네. 예전에는 '용서의 성모'라고 있었는데 20년 전에 불타서 없어졌어요."

"젠장." 하위가 중얼거렸다.

"가족 묘지는요?" 홀리가 물었다. "자기 땅에 묻히는 사람들도 있잖아요."

"다른 가족은 모르겠지만." 노부인이 말했다. "우리는 그런 거 없었어요. 우리 엄마, 아빠는 라레도에 묻혔고 할머니, 할아버지도 마찬가지예요. 그 전에는 인디애나였고. 거기 살다가 남북전쟁 이후에 여기로 이주했거든요."

"부군은요?" 하위가 물었다.

"조지요? 그쪽 집안은 전부 오스틴 출신이라 거기 묻혔죠, 자기 부모님 바로 옆에. 가끔, 대개는 그이 생일에 꽃다발이며 뭐며 들고서 버스 타고 찾아갔었는데 이 COPD* 걸린 이후로는 못 가고 있어요."

"그럼 더 이상 없네요."

---

* Chronic Obstructre Pulmonary Disease, 만성 폐쇄성 폐질환.

러비는 유넬의 말을 듣지 않는 눈치였다.

"예전에 내가 숨을 쉬는 데 문제가 없었을 때는 노래를 잘 불렀어요. 기타도 쳤고. 고등학교를 졸업하고 라레도에서 오스틴으로 간 것도 음악 때문이었어요. 내슈빌 사우스라고들 하는. 캐러셀이나 브로큰 스포크나 뭐 그런 음반사에서 기회를 잡을 날을 기다리며 브라조스 가에 있는 제지공장에 취직해 봉투를 만들었어요. 기회는 잡지 못했지만 작업반장은 잡았어요. 그이가 조지였죠. 그리고 그이가 퇴직할 때까지 내 선택을 한 번도 후회한 적이 없었고요."

"본론과 상관없는 쪽으로 얘기가 흘러가고 있는 것 같은데요."

하위가 말했다.

"그냥 두세요." 랠프가 말했다. 뭔가가 조만간 터질 듯한 간질간질한 기분이 느껴졌다. 아직 가시선 밖이지만 분명 조짐이 있었다. "말씀 계속하세요, 볼턴 부인."

그녀는 미심쩍은 눈빛으로 하위를 보았지만 홀리가 고개를 끄덕이며 미소를 짓자 마주 미소를 지으며 담배에 또다시 불을 붙이고 하던 얘기를 계속했다.

"조지는 30년 근무하고 연금을 받을 나이가 되니까 우리를 데리고 오지로 이사했어요. 클로드는 그때 막 열두 살이었죠. 주님이 우리한테 아이를 허락하지 않으려나 보다고 포기하고 한참 지난 다음에서야 생긴 늦둥이였거든요. 클로드는 메리스빌을 질색했고, 화려한 네온사인과 쓸잘 데 없는 친구들을 그리워했어요. 전부터 질 나쁜 친구들이 우리 아들의 몰락의 원흉이었지요. 나도 처음에는 여기가 별로 마음에 들지 않았지만 평화로운 분위기를 좋아하게 됐어요. 나이를 먹으면 바라는 게 평화밖에 없거든요. 지금은 안 믿길지 모르겠지만 다들 알게 될 거예요. 그리고 이제 와 생각해 보니 가족 묘지도 괜찮을 것 같네요. 뒷마당에 묻히는 것도 나쁘지 않겠어요. 결국에는 클로드가 내 유골을 오스틴으로 들고 가서, 살아생전에 그랬듯이 내 남편 곁에 누이겠지만. 그럴 날이 얼마 남지도 않았고."

그녀는 기침을 하고 혐오스러워하는 눈빛으로 담배를 쳐다보더니 이미 넘치기 직전인 재떨이에 묻었다. 담배는 그 안에서 독한 연기를 피웠다.

"우리가 어쩌다 메리스빌에 오게 됐는지 알아요? 조지가 알파카를 키우려고 했거든. 알파카들이 금세 죽으니까 골든두들로 바꿨고. 골든두들이 뭔가 하면 골든리트리버하고 푸들을 교배시킨 잡종이에요. 그 뭣이냐, 진화론적인 측면에서 그런 잡종이 환영을 받을 것 같아요? 그럴 리가 있나. 남동생이 그이의 머릿속에 그런 착각을 심어 놨지 뭐예요. 이 세상에 로저 볼턴보다 더 심한 멍청이도 없었는데, 조지는 그걸로 떼돈을 벌 수 있겠다고 생각했단 말이죠. 로저가 가족들을 데리고 여기로 내려왔고 그 둘이 동업을 했거든요. 아무튼 골든두들 새끼들도 알파카처럼 금세 죽었어요. 그 이후로 조지하고 나는 살림이 좀 쪼들리기는 했지만 그래도 먹고사는데에는 별문제가 없었어요. 그런데 로저는 그 어처구니없는 사업에 모아 두었던 돈을 전부 쏟아부었거든요. 그래서 일자리를 찾으러 다녔는데……."

말을 멈춘 러비의 얼굴 위로 놀라워하는 표정이 번졌다.

"그래서 로저가 어떻게 됐는데요?" 랠프가 물었다.

"망할. 내가 늙긴 했어도 그건 변명이 될 수가 없지. 내 눈앞에 있었는데."

랠프는 몸을 앞으로 기울여 그녀의 손을 잡았다.

"그게 무슨 소리예요, 러비?"

취조실에서 막판에는 늘 그렇듯 그녀의 이름을 불렀다.

"로저 볼턴하고 두 아들, 그러니까 클로드의 사촌들이 여기서 6킬로미터도 안 되는 곳에 다른 네 명과 함께 묻혀 있어요. 아니, 다섯 명이라고 해야 하나. 그 애들은 쌍둥이였으니까." 그녀는 고개를 천천히 좌우로 저었다. "클로드가 절도죄로 게이츠빌에서 6개월을 살게 됐을 때 내가 얼마나 화가 났는지 몰라요. 창피하기도 했고. 그때부터 약에 손을 대기 시작했거든. 그런데 나중에 생각해 보니까 그게 주님의 은총이었지 뭐유. 클로드가 거기 들어가지 않았다면 그 아이들하고 같이 갔을 테니까. 애 아빠는 아니었지, 그 무렵에 조지는 이미 심장마비가 두 번 와서 갈 수가 없었거든. 하지만 클로드는…… 그래, 그 아이들하고 같이 갔을 거예요."

"어디로요?"

알렉도 이제는 몸을 앞으로 숙이고 열띤 눈빛으로 쳐다보고 있었다.

"메리스빌 홀. 그 애들이 죽어서 지금 거기 묻혀 있어요."

## 10

그녀가 들려준 이야기는 『톰 소여의 모험』에서 톰과 베키가 동굴에서 길을 잃은 사건과 비슷했다. 한 가지 차이가 있다면 톰과 베키는 결국 빠져나왔지만, 당시 열한 살이었던 제이미슨 쌍둥이는 그러지 못했다는 것이었다. 아이들을 구조하러 갔던 사람들도 마찬가지였다. 메리스빌 홀이 그들을 모두 삼켜 버렸다.

"개 사업이 실패했을 때 시동생이 취직한 곳이 거기였어요?"

랠프가 물었다.

그녀는 고개를 끄덕였다.

"거기서 탐사를 좀 한 적 있어요. 사람들한테 공개된 부분이 아니라 아히가 쪽을요. 그 덕에 지원했을 때 냉큼 뽑혔죠. 그와 다른 가이드들은 관광객을 열댓 명씩 모아서 데리고 들어갔어요. 텍사스 일대에서 제일 큰 동굴이었지만 가장 인기 있고, 사람들이 제일 구경하고 싶어 했던 곳은 본실이었어요. 엄청 으리으리했거든요. 무슨 대성당처럼. 그 뭐냐, 음향 효과 때문에 '소리의 방'이라고 불렸고요. 가이드가 130에서 140미터 아래로 내려가서 국기에 대한 맹세를 속삭이면 위에서 그게 또렷하게 들렸거든요. 메아리가 끊임없이 이어지고. 뿐만 아니라 벽이 인디언 그림들로 뒤덮였어요. 그런 걸 뭐라고 부르는지 까먹었는데……."

"상형문자요." 유넬이 말했다.

"맞아요, 그거. 가스등을 들고 들어가서 그걸 보거나 아니면 천장에 매달린 종유석을 구경했어요. 바닥까지 400개쯤 되는 단이 빙글빙글 이어지는 쇠로 만든 나선형 계단도 있었어요. 지금도 있을 테지만 요즘은 어쩔지 모르겠네. 그 안에 워낙 습기가 많아서 쇠에 녹이 슬었을 테니까. 딱 한 번 그 계단으로 내려간 적이 있었는데 미친 듯이 어지럽더라고요. 남들처럼 종유석을 올려다보지도 않았는데. 올라갈 때는 엘리베이터를 탔어요. 내려가는 거야 그렇다 치지만 바보가 아닌 이상 엘리베이터도 있는데 400계단을 왜 걸어서 올라오겠어요.

바닥은 가로가 100미터? 110미터쯤 됐을 거예요. 색전구가 바위에 남은 광물의 흔적을 비췄고, 매점이 있었고, 둘러볼 수 있는 길이 여섯 개인가 여덟 개 됐어요. 각각 이름도 있었고요. 전부 기억은 나지 않지만 상형문자를 좀 더 볼 수 있는 나바호 아트 갤러리도 있었고, 데블스 슬라이드도 있었고, 허리를 구부리는 걸로도 모자라 어떤 구간에서는 기어가야 하는 스네이크 벨리도 있었어요. 상상이 돼요?"

"네." 홀리가 말했다. "우와."

"그게 큰길이었고 거기서 뻗어 나온 갈림길도 있었는데 전부 폐쇄됐어요. 그 동굴이 하나가 아니고 수십 개로 이어지고 또 이어지는데, 아무도 답사하지 않은 동굴도 있었거든요."

"길을 잃기 십상이었겠네요." 알렉이 말했다.

"내 말이요. 그게 어떻게 된 거냐면, 스네이크 벨리에서 갈라져 나온 구멍이 두세 개 있었는데 널빤지나 그런 걸로 막아 놓질 않았어요. 하도 작아서 그냥 내버려 둔 거지."

"그런데 그 쌍둥이한테는 그렇게 작지 않았던 거로군요."

랠프가 넘겨짚었다.

"맞아요, 바로 그거예요. 칼하고 캘빈 제이미슨. 말썽을 일삼던 꼬맹이들이었는데 말썽거리를 제대로 찾은 거지. 엄마, 아빠 바로 뒤에서, 제일 꼴찌로 다른 관광객들과 함께 스네이크 벨리에 들어 갔는데 나오고 보니 아이들이 없더란 말이죠. 그 부모가 어떤 반응을 보였을지…… 말 안 해도 알겠죠? 우리 시동생은 제이미슨 가족이 포함된 그룹을 인솔하지 않았지만 수색대에 합류했어요. 확실하게는 모르겠지만 아마 앞장섰을 거예요."

"그 아들들도 같이 나섰나요?" 하위가 물었다. "클로드의 사촌들 말이에요."

"그렇답니다. 그 아이들도 동굴에서 파트타임으로 일하고 있었기 때문에 소식을 듣자마자 달려갔죠. 소문이 삽시간에 번졌기 때문에 달려간 주민들이 많았어요. 처음에는 별문제 없이 아이들을 찾을 수 있을 것 같아 보였지요. 스네이크 벨리에서 갈라져 나온 구멍에서 아이들이 외치는 소리가 들렸고, 어느 구멍으로 들어갔는지도 정확하게 알았거든요. 가이드 하나가 손전등을 비춰 보니 제이미슨 씨가 선물 가게에서 아들에게 사 준, 플라스틱으로 된 아히가 추장 장난감이 떨어져 있더래요. 아이가 기어가는 동안 주머니에서 떨어진 거죠. 얘기했다시피 아이들이 외치는 소리가 들렸는데, 문제는 어떤 어른도 그 구멍에 들어갈 수 없었다는 거예요. 심지어 장난감을 집을 수도 없을 정도였으니. 그래서 사람들이 아이들에게 자기들 소리가 들리는 데로 오라고, 몸을 돌릴 공간이 없으면 그냥 뒤로 기어 나오라고 했어요. 손전등을 안에 대고 막 흔들면서. 아이들이 처음에는 점점 가까워지는 것 같더니 나중에는 목소리가 점점 희미해지다가 결국에는 영영 사라져 버렸어요. 내가 보기에는 처음부터 거기가 절대 가깝지 않았던 거죠."

"음향 효과에 속기 쉽죠." 유넬이 말했다.

"시, 세뇨르. 그때 로저가 아히가 쪽으로 돌아서 들어가자고 했어요. 자기가 이른바 동굴 탐험을 해서 그쪽은 잘 안다며. 그쪽으로 가 보니 애들이 울며 고함을 지르는 소리가 아주 또렷하게 들리기에 창고에서 로프와 전등을 챙겨 들고 아이들을 데리러 나섰죠. 그때 당시에는 잘 생각한 것처럼 느껴졌는데, 오히려 그게 그들의 마지막이 됐어요."

"어쩌다가요?" 유넬이 물었다. "아세요? 누구 아는 사람 있나요?"

"아니, 내가 아까도 얘기했던 것처럼 그 동굴이 빌어먹을 미로예요. 로프를 풀어 주고 필요한 경우에는 길게 연결할 수 있게 사람한 명을 두고 갔거든요. 그게 이브 브링클리였어요. 그는 사고 직후에 마을을 떠났어요. 오스틴으로 갔죠. 상심해서 그랬겠지만……그래도 살아서 햇빛을 쪼이며 걸어 다닐 수 있었잖아요. 그 나머지는……." 러비는 한숨을 쉬었다. "두 번 다시 햇빛을 보지 못했죠."

랠프는 그 말을 곱씹으며 경악했다. 다른 사람들의 표정을 보니 그와 마찬가지인 모양이었다.

"이브가 말은 로프가 30미터쯤 남았을 때 변기 뚜껑을 닫고 폭음탄을 터뜨린 것 같은 소리가 들리더래요. 아이들이 그 소리를 듣고 구조대 쪽으로 오길 바라면서 어떤 멍청이가 총을 쏘는 바람에 동굴이 무너진 거였죠. 로저는 아니었을 거라는 데 1000달러 걸 수 있어요. 로저가 여러 면에서, 특히 그 개 사업 면에서 바보 같기는 했어도 총알이 어디로 튈지 모르는 동굴 안에서 총을 쏠 만큼 멍청하지는 않았거든요."

"그 소리 때문에 천장이 무너졌을 수도 있겠네요." 알렉이 말했다. "고산지대에서 엽총을 쏘면 산사태가 벌어지는 거랑 같은 이치죠."

"그래서 압사당했군요." 랠프가 말했다.

러비는 한숨을 쉬고 삐딱해진 콧속의 튜브를 바로잡았다.

"아뇨. 차라리 그랬더라면 나았을 텐데. 그랬더라면 일찌감치 끝났을 텐데. 메인 동굴, 그러니까 소리의 방에 있던 사람들 귀에 길을 잃은 그 꼬맹이들처럼 도와 달라고 외치는 그들의 소리가 들렸어요. 그때쯤에는 육칠십 명쯤 되는 사람들이 어떻게든 해 보려고 거기 모여 있었거든요. 남동생과 조카들이 갇혔으니 우리 남편도 거기로 나갔어요. 집에 붙잡아 놓으려다 포기하고 나도 같이 갔어요. 수색에 합류한다든지 하는 식의 바보 같은 짓을 저지르지 않게 감시하려고요. 그러면 목숨을 부지하지 못할 게 분명했으니까요."

"이 사건이 벌어졌을 때." 랠프가 말했다. "클로드는 소년원에 있었고요?"

"이름이 게이츠빌 트레이닝 스쿨이었던 걸로 기억하는데 맞아요, 소년원이었어요."

홀리가 가방에서 노란색 수첩을 꺼내 그 위로 허리를 숙이고 메모를 하기 시작했다.

"조지하고 같이 동굴에 도착했을 무렵에는 어둑어둑했어요. 주차장이 제법 큰데 거의 꽉 찼더라고요. 기둥에 큼지막한 조명을 설치했지, 온 동네 트럭이 다 모였지, 여기저기서 사람들이 종종거리며 왔다 갔다 하지, 무슨 할리우드 영화를 촬영하는 것 같더라고요. 사람들이 건전지 열 개짜리 손전등을 들고 안전모를 쓰고 방탄조끼처럼 불룩한 옷을 입고 아히가 입구 너머로 들어갔어요. 로프를 따라 붕괴 지점까지. 중간에 고인 물까지 헤치고 가야 하는 먼 길이었어요. 낙석이 상당히 심했고요. 그날 밤이 지나고 다음 날 오전 중반이 돼서야 돌을 치우고 지나갈 수 있을 만한 공간을 확보할 수 있었어요. 그즈음에는 안에 갇힌 사람들이 외치는 소리가 메인 동굴에서 들리지 않았고요."

"부인의 시동생이 속한 수색대가 반대편에서 구조를 기다리지 않았던 거로군요." 유넬이 말했다.

"네, 사라져 버렸어요. 로저나 다른 누군가가 메인 동굴로 가는 길을 안다고 생각했거나 천장이 좀 더 무너질지 모른다고 걱정했나 봐요. 알 수야 없죠. 하지만 그들이 적어도 초반에는 흔적을 남겼어요. 벽에 표시를 남기고 바닥에 동전이나 종잇조각을 떨어뜨리고. 심지어 티핏 레인스 볼링장 쿠폰을 떨어뜨린 사람도 있었어요. 한 번만 더 찍으면 무료로 한 게임 칠 수 있는 쿠폰을. 신문에 그렇게 소개됐더라고요."

"헨젤과 그레텔처럼 빵 조각을 남겼네요." 알렉이 중얼거렸다.

"그러다 갑자기 모든 게 뚝 끊겼어요. 통로 딱 중간에서. 흔적도 동전도 종이뭉치도. 뚝 끊겼어요."

빌 새뮤얼스의 얘기에 등장하는 발자국처럼 말이지. 랠프는 생각했다.

"두 번째 수색대는 조금 더 걸어가면서 이름을 부르고 손전등을 흔들었지만 아무 반응도 없었죠. 나중에 오스틴 신문사 기자가 두 번째 수색대를 인터뷰했는데, 다들 하는 얘기가 같았대요. 길이 너무 많았다고, 끝이 막힌 길도 있고, 우물처럼 시커먼 침니가 나오는 길도 있고. 또 붕괴될까 봐 소리를 지르지 않다가 한 명이 고함을 질렀더니 아니나 다를까, 천장이 한 조각 떨어지더래요. 그래서 얼른 빠져나오는 게 좋겠다는 결론이 내려졌죠."

"그 길로 수색을 접지는 않았겠죠?" 하위가 물었다.

"그럼요." 러비는 아이스박스에서 콜라를 하나 더 꺼내 뚜껑을 따고 단숨에 절반을 비웠다. "이렇게 말을 많이 한 적이 없어서 목이 타네." 그녀는 산소통을 체크했다. "이것도 거의 다 떨어졌고. 저쪽 화장실에 다른 의약품이랑 같이 있는데 누가 좀 가져다줄래요?"

알렉 펠리가 이 일을 맡았고, 부인이 산소통을 갈 때 담배에 불을 붙이지 않는 걸 보고 랠프는 안도의 한숨을 내쉬었다. 산소 공급이 원활해지자 그녀는 하던 얘기를 계속했다.

"이후로 몇 년 동안 수색대가 십여 차례 꾸려졌지만 2007년에 지진이 났거든요. 그때 너무 위험하다는 판단이 내려졌죠. 리히터로는 3인가 4밖에 안 됐지만 동굴들이 워낙 약하잖아요. 종유석 몇 개가 떨어지기는 했지만 소리의 방은 제법 잘 버텼어요. 하지만 다른 길은 몇 개 무너졌지요. 아트 갤러리라고 불리던 곳도. 지진이 난 이후에 메리스빌 홀은 폐쇄됐어요. 메인 입구가 막혔고 아히가 쪽도 마찬가지일 거예요."

잠깐 정적이 흘렀다. 다른 사람들은 어떨지 몰라도 랠프는 어두 컴컴한 지하 깊숙한 곳에서 서서히 죽어 가는 심정이 어떨지 생각 하고 있었다. 생각하고 싶지 않았지만 어쩔 도리가 없었다.

"예전에 로저가 나한테 뭐라 그랬는지 알아요? 죽기 6개월 전도 안 됐을 텐데, 메리스빌 홀이 통째로 지옥으로 떨어질지도 모르겠 다고 그랬거든요. 당신들이 말하는 이 이방인이라는 작자 입장에 서는 집처럼 느껴질 만한 곳 아니에요?"

"클로드가 오더라도 이 얘기는 절대 하지 마세요." 홀리가 말했다.

"아, 그 아이도 알아요. 자기 친척인걸요. 나이도 많았고 못살게 괴롭혀서 사촌들을 별로 좋아하지는 않았어요. 그렇지만 그래도 자기 친척인걸요."

홀리는 미소를 지었지만 그 환한 미소가 아니었다. 눈까지 웃지 는 않았다.

"그렇겠지만 저희가 안다는 건 몰라야 해요. 앞으로도 계속."


## 11


이제 피곤한 수준을 넘어 기진맥진할 지경에 이른 러비가 부엌 은 좁아서 일곱 명이 편히 식사를 할 수 없을 거라고 하기에 그녀 가 정자라고 부르는 곳으로 들고 나가기로 했다. 그녀가 (자랑스러워 하며) 밝힌 바에 따르면 클로드가 홈디포에서 장비를 사다가 직접 만든 곳이라고 했다.

"처음에는 좀 더울 수도 있지만 이 시간이면 바람이 불고 방충망도 있어요."

홀리는 자기들이 알아서 상을 차릴 테니 노부인에게 누워 있으라고 했다.

"하지만 뭐가 어디 있는지 하나도 모르잖아요!"

"걱정 마세요. 뭘 찾는 게 제 직업이잖아요. 그리고 이분들이 도와줄 거예요."

러비는 수긍하고 휠체어를 몰고 자기 방으로 갔다. 그녀가 힘겹게 끙끙거리는 소리에 이어 침대 스프링이 삐걱거리는 소리가 들렸다.

랠프가 앞 베란다로 나가서 전화하자 지닛은 신호가 떨어지자마자 받았다.

"E. T. 집에 전화한다." 그녀가 명랑한 목소리로 말했다.

"별일 없어?"

"텔레비전만 빼고. 래미지랑 예이츠 경관이 나스카 보고 있어. 내기를 했는지는 잘 모르겠지만 두 사람이 브라우니를 다 먹어 치운 건 확실해."

"유감스러운 소식이로군."

"아, 그리고 벳시 리긴스가 아기 보여 주러 데리고 왔어. 엄마한테 얘기할 일은 절대 없겠지만 아이가 윈스턴 처칠을 살짝 닮았더라."

"그렇군. 저기 있잖아, 트로이나 톰이 내일 아침까지 거기 있는 게 좋을 것 같은데."

"나는 둘 다 데리고 있으려고 했는데. 한 방에서 자게. 같이 끌어안고. 아니면 부비적부비적하든가."

"좋은 생각이야. 사진 찍는 거 잊지 마." 차 한 대가 달려오고 있었다. 티핏에서 저녁으로 먹을 닭고기를 사 온 클로드 볼턴이었다. "문 잠그고 도난 경보기 작동시키는 거 잊지 마."

"요전날 밤에는 문 잠그고 도난경보기 작동시켜 봐야 소용없었잖아."

"나를 생각해서라도 그렇게 해 줘."

악몽 속에서 그의 아내를 찾아왔던 자와 똑같이 생긴 사람이 그 순간 차에서 내리자 랠프는 눈앞이 두 개로 겹쳐 보이는 듯한 묘한 기분을 느꼈다.

"알았어. 뭐 찾았어?"

"잘 모르겠어." 랠프는 이렇게 진실을 우회했다. 그들은 많은 걸 찾았지만 그중에서 좋은 건 하나도 없었다. "나중에 전화할 수 있으면 할게. 지금은 이만 끊어야겠다."

"그래. 몸 조심해."

"응. 사랑해."

"나도. 그리고 진짜야. *몸 조심해.*"

그는 계단을 내려가 클로드가 하이웨이 헤븐에서 들고 온 열댓 개의 비닐봉지를 나눠서 들었다.

"제가 얘기했던 것처럼 음식이 다 식었어요. 하지만 엄마가 제 말을 들을 리 없잖아요. 예전에도 그랬고 앞으로 그럴 거예요."

"괜찮아."

"닭고기는 데우면 질겨지는데. 으깬 감자로 샀어요. 감자튀김은

데우면 '으악'이라."

그들은 집을 향해 걸음을 옮겼다. 클로드가 계단 발치에서 걸음을 멈추었다.

"엄마랑 얘기 많이 하셨어요?"

"음."

랠프는 대답하며 이 상황에 어떤 식으로 대처하면 좋을지 고민했다. 그런데 클로드가 알아서 대처했다.

"저한테는 아무 말도 하지 마세요. 그 인간이 제 생각을 읽을 수 있을지 모르니까."

"그러니까 그자를 믿는다?"

랠프는 진심으로 궁금했다.

"그 아가씨는 믿는다고 봐요. 홀리라는 아가씨요. 그리고 간밤에 누군가가 이 근처에 있었을지 모른다고 봐요. 그러니까 다들 무슨 얘기를 나누었을지 몰라도 듣고 싶지 않아요."

"어쩌면 그러는 게 나을지도 모르지. 하지만 클로드? 우리 중 한 명이 오늘 밤에 이 집에 남아야 할 것 같은데. 사블로 경위면 어떨까 싶고."

"무슨 일이 생길 것 같으세요? 저는 지금 배고프다는 거 말고는 아무 느낌도 없는데요."

"무슨 일이 생길 것 같아서라기보다, 이 근처에서 안 좋은 사건이 벌어졌는데 범인이 클로드 볼턴하고 많이 닮았다고 얘기하는 목격자가 있을 경우, 경찰이 자네는 엄마의 집에서 한 발짝도 움직이지 않았다고 증언하면 도움이 될 테니까."

클로드는 고민했다.

"그래도 괜찮을 것 같긴 하네요. 그런데 저희 집에 손님방이나 뭐 그런 게 없어서요. 소파에서 주무시면 되는데, 가끔 엄마가 한밤 중에 깼을 때 다시 잠이 안 오면 거실로 나가서 텔레비전을 보세요. 헌금하라고 소리 지르는 한심한 전도사들을 좋아하시거든요." 그의 표정이 밝아졌다. "생각해 보니까 뒷마당에 남는 매트리스가 하나 있어요. 오늘 밤에 날이 따뜻할 테니까 야외 취침을 하시면 되겠네요."

"정자에서 말인가?"

클로드는 씩 웃었다.

"맞아요! 그걸 제가 만들었다는 거 아닙니까."


## 12


홀리가 닭고기를 오븐에 넣고 5분 돌리자 맛있게 바삭해졌다. 그들 일곱 명은 정자에서 저녁을 먹으며(러비가 휠체어를 타고 이동할 수 있게 경사로가 갖추어져 있었다.) 유쾌하고 활기 넘치는 대화를 나누었다. 뜻밖에도 클로드가 제법 이야기꾼이라 젠틀맨 플리즈에서 '보안 요원'으로서 겪은 다채로운 일화를 풀어 놓았다. 재미있었지만 비열하거나 천박하지는 않았고 클로드의 어머니가 가장 크게 웃었다. 하위가 예전에 의뢰인 한 명이 재판을 감당할 만한 정신 상태가 아님을 입증하기 위해 법정에서 바지를 벗고 판사를 향해 흔든 적이 있었다고 하자, 그녀는 웃다가 또 기침 발작을 일으켰다.

그들이 메리스빌에 찾아온 이유는 어느 누구도 언급하지 않았다.

러비는 저녁을 먹기 전에 잠깐 누워 있었을 뿐이라 식사가 끝나자 이제 그만 자러 들어가겠다고 했다.

"포장해서 먹었더니 설거지 거리가 많지도 않네요. 몇 개 있는 건 아침에 씻으면 되고. 내가 휠체어에 앉아서 설거지를 할 수 있거든요. 물론 빌어먹을 산소통을 조심해야 되긴 하지만." 러비가 유넬을 돌아보았다. "여기서 자도 정말 괜찮겠어요, 사블로 경위님? 어젯밤처럼 누가 와서 돌아다니면 어떻게 해요."

"중무장하고 있는걸요, 어머님. 그리고 여기도 아주 좋고요."

"그래도…… 아무 때고 들어오세요. 자정이 지나면 바람이 세게 불 수도 있어요. 뒷문을 잠가 놓겠지만 저 올라 데 바로 아래에 열쇠가 있어요." 그녀는 토분을 가리킨 다음 풍만한 가슴 위로 손깍지를 끼고 살짝 고개를 숙였다. "이렇게 좋은 분들이 우리 아들을 위해 여기까지 와 주셔서 감사해요."

이 말을 끝으로 그녀는 들어갔다. 남은 여섯 명은 좀 더 자리를 지켰다.

"좋은 분이네요." 알렉이 말했다.

"네." 홀리가 말했다. "그러게요."

클로드는 티파릴로 시가에 불을 붙이고 말했다.

"경찰이 제 편이라니. 새로운 경험인데요? 기분 좋아요."

"플레인빌에 월마트가 있나요, 볼턴 씨? 살 게 있는데 저는 월마트를 사랑하거든요."

"없어요, 그래서 다행이죠. 엄마도 월마트를 사랑하기 때문에 있었다면 거기서 끌어낼 방법이 없었을 텐데. 이 일대에서 월마트하고 가장 가까운 건 티핏에 있는 홈디포예요."

"거기면 될 거예요." 홀리는 말하고 자리에서 일어났다. "러비가 아침에 수고할 필요 없게 이 접시들 치우고 갈게요. 내일 와서 사블로 경위님을 태우고 집으로 돌아가고요. 우리가 여기서 할 수 있는 건 다 했다고 봐요. 그렇죠, 랠프?"

홀리가 눈빛으로 뭐라고 대답해야 하는지 말하자 그는 그녀가 시키는 대로 했다.

"그렇죠."

"골드 씨는요? 펠리 씨는요?"

"이 정도면 됐다고 봐요." 하위가 말했다.

알렉도 장단을 맞추었다.

"상당히 잘 마무리 지었죠."

## 13

러비가 먼저 일어나고 겨우 15분쯤 뒤에 집으로 들어갔는데도 그녀의 방에서 벌써부터 요란하게 코를 고는 소리가 들렸다. 유넬이 개수대에 비누 거품을 채운 다음 소매를 걷어붙이고 몇 개 안 되는 접시를 씻기 시작했다. 랠프가 물기를 닦았다. 홀리가 제자리에 넣었다. 저녁 햇살이 아직 강하게 남아 있었고 클로드는 하위,

알렉스와 함께 뒷마당을 돌아다니며 간밤에 살인범이 남긴 흔적이 있는지 찾았다.

"내 총기를 집에 두고 와도 괜찮았을 뻔했어요." 유넬이 말했다. "화장실에 있는 산소통을 들고 오느라 볼턴 부인의 방에 들어갔는데, 중무장을 했더라고요. 화장대에 루거 아메리칸 10 플러스 1이 여벌 탄약통과 함께 나란히 놓여 있었고 12구경 레밍턴이 한쪽 구석, 청소기 바로 옆에 세워져 있었어요. 클로드도 뭔가 가지고 있을 테고요."

"클로드는 전과자 아니에요?" 홀리가 물었다.

"맞아요." 랠프가 대답했다. "하지만 여긴 텍사스잖아요. 그리고 내가 보기에는 새사람으로 다시 태어난 것 같은데."

"맞아요. 정말 그렇죠?"

"내가 보기에도 그래요." 유넬이 말했다. "180도 다른 인생을 사는 것 같아요. 예전에도 알코올중독자나 약물중독자 치유 모임에 나가는 사람들을 본 적 있는데, 잘 맞으면 기적 같은 효과를 보더라고요. 그나저나 이 이방인이 이보다 더 알맞은 가면을 찾기도 어려웠겠어요. 약물 판매와 흡입 전적이 있는 데다 '사탄스 세븐'이라는 조직 폭력배와 연루되어 있었던 사람이 억울하게 누명을 썼다고 하면 누가 믿겠어요?"

"테리 메이틀랜드도 아무도 안 믿었잖아요." 랠프가 무겁게 말했다. "흠잡을 데 없는 사람이었는데도."

## 14

그들은 해 질 무렵 홈디포에 도착했고, 9시가 지난 다음에 인디언 모텔로 돌아갈 수 있었다.(이번에도 잭 호스킨스는 자기 방에서 뒷덜미를 강박적으로 문지르며 커튼 사이로 이들을 감시했다.)

그들은 사 온 물건을 들고 랠프의 방으로 들어가 침대 위에 늘어놓았다. 짤막한 자외선 손전등 다섯 개(그리고 여분의 건전지)와 노란색 안전모 다섯 개였다.

하위는 손전등 하나를 집어서 켰다가 환한 보라색 불빛을 보고 움찔했다.

"이게 있으면 정말 그의 흔적을 파악할 수 있어요? 그의 자취를?"

"만약 남아 있다면요." 홀리가 말했다.

"흠." 하위는 손전등을 침대에 다시 내려놓고 안전모를 쓰고 화장대 거울 앞으로 가서 자신의 모습을 살폈다. "우스꽝스러워 보이네요."

어느 누구도 아니라고 하지 않았다.

"정말 실행에 옮길 거예요? 시도해 볼 거예요? 그냥 물어보는 거 아니에요. 나도 이걸 사실로 받아들이려고 애를 쓰고 있는 중이거든요."

"텍사스 고속도로 순찰대의 협조를 받으려면 엄청 힘들 것 같은데요." 알렉이 조심스럽게 말했다. "뭐라고 할 수 있겠어요? 메리스빌 홀에 괴물이 숨어 있는 것 같다고?"

"안 그러면 그자가 앞으로 애들을 계속 죽일 거예요. 그게 그자의 사는 방식이니까."

그러자 하위가 거의 비난조로 홀리를 돌아보았다.

"그 안에는 무슨 수로 들어가요? 노부인 말로는 수녀의 팬티보다 더 단단히 막혀 있다는데. 그리고 들어간다 한들 로프는 어디 있어요? 홈디포에서 로프 팔지 않아요? 분명히 팔 텐데."

"로프는 필요 없어요." 홀리는 조용히 말했다. "저는 거기 있을 거라고 거의 확신하는데요, 그자가 거기 있더라도 깊이 들어가지는 않았을 테니까. 무엇보다 길을 잃거나 동굴이 함몰될까 불안해서요. 게다가 그자는 지금 기운이 없어요. 사이클상 동면에 들어갔어야 하는데 힘을 쓰고 다녔으니 말이죠."

"여기저기 투영하느라?" 랠프가 물었다. "당신 생각에는 그렇단 말이죠?"

"네. 그레이스 메이틀랜드와 경관님의 부인이 본 건…… 투영이었다고 생각해요. 육신의 일부분이 이동해서 경관님의 거실에 흔적이 남았고 의자를 옮기고 레인지 등을 켤 수도 있었겠지만, 새로 깐 카펫에 자국을 남길 만큼은 아니었어요. 그러느라 기운이 다했을 거예요. 그가 몸소 출동한 적은 딱 한 번, 테리 메이틀랜드가 법원 앞에서 총에 맞은 그날뿐이었을 거예요. 배가 고팠는데, 거기에는 먹을 게 많았거든요."

"몸소 출동했는데 텔레비전 영상에는 남지 않았다? 거울에 비치지 않는 흡혈귀처럼?"

하위는 홀리가 부인해 주길 바라는 말투였지만 그녀는 부인하지 않았다.

"바로 그거죠."

"그럼 당신은 그자가 초자연적이라고 생각하는군요. 초자연적인 존재라고."

"어떤 존재인지는 몰라요."

하위는 안전모를 벗어서 침대 위로 던졌다.

"추측. 그것뿐이잖아요."

홀리는 그 말에 상처를 입은 눈치였고 어떤 식으로 대답하면 좋을지 몰라 했다. 그리고 랠프도 느꼈고 알렉도 느꼈을 게 분명한 걸 그녀는 보지 못했다. 하워드 골드는 두려워하고 있었다. 이 일이 잘 못되면 판사에게 이의를 제기할 수 없었다. 무효심리를 요청할 수도 없었다.

랠프가 말했다.

"엘 쿠코나 변신 괴물 얘기는 지금도 못 믿겠지만 이방인이 있다는 건 믿어요. 오하이오와의 연관성도 있고, 테리 메이틀랜드가 동시에 두 공간에 등장할 수는 없으니까요."

"이방인은 거기서 실수를 저질렀죠." 알렉이 말했다. "테리가 캡 시티에서 열리는 그 학회에 참석하는 줄 몰랐던 거예요. 그가 선택한 희생양들은 대부분 히스 홈즈처럼 알리바이가 삼베 천처럼 구멍이 뻥뻥 뚫려 있었을 텐데."

"그건 말이 안 돼요."

랠프의 말에 알렉은 눈썹을 추켜세웠다.

"그가 테리의…… 뭐라고 표현하면 좋을지 모르겠네. 기억은 맞지만 기억뿐만이 아니고 일종의……."

"일종의 의식의 지형도요." 홀리가 조용히 말했다.

"그래요, 그거라고 칩시다. 속독하는 사람들이 휙휙 넘기다 보면 놓치는 부분들이 있듯이 그도 놓치고 부분이 있었을 거라는 건 인정하지만 그 학회는 테리한테 중요한 일이었단 말이죠."

"그럼 쿠코가 왜……." 알렉이 말문을 열었다.

"어쩔 수 없었을지 몰라요." 홀리가 자외선 손전등을 집어서 벽에 대고 비추자 그 전에 이 방을 썼던 투숙객의 손자국이 유령처럼 드러났다. 그건 랠프가 눈을 감고서도 할 수 있는 일이었다. "너무 배가 고파서 더 팬찮은 타이밍을 기다릴 수 없었을 거예요."

"아니면 상관하지 않았든지요." 랠프가 말했다. "연쇄살인범들이 종종 그런 경지에 도달하거든요, 체포되기 직전에. 번디, 스펙, 게이시…… 결국에는 다들 자기 마음대로 해도 된다고 생각하기에 이르렀어요. 자신은 신과 같은 존재라고. 오만해졌고 도를 넘었어요. 그런데 이 이방인은 그 정도로 도를 넘지는 않았잖아요. 그 점에 대해서 생각해 봐요. 우리는 수많은 반증에도 불구하고 기소인부절차를 밟고 테리 메이틀랜드를 프랭크 피터슨 살인범으로 재판정에 세우려고 했어요. 그의 알리바이가 아무리 튼튼해도 가짜일 거라고 확신했어요."

*나는 아직도 그렇게 믿고 싶은 마음이 있어. 그렇지 않으면 내가 사는 이 세상에 대해 내가 안다고 생각했던 모든 것들이 거꾸로 뒤집힐 테니까.*

그는 열이 나는 듯했고 속이 살짝 메슥거렸다. 21세기를 살아가는 평범한 인간이 무슨 수로 변신 괴물을 믿을 수 있겠는가? 홀리

기브니가 말하는 이방인을 믿는다면, 그녀가 말하는 엘 쿠코를 믿는다면 모든 게 가능해진다. 우주에 끝이 없어진다.

"그는 이제 오만하지 않아요." 홀리는 조용히 말했다. "원래는 살인을 저지른 뒤에 변신하는 동안 몇 달 동안 한 곳에 머무르거든요. 변화가 완료되거나 거의 완료되는 시기에만 움직이고요. 제가 읽은 자료와 오하이오에서 터득한 사실을 근거로 생각하기로는 그래요. 하지만 그의 패턴이 어그러졌어요. 거기 헛간에 머물렀다는 걸 그 아이에게 들킨 이후에는 플린트 시티에서 도망쳐야 했고요. 그는 경찰이 들이닥칠 걸 알았어요. 그래서 일찌감치 여기 이곳, 클로드 볼턴의 곁으로 내려왔고 완벽한 보금자리를 발견했죠."

"메리스빌 홀 말이죠." 알렉이 말했다.

홀리는 고개를 끄덕였다.

"하지만 그는 우리가 안다는 걸 몰라요. 그게 우리 쪽에 유리한 점이에요. 삼촌과 사촌들이 거기 묻혔다는 걸 클로드가 알긴 하죠. 하지만 이 이방인이 자기가 변신하려고 하는 인물이나 지난번에 변신했던 인물과 혈연 관계인 망자의 무덤 안이나 그 근처에서 어떤 식으로 겨울잠을 자는지는 모르잖아요. 제가 보기에는 그런 식이거든요. 분명히."

*당신이야 그렇게 생각하고 싶겠지.* 하지만 랠프는 그녀의 논리에서 아무 구멍도 찾을 수가 없었다. 그러니까 전통에 의거해서, 아니면 그들로서는 절대 이해할 수 없는 뭔지 모를 필요에 의거해서 어떤 규칙을 지켜야 하는 초자연적인 존재가 있다는 기본적인 전제를 받아들인다면 말이다.

"러비가 아들한테 아무 얘기도 하지 않을 거라고 믿어도 될까요?" 알렉이 물었다.

"아마도요." 랠프가 말했다. "아들을 생각해서 입 다물고 있을 거예요."

하위가 손전등을 하나 집어서 덜거덕거리는 에어컨을 비추고, 이번에는 유령처럼 반짝이는 지문 무더기를 살폈다. 그가 손전등을 끄고 물었다.

"그자를 돕는 사람이 있다면요? 그럼 어쩔 거예요? 드라큘라 백작한테는 그 렌필드가 있었잖아요. 프랑켄슈타인 박사한테는 곱사등이가 있었고요. 이고르……."

"많은 사람들이 그렇게 잘못 알고 있는데, 「프랑켄슈타인」 원작 영화에서 박사의 조수는 드와이트 프라이가 연기한 프리츠였어요. 나중에 벨라 루고시가……."

"오류를 인정할게요. 그래도 궁금증은 여전하단 말이죠. 우리 이방인에게 공범이 있다면? 우리를 감시하라는 지령을 받은 사람이 있다면? 내 생각이 말이 안 되나요? 이방인이 우리가 메리스빌 홀에 대해 알아냈다는 건 모를지 몰라도 불안할 정도로 가까이에 있다는 건 알 거예요."

"무슨 말인지 알겠네, 하위." 알렉이 말했다. "하지만 연쇄살인범들은 대개 단독범이고, 떠돌이들이 가장 늦게까지 체포되지 않고 잘 버티거든. 예외도 있지만 이자가 예외일 것 같지는 않아. 데이턴에서 플린트 시티로 껑충 건너온 걸 보면. 오하이오에서부터 그의 행적을 되짚으면 플로리다 주 탬파 아니면 메인 주 포틀랜드에서 살해된 아이들이 있을지 몰라. 이런 아프리카 속담도 있잖아. 혼자 여행하는 *사람이 제일 빨리 간다.* 그리고 현실적인 관점에서 따졌을 때 누구한테 그런 임무를 맡길 수 있겠나?"

"또라이."

"좋아요." 랠프가 말했다. "하지만 어디서 그런 사람을 찾겠어요? 또라이 플러스 이런 데 가서 한 명 고르겠어요?"

"그래요." 하위가 말했다. "그자는 지금 혼자 메리스빌 홀에 숨어서 우리가 와서 자길 잡아가길 기다리고 있어요. 자길 태양이 내리쬐는 곳으로 끌어내거나 심장에 말뚝을 박거나 아니면 둘 다 해 주길 기다리고 있다고요."

"스토커의 소설에서는 드라큘라를 잡았을 때 머리를 자르고 입안 가득 마늘을 먹였죠."

홀리의 말에 하위는 침대 위로 손전등을 버리고 두 손을 들었다.

"그래요. 슈퍼에 들러서 마늘을 좀 삽시다. 홈디포에서 쇠톱을 미처 챙기지 못했으니 고기 써는 칼도 사고요."

그러자 랠프가 말했다.

"머리에 총알을 박으면 깔끔하게 해결할 수 있을 것 같은데요."

그들은 잠깐 말없이 묵상에 잠겼고, 잠시 후에 하위가 이제 그만 자러 가겠다고 했다.

"하지만 자러 가기에 앞서 내일 계획이 어떻게 되는지 알고 싶은데요."

랠프는 홀리가 계획을 알려 주길 기다렸지만 그녀는 오히려 랠프를 쳐다보았다. 그는 움푹 꺼진 그녀의 눈 밑과 입가에 생긴 주름을 보고 놀란 한편으로 뭉클해졌다. 랠프도 피곤했고 다들 그럴 테지만 홀리 기브니는 기진맥진한 상태에서 오로지 정신력으로 버티고 있었다. 몇 겹 아래에 숨겨진 원래 성격을 생각하면 가시밭길이나 깨진 유리 조각 위를 달리는 거나 다름없지 않을까 싶었다.

"9시 전까지는 아무 계획 없어요." 랠프가 말했다. "다들 최소한 여덟 시간은 수면을 취해야 해요, 그보다 더 잘 수 있으면 좋고요. 그런 다음 짐을 싸서 체크아웃하고 볼턴의 집으로 가서 유넬을 태울 거예요. 거기서 메리스빌 홀로 출발할 거고요."

"그쪽 방향으로 가면 집으로 가는 척 클로드를 속일 수가 없어요." 알렉이 말했다. "그 친구는 우리가 왜 플레인빌 쪽으로 돌아가지 않는지 궁금해할 거예요."

"좋아요, 그럼 클로드와 러비에게 먼저 티핏에 들러야 한다고 얘기하죠. 이유는…… 글쎄요, 홈디포에서 추가로 살 게 있다고 해야 하나?"

"너무 설득력이 떨어지는데요." 하위가 말했다.

알렉이 물었다.

"클로드를 만나러 갔던 주 경찰관이 누구였어요? 기억해요?"

랠프는 곧바로 대답하지 못했지만 아이패드에 사건 기록을 보관하고 있었다. 아무리 악귀를 추격하는 중이라고 해도 습관은 습관이었다.

"오언 사이프였어요. 사이프 순경."

"좋아요. 그럼 클로드와 그의 어머니에게 이렇게 얘기합시다. 이방인이 클로드의 머릿속으로 들어갈 수 있다면 그에게 얘기하는 거나 다름없을 텐데, 클로드와 인상착의가 비슷한 남자가 강도나 차량 도난이나 가택 침입으로 티핏에서 수배령이 내려졌다는 연락을 사이프 순경에게 받았다고요. 클로드가 밤새 집에 있었다고 유넬이 증언할 수 있을 테니……."

"정자에서 잤다면 안 되고요." 랠프가 말했다.

"지금 클로드가 차에 시동 거는 소리를 못 들었을 수도 있다는 거예요? 2년 전에 머플러를 교체했어야 하게 생겼던데?"

랠프는 미소를 지었다.

"인정할게요."

"좋아요, 그래서 확인차 티핏으로 가는데, 아무것도 아닌 걸로 밝혀지면 다시 플린트 시티로 돌아갈 거라고요. 이러면 어떻겠어요?"

"괜찮네요. 클로드가 보지 못하게 손전등과 안전모를 잘 감춰야겠어요."


## 15


11시가 지나는 동안 랠프는 바닥이 휜 객실 침대에 누워 있었다. 불을 꺼야 한다는 걸 알지만 끄지 않았다. 지닛에게 전화해 거의 30분 동안 수다를 떨었다. 사건 얘기도 하고 데릭 얘기도 했지만 대부분 시시껄렁한 잡담이었다. 그런 다음 러비 볼턴이 좋아한다는 심야 방송의 전도사들이 수면제 역할을 할지 모른다는(최소한 꼬리에 꼬리를 물고 이어지는 생각을 잠재울 수 있을지 모른다는) 생각을 하며 텔레비전을 켰지만 '현재 위성방송이 중단됐습니다, 양해해 주시기 바랍니다.'라는 메시지만 뜨고 그만이었다.

스탠드 쪽으로 손을 뻗었을 때 문을 조용히 두드리는 소리가 들렸다. 그는 객실을 가로질러서 문손잡이 쪽으로 손을 내밀었다가 생각을 바꾸고 구멍에 눈을 갖다댔다. 하지만 먼지나 뭐 그런 걸로 막혀서 소용이 없었다.

"누구세요?"

"저예요."

홀리였다. 목소리가 노크 소리만큼 작았다.

그는 문을 열었다. 그녀는 티셔츠가 삐져나왔고 쌀쌀한 밤공기를 막느라 걸친 정장 재킷은 한쪽으로 우스꽝스럽게 늘어져 있었다. 희끗희끗한 짧은 머리가 바람에 날렸다. 아이패드를 들고 있었다. 랠프는 그가 사각팬티를 입고 있고 단추 없는 앞섶이 살짝 벌어졌을 거라는 사실을 퍼뜩 알아차렸다. 어렸을 때 친구들끼리 했던 말이 생각났다. *누가 너한테 핫도그를 팔아도 된다고 했냐?*

"주무시는데 제가 깨웠나 봐요."

"아니에요. 들어와요."

그녀는 머뭇거리다 안으로 들어왔고, 그가 바지를 입는 동안 하나뿐인 의자에 앉았다.

"잠 좀 자야 해요, 홀리. 엄청 피곤해 보이는데."

"맞아요. 그런데 어떨 때는 피곤하면 할수록 잠이 더 안 와요. 특히 걱정이 있고 불안할 때는요."

"앰비엔 먹어 봤어요?"

"항우울제를 먹는 사람들한테는 그게 별로 좋지가 않아요."

"그렇군요."

"조사를 좀 했어요. 그러면 가끔 잠이 오거든요. 먼저 클로드의 어머니한테 들은 사건을 다룬 신문기사부터 뒤졌어요. 기사도 많고 배경 설명도 많더라고요. 형사님도 듣고 싶어 하실 것 같아서요."

"그걸 알면 도움이 될까요?"

"도움이 될 거라고 봐요."

"그럼 들어 볼게요."

그는 침대로 자리를 옮겼고 홀리는 무릎을 모으고 의자 끝에 걸터앉았다.

"좋아요. 러비는 계속 아히가 쪽을 운운했고, 제이미슨 쌍둥이 중 하나가 플라스틱으로 된 아히가 추장 장난감을 주머니에서 떨어뜨렸다고 했잖아요." 그녀는 아이패드를 펼쳤다. "이게 1888년에 찍은 사진이에요."

고귀해 보이는 아메리카 원주민 남자의 옆모습을 찍은 적갈색 사진이었다. 등의 절반까지 내려오는 머리 장식을 쓰고 있었다.

"이 추장은 엘패소 인근의 티구아 보호 구역에서 소수의 나바호족 대표단과 함께 지내다 백인 여자와 결혼해 오스틴으로 건너갔는데, 거기서 푸대접을 당하고 다시 메리스빌로 거처를 옮겨 머리를 자르고 기독교 신앙을 고백한 이후에 공동체의 일원으로 받아들여졌어요. 아내가 돈이 좀 있어서 둘이서 메리스빌 교역소를 차렸고요. 이것이 결국에는 인디언 모텔 겸 카페가 됐어요."

"즐거운 우리 집 말이죠."

랠프가 허름한 객실을 두리번거리며 말했다.

"네. 이게 1926년, 죽기 2년 전의 아히가 추장이에요. 그 무렵에는 개명해서 토머스 히긴스였죠."

그녀는 두 번째 사진을 보여 주었다.

"맙소사!" 랠프는 탄성을 터뜨렸다. "토박이들에게 동화됐을 줄은 알았지만 이건 정반대에 가깝네요."

마찬가지로 고귀해 보이는 옆모습이었지만, 이제는 카메라를 향한 뺨에 깊은 주름이 새겨졌고 머리 장식이 없었다. 전직 나바호족 추장이 무테안경을 쓰고 흰색 셔츠에 넥타이를 매고 있었다.

"메리스빌에서 유일하게 잘나가던 사업체를 운영했을 뿐 아니라 동굴을 발견하고 맨 처음 관광객을 유치한 사람도 아히가 추장, 일명 토머스 히긴스였어요. 이 관광 프로그램은 상당히 인기가 많았대요."

"하지만 동굴이 그가 아니라 마을 이름으로 불렸네요. 당연히 그랬겠죠. 기독교인이고 잘나가는 사업가였을지 몰라도, 마을 사람들이 보기에는 여전히 인디언이었을 테니까. 그래도 오스틴의 기독교도들보다 여기 사람들이 그를 더 따뜻하게 대했다는 것만큼은 인정해야겠네요. 계속해요."

그녀는 사진을 다시 한 장 보여 주었다. 머리 장식을 한 아히가 추장이 그려져 있고, 전설적인 인물의 아래에 **가장 수준 높은 상형문자를 감상하려면 이쪽으로**라고 적힌 나무 표지판이었다. 그녀가 손가락을 벌려서 줌아웃하자 랠프 눈에 바위 사이로 난 길이 보였다.

"동굴은 마을 이름으로 불렸죠. 하지만 추장도 얻은 게 있었어요. '소리의 방'처럼 으리으리하지는 않지만 그래도 거기하고 직접적으로 연결되는 아히가 입구요. 직원들이 여기로 필요한 물품을 날랐고 비상 출구로 쓰이기도 했어요."

"수색대가 다른 길로 아이들에게 접근하려고 이쪽으로 들어갔죠?"

"맞아요." 그녀는 눈을 반짝이며 몸을 앞으로 숙였다. "메인 입구는 단순히 널빤지로 막지 않았어요. 랠프. 시멘트를 발랐어요. 아이를 또다시 잃고 싶지 않았던 거죠. 아히가 입구, 그러니까 뒷문도 널빤지로 막았지만 어느 기사에도 거기에 시멘트를 발랐다는 얘기는 없었어요."

"그렇다고 해서 시멘트로 바르지 않았다는 건 아니잖아요."

그녀는 짜증 섞인 몸짓으로 고개를 휙 들었다.

"알아요. 하지만 시멘트로 막지 않았다면⋯⋯."

"그럼 그자가 거기로 들어갔겠죠. 이방인이. 당신은 그렇게 생각하는 거죠."

"거기부터 가 봐야 해요. 만약 누가 들어간 흔적이 있다면⋯⋯."

"알겠어요. 괜찮은 계획 같아요. 좋았어요. 당신은 탐정의 자질이 충분해요, 홀리."

그녀는 시선을 내린 채 칭찬에 어떤 식으로 대처하면 좋을지 모르는 여자답게 머뭇머뭇 고맙다고 했다.

"칭찬에 후하시네요."

"후한 거 아니에요. 당신이 벳시 리긴스보다 낫고, 월급만 축내는 잭 호스킨스라는 인간보다는 훨씬 나아요. 그 인간은 조만간 퇴직할 텐데, 내가 후임을 뽑을 수 있다면 당신을 뽑겠어요."

홀리는 고개를 저었지만 웃는 얼굴이었다.

"저는 보석금을 내고 도망친 범죄자, 자취를 감춘 채무자, 잃어버린 애완견이면 충분해요. 살인 사건 수사에는 두 번 다시 관여하고 싶지 않아요."

그는 자리에서 일어났다.

"이제 방으로 돌아가서 눈 좀 붙여요. 당신 생각이 맞는다면 내일은 서부극이 펼쳐질 테니까."

"잠깐만요. 제가 온 이유가 하나 더 있어요. 앉으세요."


# 16


홀리는 빌 호지스를 만나는 엄청난 행운이 찾아왔던 그날에 비하면 훨씬 강해졌지만 그래도 누군가에게 행동을 고쳐야 한다거나 영판 틀렸다고 얘기하는 데 서툴렀다. 젊은 시절의 그녀는 공포와 역부족과 걷잡을 수 없는 수치심을 해소하려면 자살이 상책일지 모른다는 생각을 하며 겁에 질려서 종종거리는 생쥐와도 같았다. 차마 들어가지 못한 장례식장 뒤편에서 빌이 그녀 옆에 앉았을 때 그녀가 가장 크게 느꼈던 감정은, 뭔가 중요한 걸 잃어버린 듯하다는 느낌이었다. 핸드백이나 신용카드가 아니라 상황이 조금만 달랐더라면, 하느님이 그녀의 몸속에 중요한 화학 물질을 조금만 더 넣어 주었더라면 누릴 수도 있었던 삶을 잃어버린 듯한 느낌이었다.

*이거 잃어버리신 것 같은데요.* 빌은 말없이 그렇게 얘기했다. *자, 주머니에 다시 넣어요.*

이제 빌은 죽었고 여러 면에서 빌과 너무나 닮은 남자가 이 자리에 있었다. 지적 능력, 번뜩이는 유머 그리고 무엇보다 근성. 빌이 그를 만났더라면 마음에 들어 했을 게 분명했다. 랠프 앤더슨 형사도 사건 추적의 의미를 믿었다.

하지만 빌이 세상을 떠났을 당시 나이보다 그가 서른 살 젊다는 것 말고도 여러 가지 차이점이 있었다. 랠프가 이 사건의 진정한 규모를 이해하지 못한 채 테리 메이틀랜드를 공개적으로 체포하는 끔찍한 실수를 저질렀다는 사실은 여러 가지 차이점 가운데 하나에 불과했고, 본인 스스로는 많이 괴로울지 몰라도 가장 중요한 차이점도 아니었다.

*주님, 제가 해야 하는 이야기를 할 수 있게 도와주세요. 기회가 이번밖에 없거든요. 그리고 저 사람이 제 말을 듣게 해 주세요. 부탁드려요, 주님, 저 사람이 제 말을 듣게 해 주세요.*

"형사님과 다른 분들은 이방인에 대해서 얘기할 때 항상 가정법을 쓰더라고요."

"그게 무슨 말인지 잘 모르겠는데요, 홀리."

"알면서 왜 그러세요. '만약 그가 존재한다면. 만에 하나 그가 존재한다면. 그가 존재한다고 가정한다면.'"

랠프는 아무 대꾸도 하지 않았다.

"다른 분들은 상관없지만 형사님은 믿어 줘야 해요. 형사님은 믿어 줘야 한다고요. 나는 믿지만 나 하나로는 부족해요."

"홀리……."

"아뇨." 그녀는 사납게 말허리를 잘랐다. "아뇨. 제 말 잘 들으세요. 저도 이게 정상이 아니라는 거 알아요. 하지만 이 세상에서 벌어지는 일부 끔찍한 사건들에 비하면 엘 쿠코라는 존재가 오히려 더 납득이 되지 않나요? 자연재해나 사고가 아니라 인간이 다른 인간들에게 저지르는 짓을 두고 하는 얘기예요. 테드 번디도 따지고 보면 엘 쿠코라는 변신 괴물과 다를 바 없잖아요. 주변 사람들에게 보인 모습과 살해한 여자들에게 보인 모습이 달랐으니까요. 그 여자들이 마지막으로 본 건 그의 다른 얼굴, 내면의 얼굴, 엘 쿠코의 얼굴이었어요. 그런 자들이 더 있어요. 그들이 우리들 사이를 활보하고 다녀요. 형사님도 그렇다는 걸 알잖아요. 그들은 외계인이에요. 우리가 이해할 수 있는 범주를 넘어선 괴물이에요. 그런데도 형사님은 그들을 믿어요. 그들을 체포하고, 어쩌면 처형당하는 것까지 봤으면서도."

그는 아무 말 없이 묵상했다.

"제가 하나만 물을게요. 그 아이를 살해하고 살점을 뜯고 몸속에 나뭇가지를 쑤셔 넣은 범인이 테리 메이틀랜드였다면 어땠을까요? 그랬다면 동굴 속에 숨어 있을지 모르는 그것보다 이해하기 쉬웠을까요? '훌륭한 시민을 자처한 그 야구팀 코치의 가면 뒤에 어둠과 악의 기운이 숨겨져 있었다는 걸 알겠어요. 그가 어떤 이유에서 그런 범행을 저질렀는지 정확히 알겠어요.' 이렇게 말할 수 있었을까요?"

"아뇨. 나는 지금까지 끔찍한 범죄를 저지른 인간들을, 갓난쟁이

딸을 욕조에 빠뜨려 죽인 엄마를 비롯해서 여럿 체포했지만, 그들을 이해한 적은 없었어요. 대개는 그들도 자기 자신을 이해하지 못해요."

"브래드 하츠필드가 콘서트장에서 1000여 명의 아무 죄 없는 아이들과 함께 자살을 하려고 한 이유를 제가 이해할 수 없었던 것과 마찬가지겠죠. 제가 부탁드리는 건 간단해요. 이걸 믿어 달라는 거예요. 앞으로 24시간 동안만이라도. 그래 주실 수 있겠어요?"

"내가 그러겠다고 하면 잠을 좀 잘 수 있겠어요?"

그녀는 그에게 시선을 고정한 채 고개를 끄덕였다.

"그럼 믿을게요. 최소한 앞으로 24시간 동안은 엘 쿠코가 존재하는 걸로. 그가 메리스빌 홀에 있는지 없는지는 두고 봐야 알겠지만 그래도 존재하는 걸로."

홀리는 숨을 토하며 바람에 날린 머리와 한쪽으로 늘어진 재킷과 삐져나온 셔츠 차림으로 자리에서 일어났다. 랠프는 그녀가 귀여워 보이는 동시에 처참하리만치 연약해 보인다는 생각이 들었다.

"좋았어. 이제 자리에 가서 누울게요."

랠프는 문 앞까지 그녀를 배웅하고 문을 열었다. 그녀가 문 밖으로 나서자 그가 말했다.

"우주에는 끝이 없죠."

그녀는 엄숙한 표정으로 그를 쳐다보았다.

"맞아요. 그 빌어먹을 것에는 끝이 없어요. 잘 자요, 랠프."

7월 27일

# 메리스빌 홀

# 1

잭은 새벽 4시에 눈을 떴다.

밖에서 바람이 세게 불고 있었고 삭신이 쑤셨다. 목뿐만이 아니라 팔, 다리, 배, 엉덩이까지 아팠다. 일광화상의 느낌이었다. 이불을 젖히고 침대 가에 걸터앉아서 침대 옆 스탠드를 켜자 60와트짜리 누르스름한 불빛이 흘러나왔다. 그는 자기 몸을 내려다보았다. 피부에 아무것도 없었지만 통증은 여전했다. 문제는 안쪽이었다.

"뭐든 하라는 대로 할게요." 그는 손님에게 말했다. "그들을 막을게요. 약속해요."

응답이 없었다. 손님이 대꾸를 하지 않거나 옆에 없거나 둘 중 하나였다. 최소한 지금은 그랬다. 하지만 예전에는 있었다. 그 빌어먹을 헛간에서는. 거의 애무에 가깝게, 간질간질하게 살짝 한 번 건드렸을 뿐이었지만 그걸로 충분했다. 이제 그의 몸은 독으로 가득했다. 암이라는 독으로 가득했다. 그리고 동이 트기 한참 전에 이 거지같은 모텔 방에 앉아서 생각해 보니 손님이 그에게 준 걸 거두어 갈 만한 능력이 되는지 더는 자신할 수 없었지만 그래도 그에게는 선택의 여지가 없었다. 시도해 보아야 했다. 그 방법이 효과를 거두지 못하면…….

"총으로 쏴서 죽을까?" 이런 생각을 하자 기분이 조금 괜찮아졌다. 그의 어머니는 누리지 못한 선택지였다. 그는 좀 더 단호하게 다시 한 번 말했다. "총으로 쏴서 죽을까?"

그러면 숙취에 시달릴 일도 없었다. 검문을 당해서 음주 측정기를 불면 못 해도 1, 어쩌면 1.2까지 나올 수 있다는 걸 알기 때문에 제한속도를 지키고 모든 신호등마다 정차해 가며 집까지 차를 몰고 갈 일도 없었다. 다달이 주는 생활비가 또 늦었다며 헤어진 아내에게 전화를 받을 일도 없었다. 그가 몰라서 그러는 것도 아닌데. 그 돈이 끊기면 그녀는 어떻게 될까? 취직해서 자신의 반쪽은 어떤 식으로 살았는지 실감하는 수밖에 없을 것이다, 흑흑흑. 하루 종일 집에서 「엘런」과 「판사 주디」를 보지 못할 것이다. 아이고 안타까워라.

그는 옷을 입고 밖으로 나갔다. 바람이 춥지는 않았지만 싸늘했고 그를 뚫고 지나가는 듯이 느껴졌다. 플린트 시티에서 출발했을 때는 무더웠기 때문에 재킷을 챙길 생각을 하지 못했다. 갈아입을 옷도. 심지어 칫솔도.

*당신이 그렇지, 뭐.* 마누라의 목소리가 들렸다. *당신이 늘 그렇지, 뭐. 매사에 20퍼센트 부족하잖아.*

자동차, 픽업트럭, 캠핑카들이 젖을 먹는 새끼 강아지처럼 모텔 건물로 몰려들었다. 잭은 포장된 보도를 저 끝까지 걸어가 참견쟁이들이 타고 온 파란색 SUV가 아직 있는지 확인했다. 있었다. 그들은 모두 객실에서 이불을 푹 덮고 아무 고통 없이 기분 좋은 꿈을 꾸고 있을 게 분명했다. 그는 방마다 찾아다니며 그들을 모조리 쏴서 죽이는 상상을 잠깐 즐겼다. 매력적이지만 말도 안 되는 발상이었다. 그들이 몇 호에 묵는지도 몰랐고, 결국에는 참견대장은 아닐지 몰라도 누군가가 반격할 것이었다. 여기는 사람들이 소 떼를 몰고 총격전을 벌이는 시대에 살고 있다고 믿고 싶어 하는 텍사스였다.

그들이 올지 모른다고 손님이 얘기했던 곳에서 기다리는 편이 나을 것이다. 거기서 그들을 저격하더라도 처벌을 모면할 수 있을 것이다. 반경 몇 킬로미터 안에 아무도 없을 테니까. 임무를 마친 뒤에 손님이 독을 거두어 가면 모든 게 잘 끝날 것이다. 일이 잘 안 풀리면 총구를 입에 물고 방아쇠를 당길 것이다. 헤어진 아내가 앞으로 20년 동안 웨이트리스 아니면 장갑 공장에서 일을 하는 상상도 재미있었지만 그게 가장 중요한 포인트는 아니었다. 그는 움직이려고 할 때마다 피부가 찢어져서 벌어졌던 어머니처럼 죽을 생각은 없었다. 그게 가장 중요한 포인트였다.

그는 몸을 가볍게 떨며 트럭에 올라 메리스빌 홀로 향했다. 거의 지평선에 다다른 달이 차가운 돌 같았다. 몸 떨림이 너무 심해지는 바람에 차선을 두어 번 넘나들었다. 그래도 상관없었다. 대형 트럭들은 전부 190번 고속도로나 주간 고속도로를 이용했다. 이 어처구니없는 시각에 루럴 스타에는 그 혼자뿐이었다.

트럭 엔진이 따뜻해지자 히터를 세게 틀었고 그랬더니 좀 괜찮아졌다. 하반신의 통증이 가라앉기 시작했다. 그래도 뒷덜미는 계속 개같이 욱신거렸고, 문지르면 손바닥에 눈송이 같은 각질이 묻어나왔다. 뒷덜미가 아픈 건 정말로 일반적인 일광화상 때문이고 다른 모든 건 그의 상상일지 모른다는 생각이 들었다. 마누라의 개뻥 편두통처럼 심신증 아닐까? 심신증으로 인한 통증 때문에 깊은 잠을 자다가 깰 수도 있나? 알 수 없었지만, 그의 방 샤워 커튼 뒤에 숨어 있었던 손님은 진짜였고 그런 사람 앞에서 까불면 안 된다는 건 알았다. 시킨 일이나 제대로 해야 했다.

게다가 랠프 개쌍 앤더슨은 사사건건 오지랖이 지나쳤다. 의견 없음 선생이 정직 처분을 받는 바람에 그는 고기를 잡다 말고 불려가지 않았던가. 휴직은 무슨 쌍, 랠프 그 새끼는 정직 상태였다. 그가, 잭 호스킨스가 통나무집에서 DVD를 보며 보드카 토닉을 마시는 대신 캐닝 타운십으로 가게 된 것도 랠프 개쌍 앤더슨 때문이었다.

광고판(추후 공지가 있을 때까지 폐장) 앞에서 방향을 틀었을 때 눈앞이 번쩍하면서 갑작스러운 깨달음이 찾아왔다. 랠프 개쌍 앤더슨이 그를 일부러 거기로 보냈을지 모른다! 손님이 기다리고 있다는 것과 그가 어떻게 할지 알았을 것이다. 랠프 그 새끼가 오래전부터 그를 제거하고 싶어 했다고 가정했더니 그 모든 퍼즐이 딱 맞아떨어졌다. 논리적으로 완벽했다. 랠프 그 새끼가 딱 하나 예상하지 못했던 게 있다면 문신을 한 남자에게 배신을 당하는 거였다.

잭이 보기에 이 생쇼는 세 가지 방향으로 결론이 내려질 수 있었다. 손님이 잭의 몸속을 휘젓고 다니는 독을 없앤다. 그게 1번이었다. 이게 심신증이라면 저절로 사라질 것이다. 그게 2번이었다. 아니면 이 병은 진짜고 손님이 거두어 갈 수 없을 수도 있었다. 그게 3번이었다.

몇 번이 됐건, 의견 개쌍 없음 선생은 역사의 뒤안길에 묻힐 것이다. 그건 잭이 손님이 아니라 자기 자신에게 한 약속이었다. 앤더슨은 쓰러질 테고 다른 사람들도 그와 함께 쓰러질 것이다. 대청소. 미국의 저격수, 잭 호스킨스.

그는 방치된 매표소 앞에 다다라 체인을 빙 돌아서 지났다. 해가 뜨고 기온이 다시 본격적으로 올라가기 시작하면 바람이 잠잠해지겠지만 지금은 바람에 먼지 섞인 모래가 장막처럼 날렸고 그래서 다행이었다. 참견쟁이들에게 발자국을 들킬까 봐 걱정할 필요가 없었다. 그들이 여길 찾아오는 경우에 말이다.

"그들이 오지 않더라도 병을 고쳐 줄 건가요?"

대답을 기대하지 않았는데 대답이 들렸다.

*아, 그럼. 너는 멀쩡한 몸으로 떠날 수 있을 거야.*

진짜로 대답이 들렸을까 아니면 그의 상상에 불과했을까?

어느 쪽이든 상관없었다.

# 2

잭은 무너진 관광객용 통나무집을 지나며, 땅바닥에 뚫린 구멍 (적어도 이 동굴에 붙인 이름은 정직했다) 근처에서 지내겠답시고 거금을 투자하는 인간들의 심리를 궁금해했다. 여기보다 괜찮은 데도 많지 않은가? 요세미티. 그랜드캐니언. 하다못해 세계에서 가장 큰 실뭉치도 텍사스의 건조하고 흙먼지 날리는 이 똥창의 땅바닥에 뚫린 구멍보다는 나을 것이었다.

그는 지난번처럼 창고 옆에 트럭을 주차하고 사물함에서 손전등을 챙긴 다음 금고에서 윈체스터와 탄약이 든 상자를 꺼냈다. 주머니에 탄약통을 쑤셔 넣고 오솔길을 향해 나섰다가 다시 돌아와 차고처럼 위로 올리게 되어 있는 창고의 먼지 낀 유리창 사이로 손전등을 비추며 뭔가 쓸 만한 물건이 안에 없는지 살폈다. 그런 건 없었지만, 다른 걸 보고 그는 미소를 지었다. 흙으로 뒤덮인 경차가한 대 있었다. 혼다 아니면 도요타였고, 뒷 유리창에 **우리 아들은 플린트 시티 고등학교 우등생!**이라는 문구가 붙어 있었다. 독이 온몸에 번졌는지 안 번졌는지 몰라도 잭의 가장 기본적인 형사 본능은 여전했다. 그의 손님이 여기 있었다. 플린트 시티에서 여기까지 이 훔친 차를 몰고 왔다.

기분이 좋아졌다. 문신이 새겨진 손이 샤워 커튼 뒤에서 슬금슬금 나오는 걸 본 이래 처음으로 배가 고파진 잭은 트럭으로 돌아가 다시 사물함을 뒤졌다. 땅콩버터 크래커 한 봉지와 소화제 반 통이 나왔다. 근사한 아침이라고 볼 수는 없었지만 그래도 아무것도 없

276

는 것보다는 나았다. 그는 윈체스터를 왼손에 들고 냅스 크래커를 우적우적 씹어 먹으며 오솔길을 올라가기 시작했다. 총에 스트랩이 달려 있었지만 그걸 어깨에 메면 목이 쓸릴 것이었다. 어쩌면 피가 날 수도 있었다. 탄약통으로 무거워진 주머니가 흔들흔들 다리를 때렸다.

문득 생각이 하나 떠오르자 그는 희미해진 인디언 표지판(캐럴린 앨런이 자기 자지를 빨아 준다고 와후 추장이 증언하는 표지판이었다.) 앞에서 걸음을 멈추었다. 관광객용 통나무집으로 가는 샛길을 지나는 사람이 있다면 창고 옆에 주차된 그의 램 트럭을 보고 어쩐 일로 그 차가 있는지 의아하게 여길 것이었다. 그는 돌아가서 다른 데로 트럭을 옮길까 고민하다가 쓸데없는 걱정이라는 결론을 내렸다. 참견쟁이들이 오더라도 메인 입구 근처에 주차할 것이었다. 그들이 내려서 두리번거리기 시작하는 순간 그가 절벽 꼭대기에서 총격을 시작해 이게 무슨 일인지 알아차리기도 전에 두 명 어쩌면 세 명을 쓰러뜨릴 것이다. 그러면 그 나머지는 뇌우가 치는 날의 닭들처럼 허둥지둥 도망칠 것이다. 그들이 몸을 숨길 만한 곳을 찾기 전에 그가 처치할 것이다. 그들이 관광객용 통나무집 근처에서 뭘 발견할지 걱정할 필요가 없었다. 의견 없음 선생과 그의 친구들은 주차장에서 빠져나올 일이 없었다.

# 3

아무리 손전등이 있다 해도 어둠 속에서 절벽 꼭대기로 올라가는 길은 위험했기 때문에 서두르지 않았다. 다른 걱정거리도 많은데 넘어져서 어딜 부러뜨릴 것까지는 없었다. 초소에 도착했을 때 아침 첫 햇살이 머뭇머뭇 하늘을 물들이기 시작했다. 그는 전날 두고 간 쇠스랑을 손전등으로 비추며 그걸 집으려고 손을 내밀었다가 움찔했다. 이것이 그날의 운세를 암시하는 징조는 아니길 바랄 따름이었지만, 지금 이런 상황에서도 얼마나 아이러니한 일인지 느낄 수 있었다.

어제 쇠스랑을 들고 온 이유가 뱀을 상대할 때 쓰기 위해서였는데, 이제 보니 뱀 한 마리가 그 위에 몸을 일부 걸치고 누워 있었다. 방울뱀이었고 크기도 작지 않았다. 정말 거대했다. 총으로 쏠 수도 없는 것이, 그랬다가 상처만 내는 걸로 그치면 녀석이 달려들 텐데, 그는 티핏에서 깜빡하고 부츠를 사지 않는 바람에 운동화를 신고 있었다. 게다가 총알이 엉뚱한 방향으로 튀면 그가 크게 다칠 수도 있었다.

소총의 개머리판을 잡고 천천히, 최대한 길게 내밀었다. 꾸벅꾸벅 졸고 있는 방울뱀의 아래로 총을 넣어서 녀석이 빠져나갈 틈을 주지 않고 얼른 어깨 위로 높게 내던졌다. 그 흉측한 녀석은 그의 뒤로 6미터 거리의 길바닥 위로 떨어져 똬리를 틀더니 바짝 마른 박 속에서 구슬이 흔들리는 듯한 소리를 내기 시작했다. 잭은 쇠스랑을 낚아채고 뒤로 한 걸음 물러서 녀석을 향해 내질렀다. 방울뱀은 기우뚱하게 서 있는 두 바위 틈새로 스르르 사라졌다.

"잘 생각했다. 그리고 다시는 돌아오지 마라. 여긴 내 자리니까."

그는 앉아서 조준기 너머를 확인했다. 노란색 선이 보일락 말락 하게 남은 주차장, 무너져 가는 선물 가게, 널빤지로 막은 동굴 입구, 그 위에 달린 푯말이 눈에 들어왔다. 푯말에 적힌 글씨는 희미해졌지만 뭐라고 적혔는지 모를 정도는 아니었다. **메리스빌 홀에 오신 것을 환영합니다.**

이제 기다리는 것 말고는 할 일이 없었다. 잭은 그러기 위해 자리를 잡았다.

## 4

*9시 전까지는 아무 계획 없어요.* 랠프는 그렇게 얘기했지만 그들은 8시 15분까지 모두 인디언 모텔의 카페에 모였다. 랠피, 하위 그리고 알렉은 스테이크와 달걀을 주문했다. 홀리는 스테이크는 건너뛰었지만 달걀 세 개로 만든 오믈렛과 랜치 프라이를 주문했다. 랠프는 그걸 한 입도 남기지 않는 걸 보고 다행스러워했다. 그녀는 티셔츠와 청바지 위에 어제 그 정장 재킷을 입고 있었다.

"그렇게 입으면 나중에 더울 텐데요." 랠프가 말했다.

"맞아요. 게다가 엄청 쭈글쭈글하지만 큼지막한 주머니가 많아서 이것저것 넣기 좋아요. 숄더백도 들고 갈 거예요. 산길을 걸어야 하면 차에 두고 내려야겠지만." 그녀는 몸을 앞으로 숙이고 목소리를 낮추었다. "이런 데서는 메이드가 뭘 슬쩍하는 경우도 있거든요."

하위는 트림을 막기 위해서인지 아니면 미소를 감추기 위해서인지 모르겠지만 아무튼 입을 가렸다.


# 5


볼턴의 집으로 찾아가 보니 유넬과 클로드가 현관 앞 계단에 앉아서 커피를 마시고 있었다. 러비는 조그만 텃밭에서 산소통을 무릎에 얹고, 담배를 물고, 큼지막한 밀짚모자를 쓰고, 휠체어를 타고 돌아다니며 잡초를 뽑고 있었다.

"간밤에 별일 없었어요?" 랠프가 물었다.

"네." 유넬이 말했다. "뒷마당에서 바람 소리가 좀 크게 들리기는 했지만 일단 잠이 든 이후에는 꿀잠 잤어요."

"클로드, 자네는? 별일 없었나?"

"또다시 누가 주변을 살금살금 돌아다니는 기분이 들었느냐고 물으시는 거라면 아뇨. 엄마도 마찬가지였고요."

"그럴 만한 이유가 있었죠." 알렉이 말했다. "간밤에 티핏에서 가택 침입 사건이 벌어졌거든요. 집주인이 유리창 박살나는 소리를 듣고 엽총으로 겁을 줘서 침입자를 내쫓았어요. 경찰에 밝히길 침입자가 까만 머리에 염소수염을 기르고 문신이 많다고 했대요."

클로드는 펄쩍 뛰었다.

"저는 간밤에 방 밖으로 한 발짝도 나간 적 없었어요!"

"우리도 그건 의심하지 않아." 랠프가 말했다. "우리가 찾고 있는 그자일 수 있겠지. 티핏에 가서 알아볼 작정이야. 그자가 사라졌다면, 아마도 그랬겠지만, 플린트 시티로 돌아가서 다음 행보를 고민할 생각이고."

"더 이상 뭘 할 수 있을지 모르겠지만요." 하위가 덧붙였다. "그자가 여기에도 없고 티핏에도 없으면 어디든 있을 수 있다는 얘기니까요."

"다른 단서는 없나요?" 클로드가 물었다.

"전혀요." 알렉이 말했다.

러비가 그들 옆으로 다가왔다.

"집으로 돌아갈 생각이면 공항으로 가는 길에 들렀다 가요. 남은 닭고기로 샌드위치 만들어 줄게요. 그걸 또 먹어도 상관없을지 모르겠지만."

"그럴게요." 하위가 말했다. "두 분 다 감사합니다."

"고마워해야 할 쪽은 저죠."

그렇게 말한 클로드는 그들 모두와 악수를 했고 러비는 두 팔을 벌려서 홀리를 끌어안았다. 홀리는 놀란 눈치였지만 러비의 품속으로 들어가 안겼다.

"또 놀러 와요."

러비가 그녀의 귀에 대고 속삭였다.

"그럴게요."

대답한 홀리는 그게 지킬 수 있는 약속이길 바랐다.

# 6

하위가 랠프를 조수석에 태우고 운전대를 잡았고 나머지 셋이 뒷자리에 앉았다. 태양이 떴고 또다시 뜨거운 날이 될 예정이었다.

"티핏 경찰들이 무슨 수로 연락을 했는지 모르겠네요." 유넬이 말했다. "경찰 내에서는 우리가 여기 있는 줄 아는 사람이 없을 텐데."

"연락 없었어요." 알렉이 대답했다. "만약 이 이방인이라는 자가 실제로 존재한다면 우리가 왜 엉뚱한 방향으로 가는지 볼턴 모자가 의아하게 여기지 않게 하려고 둘러댄 거예요."

랠프는 독심술을 모르더라도 홀리가 지금 무슨 생각을 하는지 알 수 있었다. *형사님과 다른 분들은 이방인에 대해서 얘기할 때 항상 가정법을 쓰시더라고요.*

랠프는 조수석에서 뒤를 돌아보았다.

"내 말 잘 들어요. 앞으로 '만약'이나 '만에 하나'라는 단어는 쓰지 맙시다. 오늘 하루만큼은 이방인이 존재하는 거예요. 오늘 하루만큼은 그자가 아무 때나 클로드 볼턴의 생각을 읽을 수 있고, 다른 증거가 나타나지 않는 한 메리스빌 홀에 있는 거예요. 더 이상 추정하지 말고 그냥 믿어요. 그럴 수 있겠어요?"

잠깐 아무도 대꾸가 없었다. 잠시 후에 하위가 말했다.

"나는 변호사잖아요. 뭐든 믿을 수 있어요."

그들은 가스등을 들고 감탄하는 가족이 그려진 광고판에 다다랐다. 하위는 파인 구멍을 최대한 피해 가며 금이 간 아스팔트 진입로를 천천히 달렸다. 출발했을 때에는 10도 근처였던 기온이 이제는 20도를 향해 가고 있었다. 앞으로 점점 높아질 것이었다.

"저기 저 둔덕 보여요?" 홀리가 손가락으로 가리켰다. "그 기슭에 메인 입구가 있어요. 지금은 틀어막혔지만. 먼저 거기부터 체크해야 해요. 거기로 들어가려고 했다면 흔적이 남았을지 모르니까."

"나는 좋아요." 유넬은 말하고 주변을 두리번거렸다. "어휴, 황량하네."

"가족들 입장에서는 그 아이들과, 아이들 찾으러 나선 수색대를 잃은 게 끔찍한 사고였겠죠." 홀리가 말했다. "하지만 메리스빌 입장에서도 참사였어요. 동굴이 이 마을의 유일한 일자리였으니까요. 여기가 문을 닫은 뒤에 많은 주민들이 떠났어요."

하위가 브레이크를 밟았다.

"저게 매표소인가 본데, 체인이 도로를 막고 있네요."

"돌아서 가요." 유넬이 말했다. "이 차 서스펜션 좀 써 봅시다."

하위가 체인을 돌아서 가자 벨트를 맨 승객들의 몸이 위아래로 들썩였다.

"좋아요, 여러분, 이제 우리가 정식으로 사유지를 침범하고 있어요."

그들이 다가가자 숨어 있던 코요테 한 마리가 홀쭉한 그림자를 뒤로 늘어뜨리며 전속력으로 달아났다. 랠프는 바람에 쓸린 타이어 자국을 보고, 메리스빌에 남은 아이들이 몇 명은 될 테니 동네 아이들이 ATV를 끌고 왔나 보다고 짐작했다. 그의 이목은 메리스빌 유일의 관광지가 있었던 눈앞의 바위 절벽으로 향했다. 근사하게 표현하자면 그곳은 이 마을의 레종데트르*였다.

"모두 감수하는 겁니다." 유넬은 경계 태세를 갖추고 자기 자리에 꼿꼿하게 앉아서 앞을 똑바로 쳐다보고 있었다. "맞죠?"

남자들이 그렇다고 대답했다. 홀리 기브니는 아무 말도 하지 않았다.

## 8

잭은 절벽 꼭대기에서 그들이 주차장에 도착하기 한참 전부터 지켜보고 있었다. 무기를 체크했다. 탄창이 꽉 찼고 한 발이 장전되어 있었다. 낭떠러지 가장자리에 납작한 바위를 하나 가져다놓았다. 이제 그 위에 총신을 길게 얹었다. 조준기의 십자선을 앞 유리창의 운전석에 맞추었다. 햇빛이 반짝이는 바람에 잠깐 앞이 보이지 않았다. 그는 움찔하고 뒤로 몸을 빼서 떠다니는 점이 없어질 때까지 눈을 비빈 다음 다시 조준기를 들여다보았다.

*자, 자. 주차장 한가운데에 차를 세워. 거기라면 완벽할 거야. 거*

---

* 프랑스어로 '존재 이유'라는 뜻이다.

*기에 차를 세우고 내려라.*

그런데 SUV는 주차장을 대각선으로 가로질러 널빤지로 막은 동굴 입구에 멈추어 섰다. 모든 문이 열리고 남자 네 명과 여자 한 명, 이렇게 다섯 명이 내렸다. 다섯 명의 참견쟁이들이 일렬로 깔끔하게 섰다. 하지만 개떡 같은 상황이었다. 태양의 위치 때문에 동굴 입구에 그늘이 졌다. 르폴드 조준기가 워낙 훌륭했으니 모험을 감행할 수도 있었지만 SUV가 의견 없음 선생을 비롯해 다섯 명 중에서 최소 세 명을 가리고 있다는 게 문제였다.

잭은 소총 개머리판에 뺨을 대고 엎드려 가슴과 목젖을 천천히, 일정하게 두드리는 맥박을 느꼈다. 이제는 욱신거리는 뒷덜미가 신경 쓰이지 않았다. **메리스빌 홀에 오신 것을 환영합니다**라고 적힌 푯말 아래에 옹기종기 서 있는 참견쟁이들이 그의 유일한 관심사였다.

"거기서 나와라." 그는 속삭였다. "나와서 주위를 살짝 둘러봐. 그러고 싶잖아."

그는 그들이 그럴 때까지 기다렸다.

9

동굴의 아치 모양 입구는 시멘트로 막혔고 그 위로 20여 장의 널빤지가 녹이 슨 큼지막한 볼트로 박혀 있었다. 무단 접근을 이렇게 이중으로 차단했으니 접근 금지 푯말을 달 필요도 없었지만 그래도 두 개 달려 있었다. 거기에 희미해진 스프레이페인트 낙서가 몇 개 더해졌는데, 랠프가 보기에는 ATV를 타고 나온 애들이 남긴 낙서인 듯했다.

"여기를 누가 건드린 것 같다고 보시는 분?" 유넬이 물었다.

"아뇨." 알렉이 말했다. "나로서는 널빤지를 덧댄 이유를 모르겠네요. 다이너마이트를 엄청 동원해야 저 시멘트에 구멍이라도 뚫을 수 있겠는데."

"그러면 지진으로 시작된 사태를 끝냈을 수도 있었을 테고." 하위가 덧붙였다.

홀리는 몸을 돌려서 SUV 지붕 너머를 가리켰다.

"선물 가게 저쪽으로 난 저 길 보이죠? 저 길을 따라가면 아히가 입구가 나와요. 관광객들은 그쪽으로 동굴을 드나들지 못했지만 흥미진진한 상형문자가 많대요."

"그걸 어떻게 알아요?" 유넬이 물었다.

"인터넷을 검색하면 여기서 관광객들한테 나눠 준 지도가 떠요. 요즘은 인터넷에 없는 게 없어요."

"그런 걸 '자료 조사'라고 하지요, *아미고*." 랠프가 말했다. "나중에 해 봐요."

그들은 다시 SUV로 돌아갔고 이번에도 랠프가 조수석에 타고 하위가 운전대를 잡았다. 하위가 천천히 주차장을 가로지르며 말했다.

"저 길은 형편없네요."

"괜찮을 거예요." 홀리가 말했다. "오르막길을 넘으면 관광객용 통나무집이 나오거든요. 신문기사에 따르면 두 번째 수색대가 거길 집결지로 썼다고 했어요. 그뿐 아니라 소식을 접한 기자들과 걱정이 된 친척들까지 대거 달려왔을 텐데."

"흔히 볼 수 있는 구경꾼들은 말할 필요도 없고요." 유넬이 말했다. "그들은 아마……."

"잠깐, 하위." 알렉이 말했다. "기다려."

그들은 이제 주차장을 반 조금 넘게 가로질렀고, SUV의 뭉툭한 전면이 통나무집들로 이어지는 도로를 향해 있었다. 그 길을 따라가면 동굴의 뒷문이 나올 것이었다.

하위가 브레이크를 밟았다.

"왜?"

"우리가 쓸데없이 일을 어렵게 만들고 있는 걸지 몰라. 이방인이 동굴까지 가지 않았을 수도 있잖아. 캐닝 타운십에서는 헛간에 숨어 있었던 걸 보면."

"그 말인즉?"

"그 말인즉, 선물 가게를 체크해야 한다는 거지. 누가 거기에 들어갔던 흔적이 있는지."

"내가 가서 보고 올게요." 유넬이 말했다.

하위가 운전석 문을 열었다.

"다 같이 가죠, 뭐."

# 10

참견쟁이들은 널빤지로 막힌 동굴 입구에서 SUV로 돌아갔고, 머리가 벗어진 다부진 남자가 보닛을 빙 돌아서 다시 운전석으로 향했다. 이로써 잭의 시야가 완벽하게 확보됐다. 그는 십자선을 남자의 얼굴에 맞추고 숨을 한 번 마신 다음 방아쇠 위에 얹은 손에 힘을 주었다. 방아쇠가 꿈쩍하지 않았다. 윈체스터가 고장 났나 싶어서 잠시 등골이 서늘했지만, 깜빡하고 안전장치를 풀지 않았다는 데 생각이 미쳤다. 인간이 얼마나 바보 같아질 수 있는지를 보여 주는 대목이었다. 그는 조준기에서 눈을 떼지 않은 채 안전장치를 풀려고 했다. 땀범벅이 된 엄지손가락이 미끄러지는 바람에 안전장치를 풀었을 무렵에는 다부진 남자가 운전석으로 들어가 문을 닫았다. 나머지도 차에 올라탔다.

"젠장!" 잭은 속삭였다. "젠장, 젠장, *젠장!*"

그는 SUV가 주차장을 가로질러 옆길을 향해 움직이는 것을 지켜보며 점점 커지는 공포를 달랬다. 차가 옆길로 접어들면 그의 사선에서 벗어날 것이다. 첫 번째 언덕을 넘으면 통나무집들이 보일 테고, 창고가 보일 테고, 그 옆에 세워 둔 그의 트럭이 보일 것이다. 누구 트럭인지 랠프 앤더슨이 알아볼까? 두말하면 잔소리였다. 옆면에 붙어 있는 펄쩍 뛰어오르는 물고기 그림을 그냥 지나치더라도 뒤 범퍼 스티커(다음번에는 너희 엄마를 탈 차례다.)가 결정타였다.

*저 길로 가게 내버려 두면 안 돼.*

이게 손님의 목소리인지 그의 목소리인지 알 수 없었지만 맞는 말이었기에 어느 쪽이든 상관없었다. 그는 저 SUV를 막아야 했고 고성능 탄환을 두어 발 날려 실린더를 터뜨리면 목표를 달성할 수 있을 것이었다. 그런 다음 차창을 향해 총알을 퍼부으면 됐다. 태양이 유리창에 눈부시게 반사되고 있었으니 그들 모두를 잡을 수는 없을지 몰라도 남은 사람들은 어쩌면 부상을 당한 몸으로 분명 멍하니 아무도 없는 주차장으로 쏟아져 나올 것이었다.

그는 손가락으로 방아쇠를 감쌌지만 첫 발을 아직 날리지 않았을 때 SUV가 간판이 떨어진 선물 가게 앞에서 제 발로 멈추어 섰다. 문들이 열렸다.

"주님, 감사합니다."

잭은 중얼거렸다. 그는 다시 조준기에 눈을 갖다대고 의견 없음 선생이 나오길 기다렸다. 그들 모두를 처치해야 했지만 그중에서도 으뜸가는 참견대장을 먼저 보내야 했다.


# 11


등에 다이아몬드 무늬가 있는 방울뱀이 도망쳤던 바위틈에서 나왔다. 녀석은 양쪽으로 벌어진 잭의 발을 향해 슬금슬금 기어가다가 멈추고 혀를 날름거리며 따뜻한 공기의 맛을 보다가 다시 앞으로 움직였다. 공격할 의도는 없었고 오로지 탐색이 목적이었는데 잭이 첫 발을 발사하자 꼬리를 들고 방울을 흔들기 시작했다. 잭은 칫솔뿐 아니라 사격용 귀마개나 솜뭉치도 깜빡했기 때문에 그 소리를 듣지 못했다.


12


하위가 맨 먼저 SUV에서 내렸다. 그는 허리춤에 손을 얹고 서서 바닥에 떨어진 **기념품 및 정통 인디언 공예품** 간판을 쳐다보았다. 알렉과 유넬은 운전석 쪽으로 뒷자리에서 내렸다. 랠프는 조수석에서 내려 손잡이를 잡지 못하고 끙끙대는 홀리를 위해 문을 열어 주었다. 그러는 동안 금이 간 도로에서 나뒹구는 뭔가가 그의 눈에 들어왔다.

"망할. 저것 좀 봐요."

"뭔데요?" 그가 허리를 숙이자 홀리가 물었다. "뭔데요, 뭔데요?"

"아마 화살……."

총성이 들렸다. 물이 철썩이는 소리와 비슷한 고성능 소총의 총성이었다. 랠프는 탄환이 지나가는 걸 느꼈다. 그러니까 그의 정수리와 사오 센티미터 간격을 두고 지나갔다는 뜻이었다. SUV의 조수석 쪽 사이드미러가 박살이 나면서 날아갔고, 금이 간 아스팔트에 부딪혀 연속으로 반짝거리며 데굴데굴 굴렀다.

"총이다!" 랠프가 외치며 홀리의 어깨를 감싸고 주저앉혔다. "총이다, 총, 총!"

하위가 그를 돌아보았다. 놀란 동시에 어리벙벙한 표정을 짓고 있었다.

"뭐라고요? 지금⋯⋯."

두 번째 탄환이 날아오자 하위 골드의 정수리가 사라졌다. 그는 뺨과 이마 위로 피를 흘리며 그 자리에 그대로 잠깐 서 있다가 쓰러졌다. 알렉이 그에게 달려간 순간 세 번째 탄환이 날아와 알렉을 SUV 보닛으로 내동댕이쳤다. 벨트 라인 바로 위에서 셔츠를 뚫고 피가 뿜어져 나왔다. 유넬이 그를 향해 움직였다. 네 번째 탄환이 날아왔다. 랠프는 그것이 알렉의 옆 목을 날리는 것을 보았다. 하위가 고용한 수사관은 차 뒤편으로 쓰러져 시야에서 사라졌다.

"앉아요!" 랠프는 유넬에게 고함을 질렀다. "앉아요, 저 절벽 위에서 쏘는 거예요!"

유넬이 무릎을 꿇고 기어서 움직였다. 세 발이 연속으로 날아왔다. SUV의 타이어에서 바람 빠지는 소리가 나기 시작했다. 앞 유리창이 젖빛으로 깨져 운전대 위쪽에 뚫린 구멍을 중심으로 꺼졌다. 세 번째 탄환은 운전석 쪽의 리어 쿼터 패널을 뚫고 조수석 쪽에 테니스공 크기의 큼지막한 구멍을 남기며 빠져나왔는데, 랠프와 유넬이 홀리를 사이에 두고 쭈그리고 앉은 바로 옆이었다. 잠시 멈추었다가 연속 사격이 이어졌다. 이번에는 네 발이었다. 뒤 유리창이 박살나 안전유리 덩어리가 물보라처럼 날렸다. 트렁크 리드에 또다시 우둘투둘한 구멍이 뚫렸다.

"여기 계속 있을 수는 없어요." 홀리의 목소리는 지극히 침착했다. "저 사람이 우리를 맞히지는 못하더라도 연료탱크를 맞힐 거예요."

"맞아요." 유넬이 말했다. "알렉하고 골드는 어떻게 생각해요? 가망 있을까요?"

"아뇨." 랠프가 말했다. "두 사람은······."

또다시 물이 철썩이는 소리가 났다. 그들은 일제히 움찔했고 또 다른 타이어에서 바람 빠지는 소리가 나기 시작했다.

"두 사람은 죽었어요." 랠프가 말문을 맺었다. "저 선물 가게로 달려가야 해요. 두 사람이 먼저 가요. 내가 뒤에서 엄호할게요."

"내가 엄호할게요. 당신하고 홀리가 먼저 달려가요."

저격수가 있는 곳에서 고함 소리가 들렸다. 고통의 표현인지 분노의 표현인지 랠프로서는 알 수 없었다.

유넬이 일어나 다리를 벌려 권총을 양손으로 잡고, 둔덕 꼭대기를 향해 간격을 두고 총을 쏘기 시작했다.

"가요!" 그가 고함을 질렀다. "지금이에요! 가요, 가요, 가요!"

랠프가 일어섰다. 홀리도 그 옆에서 일어섰다. 랠프는 테리 메이틀랜드가 총에 맞았던 날에 그랬듯이 모든 게 시야에 들어오는 느낌이었다. 그의 팔이 홀리의 허리를 감쌌다. 하늘에서는 새 한 마리가 날개를 펼치고 맴돌고 있었다. 타이어에서는 바람 빠지는 소리가 났다. SUV는 운전석 쪽이 주저앉았다. 둔덕 꼭대기에서 뭔가가 움찔움찔 움직이며 번쩍였다. 개자식의 소총 조준기일 수밖에 없었다. 랠프로서는 그게 왜 그런 식으로 움직이는지 알 수도 없었고 관심도 없었다. 두 번째에 이어 세 번째 고함이 들렸는데, 마지막은 거의 비명에 가까웠다. 홀리가 유넬의 팔을 잡고 홱 당겼다. 그는 꿈을 꾸다가 화들짝 깬 사람처럼 놀란 눈빛으로 그녀를 바라보았고, 랠프는 그가 죽을 마음의 준비를 하고 있었다는 걸 알아차렸다. 죽으리라고 생각하고 있었다는 걸 알아차렸다. 그들 셋은 선물 가게라는 피신처를 향해 전력 질주했다. 치명상을 입은 SUV와의 거리가 60미터를 넘지 않았을 텐데도 그들은 한심한 로맨틱 코미디 영화의 결말에 등장하는 3인의 절친처럼 슬로모션으로 달리는 느낌이었다. 다만 그런 영화에서는 90초 전까지만 해도 쌩쌩하게 살아 있었다가 지금은 짓이겨져 버린 사람들의 시신을 지나쳐서 달릴 일이 없었다. 방금 생긴 피 웅덩이를 밟는 바람에 새빨간 발자국을 남길 일이 없었다. 또다시 총성이 들렸고 유넬이 외쳤다.

"맞았어요! 저 새끼가 나를 맞혔어요!"

그가 쓰러졌다.

## 13

잭이 웅웅거리는 귀를 달래며 재장전을 하고 있었을 때 방울뱀이 자기 영역으로 침범한 이 성가신 인간을 두고 보지 않겠다는 결론을 내렸다. 녀석이 그의 오른쪽 종아리 위쪽을 물었다. 주머니 가득 독이 찬 송곳니가 잭의 치노팬츠를 아무렇지 않게 뚫었다. 잭은 소총을 오른손으로 높이 들고 몸을 굴리며 비명을 질렀다. 아파서 그랬다기보다(아직 본격적으로 아픈 단계는 아니었다.) 끝이 갈라진 혀를 날름거리고 까만 구슬 같은 눈으로 그를 똑바로 쳐다보며 다리를 타고 슬금슬금 기어오는 방울뱀 때문이었다. 미끌미끌한 녀석의 무게감에 소름이 끼쳤다. 녀석이 이번에는 허벅지를 물고, 계속 딸랑거리며 꿈틀꿈틀 위로 진격했다. 다음번 공격 대상은 그의 불알이 될 것이었다.

"*저리 가! 썅, **저리 가!***"

소총으로 치우려고 해 봐야 녀석이 빠져나가면 소용없을 것이기에 잭은 총을 내려놓고 녀석을 양손으로 잡았다. 녀석은 그의 오른손목을 향해 달려들었고, 첫 번째에는 놓쳤다가 두 번째에서야 물어서 신문 헤드라인의 구두점 크기만 한 구멍을 남겼지만 독주머니에 남은 독이 없었다. 잭은 그런 줄 알지도 못했고 관심도 없었다. 그는 수건을 짜는 것처럼 녀석을 양손으로 잡고 비틀어 껍데기가 찢어지는 것을 보았다. 아래에서 누군가가 연속으로 총을 쏘는 소리가 들렸지만(소리로 판단하건대 권총이었다.) 거리가 멀어서 근처까지 한 발도 오지 않았다. 잭은 방울뱀을 자갈이 깔린 비탈 위로 탁 내동댕이쳤고 녀석이 또다시 슬금슬금 멀어지는 걸 지켜보았다.

*그들을 없애라, 잭.*

"네, 알았어요, 그럴게요."

그가 실제로 이렇게 얘기를 했을까 아니면 단순히 상상이었을까? 알 수가 없었다. 울리던 귓속이 이제는 마찰 진동을 일으킨 강철선처럼 고음으로 웅웅거렸다.

그는 소총을 다시 들고 엎드려 총신을 납작한 돌 위에 놓고 조준기를 들여다보았다. 남은 셋이 여자를 가운데에 두고 선물 가게라는 피신처를 향해 뛰어가고 있었다. 그는 십자선을 앤더슨에게 맞추려고 했지만 손이 떨리는 바람에(그중 한쪽은 방울뱀에게 거듭해서 물렸다.), 올리브색 피부의 마지막 남자를 맞히고 말았다. 두 번의 시도가 필요했지만 그래도 맞혔다. 남자는 최고의 패스트볼을 던질 준비를 하는 투수처럼 팔을 뒤로 젖히고 옆으로 쓰러졌다. 나머지 둘이 그를 부축하려고 달리기를 멈추었다. 지금이 가장 훌륭한 기회이자 어쩌면 마지막 기회였다. 지금 그들을 해치우지 않으면 건물 뒤편으로 숨을 것이었다.

맨 처음에 물린 지점에서부터 통증이 다리를 타고 올라왔고 종아리가 붓는 게 느껴졌지만 가장 끔찍한 부분은 따로 있었다. 가장 끔찍한 부분은 돌발성 발열처럼, 아니면 지옥에서 입은 일광화상처럼 온몸으로 번지는 열기였다. 그는 다시 총을 쏘았고 처음에는 여자를 맞힌 줄 알았지만 그저 여자가 움찔한 것에 불과했다. 그녀는 올리브색 피부를 한 남자의 다치지 않은 쪽 팔을 잡았다. 앤더슨이 그의 허리를 감싸고 일으켜 세웠다. 잭은 다시 방아쇠를 당겼지만 건조하게 탁 하는 소리가 들리고 그만이었다. 그는 주머니를 뒤져 탄환을 꺼냈고 나머지는 모두 떨어뜨리고 두 발만 장전했다. 손이 점점 마비되고 있었다. 혀가 입안에서 부풀어 오르는 느낌이었다. 물린 쪽 다리도 점점 마비되고 있었다. 그는 소리를 질렀지만 이번에는 좌절의 고함이었다. 조준기에 다시 눈을 갖다 댔을 무렵에는 그들이 사라지고 보이지 않았다. 그림자가 잠깐 보이다가 그마저도 사라졌다.

## 14

유넬은 한쪽은 홀리, 다른 쪽은 랠프의 부축을 받으며 선물 가게의 무너진 쪽으로 넘어가 건물에 등을 대고 쓰러져 숨을 헐떡였다. 얼굴이 흙빛이었고 이마에 땀방울이 맺혔다. 셔츠 왼쪽 소매가 손목까지 피로 물들었다.

그가 앓는 소리를 냈다.

"쌍, 겁나게 욱신거리네."

둔덕에서 저격수가 다시 총을 쐈다. 탄환이 아스팔트를 긁는 소리가 났다.

"얼마나 심해요? 어디 봅시다."

랠프가 유넬의 소매 단추를 풀고 소매를 조심스럽게 올렸지만 유넬은 악 하고 비명을 지르며 이를 악물었다. 홀리는 휴대전화를 꺼냈다.

상처를 드러내고 보니 랠프가 걱정했던 것만큼 심하지는 않았다. 탄환이 그냥 스치고 지나간 수준이었다. 영화였다면 유넬이 금세 총격전에 다시 합류할 수 있었겠지만 이건 현실이었고, 현실은 달랐다. 고성능 탄환이 그의 팔꿈치를 제대로 망가뜨려 놓았다. 곤봉으로 맞은 것처럼 주변의 살이 벌써 부풀어 올랐고 자주색으로 변했다.

"팔꿈치가 그냥 빠진 거라고 얘기해 줘요."

"그러면 좋겠지만 내가 보기에는 부러진 것 같아요. 그래도 운이 좋았어요. 조금 더 깊숙이 맞았다면 팔이 떨어져 나갔을 텐데. 무슨 총을 쓰는지 모르겠지만 총알이 커요."

"어깨도 분명 빠졌을 거예요. 팔이 뒤로 젖혀지는 바람에. *젠장!* 이제 어쩌죠, *아미고?* 우리 꼼짝 못 하게 됐어요."

"홀리? 뭐 없어요?"

그녀는 고개를 저었다.

"볼턴의 집에서는 막대가 네 개 떴는데 여기서는 한 개도 뜨지 않아요. 저 남자가 '저리 가.'라고 했나요? 두 분 중에 혹시……."

저격수가 다시 총을 쐈다. 알렉 펠리의 몸이 풀썩였다가 다시 잠잠해졌다.

"너를 잡고 말겠어, 앤더슨!" 둔덕 위에서 이런 소리가 들렸다. "너를 잡고 말겠어, 랠프 이 꼬맹아! 너희들을 모두 잡고 말겠어!"

유넬은 놀란 표정으로 랠프를 쳐다보았다.

"망했네요." 홀리가 말했다. "이방인에게 렌필드 같은 존재가 있었어요. 그리고 누군지 몰라도 랠프, 당신을 알아요. 누군지 알겠어요?"

랠프는 고개를 저었다. 저격수는 거의 울부짖다시피 고래고래 소리를 지르고 있었고 메아리가 울렸다. 누군지 알 수가 없었다.

유넬은 다친 팔을 들여다보았다. 피가 나는 속도는 느려졌지만 붓는 속도는 그렇지가 않았다. 조만간 팔꿈치 관절을 알아볼 수 없게 생겼다.

"사랑니가 뒈졌을 때보다 아프네. 좋은 수가 있다고 얘기해 줘요, 랠프."

랠프는 건물 저쪽 끝으로 가서 오므린 손을 입에 대고 외쳤다.

"경찰이 출동 중이다, 병신아! 고속도로 순찰대가! 너한테 항복하라는 말도 없이 광견병에 걸린 개처럼 쏴 버릴 거야! 살고 싶으면 도망가는 게 좋을걸?"

잠시 정적이 흐르고 다시 고함이 들렸다. 아파서 지르는 소리일 수도 웃음소리일 수도, 어쩌면 양쪽 모두일 수도 있었다. 그 뒤를 이어 탄환이 두 발 더 날아왔다. 한 발이 랠프의 머리 위쪽 건물을 때리자 널빤지가 박살 나서 나뭇조각들이 바람처럼 날렸다.

랠프는 뒤로 물러나 매복에서 살아남은 다른 두 사람을 바라보았다.

"싫다는 뜻인 것 같네요."

"히스테리 환자 같은데요." 홀리가 말했다.

"제정신이 아니에요." 유넬도 맞장구쳤다. 그는 벽에 다시 머리를 기댔다. "망할, 아스팔트가 뜨겁네요. 정오가 되면 더 뜨거워질 텐데. *무이 칼리엔테.*(엄청나게 뜨겁네.) 여기 계속 있다가는 익겠어요."

"총을 쏠 때 오른손을 쓰세요, 사블로 경위님?"

"네. 그리고 소총을 들고 나온 정신병자 때문에 꼼짝 못 하게 된 마당에 그냥 유넬이라고 부르면 어떻겠어요? 여기 엘 헤페(보스)처럼?"

"랠프가 있는 저쪽 끝으로 가세요. 그리고 랠프는 제 쪽으로 오고요. 당신이 총을 쏘기 시작하면 우리 둘이 관광객용 통나무집과 아히가 입구가 나오는 길을 향해 달릴 거예요. 노출되는 거리가 끽해야 50미터예요. 15초면 갈 수 있어요. 아니면 12초."

"12초면 저자가 우리 둘 중 한 명을 쓰러뜨리기에 충분한 시간이에요, 홀리."

"성공할 수 있을 거라고 봐요."

그녀는 여전히 얼음이 담긴 통을 지나 불어오는 선풍기 바람처럼 서늘했다. 놀라웠다. 이틀 전 저녁에 하위의 회의실로 들어섰을 때만 해도 누가 요란하게 기침만 해도 천장까지 펄쩍 뛸 만큼 웅크리고 있지 않았던가.

*이런 상황을 경험한 적 있는 거야.* 랠프는 생각했다. *이런 상황일 때 홀리 기브니의 본모습이 드러나는 거지.*

다시 총성에 이어 탄환이 금속에 맞고 튕기는 소리가 들렸다. 다시 한 번 총성이 이어졌다.

"SUV 연료탱크를 노리는 거예요." 유넬이 말했다. "렌터카 회사에서 좋아하지 않겠네요."

"가야 해요, 랠프." 홀리가 그의 눈을 똑바로 쳐다보고 있었다. 이것도 전에는 어려워하더니 지금은 아니었다. 절대 아니었다. "그를 놓치면 앞으로 얼마나 많은 프랭크 피터슨을 죽일지 생각해 봐요. 애들은 자기가 아는 사람인 줄 알고 따라갈 거예요. 아니면 하워드 자매가 그랬던 것처럼 친절하게 보인다고 생각해서. 저 안에 있는 괴물, 그러니까 저 사람이 지금 보호하려는 괴물인 줄 모르고요."

세 번의 총성이 연거푸 이어졌다. SUV의 리어 쿼터 패널의 아래쪽에 뚫린 구멍이 랠프의 눈에 들어왔다. 과연 상대는 연료탱크를 노리고 있었다.

"'렌필드 씨'가 우리를 만나러 내려오면 어쩌죠?" 랠프가 물었다.

"안 그럴 거예요. 유리한 위치에 그대로 남아 있을 거예요. 아히가 입구로 연결되는 길까지만 가면 돼요. 우리가 거기 도착하기 전에 저 사람이 내려오면 당신이 쏘면 되잖아요."

"기꺼이요. 내가 먼저 맞지 않으면."

"저 사람한테 무슨 문제가 생겼을 수도 있어요. 비명을 지른 걸 보면."

유넬도 고개를 끄덕였다.

"'저리 가.' 나도 들었어요."

다음번 총성과 함께 SUV의 연료탱크가 터져서 아스팔트 위로 기름이 쏟아지기 시작했다. 아직은 폭발하지 않았지만 둔덕 위의 남자가 탱크를 다시 한 번 맞히면 SUV는 십중팔구 터질 게 분명했다.

"좋아요."

랠프가 보기에는 여기 쭈그리고 앉아서, 이방인의 공범이 그들을 처치하겠다는 일념으로 선물 가게를 향해 고성능 탄환을 퍼부을 때까지 기다리는 것 말고는 대안이 없었다.

"유넬? 최대한 엄호해 줘요."

유넬은 움직일 때마다 아파서 씩씩거려 가며 건물 모서리로 조금씩 다가갔다. 오른손으로 글록을 들고 가슴에 붙였다. 홀리와 랠프는 다른 쪽으로 움직였다. 언덕과 관광객용 통나무집으로 향하는 샛길이 랠프의 눈에 보였다. 큼지막한 바위가 양옆에 하나씩 있었다. 한쪽에는 미국 국기가, 다른 쪽에는 텍사스 주기가 그려져 있었다.

*미국 국기가 그려진 바위 뒤편에 도착하면 안심할 수 있을 거야.*

그럴 게 거의 분명했지만 50미터가 이런 식으로 500미터처럼 느껴진 적은 없었다. 그는 집에서 요가를 하거나 시내에서 볼일을 보고 있을 지닛을 생각했다. 캠프에서 새 친구들과 만들기를 하거나 텔레비전 프로그램, 비디오 게임, 여자아이들 얘기를 하고 있을 데릭을 생각했다. 심지어 홀리는 누구 생각을 하고 있을까 궁금해하는 여유까지 부렸다.

분명 그 사람일 터였다.

"준비됐어요?"

랠프가 뭐라고 대꾸하기도 전에 저격수가 다시 총을 쏘았고 SUV 연료탱크가 주황색 불덩이로 폭발했다. 유넬이 저쪽 모서리 밖으로 몸을 내밀고 둔덕 꼭대기를 향해 총을 쏘기 시작했다.

홀리가 달렸다. 랠프도 뒤따라 달렸다.


# 15


잭은 SUV가 폭발해 화염에 휩싸이는 걸 보고 승리의 함성을 질렀지만 사실은 그럴 이유가 없었다. 안에 누가 타고 있는 것도 아니지 않은가. 이때 어떤 움직임이 그의 시야에 포착됐다. 참견쟁이 두 명이 샛길을 향해 달려가고 있었다. 여자가 앞장섰고 앤더슨이 그 뒤를 바짝 쫓았다. 잭은 그들 쪽으로 총구를 돌리고 조준기를 들여다보았다. 아직 방아쇠를 당기지 못했을 때 *지지지지* 하는 소리가 점점 다가왔다. 바위 조각이 그의 어깨를 때렸다. 뒤에 남은 자가 총을 쏘고 있었다. 어떤 권총을 쓰고 있는지 몰라도 정확성을 기하기에는 거리가 너무 멀었지만 방금 전의 마지막 발은 불안할 정도로 가까웠다. 잭은 고개를 숙였고, 턱으로 목을 누르자 고름으로 가득 찬 것처럼 불룩 솟아서 욱신거리는 게 느껴졌다. 머리가 지끈거렸고 살갗은 지글거렸고 눈은 구멍에서 튀어나올 것 같았다.

그가 다시 조준기에 눈을 갖다 댄 순간, 앤더슨이 큼지막한 바위 뒤편으로 사라졌다. 그들을 놓친 것이다. 그뿐만이 아니었다. 화염에 휩싸인 SUV에서 시커먼 연기가 피어올랐는데, 대낮인 데다 그걸 흩뜨릴 바람 한 점 없었다. 누가 그걸 보고 이 똥창 마을의 의용소방대에 연락하면 어쩔 것인가.

*내려가.*

이번에는 그게 누구 목소리인지 의심할 여지가 없었다.

*저들이 아히가 오솔길에 도착하기 전에 잡아야 해.*

잭은 아히가 뭔지 알 길이 없었지만 손님이 하는 얘기가 무슨 말인지는 알았다. 표지판에 와후 주장이 그려진 그 길을 말하는 거였다. 아래에서 날아온 총알이 가까운 노두를 맞혀 돌조각이 튕기자, 그는 움찔하며 뒤로 한 발짝 내디뎠다가 쓰러졌다. 순간 통증으로 모든 생각이 지워졌다. 잠시 후에 그는 두 바위 사이로 고개를 내민 덤불을 잡고 몸을 일으켰다. 자기 몸을 내려다보았다가 눈을 의심했다. 뱀에게 물린 다리가 다른 쪽의 두 배는 되는 듯했다. 바지가 꽉 조였다. 그보다 더 심각한 사태가 있다면 사타구니가 불룩했다. 안에 조그만 베개라도 넣은 듯이 그랬다.

*내려가, 잭. 저들을 잡으면 암을 없애 줄게.*

아, 하지만 지금 그에게는 좀 더 시급한 문제가 있었다. 그의 몸이 물먹은 해면처럼 부풀고 있었다.

*뱀독도. 내가 낫게 해 주마.*

문신 인간을 믿어도 좋을지 알 수 없었지만 선택의 여지가 없었다. 그리고 앤더슨 문제도 있었다. 의견 없음 선생을 그냥 돌려보낼 수는 없었다. 이게 다 그로 인해 벌어진 일인데, 그냥 돌려보낼 수는 없었다.

윈체스터를 붙잡고 개머리판을 지팡이처럼 써가며 어기적어기적 빠른 걸음으로 둔덕을 내려가기 시작했다. 자갈투성이 비탈길 위에서 왼발이 미끄러졌을 때 퉁퉁 부어서 욱신거리는 오른쪽 다리로 지탱하지 못하는 바람에 두 번째로 넘어졌다. 다음번에 넘어졌을 때는 바지가 뜯어져 시커먼 자주색으로 괴사한 살이 드러났다. 그는 땀범벅이 된 얼굴로 씩씩대며 바위를 움켜쥐고 다시 일어났다. 돌멩이와 잡초로 이루어진 이 외딴 곳에서 죽을 게 분명하다는 생각이 들었지만 절대 혼자 떠날 생각은 없었다.

<br>

## 16

<br>

랠프와 홀리는 허리를 접고 고개를 숙인 채 샛길을 달렸다. 첫 번째 언덕에 다다랐을 때 달리기를 멈추고 숨을 골랐다. 옹기종기 모여서 썩어 가는 관광객용 통나무집들이 왼쪽 아래로 보였다. 오른쪽으로 보이는 길쭉한 건물은 메리스빌 홀이 문을 열었을 때 장비와 용품을 보관하는 용도로 쓰인 창고인 듯했다. 트럭 한 대가 그 옆에 세워져 있었다. 랠프는 트럭을 쳐다보았다가 시선을 돌렸다가 다시 휙 돌렸다.

"맙소사."

"왜요? 왜요?"

"그자가 나를 알 수밖에 없었네. 저거 잭 호스킨스 트럭이거든요."

"호스킨스? 그 플린트 시티 소속 형사요?"

"맞아요, 그 형사요."

"그 사람이 도대체 왜……." 그러다 그녀는 앞머리가 날릴 정도로 세게 고개를 저었다. "상관없어요. 총격을 멈춘 걸 보면 내려오고 있다는 뜻이에요. 얼른 가야 해요."

"어쩌면 유넬이 쏜 총에 맞았을지 몰라요." 랠프는 이렇게 말해놓고 그녀가 못 믿겠다는 듯이 쳐다보자 시인했다. "맞아요, 알았어요."

그들은 창고를 얼른 지나쳤다. 저쪽에 둔덕 뒤편으로 이어지는 또 다른 샛길이 있었다.

"내가 앞장설게요. 내가 총을 들고 있으니까."

홀리는 왈가왈부하지 않았다.

그들은 이리저리로 구불구불 이어지는 좁은 길을 속보로 걸었다. 이삼 분쯤 지났을 때 저 위편 어딘가에서 돌멩이들이 부딪히고 튀는 소리가 들렸다. 호스킨스가 정말로 그들을 맞이하러 내려오는 중이었다.

랠프는 글록을 겨누고, 홀리는 그의 오른쪽 뒤편을 지키며 같이 노두를 돌아 나갔다. 15미터 정도 되는 직선 구간이 앞에서 펼쳐졌다. 호스킨스가 내려오는 소리가 더 크게 들렸지만, 워낙 돌멩이로 만들어진 미로 같아서 얼마나 가까이에 있는지 짐작할 수 없었다.

"뒤쪽 입구로 가는 샛길이 도대체 어디 있는 거예요? 호스킨스가 점점 가까워지고 있는데. 이거, 그 제임스 딘 영화에 나오는 담력 테스트하고 너무 비슷해요."

"네,「이유 없는 반항」말이죠? 저도 잘 모르겠지만 금방 나올 거예요."

"이 큰길에서 벗어나기 전에 그와 맞닥뜨리면 총격전이 벌어질 거예요. 유탄이 날아다닐 테고. 그가 보이자마자 허리를 숙이고……."

그녀는 엄지손가락으로 그의 등을 찔렀다.

"우리가 먼저 샛길에 도착하면 총격전을 벌일 일도, 허리를 숙일 일도 없잖아요. *가요!*"

랠프는 이만하면 숨 좀 돌렸다고 속으로 중얼거리며 직선 구간을 달렸다. 진짜 그런 건 아니었지만 긍정적으로 생각하면 도움이 됐다. 재촉하려는 건지, 잘 있다고 안심시키려는 건지 알 수 없었지만 홀리가 뒤에서 그의 어깨를 두드렸다. 다음 번 모퉁이에 다다랐다. 랠프는 호스킨스의 소총 총구가 그들을 맞이하겠거니 생각하며 모퉁이 너머를 슬쩍 내다보았다. 총구 대신 희미해져 가는 아히가 추장의 얼굴이 그려진 나무 표지판이 보였다.

"갑시다. 서둘러요."

그들은 표지판을 향해 달렸고, 이제 저격수가 숨을 헐떡이며 다가오는 소리가 가까이서 들렸다. 거의 흐느끼는 듯했다. 돌멩이들이 덜거덕거리는 소리와 아파서 지르는 비명 소리가 났다. 호스킨스가 넘어진 거였다.

*좋았어! 계속 넘어져 있어라!*

하지만 덜거덕덜거덕 미끄러져 가며 내려오는 소리가 다시 이어졌다. 바로 옆에서 점점 가까워졌다. 랠프는 홀리를 잡고 아히가 오솔길 쪽으로 떠밀었다. 조그맣고 핏기 없는 그녀의 얼굴이 땀벅벅이었다. 입술을 굳게 다물고, 돌가루와 핏방울로 얼룩덜룩해진 정장 재킷 주머니에 두 손을 넣고 있었다.

랠프가 한 손가락을 입술에 갖다댔다. 그녀는 고개를 끄덕였다. 그가 표지판 뒤편으로 다가갔다. 텍사스의 건조한 열기로 나무들이 살짝 오그라들어서 그 틈새로 앞을 볼 수 있었다. 비틀비틀 다가오는 호스킨스가 시야에 들어왔다. 처음에는 유넬의 총에 요행히 맞았나 싶었지만 그걸로는 찢어진 바지와 섬뜩하게 부은 오른쪽 다리가 설명이 되지 않았다. *저러니 넘어질 수밖에.* 랠프는 생각했다. 그 다리로 가파른 비탈을 여기까지 내려온 게 기적이었다. 골드와 펠리를 죽인 소총을 들고 있었지만 지팡이로 쓰느라 손가락과 방아쇠의 거리가 멀었다. 랠프가 보기에는 아무리 근거리라도 뭐든 맞힐 수 있을지 의심스러웠다. 손을 떨고 있어서가 아니었다. 충혈된 두 눈이 퀭하니 들어갔다. 돌가루 때문에 얼굴이 가부키 화장이라도 한 것 같았지만 땀 때문에 지워진 곳은 끔찍한 발진이라도 돋은 듯이 시뻘겠다.

랠프는 글록을 양손으로 들고 표지판 밖으로 나섰다.

"거기 서, 잭. 그리고 총 내려놔."

잭은 9미터 앞에서 미끄러지며 멈추어 섰지만 개머리판을 계속 잡고 있었다. 랠프로서는 불안했지만 그 정도까지는 감수할 수 있었다. 하지만 총을 드는 순간 호스킨스는 끝장이었다.

"너는 여기 있으면 안 돼." 잭이 말했다. "우리 할아버지가 입버

룻처럼 했던 말을 빌리자면 처음부터 바보로 태어난 거냐 아니면 커 가면서 그렇게 된 거냐?"

"그런 헛소리 듣고 있을 생각 없어. 너는 사람을 둘 죽였고 다른 한 명에게 부상을 입혔다. 매복 공격으로."

"다들 여기 있으면 안 될 인간이었어. 그런데 와서 상관도 없는 일에 끼어들었으니 죗값을 치러야지."

"상관도 없는 일이라니 그게 뭔데요, 호스킨스 씨?"

호스킨스가 미소를 짓자 입술이 찢어지면서 가느다란 핏방울이 새어 나왔다.

"문신 인간. 너도 알잖아. 이 오지랖 넓은 년아."

"좋아, 이제 그 걱정은 할 필요 없게 됐으니까 총 내려놔." 랠프가 말했다. "그걸로 그 정도 피해를 입혔으면 충분하잖아. 그냥 바닥으로 떨어뜨려. 허리를 숙였다가는 앞으로 고꾸라지게 생겼으니까. 뱀에 물린 건가?"

"뱀은 살짝 팁을 얹은 것에 불과해. 떠나라, 랠프. 두 사람 모두. 안 그러면 나처럼 오염되는 신세를 면치 못할 거야. 내 말 들어."

홀리가 잭에게로 한 발짝 다가갔다.

"그자가 어떤 식으로 오염시켰는데요?"

랠프가 경고하는 뜻에서 그녀의 팔에 한쪽 손을 얹었다.

"그냥 건드렸어. 뒷덜미를. 그걸로 끝이었는데." 잭은 경이로워하는 표정으로 지친 듯 고개를 저었다. "캐닝 타운십의 그 헛간에서." 그의 언성이 높아졌고 분노로 부들부들 떨렸다. "네가 나를 거기로 보냈지!"

랠프는 고개를 저었다.

"서장님이 보냈겠지, 잭. 나는 전혀 모르는 일이었어. 마지막으로 얘기하겠는데, 총 내려놔. 이제 끝났잖아."

잭은 고민했다. 아니면 고민하는 눈치를 보였다. 그러다 방아쇠 쪽으로 한 손씩 번갈아 옮겨 가며 총을 아주 천천히 들었다.

"나는 어머니처럼 죽고 싶지 않아. 절대로. 저쪽의 네 친구를 먼저 쏘겠다, 랠프. 그다음이 너야. 네가 나를 막지 않는 한."

"잭, 그러지 마. 마지막 경고다."

"경고 따위는 개나……."

그가 총으로 홀리를 겨누려고 했다. 그녀는 꼼짝하지 않았다. 랠프가 그녀의 앞으로 나서 세 번 방아쇠를 당겼다. 워낙 빽빽한 공간이라 총성에 귀가 먹먹했다. 한 방은 하위, 한 방은 알렉, 한 방은 유넬 몫이었다. 권총을 쓰기에는 거리가 살짝 멀었지만 글록이 워낙 훌륭한 총이었고 그는 사격 연습장에서 아무 문제 없이 그만 한 거리의 테스트를 통과했다. 잭 호스킨스는 쓰러졌고 랠프가 보기에 그가 죽어 가며 지은 표정은 안도하는 표정이었다.

## 17

랠프는 입술처럼 튀어나온 표지판 맞은편의 바위에 앉아서 숨을 헐떡였다. 홀리는 호스킨스에게로 다가가 무릎을 꿇고 앉아서 그를 똑바로 뒤집었다. 한 번 훑어보고는 다시 자리로 들어왔다.

"여러 군데 물렸어요."

"방울뱀이었을 거예요, 그것도 덩치가 큰."

"다른 독극물에 먼저 오염이 됐어요. 뱀보다 더 지독한 독극물에. 그는 문신 인간이라고 불렀고, 우리는 이방인이라고 부르는 엘 쿠코 말이에요. 이 사건에 종지부를 찍어야 해요."

랠프는 이 황량한 돌멩이 언덕 저편에 쓰러져 있는 하위와 알렉의 시신을 떠올렸다. 그들에게는 가족이 있었다. 그리고 살아 있지만 부상을 당해서 괴로워하고 있고, 지금쯤 쇼크를 일으켰을지 모르는 유넬에게도 가족이 있었다.

"당신 말이 맞아요. 이 권총 쏠래요? 나는 저 친구 소총 들고 가면 되는데."

홀리는 고개를 저었다.

"알았어요. 갑시다."


## 18


첫 번째 모퉁이를 돌자 아히가 오솔길이 넓어지면서 내리막길이 시작됐다. 양쪽에 상형문자가 있었다. 스프레이 페인트로 낙서가 그려졌거나 그걸로 완전히 뒤덮인 상형문자들도 있었다.

"그자는 우리가 가고 있다는 걸 알 거예요."

"나도 알아요. 손전등을 들고 왔어야 하는 건데."

그녀는 축 늘어져 있던 큼지막한 옆주머니에서, 홈디포에서 산

짤막한 자외선 손전등을 꺼냈다.

"이럴 수가. 혹시 그 안에 안전모는 없죠?"

"기분 나쁘게 듣지 말았으면 좋겠지만 당신은 유머 감각이 좀 달려요, 랠프. 그 방면으로 노력을 기울여야겠어요."

다음번 모퉁이를 돌자 지면에서 약 1.2미터 높이에 자연적으로 구멍이 뚫린 바위가 나왔다. 그 구멍 위에 희미해진 까만색 페인트로 이렇게 적혀 있었다. **절대 잊지 않을게요.** 그 안에 해골 손가락처럼 앙상한 가지가 담긴, 먼지 낀 꽃병이 있었다. 한때 이 가지를 장식했던 꽃잎들은 오래전에 사라졌지만 다른 뭔가가 남았다. 제이미슨 쌍둥이가 땅속 깊숙한 곳으로 기어 들어갔다가 행방불명됐을 때 떨어져 있었던 것과 비슷한, 아히가 추장 모양의 장난감 대여섯 개가 꽃병 주변에 흩뿌려져 있었다. 세월의 흐름과 더불어 누레졌고 햇볕 때문에 플라스틱에 금이 갔다.

"여길 드나든 사람들이 있었어요. 스프레이 페인트로 낙서가 되어 있는 걸 보면 아이들이겠죠. 그런데 이건 훼손하지 않았네요."

"보아하니 아예 건드리지도 않은 눈치예요. 갑시다. 총에 맞아서 팔꿈치가 망가진 유넬이 기다리고 있어요."

"네. 엄청 아프겠죠? 하지만 조심해야 해요. 그러니까 천천히 접근해야 한다고요."

랠프가 그녀의 팔꿈치를 잡았다.

"이자 손에 우리 둘 다 죽으면 유넬 혼자 남잖아요. 당신은 그냥 돌아가야 하지 않을까요?"

그녀는 불이 난 SUV에서 시커먼 연기가 피어오르는 하늘을 가리켰다.

"누가 저걸 보고 조만간 신고할 거예요. 그리고 우리한테 무슨 일이 벌어진다면, 이유를 알 사람은 유넬밖에 없겠죠."

홀리는 그의 손을 떨치고 오솔길을 걷기 시작했다. 랠프는 그 오랜 세월 동안 고스란히 보존된 조그만 성전을 다시 한 번 쳐다보고 그녀를 따라나섰다.


## 19


랠프가 이러다 선물 가게 뒤편으로 다시 돌아가는 건 아닌가 하는 생각이 들었을 때 아히가 오솔길이 거의 왔던 길을 되돌아가듯 왼쪽으로 급격하게 꺾이면서 근교 저택의 창고 입구처럼 생긴 곳이 등장했다. 다만 다른 게 있다면 초록색 페인트가 조각조각 벗겨지고 빛이 바랬고, 한가운데에 난 창문 없는 문이 살짝 열려 있다는 것뿐이었다. 문 양옆에 경고 문구가 있었다. 세월의 흐름과 더불어 플라스틱 케이스가 부예졌지만 그래도 뭐라고 적혀 있는지 읽을 수 있었다. 왼쪽은 **절대 출입 금지**였고 오른쪽은 **메리스빌 시의회가 안전 부적격 판정을 내린 바 있음**이었다.

랠프는 글록을 겨누며 문 앞으로 다가갔다. 홀리에게 오솔길의 바위 절벽 쪽에 기대고 서 있으라는 수신호를 보낸 뒤 문을 홱 열고, 무릎을 꿇으며 총을 내밀었다. 안은 조그만 입구였고, 어둠 속으로 이어지는 높이 1.8미터의 구멍에서 뜯겨 나온 널빤지 조각들 말고는 아무것도 없었다. 널빤지 끝부분은 아직도 녹이 슨 거대한 볼트로 돌에 박혀 있었다.

"랠프, 이것 좀 봐요. 신기해요."

그녀는 문을 잡고 허리를 숙여서 심하게 망가진 잠금장치를 들여다보고 있었다. 랠프가 보기에는 쇠지렛대나 타이어 지렛대를 쓴 것 같지는 않았다. 누가 부서질 때까지 돌멩이로 내리친 듯했다.

"왜요, 홀리?"

"보세요, 한쪽 방향에서만 작동이 돼요. 그러니까 밖에서만 잠글 수 있어요. 제이미슨 쌍둥이나 1차 구조대가 살아 있을지 모른다고 생각한 거죠. 여기까지 빠져나왔을 때 안에서는 문을 열 수 있게 해놨어요."

"하지만 그런 사람이 없었죠."

"네." 그녀는 입구를 지나 바위 틈새로 다가갔다. "냄새 느껴져요?"

랠프도 느꼈고 그들이 다른 세상의 입구에 서 있다는 걸 알았다. 퀴퀴하고 축축한 냄새와 다른 냄새가 났다. 살이 썩어 갈 때 나는 달짝지근한 냄새였다. 희미했지만 분명히 있었다. 오래전의 캔털루프 멜론과 그 안에서 꿈틀거렸던 구더기들이 생각났다.

그들은 어둠 속으로 들어섰다. 랠프는 키가 컸지만 틈새가 더 높아서 고개를 수그릴 필요가 없었다. 홀리가 손전등을 켜서 처음에는 돌로 덮인 통로가 내리막으로 이어지는 앞을 똑바로 비추었다가 발치를 비추었다. 번들거리는 방울이 점점이 어둠 속으로 이어졌다. 홀리는 그의 집 거실에서 그녀가 대충 만든 자외선 카메라로 촬영한 그 흔적이라고 굳이 짚고 넘어가지 않는 예의를 보였다.

맨 처음 18미터까지만 나란히 걸을 수 있었다. 그 뒤로 통로가 좁아지자 홀리가 랠프에게 손전등을 건넸다. 그는 왼손으로는 손전등을, 오른손으로는 권총을 잡았다. 벽이 괴기스러운 줄무늬의 광물로 반짝거렸다. 빨간색도 있고 연보라색도 있고 초록빛이 도는 노란색도 있었다. 그는 어쩌다 한 번씩 위로 전등을 비춰 엘 쿠코가 뭉툭한 종유석 사이로 울퉁불퉁한 천장을 기어오고 있지는 않은지 확인했다. 공기가 차갑지는 않았지만(그가 어딘가에서 읽은 바에 따르면 동굴 안은 그 지역의 평균 기온과 대략 비슷한 온도를 유지한다고 했다.) 밖에 있다가 들어온 길이라 차갑게 느껴졌고, 두말하면 잔소리지만 두 사람은 아직까지 식은땀 범벅이었다. 저 안 깊은 곳에서 불어온 바람이 얼굴에 닿자 그 희미한 썩은 내가 느껴졌다.

랠프가 걸음을 멈추자 홀리가 와서 부딪히는 바람에 그는 화들짝 놀랐다.

"왜요?" 그녀가 속삭였다.

그는 대답 대신 왼쪽의 바위 틈새를 비췄다. 그 옆에 스프레이 페인트로 두 단어가 적혀 있었다. 확인과 없음이었다.

그들은 천천히, 천천히 걸음을 옮겼다. 홀리는 어떤지 모르겠지만 랠프는 점점 불안해졌고, 아내와 아들을 두 번 다시 만나지 못할 거라는 확신이 점점 커졌다. 햇빛을 두 번 다시 보지 못할 거라는 확신도 점점 커졌다. 인간이 얼마나 금세 햇빛을 그리워하게 되는지 놀라울 정도였다. 여기서 나가기만 하면 햇빛을 물처럼 마실 수 있을 듯했다.

홀리가 속삭였다.

"여기 정말 끔찍하죠?"

"그러네요. 당신은 그만 돌아가는 게 좋겠어요."

그녀는 그의 등 한가운데를 살짝 떠미는 것으로 대답을 대신했다.

그들이 내리막길을 걷는 동안 지난 몇 개의 바위 틈새마다 똑같은 단어가 스프레이 페인트로 적혀 있었다. 언제부터 적혀 있었을까? 클로드 볼턴의 10대 시절이라면 최소한 15년 어쩌면 20년 전이었다. 그 이후로 여기 들어온 사람이 이방인 말고 또 있었을까? 누구였을까? 그들이 여기에 들어온 이유는 뭐였을까? 홀리 말마따나 여기는 끔찍했다. 그는 한 걸음, 한 걸음 옮길 때마다 산 채로 묻히는 심정이었다. 그는 피기스 공원의 공터를 억지로 떠올렸다. 프랭크 피터슨을, 그의 몸에 박혀 있던 나뭇가지를, 여러 번 쑤시느라 껍데기가 벗겨진 나뭇가지에 찍혀 있었던 피 묻은 지문을 떠올렸다. 그리고 랠프에게 당신은 무슨 수로 양심의 가책을 덜 거냐고 물었던 테리 메이틀랜드를 떠올렸다. 죽어 가며 그렇게 물었던 그를.

그러면서 계속 걸음을 옮겼다.

통로가 갑자기 더 좁아졌다. 벽이 가까워지기도 했지만 양쪽에 쌓인 돌무더기 때문이기도 했다. 랠프가 손전등으로 위를 비춰 보니 암반 천장에 깊이 파인 구멍이 있었다. 이를 뽑으면 남는 구멍이 연상됐다.

"홀리…… 천장이 함몰된 지점이 여기예요. 큰 파편들은 2차 수색대가 들고 나갔나 봐요. 이건……."

그가 돌무더기를 가로질러서 손전등을 비추자 유령처럼 반짝이는 지점이 두어 군데 또다시 등장했다.

"이건 그들이 신경 쓰지 않은 파편들이죠." 홀리가 말문을 맺었다. "그냥 옆으로 치우기만 한."

"맞아요."

그들은 다시 전진하되 처음에는 벽에 붙어서 조금씩 걸음을 옮겼다. 덩치가 큰 축에 속하는 랠프는 옆으로 몸을 돌려야 했다. 그는 홀리에게 손전등을 건네고 총을 잡은 손을 얼굴 옆으로 올렸다.

"내 겨드랑이 아래로 전등을 비춰요. 똑바로 앞을 겨누어요. 놀라게 하지 말고."

"아······알았어요."

"어째 추워하는 것처럼 들리네요."

"추워요. 조용히 해요. 그자가 우리 소리를 듣겠어요."

"그럼 어때서요? 어차피 우리가 온다는 걸 아는데. 총으로 그를 죽일 수 있다고 생각하는 거 맞죠? 혹시······."

"*멈춰요, 랠프, 그만! 그러다 밟겠어요!*"

그는 쿵쾅거리는 심장을 달래며 즉시 걸음을 멈추었다. 그녀가 그의 발치에서 조금 앞쪽을 전등으로 비췄다. 통로가 다시 넓어지기 전 마지막 돌무더기 위에 개 아니면 코요테 사체가 걸쳐져 있었다. 코요테 쪽에 더 가까워 보였지만 머리가 없었기 때문에 단정 지을 수는 없었다. 누군가가 배를 갈라서 내장을 모조리 끄집어냈다.

"우리가 맡은 냄새가 이거였네요." 그녀가 말했다.

랠프는 조심스럽게 다가갔다. 3미터쯤 갔을 때 다시 걸음을 멈추었다. 과연 코요테였다. 거기에 머리가 있었다. 요란하게 놀란 눈빛으로 그들을 쳐다보는 것처럼 느껴졌는데, 처음에 그는 이유를 알아차리지 못했다.

홀리가 좀 더 눈치가 빨랐다.

"눈알이 없네요. 내장만으로는 부족했던 거예요. 저 가엾은 동물의 머리에서 눈알을 바로 떼서 먹었어요. 우웩."

"그러니까 이방인은 인간의 살과 피만 먹는 게 아니네요." 그는 말을 하다 말고 멈추었다. "인간의 슬픔만 먹는 것도 아니고."

홀리가 조용히 말했다.

"녀석은 우리 덕분에, 가장 크게는 당신과 사블로 경위님 덕분에 동면을 해야 하는 시기에 아주 열심히 활동을 했어요. 그리고 좋아하는 음식도 먹지 못했고요. 배가 엄청 고플 거예요."

"그리고 기운도 없고. 당신이 그랬잖아요, 기운이 없을 거라고."

"그러길 바라야죠. 너무 무서워요. 답답한 공간은 싫은데."

"지금이라도……."

그녀는 또다시 엄지손가락으로 가볍게 찔렀다.

"계속 가요. 발밑을 조심하고."

## 20

방울방울 희미하게 반짝이는 흔적이 계속 이어졌다. 랠프는 그것의 땀인가 보다고 생각하기에 이르렀다. 그들처럼 두려움에 흘린 식은땀일까? 그랬으면 좋겠다는 생각이 들었다. 그 개자식이 겁에 질렸었고 지금도 그랬으면 좋겠다는 생각이 들었다.

틈새가 계속 나왔지만 스프레이 페인트 글씨는 더 이상 없었다. 아무리 어린아이라도 들어가거나 빠져나올 수 없을 좁은 틈새였다. 빡빡하기는 했지만 홀리와 랠프가 다시 나란히 걸을 수 있었다. 저 멀리 어디에선가 물 떨어지는 소리가 들렸고, 랠프는 다시금 불어오는 바람을 느꼈다. 이번에는 왼쪽 뺨을 유령이 손가락으로 어루만지는 느낌이었다. 어느 틈새에서 불어오는 바람이었고, 맥주병 꼭대기에 대고 숨을 불었을 때처럼 거의 거울 비슷하게 공허한 신음 소리를 냈다. 여기는 분명 끔찍한 공간이었다. 사람들이 돈을 내고 이런 지하 동굴을 구경하러 들어왔다니 믿기지가 않았지만, 그들은 그가 알고 이제는 믿게 된 사실을 몰랐기에 가능한 일이었다. 땅속 깊숙이 들어오자 얼마 전까지만 해도 불가능한 수준을 넘어 어처구니없게 느껴졌던 사실을 믿게 되다니 신기할 따름이었다.

"조심해요." 홀리가 말했다. "또 있어요."

이번에는 갈기갈기 찢긴 땅다람쥐 두 마리였다. 그 뒤로 방울뱀의 잔해가 보이는데, 다이아몬드 무늬 껍데기에 달린 방울 말고는 남은 게 아무것도 없었다.

조금 더 걸음을 옮기자 댄스플로어처럼 반질반질하게 닦인 가파른 내리막길의 꼭대기가 나왔다. 랠프는 공룡들이 살던 시대에 흐르다 예수가 탄생하기 이전에 말라 버린 지하 하천이 만든 길일지 모르겠다는 생각을 했다. 한쪽 옆에 이제는 군데군데 꽃 모양으로 녹이 슨 철제 난간이 있었다. 홀리가 난간을 따라 전등을 비추자 점점이 떨어진 형광물질뿐 아니라 손바닥과 지문이 드러났다. 클로드 볼턴의 지문과 일치할 거라고 랠프는 단언할 수 있었다.

"그 새끼 참 용의주도했네요. 넘어지고 싶지 않다, 이거죠."

홀리는 고개를 끄덕였다.

"러비가 데블스 슬라이드라고 말한 그 길인가 봐요. 발밑을 조심⋯⋯."

저 아래 어딘가에서 돌멩이들이 잠깐 쏟아지는 소리에 이어 쿵 하는 충격이 발을 타고 느껴질락 말락 하게 전해졌다. 랠프는 단단한 얼음도 가끔 움직일 때가 있다는 사실을 떠올렸다. 홀리는 눈을 동그랗게 뜨고 그를 쳐다보았다.

"괜찮을 것 같아요. 이 동굴은 오래전부터 혼잣말을 중얼거리고 있었을 거예요."

"맞아요. 하지만 러비가 얘기한 그 지진 이후로 대화가 좀 더 활발해졌겠죠. 2007년도에 벌어졌다는 그 지진 말이에요."

"지금이라도⋯⋯."

"두 번 다시 묻지 마요. 전 이 사건을 끝까지 파헤쳐야겠으니까."

그도 짐작한 바였다.

그들은 난간을 잡되 남아 있는 지문을 건드리지 않도록 조심해가며 비탈을 내려갔다. 맨 밑바닥에 표지판이 있었다.

> **데블스 슬라이드에 오신 것을 환영합니다.**
> **난간을 잡고 조심스럽게 이동해 주세요.**

슬라이드를 지나자 길이 좀 더 넓어졌다. 다시 아치 모양의 입구가 등장했지만 나무 덮개가 일부 떨어져 자연이 남긴 민낯이 고스란히 드러났다. 이건 삐죽삐죽한 구멍이었다.

홀리가 오므린 손을 입에 대고 나지막이 외쳤다.

"여보세요?"

홀리가 한 말이 완벽하게 그들 곁으로 되돌아왔고 메아리가 잇따라 겹쳤다. *여보세요…… 세요……세요……*

"이럴 줄 알았어. 여기가 소리의 방이에요. 러비가…….″

"어서 와."

*어서 와…… 서 와…… 서 와……*

나지막한 목소리였지만 랠프는 숨을 마시다 말고 멈추었다. 홀리가 집게발처럼 그의 팔을 움켜쥐는 게 느껴졌다.

"이왕 여기까지 왔으니…….″

*여기까지 왔으니…… 왔으니…… 으니…… 으니……*

"……거기다 나를 찾느라 엄청 고생했는데 들어오지그래?"


## 21


그들은 나란히 아치를 통과했다. 홀리는 무대 공포증이 있는 신부처럼 랠프의 팔에 매달렸다.

그녀가 손전등을 들었다. 랠프는 글록을 쥐고 표적이 보이면 당장 발사할 태세를 갖추었다. 딱 한 방. 하지만 표적이 보이지 않았다. 적어도 처음에는 그랬다.

아치를 지나자 동굴 바닥에서 20미터 위에 달린 일종의 발코니처럼 튀어나온 바위가 등장했다. 쇠 계단이 빙글빙글 아래로 이어졌다. 홀리는 위를 올려다보았다가 현기증을 느꼈다. 계단이 원래 메인 입구였을 구멍을 지나 종유석이 달린 천장까지 약 60미터 정도 위로 이어졌다. 아래로 내려가는 계단은 괜찮아 보였다. 위를 보면 고정하는 데 쓰인 주먹만 한 크기의 볼트가 풀려서 술 취한 듯이 축 늘어진 구간도 있었다.

계단 발치에서 평범한 스탠딩 램프(근사하게 꾸민 거실에서 볼 수 있음 직한 램프였다.)의 불빛을 받으며 이방인이 그들을 기다리고 있었다. 램프의 전선은 나지막이 웅웅거리는 빨간색 상자를 향해 구불구불 이어졌다. 옆면에 '혼다(HONDA)'라고 적힌 상자였다. 빛의 동그라미 맨 바깥쪽에 발치에 담요를 접어 놓은 침대가 있었다.

랠프는 지금까지 도주범을 숱하게 체포했는데, 그들이 찾아온 상대는 도주범이라고 하기에 손색이 없었다. 눈은 퀭했고 너무 말랐고 몸을 혹사한 기미가 역력했다. 청바지를 입고 지저분한 흰색 셔츠 위에 생가죽 조끼를 걸치고 흠집으로 덮인 카우보이 부츠를 신었다. 무기는 없는 듯했다. 상대가 클로드 볼턴의 얼굴로 그들을 올려다보았다. 까만 머리, 몇 세대 전에 아메리카 원주민의 피가 섞였음을 암시하는 우뚝한 광대뼈, 염소수염. 지금 랠프의 위치에서는 손가락에 새겨진 문신이 보이지 않았지만 있을 게 분명했다.

문신 인간. 호스킨스는 그를 그렇게 불렀다.

"나랑 얘기할 작정이면 계단으로 내려와야 해. 나는 괜찮았지만 솔직히 얘기하면…… 별로 그렇게 튼튼하지는 않아."

그는 대화 투로 얘기했지만 두 번, 세 번씩 울려서 이방인이 한 명이 아니라 하나뿐인 램프의 불빛이 닿지 않는 어둠과 틈새 속에 그의 일당이 한 부대 숨어 있기라도 한 듯이 느껴졌다.

홀리가 계단으로 걸음을 내디뎠다. 랠프가 그녀를 막았다.

"내가 먼저 갈게요."

"내가 먼저 가야 해요. 내가 더 가볍잖아요."

"내가 먼저 갈게요." 그는 같은 말을 반복했다. "내가 다 내려간 다음에 내려와요, 다 내려갈 수 있을지 모르겠지만." 그는 나지막이 얘기했지만 음향 효과를 생각하면 이방인의 귀에 한마디도 남김없이 들릴 것이었다. *적어도 내 입장에서는 그랬으면 좋겠단 말이지.* "하지만 열두어 계단 위에 서 있어요. 저자하고는 내가 얘기할게요."

그는 그렇게 말하며 홀리를 뚫어져라 쳐다보았다. 그녀가 총을 흘끗 쳐다보자 그는 보일락 말락 하게 고개를 끄덕였다. 대화는 없을 것이다. 장황한 질의응답 시간은 없을 것이다. 그럴 단계는 지났다. 머리를 한 방 쏘고 여기서 빠져나갈 것이다. 천장이 무너지면 얘기가 달라지겠지만.

"알았어요. 조심해요."

그게 될 턱이 없었지만(오래된 나선형 계단이 버텨 주든 무너지든 둘 중 하나였다.) 랠프는 내려가며 몸이 가벼워졌다고 최면을 걸었다. 계단이 신음하고 악을 쓰고 부르르 떨었다.

"잘하고 있어." 이방인이 말했다. "벽에 붙어서 걸어. 그러는 게 아마 제일 안전할 거야."

*안전할 거야…… 거야…… 거야……*

랠프는 맨 밑바닥에 도착했다. 이방인은 묘하게 가정적인 분위기를 풍기는 램프 옆에 꼼짝 않고 서 있었다. 발전기와 침대와 함께 티핏의 홈디포에서 장만했을까? 랠프는 아마 그랬을 거라고 추측했다. 론 스타(Lone Star)라는 별명으로 불리는 이 주의 이 황량한 마을에서 갈 만한 데라고는 거기뿐이었다. 상관없는 문제이기는 했지만. 홀리가 내려오자 그의 뒤에서 계단이 다시 악을 쓰고 신음하기 시작했다.

이제 나란한 위치에 서자 랠프는 과학자에 버금가는 호기심을 느끼며 이방인을 바라보았다. 인간 같아 보였지만 그럼에도 어딘지 모르게 이상했다. 눈을 살짝 사시처럼 뜨고 사진을 쳐다보는 느낌이었다. 어떤 사진인지 알지만 모든 게 왜곡되고 살짝 어긋난 느낌이었다. 클로드 볼턴의 얼굴이긴 한데 턱이 둥그스름하지 않고 각이 진 데다 가운데가 조금 움푹 들어갔다. 오른쪽 턱선이 왼쪽보다 길어서 얼굴이 전체적으로 삐딱한 것이 그로테스크하게 느껴지기 직전이었다. 머리칼도 까마귀 날개처럼 새까맣게 반짝거리는 클로드의 머리칼이었지만 붉은 기가 도는 갈색이 희끗희끗 보였다. 가장 놀라운 곳은 눈이었다. 한쪽은 클로드처럼 갈색이었지만 다른 쪽은 파란색이었다.

랠프는 갈라진 턱과 긴 턱선과 붉은 기가 도는 갈색 머리칼을 알았다. 무엇보다 파란 눈을 알았다. 테리 메이틀랜드가 얼마 전, 무더웠던 7월의 어느 날 오전에 길거리에서 죽었을 때 그 눈에서 빛이 사라지는 걸 본 적 있었다.

"아직 변신이 끝나지 않았군. 내 아내가 본 투영은 클로드를 똑

닮았을지 몰라도 실제 너는 아직 따라잡지 못했어. 그렇지? 아직 진행 중이야."

그는 이 말이 이방인이 듣는 마지막 말이 되게 하려고 했다. 계단이 항의하듯 신음하는 소리가 그쳤으니 홀리가 안전한 높이에서 걸음을 멈추었다는 뜻이었다. 그는 글록을 들고 왼손으로 오른손목을 잡았다.

이방인은 두 팔을 양옆으로 벌리고 몸을 내밀었다.

"죽여, 그게 네가 원하는 거라면. 하지만 그러면 너랑 네 친구도 목숨을 부지하지 못할 거야. 클로드하고 다르게 네 머릿속으로는 들어가지 못하지만, 그래도 네가 무슨 생각을 하는지 짐작하고도 남거든. 한 방 정도는 괜찮을 거라고 생각하지. 그렇지?"

랠프는 아무 대꾸도 하지 않았다.

"그렇게 생각하고 있다고 장담할 수 있다만 괜찮지 않을 거야." 그는 언성을 높여 고함을 질렀다. **"내 이름은 클로드 볼턴이다!"**

고함보다 메아리 소리가 더 크게 느껴졌다. 천장 높이 매달려 있던 종유석 하나가 이미 많이 금이 갔었는지, 돌로 만든 단검처럼 떨어지자 홀리는 놀라서 비명을 질렀다. 희미한 램프 불빛이 비추는 동그라미 저 너머로 떨어졌기 때문에 위험할 건 없었지만 랠프는 무슨 뜻인지 이해했다.

"나를 여기까지 찾아왔을 정도니 이것도 이미 알고 있겠지." 이방인이 팔을 내리며 말했다. "하지만 모르는 경우에 대비해 설명하자면 남자아이 둘이 이 아래쪽에서 길을 잃었을 때 아이들을 찾으러 나선 구조대가……."

"총을 쏘는 바람에 천장 일부가 무너졌지." 홀리가 계단에서 말했다. "그래, 우리도 알아."

"데블스 슬라이드에서 쏜 거라 총성이 죽어서 그 정도였거든." 그는 미소를 지었다. "앤더슨 형사가 여기서 총을 쏘면 어떤 사태가 벌어질까? 아까보다 큰 종유석들이 비처럼 쏟아지겠지. 그렇더라도 종유석은 피할 수 있을지 몰라. 피하지 못하면 몸이 박살이 나겠지만. 그런데 절벽 꼭대기가 완전히 무너져서 우리가 생매장당할 수도 있어. 그 위험부담을 감수할 수 있겠나, 앤더슨 형사? 그걸 감수할 생각이 있으니 이 계단을 내려왔겠지만 내가 얘기하는데, 전망이 그리 밝지 않아."

홀리가 다시 한 걸음 내려오자 계단이 잠깐 삐걱거렸다. 두 걸음 더 내려왔을 수도 있었다.

*멀리 떨어져 있어요.* 랠프는 생각했지만 그녀에게 그걸 강요할 방법이 없었다. 이 여자는 고집이 셌다.

"네가 여길 선택한 이유도 알아." 그녀가 말했다. "클로드의 삼촌과 사촌들이 여기 있잖아. 이 땅속에."

"맞아." 그가, 아니면 그것이 좀 더 활짝 웃었다. 웃을 때 보이는 금니는 손가락에 새겨진 글씨처럼 클로드의 것이었다. "구하려고 했던 두 아이를 비롯해 수많은 다른 사람들과 함께. 땅속에 묻힌 그들이 느껴져. 몇 명은 가까이에 있어. 로저 볼턴과 두 아들은 저쪽에 있지. 스네이크 벨리에서 6미터도 안 되는 곳에." 그가 손가락으로 가리켰다. "그들이 가장 강하게 느껴져. 가까이 있기도 하고 내가 변신하려는 인물과 한 핏줄이니까."

"하지만 먹음직스럽지는 않은 모양이로군."

랠프는 침대를 쳐다보고 있었다. 그 옆쪽의 돌바닥 위 스티로폼 아이스박스 주변으로 지저분하게 널려 있는 뼈와 거죽이 아주 어렴풋이 보였다.

"당연히 아니지." 이방인은 짜증난 눈빛으로 그를 쳐다보았다. "하지만 그들의 잔해가 은은한 빛을 내거든. 뭐랄까…… 이런 얘기를 해 본 적이 거의 없어서 잘 모르겠지만…… 빛을 발산한다고 할까. 심지어 그 한심했던 녀석들도 빛을 내, 희미하긴 하지만. 그 아이들은 아주 멀리 있어. 메리스빌 홀에서 전인미답의 지대를 탐험하다 죽었다고 볼 수도 있겠네."

그렇게 얘기해 놓고 그가 다시 미소를 짓자 이번에는 금니뿐 아니라 치열이 거의 다 드러나 보였다. 랠프는 그가 프랭크 피터슨을 살해하고 살점을 먹고 아이가 죽어 가면서 느낀 고통을 피와 함께 마셨을 때도 이렇게 웃었을지 궁금해졌다.

"밤에 켜 놓는 스탠드 비슷한 불빛인가?"

홀리가 물었다. 진심으로 궁금해하는 말투였다. 그녀가 한 칸 아니면 두 칸 더 내려오자 계단이 다시 악을 썼다. 랠프는 그녀가 다른 방향으로 움직여 주길 간절히 바랐다. 뜨거운 텍사스의 태양이 내리쬐는 바깥으로 나가 주길 간절히 바랐다.

이방인은 어깨를 으쓱하고 그만이었다.

나가요. 랠프는 홀리에게 텔레파시를 보냈다. 돌아서 나가요. 당신이 아이가 뒷문 밖으로 나갔겠다 싶을 때까지 기다렸다가 내가 총을 쏠게요. 내 아내는 남편을, 아이는 아비를 잃게 되더라도 총을 쏠게요. 테리 메이틀랜드와 그 이전의 다른 피해자들에게 진 빚이 있으니.

"밤에 켜 놓는 스탠드." 그녀는 했던 말을 반복하며 다시 한 칸 내려왔다. "무섭지 않게 켜 놓는 거 말이야. 나도 어렸을 때 그런 스탠드가 있었는데."

이방인이 랠프의 어깨를 넘어 그녀를 올려다보았다. 스탠딩 램프를 등지고 서 있어서 얼굴이 어둑어둑했다. 랠프는 그 짝짝이 눈이 이상하게 반짝이는 걸 볼 수 있었다. 아니, 그게 아니라 눈이 반짝인다기보다 거기에서 어떤 빛이 뿜어져 나왔다. 랠프는 그레이스 메이틀랜드가 어떤 뜻에서 눈 대신 빨대가 꽂혀 있었다고 했는지 이제 알 수 있었다.

"무섭지 않게 켜 놓는?" 이방인은 그 말에 대해 생각해 보는 눈치였다. "음, 비슷할 수도 있겠네. 나는 그런 식으로 생각해 본 적이 없지만. 하지만 정보가 담겨 있기도 해. 그들은 죽었어도 뼛속까지 볼턴이거든."

"기억 말이야?"

그녀가 한 계단 더 내려오며 물었다. 랠프는 오른손목을 감싸고 있던 왼손을 풀어서 올라가라고 손짓했지만 그녀가 들은 척도 하지 않을 것임을 알았다.

"아니, 그건 아니고."

이방인은 그녀를 보며 다시 짜증난 표정을 지었지만 다른 뭔가가 또 있었다. 랠프도 취조실에서 숱하게 접한 적 있는 열띤 표정이었다. 모든 용의자가 수다스러운 건 아니었지만 대부분이 그랬다.

자기만의 생각이라는 닫힌 공간 안에서 홀로 지내 왔기 때문이었다. 이 녀석은 자기만의 생각 안에서 아주 오랫동안 홀로 지내 왔을 것이다. 홀로. 보면 한눈에 알 수 있었다.

"그럼 뭔데?"

홀리는 더 이상 내려오지 않았고, 랠프는 그 조그만 축복에 감사했다.

"혈통. 혈통 안에는 단순한 기억이나 비슷한 외모를 넘어 몇 세대 동안 대물림되는 뭔가가 있거든. 존재 방식이랄까. 시각이랄까. 먹을 수 있는 건 아니지만 거기에서 힘을 얻을 수 있어. 영혼은 사라지더라도 숨이 끊긴 그들의 머리와 몸속에 뭔가가 남아 있거든."

"DNA 비슷한 거로군." 홀리가 말했다. "종족적인 것일 수도 있고 인종적인 것일 수도 있고."

"뭐. 그런 식으로 생각하고 싶다면." 이방인은 랠프 쪽으로 한 걸음 다가와서 **해야 해**라고 새겨진 쪽 손을 내밀었다. "이 문신 비슷한 거야. 살아 있지는 않지만 어떤 정보를⋯⋯."

"그만!"

그녀가 고함을 지르자 랠프는 생각했다. *맙소사, 아까보다 더 가까워졌잖아. 소리가 들리지도 않았는데 무슨 수로 그랬지?*

메아리가 점점 커지는 듯이 느껴지더니 뭔가가 떨어졌다. 이번에는 종유석이 아니라 울퉁불퉁한 벽에서 떨어져 나온 돌덩이였다.

"그러지 마." 이방인이 말했다. "모든 게 우리 머리 위로 폭삭 주저앉길 바라지 않는 이상 그렇게 소리를 지르면 안 돼."

홀리가 아까보다 나지막하지만 여전히 다급한 목소리로 다시 말했다.

"저자가 호스킨스 형사한테 어떻게 했는지 명심해요, 랠프. 저자의 손이 닿으면 독극물에 오염이 돼요."

"지금처럼 변신하는 시기일 때만 그래." 이방인이 부드러운 목소리로 말했다. "일종의 천연 보호 장치고 치명적인 경우는 거의 없어. 방사능이라기보다는 덩굴옻나무에 가깝지. 물론 호스킨스 형사는…… 민감하게 반응했다고 할까. 그리고 내가 어떤 사람을 건드리면 100퍼센트의 확률은 아니지만 종종 그들의 머릿속으로 들어갈 수가 있어. 아니면 그들이 사랑하는 사람들의 머릿속으로. 프랭크 피터슨의 가족을 상대로 내가 그랬지. 이미 걷고 있던 방향으로 아주 조금 더 떠밀었을 뿐이긴 하지만."

"그 자리에서 움직이지 마." 랠프가 말했다.

이방인은 문신한 양손을 들었다.

"아, 그럼. 아까도 얘기했다시피 총을 들고 있는 쪽은 너니까. 하지만 너희들을 내보낼 수는 없어. 너무 지쳐서 다른 데로 이동할 수가 없거든. 너무 일찌감치 여기로 내려와야 했던 데다 필요한 용품을 몇 개 사느라 기운이 더 소진되고 말았어. 그래서 우리가 이러지도 못하고 저러지도 못하는 상황이 되고 말았네."

"네가 의도한 상황이잖아. 너는 이렇게 될 줄 알고 있었으니까."

이방인은 테리 메이틀랜드의 흔적이 아직까지 희미하게 남아 있는 얼굴로 그를 쳐다보며 아무 말도 하지 않았다.

"히스 홈즈는 괜찮았어. 홈즈 이전의 다른 사람들도 괜찮았고. 하지만 메이틀랜드가 말썽이었지."

"그러게 말이지." 이방인은 곤혹스러워하는 표정을 지었지만 여전히 득의양양했다. "하지만 지금까지 아무리 알리바이가 탄탄하고 평판에 티끌 하나 없어도 별문제 없었는데. 증거와 목격자 진술이 있으면 알리바이와 평판은 아무짝에도 쓸모가 없어. 인간들이 워낙 자기들의 현실 인식에서 벗어나는 설명은 받아들이질 못하거든. 너는 나를 찾아오지 말았어야 했어. 그의 알리바이가 아무리 탄탄했어도 나를 감지하지 말았어야 했어. 그런데도 이렇게 찾아왔단 말이지. 내가 법원 앞에 등장했기 때문인가?"

랠프는 아무 대꾸도 하지 않았다. 홀리가 마지막 단을 내려와서 이제 그의 옆에 서 있었다.

이방인은 한숨을 쉬었다.

"그게 패착이었네. 텔레비전 카메라를 감안했어야 하는 건데. 하지만 배가 고팠단 말이지. 그래도 몸을 사릴 수 있었는데 내가 걸신들리는 바람에."

"그리고 너무 자신만만했지. 너무 자신감이 넘치다 보면 조심성이 없어지게 되어 있어. 경찰 일을 하다 보면 그런 경우를 자주 접하거든."

"뭐, 어쩌면 그 세 가지 모두였을지도 몰라. 하지만 그래도 무사히 도망칠 수 있었을 거라고 보는데." 그는 핏기 없는 얼굴과 희끗희끗한 머리를 하고 랠프의 옆에 서 있는 여자를 곰곰이 쳐다보았다. "내가 이런 상황에 놓인 게 네 덕분이지? 홀리. 클로드 말로는 네 이름이 홀리라던데. 어떻게 믿을 수 있었지? 오감 말고는 아무것도 믿지 않는 현대인들을 무슨 수로 설득해서 여기까지 끌고 내려왔지? 다른 데서 나 같은 존재를 본 적 있었나?"

누가 들어도 열띤 목소리였다.

"네 질문에 대답하려고 온 거 아니야." 홀리는 쭈글쭈글한 재킷 주머니에 한 손을 넣고 있었다. 다른 손은 자외선 손전등을 들고만 있을 뿐, 켜지는 않았다. 불빛이라고는 스탠딩 램프 불빛밖에 없었다. "너를 죽이려고 왔지."

"무슨 수로 그럴 수 있을지 모르겠네…… 홀리. 우리 둘뿐이었다면 네 친구가 총을 쐈을지 모르지만 네 목숨까지 위험해지는 일을 저지르지는 않을 거라고 보거든. 육탄 공격을 감행하면 내가 독성이 살짝 있고 생각했던 것보다 힘이 세다는 걸 알게 될 거야. 지금처럼 체력이 고갈된 상태라도 말이지."

"지금이야 이러지도 못하고 저러지도 못하는 상황일지 모르지." 랠프가 말했다. "하지만 길게 가지는 않을 거다. 호스킨스가 주 경찰청의 유넬 사블로 경위에게 부상만 입히고 죽이지는 못했거든. 지금쯤 그가 지원을 요청했을 거야."

"노력은 가상하다만 여기서는 헛수고야. 동쪽으로 10킬로미터, 서쪽으로 20킬로미터는 가야 휴대전화가 터지거든. 내가 그런 것도 체크하지 않았겠어?"

랠프는 그가 그랬길 바랐지만 가망 없는 바람이었다. 하지만 그에게는 카드가 한 장 더 남아 있었다.

"호스킨스가 우리가 타고 온 차까지 터뜨렸거든. 거기서 연기가 나고 있어. 그것도 아주 많이."

이방인이 랠프를 만난 이래 처음으로 진심으로 놀란 표정을 지었다.

"그럼 얘기가 달라지는데. 내가 도망쳐야 하잖아. 지금 이 상태로는 어렵고 힘든 일이 될 텐데. 나를 도발하려는 게 목적이었다면 성공했어, 앤더슨 형사……."

"너 같은 존재를 본 적 있느냐고 물었지?" 홀리가 끼어들었다. "나는 아니지만, 엄밀히 따지면 그렇지만, 랠프는 본 적 있어. 변신하고 기억을 흡수하고 눈을 반짝인다는 것만 빼면 너도 평범한 가학성애자나 소아성애자와 다를 바 없거든."

이방인은 그녀한테 한 대 맞기라도 한 듯 움찔했다. 순간 버려진 주차장에서 불길에 휩싸인 채 연기로 신호를 보내고 있는 SUV를 까맣게 잊은 듯했다.

"그건 모욕적이고 황당하고 사실과 다른 발언인데. 나는 살기 위해서 먹는 거야. 그뿐이야. 너희들도 그러기 위해서 돼지와 소를 잡아먹잖아. 너희들이 나한테는 그거야…… 가축."

"거짓말." 한 걸음 앞으로 나선 홀리는 랠프가 팔을 잡으려고 하자 뿌리쳤다. 핏기가 없었던 뺨에 빨간 장미꽃이 피기 시작했다. "너는 아무로든, 무엇으로든 변신해서 신뢰를 얻을 수 있잖아. 너는 메이틀랜드 씨의 친구를 선택할 수도 있었어. 그의 아내를 선택할 수도 있었어. 하지만 그 대신 어린아이를 선택했지. 넌 항상 어린아이를 선택하잖아."

"어린애들이 제일 튼실하고 제일 맛있으니까! 송아지 고기 안 먹어 봤어? 송아지 간은?"

"그냥 먹기만 하는 게 아니라 아이들 위에다 사정을 하잖아." 그녀는 혐오스러워하며 입술을 일그러뜨렸다. "그 위에다 싸질러 놓잖아. 으웩!"

"DNA를 남기려고 그러는 거지!" 이방인은 고함을 질렀다.

"다른 방식으로 남길 수도 있잖아!" 홀리가 마주 고함을 지르자 달걀 껍데기 같은 천장에서 뭔가가 떨어졌다. "하지만 네 거시기를 넣을 수는 없지? 발기 불능이라." 그녀는 손가락 하나를 들어서 구부렸다. "요렇게 생기지 않았나?"

"닥쳐!"

"네가 어린아이들을 선택하는 이유는 고추가 있어도 하질 못하는 아동 성폭행범이기 때문이야. 그래서……."

이방인은 증오로 얼굴을 일그러뜨리며 홀리에게 달려들었다. 그 표정 안에는 클로드 볼턴도 테리 메이틀랜드도 없었다. 제이미슨 쌍둥이들이 마지막에 목숨을 바친 저 깊은 땅속만큼이나 시커멓고 끔찍한 그 녀석 고유의 것이었다. 랠프가 총을 들었지만 발사하기 전에 홀리가 사선으로 끼어들었다.

*"쏘지 마요, 랠프. 쏘지 마요!"*

또 뭔가가 떨어졌다. 이번에는 덩어리가 커서 이방인의 침대와 아이스박스가 박살났고, 광물로 반짝거리는 파편들이 반질반질한 바닥 위에서 빙글빙글 돌았다.

아까부터 축 늘어져 있던 재킷 옆주머니에서 홀리가 뭔가를 꺼냈다. 길고 하얬고, 뭔지 모를 묵직한 게 담겨 있기라도 한 듯 늘어졌다. 그와 동시에 자외선 손전등을 켜서 이방인의 얼굴을 똑바로 비췄다. 이방인은 문신이 새겨진 클로드 볼턴의 손을 그녀 쪽으로 내민 채 움찔하고 으르렁거리는 소리를 내며 고개를 돌렸다. 홀리는 그 하얀 물건을, 가슴을 가로질러 어깨까지 올린 다음 있는 힘껏 휘둘렀다. 뭐가 잔뜩 들어 있는 끝부분이 이방인의 헤어라인 바로 아래에 있는 관자놀이를 때렸다.

이후에 랠프는 앞으로 몇 년 동안 꿈속에 등장할 광경을 목격했다. 뼈가 아니라 종이 반죽으로 만들어지기라도 한 듯 이방인의 머리 왼쪽 절반이 움푹 꺼졌다. 갈색 눈이 튀어나왔다. 녀석은 무릎을 꿇었고 얼굴이 녹아내렸다. 불과 몇 초 동안 랠프의 눈앞에서 100인의 얼굴이 등장했다가 사라졌다. 이마가 볼록했다가 납작해졌고, 눈썹 숱이 많았다가 보이지 않을 정도로 옅은 금색으로 변했고, 퀭했던 눈이 튀어나왔고, 입술이 두툼했다가 얇아졌다. 뻐드렁니가 튀어나왔다가 사라졌다. 턱이 나왔다가 꺼졌다. 하지만 맨 마지막 얼굴은, 가장 길게 머문 얼굴은, 이방인의 진짜 얼굴이었을 그 얼굴은 완전히 평범했다. 길거리에서 마주치면 그냥 지나칠 얼굴, 보자마자 까먹을 만한 얼굴이었다.

홀리가 그 무기를 다시 휘둘러 이번에는 광대뼈를 맞히자, 보자마자 까먹을 만한 얼굴이 흉측한 초승달로 변했다. 황당한 그림책에 나오는 초승달 같았다.

*결국에는 아무것도 아니로군. 아무도 아니야. 클로드를 닮고, 테리를 닮고, 히스 홈즈를 닮았던 건…… 아무것도 아니었어. 가면이었어. 분장이었어.*

이방인의 머리에 뚫린 구멍에서, 코에서, 물방울 모양으로 쪼그라들어 부들거리는 입에서 불그스름한 벌레 같은 것들이 쏟아져

나왔다. 그 벌레들이 꿈틀거리는 봇물처럼 '소리의 방'의 돌바닥 위로 쏟아졌다. 클로드 볼턴의 몸이 부들부들 떨고 껑충거리다 옷 속으로 오그라들었다.

홀리가 손전등을 떨어뜨리고 그 하얀 물건을(이제 보니 남자들이 운동할 때 신는 흰색 긴 양말이었다.) 양손으로 잡고 머리 위로 들었다. 그걸 마지막으로 한 번 내리쳐 녀석의 정수리를 박살냈다. 녀석의 얼굴이 썩은 박처럼 반으로 갈라졌다. 이로써 드러난 구멍 안에 뇌는 없고 이리저리 몸을 비트는 벌레들의 둥지만 있었다. 랠프로서는 오래전에 캔털루프 멜론 안에서 본 구더기들을 떠올릴 수밖에 없는 광경이었다. 이미 바닥으로 풀려난 벌레들은 꿈틀꿈틀 홀리의 발치로 다가오고 있었다.

홀리는 뒷걸음질 쳐서 랠프에게로 달려가다가 무릎이 꺾였다. 랠프가 그녀를 붙잡고 일으켜 세웠다. 얼굴에 핏기가 하나도 없었다. 눈물이 뺨 위로 쏟아졌다.

"양말 버려요." 랠프가 홀리의 귀에 대고 말했다.

그녀는 멍하니 그를 쳐다보았다.

"벌레 몇 마리가 거기 들러붙었어요."

그래도 놀란 눈빛으로 멍하니 계속 쳐다보기만 하자 랠프가 그걸 손에서 빼내려고 했다. 처음에는 빼낼 수가 없었다. 그녀가 죽을 둥 살 둥 붙잡고 있었다. 랠프는 그녀의 손가락을 뜯어 냈다. 그러다 부러뜨리지 않을까 걱정스러웠지만, 그래야 손을 놓게 만들 수 있다면 감수할 작정이었다. 이 벌레에 닿으면 덩굴옻나무보다 사태가 훨씬 심각했다. 피부 속으로 파고들기라도 하는 날에는……

334

그녀는 살짝이었지만 아무튼 정신을 차리는 기미를 보이며 손을 벌렸다. 양말이 떨어졌고 돌바닥에 부딪히면서 쿵 하는 소리를 냈다. 그는 맹목적으로 먹잇감을 찾는 벌레들을 피해(어쩌면 맹목적이 아니라 그들을 노리고 오는 것일 수도 있었다.) 뒷걸음질 치며, 양말을 잡고 있었을 때처럼 아직까지 으스러져라 주먹을 쥐고 있는 홀리의 손을 잡고 당겼다. 그녀는 바닥을 쳐다보더니 위험을 인지하고 숨을 들이마셨다.

"소리 지르지 마요." 랠프가 홀리에게 말했다. "또 뭐가 떨어지면 안 돼요. 그냥 올라갑시다."

그가 그녀를 끌고 계단을 오르기 시작했다. 처음 네댓 계단 이후에는 그녀 혼자서 걸어갈 수 있었지만 그들은 갈라진 이방인의 머리에서 계속 쏟아져 나오는 벌레들을 주시하느라 뒤로 걸었다. 물방울 모양의 입에서도 쏟아져 나오고 있었다.

"잠깐." 그녀가 속삭였다. "잠깐, 저 벌레들 좀 봐요. 그냥 이리저리 움직이고 있어요. 계단을 올라오지 못해요. 게다가 죽어 가고 있어요."

그녀의 말이 맞았다. 벌레들이 기어 오는 속도가 느려졌고 이방인 근처에 모여 있는 거대한 무더기는 아예 꼼짝하지 않았다. 하지만 몸뚱이는…… 그 안 어딘가에 있는 생명력이 계속 살아나려고 버둥거렸다. 볼턴을 닮은 그것은 등을 구부리고 움찔거리며 풍선 인형처럼 팔을 휘저었다. 그들이 지켜보는 동안 목이 짧아졌다. 머리의 남은 부분이 셔츠 칼라 속으로 오그라들었다. 클로드 볼턴의 까만 머리가 삐죽 보였다가 사라졌다.

"저게 뭘까요?" 홀리가 속삭였다. "저것들은 뭘까요?"

"모르겠고 관심도 없어요. 앞으로 당신이 나하고 있을 때는 평생 술값 계산할 일이 없다는 것만 알겠어요."

"나는 술을 거의 안 마셔요. 먹는 약 때문에 부작용이 있어서. 이미 얘기한 걸로 아는⋯⋯."

홀리가 갑자기 난간 너머로 몸을 기울여서 토악질을 했다. 랠프는 그동안 그녀를 잡아 주었다.

"미안해요."

"그럴 것 없어요. 우리 이제⋯⋯."

"이 염병할 곳에서 나가요."

그녀가 대신 말문을 맺었다.

## 22

햇빛이 이렇게 기분 좋게 느껴질 수가 없었다.

아히가 추장이 그려진 표지판까지 갔을 때 홀리가 현기증이 나서 잠깐 앉아 있어야겠다고 했다. 랠프가 두 사람이 앉을 수 있을 만큼 널찍하고 평평한 바위를 찾아서 그녀 옆에 앉았다. 그녀는 대자로 쓰러진 잭 호스킨스를 흘끗 쳐다보더니 꺅 하고 외마디 비명을 지르고 울음을 터뜨렸다. 처음에는 다른 사람 앞에서 눈물을 보이는 건 절대 안 될 일이라고 교육받은 사람처럼 꾹꾹 누르고서 마지못한 듯 흐느꼈다. 랠프가 서글프리만치 가녀리게 느껴지는 그녀의 어깨를 팔로 감싸 안았다. 그러자 그녀는 그의 셔츠에 얼굴을 묻고 목 놓아 울기 시작했다. 그들은 유넬이 있는 곳으로 돌아가야 했다. 그가 보기보다 훨씬 심하게 다쳤을 수 있었다. 포화가 쏟아지는 와중이라 정확하게 진단할 겨를이 없었다. 최소한 팔꿈치가 부러지고 어깨가 빠졌다. 하지만 그녀는 잠깐이나마 숨 돌릴 틈이 필요했고, 이 덩치 큰 형사도 하지 못한 일을 했으니 그럴 자격이 있었다.

45초 만에 폭풍이 잠잠해지기 시작했다. 1분 만에 완전히 끝났다. 그녀는 훌륭했다. 강했다. 홀리가 눈물이 그렁그렁 맺힌 충혈된 눈으로 올려다보았지만 랠프가 보기에는 여기가 어딘지 모르는 눈치였다. 그가 누군지도 모르는 눈치였다.

"다시는 못해요, 빌. 절대. 절대 절대 절대! 이 사람이 브래디처럼 부활하면 차라리 죽어 버리겠어요. 알겠어요?"

랠프는 가볍게 그녀를 흔들었다.

"그자는 부활하지 않아요, 홀리. 내가 장담해요."

그녀는 눈을 깜빡였다.

"랠프. 랠프라고 부르려고 했는데. 그거 봤어요? 그 벌레들 봤어요?"

"봤죠."

"우웩! 우웩!" 그녀는 구역질하는 소리를 내며 입을 막았다.

"양말로 곤봉 만드는 법 누구한테 배웠어요? 그렇게 긴 양말로 만들면 엄청 세게 때릴 수 있다는 건요? 빌 호지스한테 배웠어요?"

홀리는 고개를 끄덕였다.

"그 안에 뭐 넣었어요?"

"볼 베어링이요. 빌이 썼던 곤봉처럼. 플린트 시티의 월마트 자동차용품 코너에서 샀어요. 나는 총을 쓰지 못하니까. 해피 슬래퍼를 쓸 일도 없을 줄 알았는데 그냥 충동적으로 저질렀어요."

"아니면 직관적으로 저질렀다고 해야 할지도요."

그는 미소를 지었지만 자기가 그러는 줄도 거의 몰랐다. 아직도 온몸에 감각이 없었고, 새로운 숙주를 찾는 데 혈안이 된 벌레들이 꿈틀꿈틀 쫓아오는 게 아닌가 싶어서 계속 주변을 두리번거렸다.

"이름이 뭐라고요? 해피 슬래퍼?"

"빌이 그렇게 불렀어요. 랠프, 이제 가야 해요. 유넬이……."

"알아요. 하지만 그 전에 내가 해야 할 일이 하나 있거든요. 여기 가만히 앉아 있어요."

그는 호스킨스의 시신 앞으로 다가가 주머니를 뒤졌다. 픽업트럭의 열쇠를 찾아서 홀리 옆으로 돌아왔다.

"됐어요."

그들은 오솔길을 걷기 시작했다. 홀리가 한 번 비틀거리자 그가 잡아 주었다. 그다음 번에는 그가 하마터면 넘어질 뻔하자 그녀가 잡아 주었다.

*불구 커플 같네.* 그는 생각했다. *하지만 그런 광경을 보고 나면…….*

"우리가 모르는 게 너무 많아요. 그자가 어디서 왔는지. 그 벌레들이 병균인지 아니면 외계 생명체인지. 그에게 당한 피해자들은 누가 있는지. 살해당한 아이들 말고 살인범의 누명을 쓴 사람들 말이에요. 많을 거예요. *아주.* 막판에 그자 얼굴 봤어요? 어떤 식으로 변했는지?"

"봤어요."

랠프가 대답했다. 절대 잊지 못할 광경이었다.

"그자가 얼마나 살았는지도 몰라요. 어떤 식으로 자기를 투영할수 있었는지도. 정체가 뭐였는지도."

"그건 알잖아요. 그자는, 그 녀석은 엘 쿠코였죠. 아, 그리고 아는게 하나 더 있다. 그 개자식이 이제는 죽었다는 거."

## 23

오솔길을 거의 다 내려왔을 때 경적이 짧게 울리기 시작했다. 홀리는 걸음을 멈추고 이미 혹사당할 대로 혹사당한 입술을 씹었다.

"긴장 풀어요. 유넬일 거예요."

이제 길이 넓고 경사가 완만해졌기 때문에 좀 더 빨리 걸을 수 있었다. 창고를 돌아나가자 유넬이 보였다. 과연 그가 호스킨스의 픽업트럭에 반쯤 걸터앉아서 오른손으로 경적을 누르고 있었다. 피투성이로 퉁퉁 부은 왼쪽 팔은 통나무처럼 무릎 위에 놓여 있었다.

"이제 그만 눌러도 돼요." 랠프가 말했다. "엄마, 아빠가 왔으니까. 좀 어때요?"

"팔이 돌아 버리게 아프지만 그것 말고는 괜찮아요. 죽였어요?엘 쿠코요."

"죽였어요. 홀리가 죽였어요. 인간은 아니었지만 아무튼 죽었어요. 그자가 어린애들을 살해하고 다니던 시절은 끝났어요."

"홀리가 죽였다고요?" 그는 그녀를 쳐다보았다. "어떻게요?"

"그 얘기는 나중에 해요." 그녀가 말했다. "지금은 당신이 더 걱정되니까. 기절했어요? 머리가 멍해요?"

"여기까지 걸어오는 동안 살짝 어지럽긴 했어요. 너무 멀게 느껴져서 두어 번 쉬어야 했고요. 그 입구로 마중 나가고 싶었거든요. 그럴 수 있길 기도했다고 해야겠지만. 그러다 이 트럭을 발견했어요. 그 저격수가 타고 온 거겠죠? 등록증에 존* P. 호스킨스라고 되어 있던데. 내가 아는 그 사람 맞아요?"

랠프가 고개를 끄덕였다.

"플린트 시티 경찰서 소속의 그 사람 맞아요. 그리고 이제는 과거지사예요. 죽었거든요. 내가 총으로 쐈어요."

유넬의 눈이 휘둥그레졌다.

"그자가 여긴 어쩐 일로 왔대요?"

"이방인이 보냈어요. 무슨 수로 그랬는지는 전혀 모르겠지만."

"열쇠를 두고 갔을 줄 알았더니 허탕이에요. 사물함에 진통제도 없고. 등록증이랑 보험증서랑 쓰레기들뿐이에요."

"열쇠는 내가 챙겼어요. 주머니에 있더라고요."

"그리고 진통제는 저한테 있어요."

홀리가 말하고 너덜너덜한 정장 재킷에 달린 큼지막한 옆주머니에서 커다란 갈색 약병을 꺼냈다. 아무 라벨이 없었다.

---

* 잭(Jack)이란 이름은 존(John)의 애칭으로도 종종 쓰인다.

"그 안에 또 뭐 있어요? 캠핑용 버너? 커피 포트? 단파 라디오?"

"유머 감각 좀 어떻게 해 봐요, 랠프."

"웃기려고 한 얘기 아니에요. 정말 존경스러워서 그러는 거지."

"저도 진심으로 동의하는 바입니다." 유넬이 말했다.

홀리는 여행용 약병을 열어서 여러 가지 알약들을 손바닥에 쏟은 다음 약병을 트럭의 계기판 위에 조심스럽게 내려놓았다.

"이건 졸로프트…… 팍실…… 이제 거의 안 먹는 바륨 그리고…… 이거다." 그녀는 주황색 두 개만 남겨 놓고 나머지는 조심스럽게 다시 약병에 넣었다. "모트린. 긴장성 두통이 있을 때 먹는 약이에요. 그리고 턱관절이 아플 때. 하지만 나이트가드* 쓴 뒤로 그건 좋아졌어요. 저는 하이브리드 모델 써요. 비싸긴 하지만 그보다 더 좋은 제품은……." 그녀는 자기를 쳐다보는 두 사람의 시선을 느꼈다. "왜요?"

"이번에도 존경스러워서 그러는 거예요, *케리다*(내 사랑). 나는 모든 돌발 상황에 대처할 수 있는 여자를 사랑하거든요." 유넬은 물도 없이 약을 그냥 삼키고 눈을 감았다. "고마워요. 정말로. 나이트가드가 항상 기대에 부응하길 빌게요."

홀리는 병을 다시 주머니에 넣으며 의심스러워하는 눈빛으로 그를 쳐다보았다.

"두 알 더 있으니까 필요하면 얘기해요. 소방차 사이렌 소리 들렸어요?"

---

* 수면 중에 치아를 보호하는 장치.

"아뇨. 오지 않으려나 보다고 생각하던 참이에요."

"올 거예요. 하지만 도착할 때까지 여기 있으면 안 돼요. 얼른 병원에 가야지. 플레인빌이 티핏보다 조금 가깝고 게다가 볼턴의 집이 가는 길이에요. 거기 들러야 할 테니까. 홀리, 내가 여길 지킬 테니까 운전하고 갈 수 있겠어요?"

"네. 하지만 왜……." 그러고 나서 홀리는 손바닥으로 살짝 자기 이마를 때렸다. "골드 씨하고 펠리 씨요."

"맞아요. 그냥 내버려 둘 수 없어서요."

"범죄 현장을 어지럽히면 욕먹는데." 유넬도 말했다. "당신도 알 테지만요."

"알아요. 하지만 훌륭한 시민 두 명을 뜨거운 태양을 맞으며 불이 난 자동차 옆에서 익어 가도록 내버려 둘 수는 없잖아요. 이의 있어요?"

유넬은 고개를 저었다. 해병대 스타일로 짧게 깎은 뻣뻣한 머리칼 속에서 땀방울이 반짝였다.

"포르 수푸에스토 노. (당연히 없죠.)"

"내가 주차장까지 운전하고 홀리한테 운전대를 넘길게요. 그 모트린 덕분에 좀 편안해졌어요, *아미고*?"

"네. 엄청 대단하지는 않지만 괜찮아졌어요."

"다행이네요. 왜냐하면 출발하기 전에 얘기를 좀 나눠야 하거든요."

"뭐에 대해서요?"

"이걸 어떤 식으로 설명할 것인지에 대해서요." 홀리가 말했다.

## 24

주차장에 도착하자 랠프가 트럭에서 내렸다. 그가 트럭의 보닛을 돌아서 다가온 홀리를 맞이했고 이번에는 그녀 쪽에서 그를 끌어안았다. 짧지만 힘찬 포옹이었다. 빌린 SUV는 거의 전소돼서 연기가 점점 가늘어지고 있었다.

유넬이 조수석에서 몇 번 움찔하고 아파서 씩씩거려 가며 조심스럽게 움직였다. 랠프가 몸을 앞으로 기울이자 그가 물었다.

"죽은 거 확실해요?" 랠프도 알다시피 호스킨스에 대해서 묻는 게 아니었다. "*확실해요?*"

"네. 사악한 서쪽 마녀처럼 녹지는 않았지만 그 비슷했어요. 경찰이 들이닥치더라도 옷하고 죽은 벌레 한 무더기 말고는 아무것도 없을 거예요."

"벌레요?" 유넬은 미간을 찌푸렸다.

"그 정도 속도로 죽은 걸 감안하면, 부패도 순식간에 이루어질 거예요. 하지만 옷에 DNA가 남아 있을 테고 경찰 측에서 우연히 그걸 클로드의 DNA와 대조하면 일치한다는 걸 알겠죠."

"아니면 클로드와 테리의 DNA가 섞였을 수도 있어요. 변신이 아직 완료되지 않았으니까. 당신도 봤죠?"

홀리는 고개를 끄덕였다.

"그러면 폐기처분될 텐데. 클로드는 별문제 없을 거예요." 랠프가 주머니에서 휴대전화를 꺼내 유넬의 성한 쪽 손에 쥐여 주었다. "전파가 잡히자마자 전화 몇 통 돌릴 수 있겠죠?"

"*클라로.(물론이죠.)*"

"통화 순서도 알고요?"

유넬이 하나씩 꼽는 동안 티핏 방향에서 다가오는 희미한 사이렌 소리가 들렸다. 결국 연기를 본 사람이 있었던 모양이지만, 그자가 무슨 일인지 직접 와서 살피지는 않았다. 어떻게 보면 다행이었다.

"빌 새뮤얼스 검사. 그다음엔 부인. 그리고 나서 겔러 서장. 마지막으로 텍사스 고속도로 순찰대의 호러스 키니 경감. 번호는 모두 저장돼 있음. 볼턴 모자는 직접 만나서 얘기할 것."

"제가 얘기할게요." 홀리가 말했다. "경위님은 가만히 앉아서 팔을 달래고 계세요."

"클로드랑 러비와 말을 맞추는 게 아주 중요해요." 랠프가 말했다. "이제 가요. 소방차가 도착했을 때 여기 있으면 꼼짝 없이 붙잡힐 거예요."

홀리는 좌석과 사이드미러, 룸미러를 알맞게 조절하고 유넬과, 아직까지 조수석 쪽으로 몸을 내밀고 있는 랠프를 돌아보았다. 피곤해 보였지만 기진맥진하지는 않았다. 눈물 바람은 지나갔다. 이제는 오로지 집중과 목적의식으로 이글거리는 표정이었다.

"간단하게 해야 해요. 간단하고 진실에 최대한 가깝게."

"전에도 이런 일 겪은 적 있죠?" 유넬이 물었다. "아니면 이 비슷한 일을. 맞죠?"

"네. 그리고 경찰은 우리 말을 믿을 거예요, 절대 해소할 수 없는 궁금한 부분들이 남겠지만. 두 분 다 왜 그럴지 이유는 알죠? 랠프,

사이렌 소리가 점점 가까워지고 있어서 이제 그만 출발해야겠어요."

랠프는 조수석 문을 닫았고, 죽은 플린트 시티 형사의 픽업트럭을 타고 멀어져 가는 그들을 지켜보았다. 그는 홀리가 체인을 피하려면 지나야 하는 단단한 지반을 떠올리며, 유넬의 팔이 아프지 않게 가장 심하게 구멍이 파인 곳과 비에 쓸린 곳을 돌아가겠거니 생각했다. 그런데 지금보다 그녀를 더 존경할 수는 없을 거라고 생각했던 순간…… 더 존경스러워졌다.

그는 먼저 수습하기 더 어려운 알렉의 시신 쪽으로 다가갔다. SUV에 붙은 불이 거의 꺼졌지만 뿜어져 나오는 열기가 어마어마했다. 알렉의 얼굴과 팔이 시커메졌고 머리는 타서 민머리가 됐다. 랠프는 허리띠를 잡고 그를 선물 가게 쪽으로 끌고 가며, 녹아서 바닥에 남은 덩어리와 바삭한 조각에 대해서는 애써 생각하지 않으려고 했다. 알렉이 그날 법원 앞에 있었던 그 남자와 얼마나 비슷해 보이는지에 대해서도 애써 생각하지 않으려고 했다. *머리에 노란색 셔츠만 두르면 되겠어.* 랠프는 생각했고 이로써 선을 넘었다. 그는 벨트를 놓고 간신히 비틀비틀 스무 발짝을 이동해 허리를 숙이고 무릎을 쥐고 배 속에 있던 걸 전부 게워 냈다. 그 단계가 끝나자 다시 돌아가서 시작했던 일을 마무리 지었다. 먼저 알렉을, 그 다음에는 하위 골드를 선물 가게의 시원한 그늘 안으로 옮겼다.

잠깐 쉬면서 숨을 돌린 다음 선물 가게 문을 살폈다. 자물쇠가 달려 있었지만 문 자체가 낡고 엉성해 보였다. 두 번 때리자 경첩이 빠졌다. 안은 어두침침하고 폭발할 듯이 뜨거웠다. 선반이 텅텅 비어 있지는 않았다. '메리스빌 홀을 탐험했어요(I EXPLORED THE

MARYSVILLE HOLE)'라고 적힌 기념 티셔츠가 몇 장 남아 있었다. 그는 두 장을 집어서 최대한 먼지를 털었다. 밖에서는 사이렌 소리가 아주 가까워졌다. 랠프가 생각하기에는 그들이 그 비싼 장비를 몰고 단단한 지반을 통과하지 않을 듯했다. 차를 멈추고 체인을 자를 것이다. 아직 시간적인 여유가 조금 있었다.

그는 무릎을 꿇고 두 사람의 얼굴을 덮었다. 살날이 많이 남았던 훌륭한 시민이었다. 죽음을 슬퍼할 가족이 있었다. 딱 한 가지 다행스러운 일이 있다면(이런 사건에도 다행스러운 일이 있을지 모르겠지만), 그들의 슬픔이 어느 괴물의 배를 불리는 데 쓰이지는 않을 거라는 점이었다.

그는 무릎에 팔을 얹고 턱을 가슴에 묻고 그들 옆에 앉았다. 이들의 죽음도 그의 책임이었을까? 거슬러 올라가면 테리 메이틀랜드를 공개적으로 체포한 어리석은 참사가 시발점일 테니 일부는 그의 책임이었다. 하지만 이렇게 기진맥진한 와중에도 그 모든 일을 그의 탓으로 여길 필요는 없다는 생각을 했다.

*경찰은 우리 말을 믿을 거예요.* 홀리는 그렇게 얘기했다. *두 분다 왜 그럴지 이유는 알죠?*

랠프는 알았다. 발자국은 그냥 끊기지 않았고 질긴 껍질에 흠집하나 없이 잘 익은 캔털루프 멜론 안에서 구더기들이 부화할 방법은 없을 테니 그들은 아무리 엉성한 이야기라도 믿을 것이다. 다른 가능성을 인정하면 현실을 의심해야 하기 때문에 믿을 것이었다. 피할 길 없는 아이러니였다. 살인을 저지르고 다니던 그 오랜 세월동안 이방인을 보호했던 바로 그것이 이제는 그들을 보호할 것이었다.

*우주에는 끝이 없지.* 랠프는 생각하며 선물 가게 그늘에서 소방
차가 도착하길 기다렸다.


## 25


홀리는 10시와 2시 방향으로 운전대를 잡고 꼿꼿하게 앉아서 유
넬의 통화 내용을 들으며 볼턴의 집으로 트럭을 몰았다. 빌 새뮤얼
스는 하위 골드와 알렉 펠리가 죽었다는 소식을 듣고 경악했지만
유넬이 질문을 차단했다. 나중에 질의응답 시간이 있겠지만 지금
은 그럴 때가 아니었다. 새뮤얼스가 월로 레인워터부터 시작해 이
전에 신문했던 목격자들을 전부 다시 만나야 했다. 그녀가 스트립
클럽에서 더브로 기차역까지 태우고 간 남자의 신원을 둘러싸고
진지한 반론이 제기됐다고 실토해야 했다. 그런데도 그가 테리 메
이틀랜드였다고 장담할 수 있겠느냐고 물어야 했다.

"의구심을 불러일으키는 쪽으로 신문해야 해요." 유넬이 말했다.
"그럴 수 있겠어요?"

"물론이죠. 지난 5년 동안 배심원단 앞에서 해 온 일이 그건데.
게다가 진술서에 따르면 레인워터 씨는 이미 몇 군데 의구심을 품
었어요. 특히 캡 시티에서 열린 학회에 참석한 테리의 영상이 공개
된 이후로 다른 목격자들도 마찬가지고. 그 영상은 유튜브에서 바
로 얼마 전에 조회수 50만을 넘겼어요. 이제 하위하고 알렉 얘기를

들어 봅시다."

"나중에요. 시간이 없어서요, 새뮤얼스 씨. 다시 한 번 강조하지만 레인워터부터 먼저 만나요. 그리고 또 한 가지. 우리가 그제 밤에 만났잖아요? 이거 무이 임포르탄테(아주 중요)하니까 잘 들어요."

새뮤얼스는 잘 들었고, 새뮤얼스는 동의했고, 유넬은 지넷 앤더슨 차례로 넘어갔다. 그녀에게는 좀 더 자세하게 설명할 필요가 있는 데다 그녀가 상세한 설명을 들을 자격이 있었기에 통화 시간이 좀 전보다 길었다. 그의 설명이 끝나자 지넷은 눈물을 흘렸지만 거의 안도의 눈물이었다. 두 남자가 죽고 유넬이 다친 건 끔찍한 일이었지만 그녀의 남편이자 아이 아빠는 무사했다. 유넬이 해야 할 일을 알려 주자 지넷은 당장 실행에 옮기겠다고 했다.

그가 플린트 시티의 로드니 겔러 경찰서장에게 세 번째로 전화를 걸려고 했을 때 점점 다가오는 다른 사이렌 소리가 들렸다. 텍사스 고속도로 순찰 차량 두 대가 쌩하니 그들 옆을 지나 메리스빌 홀로 향했다.

"운이 따라 준다면 저 순찰 차량에 볼턴 모자를 만난 경관이 타고 있을지 몰라요. 이름이 스테이프였던 걸로 기억하는데."

"사이프예요." 홀리가 바로잡아 주었다. "오언 사이프. 팔은 좀 어때요?"

"아직도 돌아 버리게 아파요. 남은 모트린 두 알까지 먹어야겠어요."

"안 돼요. 한꺼번에 너무 많이 먹으면 간이 상해요. 얼른 전화해요. 하지만 먼저 통화 기록으로 들어가서 새뮤얼스 씨하고 앤더슨 부인의 번호를 삭제해요."

"마음만 먹으면 아주 엄청난 범죄자가 될 수도 있겠어요, 세뇨리타."

"만전을 기하자는 거죠. *프루덴테.*(신중하게.)" 그녀는 도로에서 시선을 떼지 않았다. 다른 차량이 한 대도 없었지만 워낙 그런 성격이었다. "얼른 삭제해요. 그런 다음 다른 데 전화해요."


# 26


알고 보니 러비 볼턴에게 허리 아플 때 먹었던 퍼코셋*이 몇 알 있었다. 유넬은 모트린 대신 그걸 먹었고, 홀리가 얘기하는 동안 세 번째이자 마지막으로 복역하는 동안 응급구조 수업을 들은 클로드가 그의 상처에 붕대를 감아 주었다. 그녀가 속사포처럼 얘기를 쏟아 낸 이유는 사블로 경위가 얼른 제대로 된 치료를 받아야 하기 때문만은 아니었다. 경찰이 찾아오기 전에 볼턴 모자에게 그들의 역할을 이해시켜야 하기 때문이기도 했다. 고속도로 순찰대가 랠프에게 물으면 그가 대답할 수밖에 없을 테니 경찰이 조만간 들이닥칠 게 분명했다. 적어도 그들이 그녀의 얘기를 못 미더워하지는 않았다. 러비와 클로드는 이틀 전날 밤에 이방인의 존재를 느낀 적이 있었고, 클로드는 그 전부터 느끼고 있었다. 불안하고 혼란스럽고 감시를 당하는 기분이었다.

---

* 마약성 진통제.

"당연히 그자를 느낄 수밖에 없었죠." 홀리는 엄숙하게 말했다. "그자가 당신 머릿속을 헤집고 다녔으니까요."

"그자를 봤단 말이죠? 그 동굴에 숨어 있어 있던 그자를 거기서 봤단 말이죠?"

"네."

"나처럼 생겼다고요."

"거의 똑같이요."

러비가 소심한 목소리로 물었다.

"내가 봤다면 다르다는 걸 알아차렸을까요?"

홀리는 미소를 지었다.

"한눈에요. 제가 장담해요. 사블로 경위님, 아니, 유넬, 이제 가도 되겠어요?"

"네." 그는 자리에서 일어났다. "독한 약의 좋은 점이 있다면 여기저기 여전히 아프지만 그러거나 말거나가 된다는 거예요."

클로드가 폭소를 터뜨리고 그를 향해 손가락 총을 겨누었다.

"형님, 그 말이 정답이네요." 그는 러비가 자길 향해 미간을 찌푸리는 걸 보고 얼른 덧붙였다. "죄송해요, 엄마."

"뭐라고 해야 하는지 알아들으셨죠?" 홀리가 물었다.

"네. 워낙 간단해서 헷갈릴 일도 없겠어요. 플린트 시티 지방검사가 메이틀랜드 사건을 재조사할 생각이라 다 같이 나를 신문하러 왔다고요."

"그리고 당신은 뭐라고 얘기했다고요?"

"생각하면 할수록 그날 저녁에 내가 만난 사람은 테리 코치가 아니었다고, 그냥 닮은 사람이었다고요."

"또요?" 유넬이 물었다. "아주 중요한 거 있잖아요."

이번에는 러비가 대답했다.

"당신들이 오늘 아침에 작별 인사도 하고 잊어버린 건 없는지 물어보려고 들렀다고요. 이제 그만 출발하려고 하는데 전화가 왔다고요."

"집전화로요."

홀리는 덧붙이고 나서 생각했다. *아직 집전화를 쓰고 있다니 얼마나 다행이야.*

"맞아요, 집전화로. 앤더슨 형사님이랑 같이 근무하는 사람이라고 했어요."

"그러고는 그와 통화를 했죠."

"맞아요. 그가 앤더슨 형사님한테 찾는 사람이, 그러니까 진범이 메리스빌 홀에 숨어 있다고 얘기했어요."

"끝까지 그렇게 얘기해 주세요. 감사해요, 두 분 모두."

"고마워해야 할 쪽은 우리죠." 러비가 말하고 팔을 벌렸다. "이리 와요, 홀리 기브니 양. 와서 이 할망구 좀 안아 줘요."

홀리는 휠체어 앞으로 다가가 허리를 숙였다. 메리스빌 홀에서 그런 일을 겪은 뒤에 러비 볼턴의 품에 안겼더니 기분이 좋았다. 심지어 필요했던 것이기도 했다. 그녀는 최대한 오래도록 포옹을 풀지 않았다.

마시 메이틀랜드는 남편의 공개 처형은 물론이고 공개 체포 이후에 손님을 극도로 경계했기 때문에 누가 문을 두드리는 소리가 들리자 먼저 창문 앞으로 가서 커튼을 살짝 들고 밖을 내다보았다. 앤더슨 형사의 아내가 현관 앞에 서 있었고 보아하니 우는 듯했다. 마시는 얼른 달려가서 문을 열었다. 과연 지넷은 우는 얼굴이었고, 걱정하는 마시를 보자마자 다시금 눈물을 흘렸다.

"왜 그래요? 무슨 일 생겼어요? 다들 별일 없는 거죠?"

지넷은 안으로 들어왔다.

"애들은요?"

"뒷마당 큰 나무 아래에서 테리 나무판으로 크리비지 게임을 하고 있어요. 어제 밤새도록 하더니 오늘 꼭두새벽부터 다시 시작이에요. 무슨 일이에요?"

지넷은 그녀의 팔을 잡고 거실로 데려갔다.

"앉는 게 좋겠어요."

마시는 그 자리에 그냥 서 있었다.

"얼른 얘기해요!"

"희소식이 있지만 끔찍한 소식도 있어요. 랠프하고 기브니라는 여자는 무사해요. 사블로 경위는 총에 맞았지만 생명이 위험하지는 않을 것 같다고 하고요. 하지만 하위 골드하고 펠리 씨는…… 죽었어요. 우리 남편이랑 같은 지서에서 근무하는 저격수가 매복하고 있다가 쏜 총에 맞아서. 형사예요. 이름은 잭 호스킨스고요."

"죽었다고요? 죽었다고요? 어떻게 그럴 수가……." 마시는 테리의 지정석이었던 안락의자에 털썩 주저앉았다. 그러지 않았다면 쓰러졌을 것이다. 그녀는 이해가 안 된다는 눈빛으로 지넷을 올려다보았다. "그게 무슨 말씀이에요, 희소식이라니? 어떻게 희소식이 있을 수가……. 맙소사, 일이 점점 끔찍해져 가고 있어요."

그녀는 손으로 얼굴을 덮었다. 지넷은 의자 옆에 무릎을 꿇고 앉아서 그 손을 부드럽지만 단호하게 치웠다.

"정신을 단단히 차려야 해요, 마시."

"못 그러겠어요. 남편이 죽더니 이제는 이런 일까지. 두 번 다시 정신 못 차릴 것 같아요. 아무리 그레이스와 세라가 있어도."

"그만해요." 지넷의 목소리는 나지막했지만 마시는 뺨이라도 한 대 얻어맞은 듯 눈을 깜빡였다. "테리를 살릴 길은 없지만, 그의 명예를 되찾고 딸들이 이 마을에서 살 방편을 마련하기 위해 선량한 두 남자가 나섰다가 죽었어요. 그들에게도 가족이 있고, 나는 이 집을 나서면 일레인 골드를 찾아가야 해요. 얼마나 끔찍하겠어요. 유넬은 다쳤고 우리 남편도 자기 목숨을 걸었어요. 당신도 괴롭긴 하겠지만 이번에는 당신이 주인공이 아니에요. 당신이 랠프를 도와야 해요. 다른 사람들도 마찬가지고요. 그러니까 정신 차리고 내 말 잘 들어요."

"알았어요. 그럴게요."

지넷은 마시의 손을 들어서 잡았다. 손이 차가웠고 지넷이 생각하기에는 그녀의 손도 별로 따뜻하지 않을 듯했다.

"홀리 기브니가 한 얘기가 진짜였어요. 이방인이 있었고 인간이 아니었어요. 뭔가…… 다른 거였어요. 엘 쿠코가 됐건 드라큘라가 됐건 샘의 아들*이나 사탄의 아들이 됐건 거기 동굴에 있었대요. 거기서 찾아내서 죽였어요. 랠프가 그러는데 클로드 볼턴을 닮았지만 진짜 클로드 볼턴하고는 천지 차이였다고 했어요. 여기 오기 전에 빌 새뮤얼스랑 통화했어요. 우리가 입을 잘 맞추면 별일 없을 거래요. 테리의 누명을 벗길 수 있을지 몰라요. *우리가 입을 잘 맞추면.* 할 수 있겠어요?"

지넷은 우물을 채우는 물처럼 마시 메이틀랜드의 눈에 희망이 차오르는 것을 보았다.

"네. 네, 할 수 있어요. 뭐라고 입을 맞추면 되는데요?"

"우리가 오로지 테리의 누명을 벗길 방법을 찾으려고 만났다고요. 그렇게만 하면 돼요."

"그이의 누명을 벗기려고 만났다고요."

"그 자리에서 빌 새뮤얼스가 랠프와 다른 경관들이 만난 목격자들을 다시 신문하기로 했어요. 윌로 레인워터부터 시작해서 역순으로. 그렇죠?"

"네, 맞아요."

"클로드 볼턴에서부터 시작할 수 없었던 이유는 볼턴 씨가 텍사스에서 몸이 안 좋은 어머니를 돕고 있기 때문이었어요. 그래서 하위가 알렉, 홀리 그리고 우리 남편과 함께 내려가서 클로드를 만나겠다고 했어요. 유넬은 시간이 맞으면 합류하겠다고 했고요. 그랬

---

던 거 기억해요?"

"네." 마시는 대답하며 열심히 고개를 끄덕였다. "우리 모두 좋은 생각이라고 했고요. 그런데 기브니 씨가 그 자리에 참석한 이유는 기억이 나지 않네요."

"알렉 펠리가 오하이오에서 테리의 행적을 체크해 달라고 홀리에게 일을 맡겼잖아요. 그러다보니 이 사건에 관심이 생겨서 좀 더 도울 일이 없는지 알아보려고 여기로 건너왔고요. 이제 기억나요?"

"네."

지넷은 마시의 손을 잡고 마시의 눈을 들여다보며 마지막이자 가장 중요한 부분을 말했다.

"변신 괴물이 됐건 엘 쿠코가 됐건 투영된 유령이 됐건, 초자연적이라고 불릴 만한 것에 대해서는 일절 얘기한 적 없어요."

"네, 그럼요. 우리는 그런 생각조차 한 적 없어요. 그런 생각을 왜 하겠어요?"

"우리는 테리를 닮은 사람이 피터슨이라는 아이를 죽이고 그에게 뒤집어씌우려고 했다고 생각했죠. 이자를 이방인이라고 지칭했고요."

"맞아요." 마시가 지넷의 손을 꼭 잡으며 말했다. "그렇게 지칭했어요. 이방인이라고."

# 플린트 시티

# 1

이제는 고인이 된 하워드 골드가 빌린 전세기가 오전 11시 직후에 플린트 시티 공항에 착륙했다. 하위도 알렉도 탑승하지 않았다. 검시가 끝났을 때 플레인빌 장례식장 영구차에 실려 플린트 시티로 시신이 이송됐다. 랠프, 유넬 그리고 홀리가 잭 호스킨스를 실은 또 다른 영구차까지 비용을 분담했다. 유넬이 그 개자식을 그의 손에 죽은 사람들과 한 차에 태울 수 없다고 했을 때 다른 두 사람의 의견까지 대변한 셈이었다.

지넷 앤더슨이 유넬의 아내와 두 아들과 함께 활주로에서 기다리고 있었다. 아이들이 지넷을 지나(사춘기를 앞두고 목소리가 허스키해진 헥터는 하마터면 그녀를 쓰러뜨릴 뻔했다.) 한쪽 팔에 깁스를 하고 삼각건으로 고정한 아버지를 향해 달려갔다. 그는 성한 팔로 그들을 최대한 성의껏 끌어안은 다음 포옹을 풀고 아내에게 손짓했다. 그녀는 남편을 향해 달려갔다. 지넷도 치맛자락을 펄럭이며 달려갔다. 랠프를 두 팔로 감싸고 으스러져라 끌어안았다.

조그만 개인 터미널 입구에서 서로 끌어안고 웃는 사블로 가족과 앤더슨 가족을 두고 랠프가 좌우를 두리번거려 보니 홀리가 킹에어의 날개 근처에 혼자 서서 그들을 지켜보고 있었다. 가장 가까운 월마트가 오스틴 외곽까지 65킬로미터 거리였기 때문에 하는 수없이 플레인빌 레이디스 어패럴에서 산 바지 정장을 입고 있었다.

랠프가 손짓하자 그녀는 조금 쭈뼛거리며 다가왔다. 조금 멀찍이 떨어진 곳에서 걸음을 멈추었지만 지넷이 그냥 두고 볼 리 없었다. 홀리의 손을 잡고 당겨서 끌어안았다. 랠프는 두 사람을 한꺼번에 감싸안았다.

"고마워요." 지넷이 홀리의 귀에 대고 속삭였다. "그이를 데리고 돌아와 줘서 고마워요."

"검시가 끝나자마자 돌아오려고 했는데 병원에서 하루 동안 사블로 경위님, 그러니까 유넬의 경과를 지켜봐야 된다고 해서요. 팔에 혈전이 생겨서 그걸 없애자고 했어요."

홀리는 벌게졌지만 기뻐하는 얼굴로 두 사람의 품에서 벗어났다. 3미터 멀리에서는 가브리엘라 사블로가 파피를 괴롭히지 말라고, 그러다 팔이 다시 부러지겠다고 두 아들을 말리고 있었다.

"데릭은 어디까지 알고 있어?" 랠프가 아내에게 물었다.

"아빠가 텍사스에서 총격전을 벌였지만 다치지 않았다고. 두 명이 죽었다는 것도 알아. 집에 일찍 오고 싶대."

"그래서 뭐라고 했어?"

"알았다고 했어. 다음 주에 올 거야. 그래도 괜찮겠어?"

"응."

아들을 다시 보면 좋을 것이다. 수영을 하고 배를 타고 활을 쏘느라 까무잡잡하니 건강해지고 몇 군데 근육이 생기지 않았을까. 그리고 그는 지금 저승이 아니라 이승에 있었다. 그게 가장 중요한 부분이었다.

"오늘 저녁은 우리 집에서 먹을 거예요." 지넷이 홀리에게 말했다. "그리고 이번에도 당신은 우리 집에서 자고 갈 거예요. 토 달지 마요. 손님방 시트도 다 깔아 놨으니까."

"감사해요." 홀리는 이렇게 얘기하고 미소를 지었다. 그러다 미소가 사라진 얼굴로 랠프를 돌아보았다. "골드 씨랑 펠리 씨도 같이 저녁 먹을 수 있었으면 좋았을 텐데. 그 두 분이 죽다니 너무 잘못됐어요. 이건 마치……."

"알아요." 랠프는 그렇게 얘기하고 한 팔로 그녀를 감싸 안았다. "어떤 심정인지 알아요."

## 2

랠프가 그릴에 스테이크를 구웠다. 그가 휴직한 덕분에 그릴이 끝내주게 깨끗했다. 샐러드와 옥수수도 있었고 디저트는 아이스크림을 곁들인 사과파이였다.

"정통 미국식이네요, *세뇨르*."

유넬은 아내가 스테이크를 잘라 주는 걸 지켜보며 말했다.

"맛있었어요." 홀리가 말했다.

빌 새뮤얼스는 배를 두드렸다.

"노동절쯤 되면 배가 꺼질지 모르겠지만 자신 없어요."

"말도 안 되는 소리." 지넷은 그렇게 얘기하고 피크닉 테이블 옆 아이스박스에서 맥주를 한 명 꺼내 새뮤얼스의 잔에 반, 그녀의 잔에 반 따랐다. "너무 말랐어요. 부인이 옆에서 잘 챙겨 먹여야 할 텐데."

"개업하면 헤어진 아내가 돌아올지 몰라요. 이 마을에는 실력 있는 변호사가 필요하잖아요. 하위가……." 그는 하마터면 뭐라고 할 뻔했는지 깨닫고 삐친 머리(사실 머리를 자른 덕분에 이제는 없었다.)를 쓸어넘겼다. "제 말은, 실력 있는 변호사는 언제든 일거리가 끊이지 않을 거라고요."

다들 잠깐 동안 아무 말도 하지 않았다. 이윽고 랠프가 맥주병을 들었다.

"이 자리에 없는 친구들을 위해."

그들은 건배했다. 홀리가 들릴락 말락 하게 중얼거렸다.

"가끔은 사는 게 너무 개떡 같아요." 아무도 웃지 않았다.

7월의 폭염이 누그러졌고 가장 지독한 벌레들이 사라져 앤더슨의 뒷마당은 쾌적했다. 식사가 끝나자 유넬의 두 아들과 마시 메이틀랜드의 두 딸은 차고 옆쪽의 농구대로 가서 호스*를 시작했다.

---

* 앞 사람이 슛을 성공하면 그 사람과 똑같은 자세로 차례차례 슛을 쏘는 게임.

"그래서." 마시가 말했다. 아이들이 멀찌감치 떨어져 게임에 집중하고 있는데도 언성을 낮추었다. "검시 얘기해 봐요. 우리 진술이 먹혔나요?"

"음." 랠프가 말했다. "호스킨스가 볼턴의 집으로 전화해서 우리를 메리스빌 홀로 불러낸 거예요. 거기서 무차별 총격으로 하위와 알렉을 죽이고 유넬에게 부상을 입혔죠. 그가 사실은 나를 노린 것 같다고 얘기했어요. 오래전부터 우리 둘 사이에 불화가 있었는데 술을 마시면 마실수록 그게 그의 머릿속을 파고들었을 거라고. 검시 결과 체내에서 코카인의 흔적이 검출된 걸로 보아, 신원 미상의 공범이 술과 약물을 조달하고 피해망상을 부채질했을 것으로 추정하고 있어요. 텍사스 고속 순찰대가 '소리의 방'에 들어갔다 왔지만 공범은 찾지 못했고."

"옷만 몇 벌 있었죠." 홀리가 말했다.

"그리고 그자는 분명 죽었단 말이지." 지넷이 말했다. "그 이방인. 분명 죽었단 말이지."

"응." 랠프가 말했다. "당신도 그 광경을 봤다면 알았을 거야."

"보지 않은 게 다행이에요." 홀리가 말했다.

"이제 끝난 거예요?" 가브리엘라 사블로가 물었다. "제가 궁금한 건 그것뿐이에요. 정말 끝났는지."

"아뇨." 마시가 말했다. "저랑 아이들 입장에서는 아니에요. 테리의 누명이 벗겨질 때까지는. 무슨 수로 그이가 누명을 벗을 수 있겠어요? 재판을 받아 보지도 못하고 죽었는데."

새뮤얼스가 말했다.

"우리가 손을 쓰는 중이에요."

3

**8월 1일**

플린트 시티로 복귀하고 다음 날이 밝았을 때 랠프가 또다시 뒷짐을 지고 침실 창가에 서서 밖을 내려다보니 홀리 기브니가 또다시 뒷마당 의자에 앉아 있었다. 그는 지넷이 약하게 코를 골며 자고 있는 걸 확인하고 1층으로 내려갔다. 몇 개 안 되는 짐을 담은 홀리의 가방이 부엌에 나와 있는 걸 보고 놀라지 않았다. 그녀는 자기 생각이 뚜렷할 뿐 아니라 조금도 가만히 있지 못하는 성격이었다. 게다가 한시라도 빨리 플린트 시티에서 벗어나고 싶을 것이었다.

그전에 아침 일찍 홀리와 함께 여기 나와 있었을 때 지넷이 커피 냄새를 맡고 깼으니 이번에는 오렌지주스를 들고 나갔다. 그는 아내를 사랑했고 그녀와 같이 있는 걸 좋아했지만 이번만큼은 홀리와 단둘이서 시간을 보내고 싶었다. 그들 사이에는 끈끈한 정이 생겼고 두 번 다시 만나지 못한다 하더라도 그 사실에는 변함이 없을 것이었다.

"고마워요. 아침에는 오렌지 주스만 한 게 없죠." 그녀는 흡족한 표정으로 잔을 쳐다보다가 반 잔을 비웠다. "커피는 나중에 마셔도 돼요."

"몇 시 비행기예요?"

"11시 15분이요. 여기서 8시에 출발할 거예요." 그녀는 놀라는 그를 보고 살짝 멋쩍은 미소를 지었다. "알아요, 제가 강박적으로 서두른다는 거. 졸로프트가 여러 면에서 도움이 되는데 그 방면에서는 도움이 안 되나 봐요."

"잠은 좀 잤어요?"

"조금요. 당신은요?"

"조금요."

그들은 한동안 아무 말도 하지 않았다. 첫 새가 부드럽고 달콤하게 지저귀는 소리가 들렸다. 다른 새가 화답했다.

"나쁜 꿈 꾸었어요?"

"네. 당신은요?"

"나도요. 그 벌레들이 나오더라고요."

"저는 브래디 하츠필드 사건 이후에도 나쁜 꿈 꾸었어요. 두 번다." 홀리는 그의 손을 아주 살짝 건드리고 손을 치웠다. "처음에는 자주 꾸지만 시간이 지날수록 줄어요."

"완전히 없어지기도 할까요?"

"아뇨. 그리고 저는 없어지길 바라지도 않는 것 같아요. 꿈을 통해서 보이지 않는 세상과 접촉한다고 생각하거든요. 그것도 특별한 재능이에요."

"나쁜 꿈이라도?"

"나쁜 꿈이라도요."

"계속 연락할 거예요?"

그녀는 놀라는 표정을 지었다.

"당연하죠. 어떻게 됐는지 궁금할 거예요. 제가 워낙 호기심이 많거든요. 가끔 그것 때문에 난처해질 때도 있어요."

"가끔은 그 덕분에 난처한 상황에서 벗어날 때도 있고요."

홀리는 미소를 지었다.

"그렇다고 생각하고 싶네요." 그녀는 주스를 마저 마셨다. "새뮤얼스 씨가 도움이 될 거예요. 그분을 보면 유령을 세 번 만난 스크루지가 연상되거든요. 사실 당신도 그래요."

그 말에 그는 폭소를 터뜨렸다.

"빌은 마시와 두 딸을 위해 모든 노력을 아끼지 않을 거예요. 나도 도울 테고요. 우리 둘 다 지은 죄가 많으니까요."

그녀는 고개를 끄덕였다.

"할 수 있는 건 다 해야죠, 당연히. 하지만 그런 다음에는…… 그 빌어먹을 걸 잊어요. 과거를 놓지 못하면 예전에 저지른 실수에 매몰될 수 있어요." 그녀는 그를 향해 고개를 돌리고 여느 때와 다르게 똑바로 쳐다보았다. "제가 알아요."

부엌 불이 켜졌다. 지넷이 일어난 것이었다. 조만간 여기 이 피크닉 테이블에서 세 사람이 커피를 마시겠지만 그는 아직 둘뿐일 때 해야 할 말이, 그것도 중요한 말이 있었다.

"고마웠어요, 홀리. 와 줘서, 믿어 줘서 고마웠어요. 나를 믿게 만들어 줘서 고마웠어요. 당신이 없었다면 그자는 계속 활개를 치고 다녔을 거예요."

그녀는 미소를 지었다. 그 환한 미소였다.

"별말씀을요. 하지만 다시 돌아가서 자취를 감춘 채무자, 보석금을 내고 도망친 범죄자, 잃어버린 애완동물을 찾을 생각을 하면 아주 기뻐요."

문 앞에서 지넷이 외쳤다.

"커피 드실 분?"

"우리 둘 다!" 랠프가 큰 소리로 대답했다.

"금방 갈게! 내 자리 비워 놔!"

홀리가 허리를 숙여야 들릴 만큼 작은 목소리로 말했다.

"그자는 악마였어요. 시커먼 악마."

"100퍼센트 동의해요."

"하지만 계속 마음에 걸리는 부분이 있어요. 당신이 밴에서 주웠다는 종이쪼가리 말이에요. 토미와 터펜스 전단지. 그게 어쩌다 그 안에 들어가게 됐는지 우리끼리 답을 고민한 적 있잖아요. 기억나요?"

"그럼요."

"하나같이 설득력이 없게 느껴져요. 거기 있을 일이 없는 쪼가린데 거기 있었단 말이죠. 그리고 그 쪼가리가 없었다면, 오하이오에서 벌어진 사건과의 연결 고리가 없었다면, 그 녀석은 지금도 활개를 치고 다녔을 거예요."

"그러니까 하고 싶은 말이 뭐예요?"

"간단해요. 이 세상에는 선한 기운도 있다는 거. 저는 그렇다는 것도 믿거든요. 그래야 주변에서 벌어지는 온갖 끔찍한 일들을 생각해도 미쳐 버리지 않을 수 있기 때문이기도 하지만 또 한편으로는…… 음…… 그걸 입증하는 증거들이 있지 않아요? 여기뿐 아니라 온 사방에. 균형을 다시 맞추려는 힘이 있다는 증거 말이에요.
나쁜 꿈을 꾸면 그 종이 쪼가리를 떠올려요, 랠프."

그가 아무 대꾸도 하지 않는 걸 보고 그녀가 무슨 생각하느냐고
물었다. 방충망 달린 문에서 쾅 소리가 났다. 지넷이 커피를 들고
나왔다. 단둘이서 보낼 수 있는 시간이 얼마 남지 않았다.

"우주에 대해서 생각하고 있었어요. 정말이지 끝이 없지 않아요?
그리고 설명할 방법도 없고요."

"맞아요. 설명하려는 시도조차 무의미한 일이죠."

4

## 8월 10일

플린트 카운티의 윌리엄 새뮤얼스 지방검사가 한 손에 얇은 서
류폴더를 들고 법원 회의실 단상으로 뚜벅뚜벅 걸어갔다. 옹기종
기 모여 있는 마이크 뒤에 섰다. 텔레비전 조명이 켜졌다. 그는 뒤
통수를 쓰다듬고(삐친 머리가 없었다.) 모인 기자들이 조용해지길 기
다렸다. 랠프가 앞줄에 앉아 있었다. 새뮤얼스는 그를 향해 짧게 고
개를 끄덕이고 시작했다.

"안녕하세요, 여러분. 프랭크 피터슨 살인 사건과 관련해서 간단
하게 설명을 하고 질문을 받도록 하겠습니다.

많이들 아시다시피 프랭크 피터슨이 여기 이 플린트 시티에서

유괴에 이어 살해당한 그 순간에 캡 시티에서 열린 회의에 참석한 테런스 메이틀랜드를 촬영한 영상이 존재합니다. 그와 함께 학회에 참석해 메이틀랜드 씨가 그 자리에 있었음을 증언한 동료들의 진술도 의심의 여지가 없고요. 뿐만 아니라 사건을 수사하는 과정에서 학회가 열린 캡 시티의 호텔에서 메이틀랜드 씨의 지문이 입수됐고, 피터슨의 살해 시점과 워낙 가까운 시점에 찍힌 지문이라 메이틀랜드 씨를 용의자로 간주하기에는 무리가 있음을 입증하는 부수적인 진술도 확보됐습니다."

기자들이 웅성거렸다. 그 중 한 명이 외쳤다.

"그럼 살인 현장에 남은 메이틀랜드의 지문은 뭡니까?"

새뮤얼스는 가장 검사다운 인상을 쓰며 그 기자를 쳐다보았다.

"질문은 자제해 주세요. 막 설명하려던 참이니까. 좀 더 심층적인 법의학 검사를 벌인 결과 아이를 납치하는 데 동원된 밴과 피기스 공원에서 검출된 지문이 이식된 게 아니었나 하는 결론을 내리기에 이르렀습니다. 흔한 일은 아니지만 얼마든지 가능한 얘기죠. 가짜 지문을 이식하는 다양한 방법은 법 집행기관뿐 아니라 범죄자들에게도 귀중한 자료실 역할을 하는 인터넷에 잘 나와 있습니다.

하지만 그걸 보면 이 살인범이 변태적이고 매우 위험한 동시에, 얼마나 영리한지 알 수 있죠. 그가 테리 메이틀랜드에게 원한이 있었는지 여부는 알 수 없지만요. 그 부분에 대해서는 계속 수사할 예정입니다."

그는 엄숙한 표정으로 청중을 둘러보았고, 플린트 시티에서 재선에 출마할 필요가 없다는 데 무한한 기쁨을 느꼈다. 일이 이렇게 됐으니 우편 주문으로 학위를 취득한 사기꾼이라도 그를 간단히 이길 수 있을 것이었다.

"제가 지금까지 나열한 사실들을 감안했을 때 그럼에도 저희가 메이틀랜드 씨를 기소한 이유가 궁금하실 겁니다. 이유는 두 가지였습니다. 가장 명백한 이유는 메이틀랜드 씨가 체포되던 날 또는 기소인부절차를 밟기로 했던 날까지 이 모든 사실을 전부 알지는 못했다는 겁니다."

*아, 하지만 거의 다 알고 있었잖아요, 빌?* 랠프는 가장 근사한 양복을 입고 가장 근사한 경찰용 포커페이스를 유지한 채 그를 지켜보며 생각했다.

"두 번째 이유는." 새뮤얼스는 하던 얘기를 계속했다. "메이틀랜드 씨와 일치하는 것으로 보이는 DNA가 사건 현장에 있었다는 겁니다. DNA 결과는 절대 틀리지 않는다는 것이 일반적인 추측입니다만, 책임 있는 유전학을 위한 회의에서 학술지에 기고한 「법의학 DNA 검사의 오류 가능성」이라는 논문에 따르면 그건 오해라고 합니다. 예컨대 샘플이 섞이면 검사 결과를 신뢰할 수가 없는데, 피기스 공원의 사건 현장에서 채취한 샘플이 실제로 그런 사례였습니다. 범인과 피해자, 양쪽 모두의 DNA가 공존했으니까요."

그는 기자들이 메모를 다할 때까지 기다렸다가 다시 말을 이었다.

"그뿐 아니라 사건과는 무관한 제2의 검사 과정에서 샘플이 자외선에 노출됐습니다. 그래서 안타깝게도 저희 검사실에서 판단한 결과 법정에 제출할 수 없는 수준으로 훼손이 됐죠. 간단하게 말해서 샘플이 쓰레기가 된 겁니다."

그는 말을 멈추고 서류 폴더에 들고 온 종이를 다음 장으로 넘겼다. 안에 든 게 백지뿐이었으니 단순한 연출이었다.

"테런스 메이틀랜드 살인 사건에 이어 텍사스 주 메리스빌에서 벌어진 사건들에 대해서도 간단하게 짚고 넘어갈까 합니다. 저희가 생각하기에는 플린트 시티 경찰서의 존 호스킨스 형사가 프랭크 피터슨 살인범과 왜곡된 공범 관계가 아니었나 싶습니다. 호스킨스는 이자의 은신을 도왔고 둘이서 유사한 흉악범죄를 계획하고 있었을지 모릅니다. 랠프 앤더슨 형사와 그 일행의 용감한 활약 덕분에 그들의 계획은 실현되지 못했지만 말입니다." 그는 엄숙한 표정으로 고개를 들고 청중을 바라보았다. "하워드 골드와 알렉 펠리는 텍사스 주 메리스빌에서 유명을 달리했고 저희는 그들의 죽음을 애도합니다. 하지만 저희와 유족들은 지금 이 순간, 프랭크 피터슨과 비슷한 운명에서 구제를 받은 아이가 있다는 데서 위안을 얻습니다."

*작전 잘 짰네. 너무 질척거리지 않고 비애감을 딱 적당하게 조성했어.*

"메리스빌에서 벌어진 사건에 대해 궁금한 점들이 많으시겠습니다만, 제가 임의로 답변할 수 없는 상황임을 이해해 주시기 바랍니다. 텍사스 고속 순찰대와 플린트 시티 경찰서의 협동 수사가 진행 중입니다. 주 경찰청의 유넬 사블로 경위가 연락 담당자로 양쪽 기관과 공조를 벌이고 있으니 적절한 시기에 여러분에게 정보를 공개할 겁니다."

*이제 보니 이런 데 엄청 소질이 있네.* 랠프는 진심으로 감탄했다.

*구구절절 제대로구만.*

새뮤얼스는 서류 폴더를 닫고 고개를 숙였다가 다시 들었다.

"제가 여러분 앞에서 모든 걸 100퍼센트 솔직하게 공개하는 이런 귀한 기회를 누릴 수 있는 것도 재선에 출마할 생각이 없기 때문이죠."

*점입가경이야.*

"좀 더 시간을 두고 증거를 점검했더라면 본 검사실에서는 메이틀랜드 씨에 대한 기소를 철회했을 겁니다. 재판을 고집했더라도 그는 분명 무죄 판결을 받았을 테고요. 그리고 이건 사족이겠습니다만, 사망 당시 그는 법적으로 무죄였습니다. 그럼에도 그에게 드리워진, 그리고 결과적으로 그의 가족에게까지 번진 의혹의 그림자가 사라지지 않았죠. 저는 그 의혹을 불식하고자 오늘 이 자리에 섰습니다. 테리 메이틀랜드가 프랭크 피터슨 살인 사건과 하등의 관계가 없었다는 것이 저희 지방검사실의 소견입니다. 저의 개인적인 소견도 마찬가지고요. 따라서 이 자리에서 수사 재개를 선포합니다. 현재는 텍사스에 집중돼 있지만 플린트 시티, 플린트 카운티, 캐닝 타운십에서도 수사가 진행 중입니다. 이제 기꺼이 질문을 받겠습니다."

질문이 많았다.

## 5

나중에 랠프는 검사실로 새뮤얼스를 찾아갔다. 조만간 자리에서 물러날 지방검사의 책상 위에 부시밀 위스키가 한 병 놓여 있었다. 그는 각자의 잔에 술을 따르고 자기 잔을 들었다.

"이제 난리법석이 끝나고 전쟁의 승자와 패자도 가려졌네요. 십중팔구 내가 패자지만 뭐 어때요. 난리법석을 위해 건배합시다."

그들은 건배했다.

"질문에 대처를 아주 잘하던데요. 그게 다 헛소리였다는 걸 감안하면 더욱 놀라워요."

새뮤얼스는 어깨를 으쓱했다.

"모든 능력 있는 변호사의 무기가 헛소리예요. 테리는 이 마을에서 완전히 오명을 벗지 못했고 앞으로도 절대 그럴 리 없다는 걸 마시도 알지만 사람들의 태도가 점점 바뀌고 있어요. 마시의 친구 제이미 매팅리만 해도 그래요. 마시가 전화해서 얘기하더라고요, 그 친구가 찾아와서 사과했다고. 같이 펑펑 울었대요. 가장 크게는 캡 시티에서 테리를 촬영한 영상 덕분이지만 내가 지문과 DNA에 대해서 한 얘기도 도움이 많이 될 거예요. 마시는 여기에서 그냥 살아 보기로 했어요. 아마 잘 살 수 있을 거예요."

"DNA 말이 나왔으니 말인데. 플린트 시티 종합병원 혈청학과의 에드 보건이 검사를 맡았잖아요. 자기 명예가 걸린 문제라 요란하게 투덜거리고 있을 텐데."

새뮤얼스는 미소를 지었다.

"그래야 맞는 거겠죠? 그런데 진실은 입맛대로 되지 않는다고 하잖아요. 발자국이 갑자기 끊긴 또 다른 사례라고 할까요. 자외선에 노출된 적도 없는데 샘플에 출처를 알 수 없는 하얀 반점들이 생겨서 완전히 훼손됐어요. 보건이 오하이오 주 경찰청의 과학수사반에 연락했더니 뭐라는 줄 알아요? 히스 홈즈의 샘플에도 마찬가지 현상이 벌어졌대요. 사진을 보니까 아예 분해가 됐더라고요. 피고 측 변호인이 환호성을 지를 만한 일인데, 안 그래요?"

"목격자들은요?"

빌 새뮤얼스는 폭소를 터뜨리고 위스키를 한 잔 더 따랐다. 그가 병을 내밀자 랠프는 고개를 저었다. 집까지 운전을 해야 했다.

"간단했어요. 다들 자기가 착각했다는데 두 사람만 예외였어요. 알린 스탠호프하고 준 모리스. 그 둘은 자기 주장을 고수했어요."

랠프로서는 놀랄 만한 일이 아니었다. 스탠호프는 제럴스 파인 그로서리 마트 주차장에서 이방인이 프랭크 피터슨에게 접근해 차에 태우고 가는 걸 본 노부인이었다. 준 모리스는 피기스 공원에서 그가 피 묻은 셔츠 차림으로 나오는 걸 본 아이였다. 나이가 아주 많거나 아주 어린 계층의 눈이 항상 가장 정확했다.

"그럼 이제 어쩌죠?"

"술잔 비우고 각자의 길을 가면 돼요. 다만 한 가지 물어보고 싶은 게 있어요."

"뭔데요?"

"그자가 한 명뿐이었을까요? 아니면 또 있을까요?"

동굴에서 마지막으로 대치했던 순간과 이방인이 탐욕스러운 눈빛으로 물었던 질문이 랠프의 머릿속에 떠올랐다. 다른 데서 나 같은 존재를 본 적 있었나?

"아닐 거라고 봐요. 하지만 100퍼센트 장담할 수는 없겠죠. 이 세상에는 뭐든 있을 수 있어요. 이제는 그렇다는 걸 알겠어요."

"젠장, 안 그랬으면 좋겠는데!"

랠프는 아무 대꾸도 하지 않았다. '우주에는 끝이 없어요.'라고 말하는 홀리의 목소리가 그의 머릿속에서 들렸다.


## 6

**9월 21일**

랠프는 커피를 들고 화장실로 들어가 면도를 했다. 명령에 의해 일선에서 떠나 있던 동안에는 대충 하고 넘겼지만 현역으로 복귀한 지 2주가 지났다. 지넷은 1층에서 아침을 준비하고 있었다. 베이컨 냄새가 났고 「투데이」의 시작을 알리는 요란한 트럼펫 소리가 들렸다. 먼저 오늘 하루에 할당된 홍보를 소개한 뒤에 이 주의 유명인사 소개를 거쳐 수많은 약 광고로 넘어갈 것이다.

그는 조그만 테이블에 커피를 내려놓았다가 엄지손톱 아래에서 꿈틀꿈틀 기어 나오는 빨간 벌레를 보고 그대로 얼어붙었다. 거울에 비친 얼굴을 보니 클로드 볼턴의 얼굴로 변신하고 있었다. 비명을 지르려고 입을 벌렸다. 구더기와 빨간 벌레 떼가 그의 입술을 지나 셔츠 앞섶으로 쏟아졌다.


## 7


그는 침대에서 벌떡 일어났다. 심장이 가슴뿐 아니라 목젖과 관자놀이를 두드렸고, 두 손은 비명이나…… 아니면 그보다 더 끔찍한 무언가를 막으려는 것처럼 입을 틀어막고 있었다. 지넷이 옆에서 계속 자고 있는 걸 보면 비명은 지르지 않았다. 다행이었다.

*그날 내 몸속으로 한 마리로 들어오지 않았어. 심지어 몸에 닿지도 않았어. 너도 알잖아.*

그렇다, 그도 알았다. 거기서 직접 확인했을 뿐 아니라 복직하기 전에 (뒤늦게나마) 건강검진도 완벽하게 받았다. 체중과 콜레스테롤이 약간 는 것 말고는 건강하고 별문제 없다고 했다.

시계를 흘끗 확인해 보니 3시 45분이었다. 그는 다시 누워서 천장을 올려다보았다. 동이 트려면 아직 멀었다. 생각할 시간이 많았다.


## 8


랠프와 지넷은 아침형 인간이었다. 데릭은 7시에 깨우면 그제야 일어날 것이다. 스쿨버스에 늦지 않는 한도 내에서 최대한 늦게까지 잘 수 있는 시각이 그때까지였다. 랠프는 잠옷 차림으로 식탁에 앉았고 지넷은 번 커피머신을 켜고 데릭이 내려오면 고를 수 있게 이런저런 시리얼을 꺼냈다. 그녀가 랠프에게 잘 잤느냐고 물었다. 그는 잘 잤다고 대답했다. 그녀는 잭 호스킨스의 후임을 구하는 문제는 어떻게 돼 가고 있느냐고 물었다. 그는 구했다고 대답했다. 그와 벳시 리긴스의 추천 아래 겔러 서장이 트로이 래미지 경관을 플린트 시티의 3인 형사대로 승진시키기로 했다.

"샹들리에서 가장 밝게 빛나는 전구는 아니지만 성실하고 팀 플레이를 할 줄 친구니까. 잘할 거라고 믿어."

"잘됐네. 다행이다." 그녀는 그의 머그잔을 채우고 그의 뺨을 손으로 쓸어내렸다. "까칠까칠하시구만요, 선생님. 면도를 하셔야겠어요."

그는 커피를 들고 2층으로 올라가 화장실 문을 닫고 충전기에 꽂아 둔 휴대전화를 꺼냈다. 원하는 번호가 연락처에 입력돼 있었고 아직 이른 시각이기는 했지만(「투데이」의 시작을 알리는 요란한 트럼펫 소리가 들리려면 최소한 30분이 남았다.) 그녀는 분명 일어나 있을 것이었다. 그녀에게 전화하면 첫 번째 신호도 제대로 듣지 못하는 날이 많았다. 오늘도 그런 날이었다.

"좋은 아침, 랠프."

"좋은 아침, 홀리."

"잠 잘 잤어요?"

"잘 못 잤어요. 벌레가 나오는 꿈을 꾸는 바람에. 당신은요?"

"어젯밤은 괜찮았어요. 컴퓨터로 영화 보고 곧바로 곯아떨어졌거든요. 「해리가 샐리를 만났을 때」요. 그 영화 보면 늘 웃게 돼요."

"다행이네요. 다행이야. 요즘은 어떤 사건 맡고 있어요?"

"대부분 예전이랑 비슷한 사건들이에요." 그녀의 목소리가 밝아졌다. "하지만 탬퍼에서 가출한 아이를 유스호스텔에서 찾았어요. 엄마가 6개월 동안 찾던 아이를요. 아이하고 얘기해 봤는데 집에 가겠대요. 엄마의 남자친구가 질색이지만 다시 한 번 노력해 보겠대요."

"당신이 버스표 사라고 돈을 준 모양이네요."

"뭐……."

"지금 이 순간 저기 어디 무료 쉼터에서 그 돈으로 마약을 사서 피우고 있을지 몰라요. 알죠?"

"모두 그러는 건 아니에요, 랠프. 믿음을……."

"알아요. 믿음을 가져야 한다는 거."

"맞아요."

그의 세상과 그녀의 세상을 잇는 연결 고리 안에서 잠깐 정적이 흘렀다.

"랠프……."

그는 기다렸다.

"그것들…… 그의 몸에서 나온 그것들이…… 우리 몸에 닿지 않았잖아요. 알죠, 그렇죠?"

"알아요. 내가 어렸을 때 갈랐던 캔털루프 멜론 안에 있었던 구더기 때문에 그런 꿈을 꾸는 걸 거예요. 내가 그 멜론 얘기했죠?"

"네."

그녀의 목소리에서 웃음기가 느껴지자 그는 한 방에 있기라도 한 듯 마주 미소를 지었다.

"당연히 얘기했겠죠, 어쩌면 여러 번. 가끔 내가 점점 이성이 마비되어 가는 게 아닌가 싶을 때도 있어요."

"무슨 소리예요. 다음번에는 내 쪽에서 그자가 브래디 하츠필드의 얼굴을 하고 우리 집 벽장에 숨어 있는 꿈을 꾸었다고 전화할거예요. 그리고 잘 잤다고 얘기하는 쪽은 당신이 될 테고요."

예전에 이미 있었던 일이기에 그도 맞는 말이라는 걸 알았다.

"당신이 지금 느끼는 감정이나…… 내가 느끼는 감정은…… 정상적인 반응이에요. 현실은 얇은 얼음과도 같은데, 대부분의 사람들은 평생 그 위에서 얼음을 지치는 동안 막판까지 물속에 빠지지 않아요. 우리는 빠졌지만 서로 도와 가며 빠져나왔어요. 지금도 서로 돕는 중이고요."

당신 쪽에서 나를 더 많이 돕고 있지. 랠프는 생각했다. 당신은 나름대로 고민거리가 있을지 모르지만 이 문제에서는 나보다 더 잘 대처하고 있어. 훨씬 잘.

"그리고 당신은 괜찮아졌어요?" 그는 그녀에게 물었다. "진심으로?"

"네. 진심으로. 당신도 괜찮아질 거예요."

"알았어요. 발밑에서 얼음에 금이 가는 소리가 들리면 전화해요."

"당연하죠. 당신도 그래야 해요. 우리, 그런 식으로 헤쳐 나가는 거예요."

1층에서 지넷이 외쳤다. "여보, 10분 뒤에 아침 먹을 거야!"

"이제 그만 끊어야겠어요." 랠프가 말했다. "거기 있어 줘서 고마워요."

"별말씀을요. 건강 잘 챙겨요. 몸조심하고요. 꿈이 멈출 때까지 기다려요."

"그럴게요."

"들어가요, 랠프."

"들어가요."

그는 잠깐 뜸을 들였다가 통화가 끝나고 난 다음에 덧붙였다.

"사랑해요, 홀리."

늘 그런 식이었다. 대놓고 얘기하면 그녀가 당황해서 아무 말도 하지 못할 것임을 알기 때문이었다. 화장실로 들어가 면도를 했다. 이제 중년이라 면도 크림으로 덮인 까칠한 수염이 희끗희끗해지기 시작했지만 아내와 아들이 아는 얼굴, 사랑하는 얼굴이었다. 그는 앞으로 영원히 이 얼굴로 지낼 테고 그래서 좋았다.

그래서 좋았다.

〈끝〉

# 작가의 말

자료 조사를 맡은 유능한 어시스턴트 러스 도어, 부자지간에 호흡을 맞춰서 이 작품의 법률적인 부분을 책임진 워런 실버와 대니얼 실버에게 감사의 말을 전한다. 워런은 메인에서 변호사로 오랜 기간 동안 활약했고, 아들은 지금은 개업을 했지만 뉴욕에서 검사로 탁월한 능력을 발휘한 바 있으니 이 둘은 특별한 자격을 갖춘 조합이었다. 엘 쿠코와 라스 루차도라스에 대해 모르는 게 없었던 크리스 로츠, 엘 쿠쿠이가 등장하는 어린이 책을 샅샅이 뒤진 내 딸 나오미에게도, 스크리브너 출판사의 낸 그레이엄, 수전 몰도, 로즈 리펠에게도, 호더 앤드 스토턴 출판사의 필리파 프라이드에게도 감사의 뜻을 전한다. 투어를 하는 동안 비행기 안에서 이 작품의 초반부를 100쪽 정도 읽고 더 없느냐고 물어주었던 캐서린 '케이티' 모너핸에게는 특별한 감사 인사를 전하고 싶다. 소설을 쓰는 작가에게는 그보다 더 힘이 되는 말이 없다.

늘 그렇듯 고마운 아내. 사랑해, 태비.

마지막으로 작품의 배경에 대해 한마디 하자면 오클라호마는 멋진 지방이고 나는 거기서 멋진 사람들을 만난 바 있다. 그 멋진 사람들 가운데 일부는 내가 그곳을 아주 엉뚱하게 그려 놓았다고 할 텐데 어쩌면 그 말이 맞을지 모른다. 어떤 곳이든 몇 년은 살아 봐야 분위기를 제대로 파악할 수 있을 테니 말이다. 그래도 나로서는 최선을 다했다. 그 나머지 부분에 대해서는 용서해 주기 바란다. 두 말하면 잔소리지만 플린트 시티와 캡 시티는 가상의 지명이다.

스티븐 킹

**옮긴이 |** 이은선

연세대학교에서 중어중문학을, 국제학대학원에서 동아시아학을 전공했다. 편집자, 저작권 담당자를 거쳐 전문 번역가로 활동 중이다. 옮긴 책으로는 스티븐 킹의 『11/22/63』, 『닥터 슬립』, 『리바이벌』, 빌 호지스 3부작 (『미스터 메르세데스』, 『파인더스 키퍼스』, 『엔드 오브 왓치』), 『악몽을 파는 가게』, 『자정 4분 뒤』, 『악몽과 몽상』을 비롯하여 『실크하우스의 비밀』, 『모리어티의 죽음』, 『맥파이 살인 사건』, 『아킬레우스의 노래』, 『그레이스』, 『도둑 신부』, 『할머니가 미안하다고 전해달랬어요』, 『베어타운』, 『초크맨』, 『애니가 돌아왔다』 등이 있다.

# 아웃사이더 2

1판 1쇄 펴냄  2019년 7월 19일
1판 3쇄 펴냄  2024년 8월 27일

**지은이 |** 스티븐 킹
**옮긴이 |** 이은선
**발행인 |** 박근섭
**편집인 |** 김준혁
**책임편집 |** 장은진
**펴낸곳 |** 황금가지

**출판등록 |** 2009. 10. 8 (제2009-000273호)
**주소 |** 06027 서울 강남구 도산대로 1길 62 강남출판문화센터 5층
**전화 |** 영업부 515-2000  **편집부** 3446-8774  **팩시밀리** 515-2007
**홈페이지 |** www.goldenbough.co.kr

도서 파본 등의 이유로 반송이 필요할 경우에는 구매처에서 교환하시고
출판사 교환이 필요할 경우에는 아래 주소로 반송 사유를 적어 도서와 함께 보내주세요.
06027 서울 강남구 도산대로 1길 62 강남출판문화센터 6층 민음인 마케팅부

한국어판 ⓒ ㈜민음인, 2019. Printed in Seoul, Korea

ISBN 979-11-5888-551-9  04840(2권)
ISBN 979-11-5888-552-6  04840(set)

㈜민음인은 민음사 출판 그룹의 자회사입니다.
황금가지는 ㈜민음인의 픽션 전문 출간 브랜드입니다.